LE DERNIER ROI DE BRIGHTON

DU MÊME AUTEUR

Promenade du crime. La trilogie de Brighton 1, Le Rouergue, 2012 ; Babel noir n° 81.
Le Dernier Roi de Brighton. La trilogie de Brighton 2, Le Rouergue, 2013.

Titre original :
The Last King of Brighton
Severn House Publishers
Éditeur original :

ISBN 978-2-330-03286-9

PETER GUTTRIDGE

LE DERNIER ROI DE BRIGHTON

roman traduit de l'anglais
par Jean-René Dastugue

BABEL NOIR

Pour toute ma famille, en souvenir d'Ada et de Jim Guttridge.

"Si Dieu a abandonné cette ville malchanceuse, il n'a tout de même pas abandonné le monde qui s'étendait sous les cieux ?"

IVO ANDRIĆ, *Le Pont sur la Drina*

PROLOGUE

LES BARBARES AUX PORTES

Le fin pieu de chêne mesurait près de trois mètres, émoussé à une extrémité, taillé en pointe à l'autre bout. Il était enduit avec quelque chose de gras. À côté, posés dans l'herbe, se trouvaient des cordes, des cales et un maillet.

L'homme, bedonnant, entièrement nu, regardait l'attirail, les yeux exorbités. Sa bouche était barrée d'un morceau de ruban adhésif. Ses mains étaient attachées dans son dos, également avec du ruban adhésif. Il tremblait, sa chair tressautait. Les quatre hommes le firent tomber à terre et le retournèrent sur le ventre. Il hurla à travers son bâillon.

Ils attachèrent des cordes à ses chevilles et deux d'entre eux tirèrent dessus pour lui écarter les jambes.

Le plus grand des deux autres types plaça le pieu entre les jambes de l'homme nu, l'extrémité pointue dirigée vers son corps. L'autre s'agenouilla et fourragea entre les jambes avec un couteau. Il détourna la tête lorsque l'homme se souilla mais continua de fouiner et de tailler avec l'extrémité de la lame.

L'homme ruait et poussait des cris aigus malgré le bâillon. Il fut pris de convulsions et les hommes qui maintenaient les cordes les tendirent encore plus pour qu'il ne gigote pas trop. Ses bras se mirent à trembler.

Le grand type se saisit du maillet et le plaça contre l'extrémité émoussée du pieu. L'homme au couteau leva l'extrémité pointue et l'enfonça entre les jambes écartées. La victime se mit à trembler de tout son corps.

Le type au maillet frappa sur l'extrémité émoussée du pieu. Trois fois. L'homme se cabra et commença à frapper le sol avec son front. Celui qui était agenouillé entre ses jambes lui appuya sur le dos du bout des doigts, vérifiant la progression du pieu dans le corps. Satisfait, il fit signe au grand type de continuer.

Quand les trois coups suivants enfoncèrent un peu plus le pieu dans son corps, l'homme se mit à pousser des gémissements étranges. Un liquide mousseux et bilieux lui coulait des narines. Le type au maillet fit une pause, mais celui qui était agenouillé lui indiqua de poursuivre. Après trois autres coups, l'homme à genoux ramassa son couteau et se pencha sur le corps agité de violentes secousses. La peau au-dessus de l'épaule droite était tendue et gonflée. Il fit une entaille en croix dans la grosseur. Du sang jaillit de la blessure.

L'homme au couteau s'accroupit à côté de l'épaule tandis que la pointe du pieu émergeait, poussée par trois autres coups de maillet. Lorsqu'elle arriva au niveau de l'oreille droite, il leva la main. Son complice laissa tomber le maillet sur l'herbe et vint se placer à côté de celui qu'il venait d'embrocher.

Les bras de l'homme empalé étaient secoués de soubresauts mais, à part cela, il ne bougeait pas. Il saignait abondamment de l'épaule et du rectum. Les deux hommes qui tenaient les cordes retournèrent son corps raidi par la douleur. Ils attachèrent les jambes au pieu.

Les paupières du supplicié battaient frénétiquement, son visage était congestionné. De la bave verdâtre sortait de ses narines et formait des bulles. Le plus grand type se pencha sur lui et arracha le ruban adhésif collé sur sa bouche. Les lèvres de l'homme empalé étaient retroussées sur ses dents en une grimace d'agonie. Il respirait difficilement, par à-coups.

Les quatre hommes le soulevèrent. Ils le transportèrent jusqu'à un cadre rudimentaire et placèrent l'extrémité émoussée du pieu dans un trou préparé à l'avance. Tandis qu'ils le levaient pour le caler sur le cadre, le poids de son corps le fit descendre le long du pieu et, avec un étrange bruit de succion, le sommet de son crâne se retrouva aligné avec la pointe. Sa poitrine se soulevait et s'abaissait par secousses, à une vitesse indescriptible.

Deux des types maintenaient le corps pendant que les deux autres s'affairaient à attacher le pieu au cadre. Quand ils eurent terminé, ils reculèrent pour observer leur ouvrage. La tête de l'homme tombait vers l'avant, ses yeux roulaient. Il gémissait encore quand ses bourreaux quittèrent les lieux.

PREMIÈRE PARTIE

LES SIXTIES

1

*JOHNNY, REMEMBER ME**
JOHNNY, NE M'OUBLIE PAS

1963

La hache fit voler la fenêtre en éclats, des morceaux de verre tombèrent en cascade sur le sol du wagon. Le grand type qui la maniait passa brusquement la tête et les épaules par l'ouverture et se hissa à l'intérieur. Les cinq employés de la poste qui entassaient des sacs de courrier devant la porte reculèrent lorsqu'il les menaça avec sa hache. Derrière eux, les sacs s'écroulèrent quand la porte céda et six autres hommes, vêtus de bleus de travail et coiffés de cagoules en laine, pénétrèrent dans le wagon. Ils étaient armés de manches de pioche et de matraques.

Les coups se mirent à pleuvoir sur les postiers, visant les épaules et les coudes, et les hommes masqués leur donnèrent l'ordre de se coucher au sol. Les employés obéirent. Cinq minutes auparavant, ils avaient entendu quelqu'un crier à l'extérieur : “Ils sont en train de verrouiller la porte – prenez les flingues.”

“Ne nous regardez pas, bordel !” beugla un des hommes masqués en envoyant un coup de pied dans les côtes d'un postier. “Regardez le putain de sol !”

* Morceau écrit et composé par Geoff Goddard, interprété par John Leyton, classé numéro un des charts anglais en 1961. *(Toutes les notes sont du traducteur.)*

Malgré tout, chacun des hommes allongés par terre jeta un coup d'œil furtif en direction des braqueurs qui s'affairaient. Pendant que deux des hommes montaient la garde, un manche de pioche à la main, deux autres rassemblaient les sacs de courrier. Trois autres les lançaient sur les rails. Une forte odeur de transpiration envahissait l'habitacle.

Il y avait cent vingt-huit sacs dans le wagon. Une demi-heure plus tard, quand l'homme à la hache consulta sa montre, il n'en restait plus que sept.

"C'est bon", lança-t-il, "on se casse." Il vit un de ses hommes lancer un regard en direction des derniers sacs. "Laisse tomber."

Il resta dans le wagon pendant que les autres descendaient. Quelques instants plus tard, le mécanicien du train et le chauffeur furent traînés à l'intérieur, menottés l'un à l'autre. Le crâne du mécanicien saignait abondamment. Ils furent jetés à terre, à côté des postiers.

Un autre grand type se pencha au-dessus d'eux.

"On laisse quelqu'un derrière", siffla-t-il. "Ne bougez pas pendant une demi-heure, sinon vous y passez tous."

Puis les hommes masqués disparurent, emportant avec eux 2,6 millions de livres sterling en coupures non marquées. Cela se passait une heure avant le lever du soleil, le jeudi 8 août 1963.

Le dimanche 11 août, John Hathaway, assis à la table du petit-déjeuner, lisait ce que la presse appelait "L'attaque du train postal" dans l'exemplaire du *News of the World* de son père quand la sonnette de la porte d'entrée retentit.

Les banques avaient admis que les billets usagés de cinq et une livre sterling et ceux de dix shillings dérobés dans le train postal de nuit reliant Glasgow à Londres étaient quasiment impossibles à tracer. L'une des banques avait même déclaré que son argent n'était pas assuré et qu'elle devrait donc en assumer seule la perte.

La police affirmait disposer de pistes significatives, mais elle disait toujours ça. Bien que les journaux soient choqués que le mécanicien du train, Jack Mills, ait été gravement blessé pour avoir résisté aux voleurs, il était évident qu'ils étaient en admiration devant l'audace du coup.

C'était également le cas d'Hathaway. D'après ce qu'il avait lu, le vol avait été planifié et exécuté avec une précision militaire. Le train, stoppé sur une portion de rails isolée à Sears Crossing, dans le Buckinghamshire, grâce à un feu de signalisation trafiqué, avait été vidé en un temps record. Les voleurs avaient disparu dans la nuit et l'on n'avait plus entendu parler d'eux depuis.

Cela lui rappela un film qu'il avait vu deux ans auparavant – *The League of Gentlemen** – dans lequel Jack Hawkins et une bande d'anciens soldats commettaient un braquage de banque parfait.

"Sauf qu'ils se font attraper", se disait-il à lui-même tout en ouvrant la porte d'entrée. Son visage vira au rouge en moins d'une seconde.

"Ton père t'a-t-il prévenu que je passerais ?", demanda la femme qui se tenait sur les marches.

"Oui, Barbara, il m'a dit que quelqu'un devait passer, avec de l'argent", balbutia Hathaway. Il fit un pas de côté pour que Barbara, qui travaillait dans l'une des affaires de son père, puisse entrer dans la maison. Elle tourna la tête vers lui et il lui fit vaguement signe d'avancer dans le couloir. Il l'observa tandis qu'elle marchait devant lui, en balançant des hanches. Il pouvait sentir son parfum.

Son cœur cognait dans sa poitrine. Barbara, une dizaine d'années de plus qu'Hathaway, ressemblait à une version plus douce de Cathy Gale dans *The Avengers***.

* Titre français : *Hold-up à Londres,* 1960, réalisé par Basil Dearden.
** Titre français : *Chapeau melon et bottes de cuir*.

L'impossible objet de son désir. Quand il se rendait au bureau de son père, il essayait de ne pas la reluquer, tout au moins quand elle risquait de le remarquer.

Elle s'arrêta devant la table du petit-déjeuner et y déposa une épaisse enveloppe marron.

"Ne dépense pas tout d'un coup", dit-elle sans se retourner. Elle baissa le regard vers le journal.

"L'article que j'ai lu affirme que le cerveau de l'affaire est quelqu'un de Brighton", annonça-t-elle. "Un ermite vivant seul dans une pièce et qui travaille avec un soin infini à élaborer des plans criminels qu'il propose ensuite à un maître du crime bien connu du quartier de Harrow Road, à Londres."

Elle se retourna en riant.

"Du grand n'importe quoi", conclut-elle. Son regard navigua du visage cramoisi d'Hathaway vers le devant de son pantalon avant de faire le tour de la pièce. "Tu as eu des nouvelles de tes parents ?"

Les parents d'Hathaway étaient partis en vacances au volant de leur Morris Oxford. Un périple qui devait les mener jusqu'en Espagne, en passant par la France. Ils ne rentreraient pas avant trois semaines, peut-être plus. "On va se laisser porter", avait dit son père. Sa mère considérait ça comme une seconde lune de miel.

Hathaway secoua la tête.

"Ils ne sont partis qu'hier.

— Ils ne seront pas là pour ton anniversaire, c'est dommage." Elle s'avança vers lui. "Quel âge auras-tu demain ?

— Dix-sept", répondit Hathaway en essayant de se concentrer sur son visage plutôt que sur son décolleté.

"Dix-sept ans et cette grande maison pour toi tout seul. J'imagine que tu as organisé une fête. Peut-être plusieurs." Elle fit encore un pas dans sa direction. "J'espère que tu vas être sage."

Hathaway haussa les épaules, le visage de plus en plus rouge, désarçonné par la manière dont elle le regardait.

Il était à la fois nerveux et prudent. Il la vit qui à nouveau jetait un coup d'œil à son pantalon.

"Je n'aime pas trop les fêtes.

— Et les cadeaux d'anniversaire?" demanda-t-elle. Elle était maintenant à moins d'un mètre de lui. Son parfum l'enveloppa. "Tu dois aimer ça.

— Comme tout le monde", répondit-il. Sa gorge était sèche. Barbara était si proche qu'il pouvait sentir la chaleur de son souffle. Elle leva la main et lui effleura le coin de la bouche avec un ongle peint en rouge.

"Tu aimerais que je te donne le mien en avance?"

Lorsque les Avalons eurent fini leur concert et après de maigres applaudissements, le patron les rejoignit, l'air amer.

"Le public n'était pas terrible", lui lança Hathaway en prenant l'enveloppe qu'il lui tendait. "Ils ne sont pas du tout entrés dedans."

Le patron le regarda mais ne lui répondit pas. Au lieu de cela, il dit : "J'espère que ton père passe de bonnes vacances.

— Ça semble être le cas", confirma Hathaway en glissant l'enveloppe dans la poche de la veste. Il était impeccablement vêtu d'un costume sombre à revers étroits, d'une chemise blanche et d'une fine cravate noire. Les trois autres membres du groupe – Dan, Bill et Charlie – étaient habillés de la même manière et tous avaient les cheveux gominés plaqués en arrière.

"Bon, même heure la semaine prochaine", ajouta Hathaway.

Le patron eut un sourire forcé.

"Je suis impatient d'y être", répondit-il.

Après avoir chargé le matériel dans le fourgon de Charlie, ils traversèrent la rue jusqu'à un autre pub, y commandèrent des demi-pintes et Hathaway partagea l'argent entre les membres du groupe.

“Quel casse-couilles ce patron”, attaqua Hathaway.

“Il doit y avoir un truc dans la bière”, poursuivit Dan, le chanteur. “On aurait dit que les gens assistaient à une veillée funèbre.

— Eh oui, c’est dimanche et il n’y avait que des vieux”, ajouta Hathaway. “Il n’y en avait pas un de moins de trente ans.

— Qu’est-ce qu’elle croyait cette bonne femme à nous demander si on pouvait jouer du Frank Ifield ?”, dit Dan. “Est-ce que j’ai une tête à faire du chant tyrolien ?

— Faut dire”, intervint Hathaway. “Avec ce pantalon…

— Va te faire foutre”, rétorqua Dan en lui envoyant une bourrade. “Maintenant, au lieu d’escalader la montagne, si elle veut que je descende à la cave…

— Ah, arrête”, dit Charlie, le batteur. Âgé de deux ans de plus que les autres, c’était l’aîné du groupe. Il sortit son peigne et réajusta son épaisse tignasse de cheveux gominés en une impressionnante banane.

“En tout cas, bon concert”, poursuivit-il. “Et tu ne t’es presque pas planté sur l’intro de *Wonderful Land* ce soir, Johnny.

— Je la tiens presque”, répondit Hathaway. Il observa Charlie qui remettait ses cheveux en place. Le batteur s’en aperçut.

“Observe bien le maître”, lui lança-t-il.

Charlie Laker était un Teddy boy depuis ses treize ans. Lorsqu’il n’était pas en tenue de scène, il portait en permanence une veste de style édouardien et des creepers. À ses yeux, Duane Eddy était Dieu et Gene Vincent était assis à sa droite. Il était mécanicien auto mais circulait en moto. Le fourgon appartenait à son père. Charlie se moquait copieusement de Hathaway et de sa Vespa.

“Je pense qu’on devrait changer de look”, dit Hathaway. “Toutes ces coupes à frange façon Beatles dans les hit-parades.

— Je ne porterai pas de putain de frange ni de cheveux longs" réagit brutalement Charlie. "Ces pédales de Liverpool peuvent faire ce qu'elles veulent.

— C'est en train de devenir à la mode", dit Hathaway. Dan et Bill, le guitariste rythmique, hochèrent la tête de concert.

"Avoir une coupe de gonzesse ou être une tante ?" demanda Charlie. Tous se mirent à rire.

"On devrait tout de même bosser quelques-unes de leurs chansons", proposa Bill. "J'ai récupéré le nouveau Billy J. Kramer et le dernier titre de Gerry and the Pacemakers. Je peux trouver les accords."

Trois d'entre eux étaient capables de lire une partition, mais le moyen le plus simple de rester au goût du jour n'était pas d'attendre que les partitions soient éditées – ce qui pouvait prendre pas mal de temps – mais de repérer les accords à l'oreille en écoutant les disques encore et encore. Cela voulait aussi dire que parfois les paroles n'étaient pas tout à fait exactes.

"Il faut y réfléchir", conclut Hathaway en se levant.

"Où tu vas ?" l'interrogea Dan. "C'est ta tournée.

— J'ai quelqu'un qui doit passer à la maison", expliqua Hathaway.

"Ah, d'accord", s'amusa Dan. "Quand le chat n'est pas là, etc. Tu veux qu'on t'accompagne, pour te filer un coup de main avec le fromage ?

— Je m'en sortirai très bien tout seul, merci.

— C'est qui ?" demanda Charlie. "On la connaît ?

— C'est pas la grosse qui habite au bout de ta rue au moins ?" ajouta Dan.

"Va te faire foutre", répliqua Hathaway. "On se voit vendredi.

— Oublie pas ta capote, mon pote", continua Dan. "Et pour l'amour de Dieu, ne la laisse pas se mettre dessus, sinon t'es grillé."

Hathaway, ignorant leurs moqueries, sortit dans la rue

et enfourcha son scooter. Quand il arriva chez lui, la voiture de Barbara était déjà garée dans l'allée.

Le lundi soir, la radio annonça que la police avait localisé l'endroit où les braqueurs du train postal s'étaient planqués. La nouvelle s'étalait en première page des journaux le mardi matin. Il s'agissait de la ferme Leatherslade, quelque part dans l'Oxfordshire. Le vendredi, Roger Cordrey et Bill Boal furent arrêtés. Hathaway reconnut le nom de Cordrey. Son père le connaissait. Il tenait une boutique de fleurs en ville.

Ce soir-là, les Avalons jouaient dans un nouveau pub à la sortie de Hove. Hathaway eut le temps de regarder la nouvelle émission musicale *Ready Steady Go !* et de mater la présentatrice Cathy McGowan, et sa minijupe, avant de partir sur sa Vespa. Il apprécia le thème musical du générique, "5 - 4 - 3 - 2 - 1".

La soirée commença bien mais dégénéra rapidement à cause de six Teddy boys venus chercher la bagarre. Avant même d'avoir entamé leur troisième tournée de Newcastle Brown*, ils sifflaient et huaient. Ils étaient assis à droite de la scène, l'air méprisant, les doigts couverts de grosses bagues qui pouvaient provoquer de belles blessures à chaque coup de poing.

Ils se tinrent tranquilles au début, les Avalons démarraient toujours avec du Gene Vincent et du Roy Orbison. Mais quand ils passèrent à des chansons style Liverpool, les Teddy boys devinrent menaçants.

Le pub n'était qu'à moitié plein. Hathaway jeta un œil vers le patron, en grande conversation avec quelqu'un installé au bar.

Les premières pièces volèrent au milieu de la seconde reprise des Shadows, *Apache*.

* L'une des bières en bouteille les plus vendues au Royaume-Uni.

“Va te payer des cours de guitare”, lui lança le plus grand des Teddys. Les autres ricanèrent.

Quelques instants plus tard, la première bouteille de Newcastle Brown atteignait Dan à la poitrine. Quand la seconde atterrit sur le tom basse de Charlie, celui-ci jaillit de derrière sa batterie et sauta de l’estrade qui faisait office de scène sans qu’un seul des Teddy boys n’ait eu le temps de se mettre debout.

Pendant qu’il fonçait dans le tas, Hathaway se tourna vers Dan et Bill et fit passer la sangle de sa Fender Stratocaster par-dessus sa tête.

“Fait chier”, dit-il en posant soigneusement la guitare.

Hathaway s’était déjà retrouvé dans des bastons. Son père lui avait appris les rudiments de la boxe, mais il avait choisi le judo à quatorze ans et avait passé ses ceintures assez rapidement.

Le Teddy qui avait balancé sa petite monnaie s’était levé de son siège et venait droit sur lui. Hathaway savait exactement comment s’y prendre. Il allait attraper le gars par les revers de sa veste en velours, lui mettre un coup de boule, faire une roulade arrière en lui plantant les pieds dans l’estomac et utiliser le poids de son adversaire pour l’envoyer voler par-dessus ses épaules.

Ça, c’était la théorie. Quand il saisit les revers du Teddy boy, il sentit quelque chose lui entailler les doigts. Il lâcha prise et regarda ses mains ensanglantées. Le Teddy lui envoya un coup de tête. Il eut le temps de se tourner pour ne pas se faire fracturer le nez, mais le front du type lui heurta la pommette et l’orbite en produisant un craquement sonore.

Étourdi, Hathaway ne put réagir quand l’homme enchaîna sur un coup de pied au menton qui lui permit de constater que l’extrémité de ses creepers en daim contenait une coque en métal. Il attrapa ensuite les revers d’Hathaway, l’attira à lui et lui asséna un nouveau coup de tête. Cette fois le nez céda. Hathaway vacilla.

Charlie était noyé sous un déferlement de coups de pied et de coups de poing. Dan et Bill, pas franchement habitués à la bagarre, n'avaient même pas eu le temps de réagir.

Le plus petit des Teddys avait frappé Dan sur le côté du crâne avec une bouteille qui, Dieu merci, ne s'était pas brisée. Bill s'était écroulé à terre après avoir reçu un coup de pied dans l'entrejambe.

Ils restèrent impuissants tandis que cinq des Teddy boys s'employaient à détruire leur matériel. Le sixième, le plus petit, se tenait au-dessus d'Hathaway. Il commençait à déboutonner sa braguette quand le plus grand l'écarta. Il se pencha sur Hathaway qui essayait de respirer par la bouche malgré le sang qui lui coulait dans la gorge.

"Écoute, Hank Marvin*", cracha-t-il. "Si jamais ton papa revient à la maison, dis-lui bien que ce pub ne lui appartient plus."

Puis, les six Teddy boys quittèrent les lieux d'un pas nonchalant.

"Qu'est-ce qu'il a voulu dire à propos du fait que ce pub n'appartenait plus à ton père ?", demanda Bill, tandis qu'ils étaient tous les quatre assis aux urgences de l'hôpital.

Hathaway haussa les épaules tout en maintenant un linge ouaté sous son nez. Ses doigts le lançaient. Dans son empressement à user de ses talents de judoka, il avait oublié que les Teddy boys avaient pour habitude de coudre des lames de rasoir derrière les revers de leurs vestes pour dissuader leurs opposants de leur mettre un coup de tête.

"Ça a quelque chose à voir avec les bandits manchots ?", insista-t-il, la voix enrouée.

* Guitariste solo du groupe The Shadows.

L'une des nombreuses activités de son père consistait à louer des machines à sous aux pubs et aux clubs de la côte sud. Il avait aussi ses propres machines dans sa salle de jeux au bout du West Pier.

"J'ai emprunté l'argent à mon père pour me payer cette batterie", dit Charles. "Il va péter les plombs.

— Je ne veux même pas imaginer ce que la Strat a coûté au mien", ajouta Hathaway.

Deux infirmières firent leur entrée, un air de reproche sur le visage.

"Nous allons nous occuper de vous", annonça l'une d'elles. "Ensuite, un policier viendra vous interroger."

Deux heures plus tard, Hathaway était de retour chez lui, les mains bandées et le nez remis en place. Il avait une bosse de la taille d'un œuf sur le menton et l'impression d'avoir cent ans. Il voulait téléphoner à Barbara mais il ne connaissait pas son numéro. Il ne savait pas grand-chose de sa situation familiale. Peut-être était-elle mariée, mais il avait préféré ne pas lui demander – il ne voulait pas gâcher ce qu'il y avait entre eux. Il avait remarqué une légère marque plus claire sur son annulaire, comme si elle enlevait son alliance avant de le retrouver. Et bien qu'ils se voient parfois tard dans la soirée, Barbara ne restait jamais toute la nuit.

Assis dans le canapé, il écoutait *Please Please Me* sur le tourne-disque-radio de ses parents et pensait à Barbara. Il avait eu des petites amies avant, mais il était resté puceau jusqu'à ce dimanche. La jeune femme avait été patiente avec lui. Elle lui avait semblé triste puis, quand il avait demandé à la revoir, anxieuse. Mais elle avait accepté. Elle lui avait appris des choses. Le soir où elle lui avait demandé s'il voulait une fellation avait été une révélation pour lui.

Barbara n'aimait pas venir chez lui parce qu'elle ne voulait pas que les voisins se mettent à jaser. Elle connaissait un hôtel sur le front de mer en direction de Hove où ils s'étaient rendus une fois. Elle avait payé la chambre.

Hathaway était suffisamment modeste pour se demander ce que cette femme mûre et séduisante lui trouvait, mais il était aussi suffisamment arrogant pour ne pas s'en inquiéter. Il mourait d'envie de s'en vanter auprès de ses amis, mais elle l'avait supplié de ne pas le faire.

C'était pour cela qu'elle ne voulait pas sortir avec lui, bien qu'il lui ait demandé de venir écouter le groupe. La seule fois où ils avaient passé une soirée ensemble dehors, c'était à une séance tardive d'un film d'horreur de la Hammer. Ils s'étaient assis au dernier rang et, bien sûr, il n'arrivait pas à s'empêcher de la tripoter. Elle avait déboutonné son pantalon et l'avait caressé.

Bien qu'il souffrît, le simple fait de penser à elle l'excitait. Il eut du mal à dormir cette nuit-là.

Le samedi, Hathaway fut réveillé par la sonnette de l'entrée. Il essaya de l'ignorer mais on insista. Il enfila sa robe de chambre, ses pantoufles et descendit les escaliers. Il espérait que ce soit Barbara. Il ramassa le journal sur le paillasson.

Lorsqu'il ouvrit la porte, la lumière du soleil l'obligea à plisser les yeux.

"Mon Dieu, Johnny. On dirait que tu reviens de la guerre.

— Monsieur Reilly.

— Appelle-moi Sean, s'il te plaît. Cela ne t'embête pas si j'entre un petit moment ?"

Sean Reilly travaillait pour son père. C'était une sorte d'"arrangeur". Hathaway ne savait pas exactement quelles étaient les activités de son père – en vérité cela ne l'intéressait pas – mais à chaque fois qu'il y avait un problème, il faisait appel à Reilly.

Il avait la quarantaine, plutôt quarante-cinq étant donné qu'il avait déjà raconté s'être retrouvé aux côtés de son père pendant la Seconde Guerre mondiale. Il était plutôt en forme, se déplaçait avec souplesse et était bien bâti. Il rappelait à Hathaway l'un de ses professeurs de judo. Il souriait facilement, mais Hathaway avait toujours trouvé son regard dur et froid.

"Vous avez eu des nouvelles de papa ?", demanda Hathaway une fois qu'ils furent assis sur les canapés du salon. La raison de la présence de Reilly le rendit soudainement anxieux.

"Ta mère et ton père vont bien. Je crois qu'ils achètent une propriété en Espagne. Comme investissement et pour en faire une maison de vacances." Reilly croisa les jambes. Il portait un pantalon de cavalerie sergé et des richelieus cirés. "En fait, je suis ici pour savoir ce qui t'est arrivé.

— Oh, juste un accrochage avec des Teddy boys. Rien de grave.

— C'est ce qui me semble", répliqua-t-il en montrant le visage d'Hathaway. Il ricana. "Tu veux dire qu'il faudrait que je voie dans quel état est l'autre type ?

— Pas vraiment, non", dit Hathaway honteusement. "On s'est fait rosser.

— Ça arrive", le rassura Reilly avec un sourire. "D'autres os cassés en dehors de la chose gonflée qui te servait de nez ?"

Hathaway réalisa qu'il ne savait pas à quoi il ressemblait. Il se leva et alla s'examiner dans le miroir accroché au-dessus de la cheminée. Seigneur. Des coquards jaune et noir autour des yeux, son nez ressemblait à une patate déformée. Il déglutit.

"Ah, ne t'inquiète pas, ça aura disparu dans une quinzaine de jours", le rassura Reilly. "Viens te rasseoir."

Hathaway s'installa et Reilly poursuivit :

"Qu'est-ce que tu peux me dire au sujet de ces types ?

— Ils étaient là pour foutre la merde, c'est ce que j'ai expliqué à la police. Des lames de rasoir cousues dans les revers, des coques en acier dans les creepers. Ils étaient équipés pour la baston."

Reilly hocha la tête.

"Tes copains sont OK ?

— Charlie, le batteur, s'est fait bien assaisonner – deux côtes cassées – et Bill, le guitariste rythmique, a les couilles enflées. Il a fallu faire des points sur le côté du crâne de Dan, le chanteur, mais pas de traumatisme ou de truc de ce genre. C'est pour le matériel qu'on est le plus emmerdés. On n'avait pas d'assurance."

Reilly hocha la tête une nouvelle fois.

"Tu dis que tu as parlé à la police ?

— À l'hôpital. On leur a simplement raconté ce qui s'était passé.

— Il y a quelque chose que tu ne leur as pas dit ?"

Hathaway fronça les sourcils.

"Quel genre ?"

Reilly haussa les épaules.

"À toi de me le dire. Ces voyous ne t'ont rien dit de particulier ?

— Qu'il fallait que je prenne des cours de guitare."

Reilly sourit.

"Et à part ça."

Hathaway lui raconta ce que le Teddy boy avait dit sur le fait que le pub n'appartenait plus à son père. Reilly s'avança au bord du canapé.

"Et il a dit cela exactement de cette manière ?

— Eh bien, il m'a aussi appelé Hank Marvin, mais à part ça, c'est ce qu'il a dit."

Reilly se recula dans son siège.

"Et le patron, il est intervenu ?

— Non, mais c'est une demi-portion. C'est lui qui a appelé l'ambulance.

— Et la police ?"

Hathaway réfléchit un instant.

"Je ne sais pas. L'ambulance nous a embarqués assez rapidement à l'hôpital – la police a dû arriver après notre départ."

Reilly se leva.

“Bon, très bien.

— Qu’est-ce qu’il a voulu dire à propos du fait que le pub n’appartenait plus à mon père, monsieur Reilly ?

— Sean”, répondit Reilly. “Je n’en sais rien. Peut-être que cela a quelque chose à voir avec les bandits manchots, qui sait ?

— Vous allez raconter ce qui s’est passé à mon père ?

— Tu y tiens ? Non, je pense qu’il sait que tu es suffisamment grand pour t’occuper de toi.” Il serra le bras d’Hathaway. “Tu n’as pas eu de chance cette fois-ci, mais cela te servira de leçon pour la prochaine fois.”

Avec précaution, Hathaway se toucha le nez.

“J’espère qu’il n’y aura pas de prochaine fois.”

Reilly sourit.

“Dis à tes copains de ne pas s’inquiéter pour le matériel. Je suis sûr que nous trouverons un moyen de faire une demande d’indemnisation par le biais de la société.

— Super – merci, euh, Sean”, répondit Hathaway.

Reilly jeta un coup d’œil au journal.

“On dirait qu’ils ont découvert qui faisait partie de la bande.”

Hathaway regarda la première page sur laquelle figuraient les photographies de trois hommes. La police cherchait des renseignements à leur sujet dans le cadre de l’enquête sur l’attaque du train postal. Bruce Reynolds, Charlie Wilson et Jimmy White.

“Ils ont trouvé leurs empreintes à la ferme. Manque de prudence. Quant à Roger et Bill…

— Ceux qui se sont fait pincer au début de la semaine ? C’est le Roger Cordrey que connaît papa ? Le fleuriste ?

— C’est lui. Et son ami Bill Boal. Les chances pour que Bill soit impliqué dans un vol sont proches de zéro. Sa dernière condamnation remonte aux années 1940. Il avait trafiqué un compteur de gaz.”

Hathaway désigna les photographies.

“Et ces gars, vous les connaissez aussi ?”

Reilly hocha lentement la tête.

“J’ai entendu parler d’eux. La rumeur veut qu’ils aient participé au braquage de cet aéroport l’année dernière.”

Hathaway se souvenait avoir lu quelque chose à propos du vol de la paie perpétré par une demi-douzaine d’hommes coiffés de chapeaux melon, armés de manches de pioche et de fusils. Un homme du nom de Gordon Goody était passé en jugement, mais il avait été acquitté après avoir coiffé, lors du procès, un chapeau qu’il était censé avoir porté le jour du vol, chapeau qui s’était avéré deux tailles trop grandes.

“Celui pour lequel Goody a été acquitté ?”

Reilly rigola.

“Le coup du chapeau, ça, c’était une bonne blague.

— Une blague ?

— On raconte qu’il a soudoyé un policier pour qu’il intervertisse les chapeaux.

— Comment se fait-il que vous sachiez ces choses-là ?”

Reilly haussa les épaules.

“Tu serais surpris par ce qu’on peut entendre sur les champs de course.”

Hathaway hocha la tête, avec le sentiment d’être hors jeu mais excité par le fait d’avoir une discussion avec quelqu’un qui, à l’évidence, était de la partie.

“Ils vont finir par les arrêter ?”, demanda-t-il. “Ceux de l’attaque du train postal ?”

Reilly sourit.

“Ça m’étonnerait – à mon avis, ils ont déjà dû quitter le pays.”

Il se dirigea vers la porte.

“Je ferais mieux d’y aller.”

Reilly serra la main d’Hathaway et lui posa d’un geste amical la main sur le bras avant de sortir de la maison. Comme Hathaway refermait la porte, il se retourna.

“Souviens-toi juste d’une chose, John.” Il sourit mais, comme d’habitude, son regard demeura glacial. “Il y a toujours une prochaine fois.”

“Oh, John.” Le visage de Barbara tournait autour d’Hathaway tandis qu’elle cherchait un endroit où l’embrasser sans que cela le fasse souffrir. Elle l’avait rejoint en sortant du travail mais Hathaway la trouvait tout de même pomponnée. Elle portait une jupe serrée et un gilet en angora qui mettait sa poitrine en valeur. Hathaway triturait les boutons du gilet.

Elle était appuyée sur son torse, assise à califourchon sur ses cuisses. Il lui demanda :

“C’est Reilly qui t’a prévenue ?

— En passant”, répondit-elle. “J’ai attendu une éternité avant de me retrouver seule pour pouvoir te téléphoner.

— C’est gentil d’être passée.”

Elle émit un petit rire.

“Tout le plaisir est pour moi.

— Et pour moi”, ajouta-t-il tandis qu’elle se décollait de lui et s’allongeait à ses côtés.

Au bout d’une minute ou deux, Hathaway s’interrogea à voix haute :

“Je me demande comment Reilly a été mis au courant.

— Le patron du pub, j’imagine”, dit Barbara en faisant glisser sa main vers le bas-ventre d’Hathaway. “C’est un vieux client de ton père. – Plus maintenant”, répondit Hathaway en émettant un léger grognement.

Barbara fourra son visage dans le cou d’Hathaway et lui murmura à l’oreille.

“Qu’est-ce que tu sais des activités de ton père ?

— Vraiment pas grand-chose”, avoua-t-il au bout d’un moment.

“C’est bien ce qu’il me semblait. Quand je suis venue te voir pour la première fois, ce fameux dimanche, je pensais que tu en savais bien plus.

— Qu'est-ce que tu veux dire ? Il y a des choses que je devrais savoir ? Barbara ?"

Barbara glissait doucement le long des côtes d'Hathaway.

"Barbara ?

— Chéri", finit-elle par dire après un instant, à travers le rideau que formaient ses cheveux. "Tu ne sais donc pas qu'une dame ne parle pas la bouche pleine ?"

2

*DEVIL IN DISGUISE**
LE DIABLE EN PERSONNE

1963

“Écoutez ça”, dit Billy en sortant avec soin un 45 tours de sa pochette en papier avant de l’enfiler sur la longue tige du tourne-disque.

“Qui est-ce ?”, demanda Charlie.

— Dusty Springfield est en solo maintenant. C’est son premier 45 tours.

— Dusty, ma Dusty”, grogna Dan en laissant sa tête partir en arrière sur le canapé. “Si seulement tu savais les heures que tu as passées avec moi au lit.” Il regarda le reste du groupe. “Enfin, toi et Christine Keeler.

— Pas si vite ! Christine Keeler est avec moi”, intervint Billy. “Je ne la partage pas.

— Elle est probablement déjà avec Johnny”, dit Charlie. “Sa nana secrète.”

Les quatre membres du groupe étaient affalés dans le salon des parents d’Hathaway, des canettes de bière sur la table basse, une demi-pinte à la main, du fromage et des biscuits apéritif dans des assiettes. Un dimanche après-midi, quelques heures avant le concert du soir.

* *(You’re the) Devil in Disguise*. Auteurs : Bill Giant, Bernie Baum, Florence Kaye. Interprété par Elvis Presley. Numéro un des charts anglais en 1963.

Charlie passait en revue la discothèque. Dan potassait le dernier numéro du *NME.*

“Je veux juste être avec toi, moi aussi, Dusty”, chantonnait Dan, en accompagnant d’une voix étranglée le morceau qui passait. “J’ai entendu ça sur Radio Luxembourg. On pourrait le faire.

— J’ai entendu dire que c’était une gouine”, lança Charlie.

“Dusty Springfield une gouine ?”, dit Dan. “Arrête tes conneries.”

Il mit les Beatles.

Charlie, toujours plongé dans la discothèque, dit : “Ils ne décolleront jamais. Hé, regardez ça – George Shearing, Ella Fitzgerald, Lena Horne – ton paternel a l’air de vraiment apprécier la musique légère, hein John ?

— Et tu n’es pas encore arrivé aux big bands.

— Ton père a plutôt une bonne voix”, dit Dan. Hathaway le regarda sans comprendre.

“Cette fête à laquelle je suis venu il y a deux ans – il a fait un duo avec Matt Monro.

— Ton père connaît Matt Monro ?”, demanda Charlie. “Ne le dis pas à ma mère.

— C’était une faveur – ma mère l’aime bien aussi.

— Ton père est un type intéressant”, poursuivit Charlie. “J’ai entendu quelques histoires.”

Hathaway vit Bill et Dan échanger un coup d’œil.

“Il est cool”, conclut Hathaway.

Il y eut un blanc, puis :

“Ils ont balancé une voiture depuis Beachy Head aujourd’hui”, annonça Billy.

“Qui ça ?”, demanda Hathaway.

“Les studios Brighton. Le film s’appelle *Smokescreen.* Ils lui ont foutu le feu et ils l’ont poussé dans le vide.

— Qu’est-ce que tu faisais là-bas ?

— Qu’est-ce que tu crois ? Du jardinage. Tu vois le

phare au sommet ? Il y a cette Française sexy qui y habite. Yvette quelque chose."

Charlie revint à la collection de disques.

"Tiens, tiens – le voilà. Matt Monro. *L'amour est le même partout**. Vrai ou faux, Johnny ?

— C'est à ma mère."

Dan se lança dans une version de *Bons baisers de Russie* avec une voix de pseudo-basse. Ils étaient allés voir le film ensemble deux mois plus tôt.

"Oh, cette salope russe dans ce film", dit Billy. "Je te laisse Christine Keeler, Dan, moi je prends celle-ci.

— Johnny doit la garder planquée à l'étage elle aussi."

Ils se mirent tous à regarder Hathaway.

"Allez", insista Charlie en revenant s'asseoir sur le canapé. Instinctivement, il toucha les bandages de ses côtes. "Parle-nous de cette fille secrète. Quand est-ce que tu nous la présentes ?"

Hathaway en crevait d'envie, mais Barbara était terrorisée à l'idée que quelqu'un soit au courant de leur aventure.

"C'est juste quelqu'un qui travaille pour mon père.

— C'est ton père qui t'a arrangé le coup ?", demanda Dan. "C'est très moderne.

— Ah, ah. C'est une belle plante, et elle est aussi très gentille.

— Ouais, ouais", intervint Charlie. "Dis-nous plutôt comment elle est au pieu.

— Tu te l'es faite ?", l'interrogea Billy.

Hathaway était très amoureux de Barbara, mais il avait dix-sept ans. Il lutta pour chasser le sourire satisfait qui se dessinait sur son visage.

"Tu te l'es faite, enfoiré", enchaîna Dan. "Putain, tu te l'es faite."

* *Love Is The Same Anywhere*, chanson interprétée par Matt Monro.

Hathaway vit Charlie qui l'observait. Des trois types rassemblés autour de lui, Hathaway considérait Charlie comme étant le seul qui, à part lui, avait réellement couché avec une fille – tout au moins à l'entendre. Mais Hathaway avait tapé un cran au-dessus. Il but une gorgée de son verre.

"Elle a dix ans de plus que moi.

— Sacré veinard", dit Billy.

"Dix ans plus vieille", ajouta Charlie, mi-sceptique, mi-jaloux. "Je parie qu'elle a dû t'apprendre un truc ou deux."

Hathaway ne put se retenir.

"Elle pratique la fellation.

— La fellation", lança Charlie. "Écoutez-le. Il y a à peine un mois il croyait que le vagin était un État américain et maintenant il nous cite les *Rapports Kinsey**."

Bill et Dan se tordirent de rire. Hathaway fit la grimace.

Charlie s'installa sur l'un des bras du canapé.

"Vous ne pensez pas que l'on devrait prendre notre revanche sur ces Teddy boys ?", lança-t-il.

Dan cessa de rire.

"T'es malade ?", dit-il. "Ils nous ont mis une sacrée branlée.

— Mais ils ont détruit notre matos", poursuivit Charlie. Il glissa la main dans la poche de sa veste et en extirpa une longue chaîne de vélo. "En tout cas, la prochaine fois, je serai paré."

Les autres le dévisagèrent.

"Et tu as Sonny Liston** dans l'autre poche ?", lança Billy. "Parce que c'est de lui dont on va avoir besoin."

* *Kinsey Reports* : ouvrages du Dr Alfred Kinsey sur les pratiques sexuelles, parus en 1948 et 1953.

** Boxeur, champion du monde poids lourds en 1962.

Hathaway ne dit rien mais se toucha instinctivement le nez. Il avait presque complètement désenflé et la couleur autour de ses yeux s'était atténuée. Chaque fois qu'il songeait à la correction qu'il avait reçue et au Teddy boy qui avait défait sa braguette, la colère s'emparait de lui. Si l'autre Teddy ne l'avait pas arrêté, Hathaway était certain que le type lui aurait pissé dessus. Il n'en avait parlé à personne mais il s'imaginait massacrant ce petit connard de diverses manières, toujours sanglantes.

"Je pense que la boîte de mon père va s'occuper de faire passer ça sur l'assurance", finit-il par dire.

"Et il peut pas s'occuper de ces enfoirés aussi ?", ajouta Bill. "Comme il l'a fait pour Nobby Stokes."

Charlie regarda Hathaway avec intérêt. Dan détourna le regard. Hathaway se cabra.

"Que veux-tu dire, Bill ?"

Bill remarqua le ton de sa voix.

"Oh, rien du tout, Johnny.

— Oui, bien sûr, mais qu'est-ce que tu insinues ?

— Allez, Johnny", intervint Charlie. "Même moi j'ai entendu parler de cette histoire entre ton père et ton proviseur, et je n'étais même pas dans ton école.

— On a beaucoup exagéré cette histoire", dit Hathaway.

"C'était juste pour blaguer", avança Bill timidement.

Hathaway hocha la tête.

"Je sais."

Ils restèrent assis à écouter les Beatles dans un silence gêné. Le téléphone sonna. Hathaway alla répondre.

"Fous-moi ces danseuses à la porte, Johnny !"

C'était son père.

"Max Miller* est mort", dit son père. "Il est mort en mai et je viens seulement de l'apprendre.

* Comédien originaire de Brighton, célèbre dans les années 1930, 1940 et 1950.

— Où es-tu, papa ?
— T'occupe pas de ça ! Ta mère t'embrasse. Ton grand-père le connaissait, tu sais, à ses débuts. Il s'appelait Thomas Sargent à l'époque. Il a habité dans la même maison pendant quinze ans, sur Burlington Street. Quel dommage.
— Quel âge avait-il ?
— Soixante-dix ans, à peu près. Il a bien vécu.
— Quand rentres-tu, papa ?"
Il y eut un silence, puis :
"Fais-moi plaisir, fiston, va faire un tour dans la rue.
— Maintenant ?
— Non, fiston, la semaine prochaine. Bien sûr, maintenant.
— Mais, papa…
— Fais-moi plaisir, fils."
Hathaway raccrocha et annonça aux autres : "Je reviens dans cinq minutes."
Il marcha jusqu'à la cabine téléphonique au coin de la rue. Elle était occupée. Hathaway hésita un moment puis toqua à la vitre. L'homme se tourna vers lui, l'air irrité, vit Hathaway et ouvrit la porte de quelques centimètres.
"C'est mon père – désolé…
— Je te rappelle dans une demi-heure", dit le type avant de raccrocher le combiné.
"Désolé", répéta Hathaway. L'homme s'éloigna dans la rue, les épaules rentrées, tout en faisant un geste de la main pour signifier que ce n'était pas grave.
Hathaway se tenait debout dans la cabine, attendant que le téléphone sonne.
Ses parents étaient probablement les seuls du quartier à avoir le téléphone, mais son père ne l'utilisait jamais, il préférait cette cabine téléphonique. Dans la rue, personne n'ignorait que c'était "sa" cabine et respectait la chose.
Hathaway savait que ce respect venait de la peur qu'inspirait son père. Cela ne le réjouissait pas vraiment.
Le téléphone sonna.

"Johnny ?
— C'est moi, papa.
— Johnny, ta mère et moi nous allons rester ici un peu plus longtemps que nous le pensions. Un mois de plus probablement. On se demandait si ça te dirait de nous rejoindre.
— Vous êtes où exactement ?
— En Espagne.
— C'est vaste l'Espagne, papa.
— Tu me frimes encore avec tes leçons de géographie ? Fais-moi plaisir, fiston. Tu sais que j'ai mes petites manies.
— Je crois qu'on appelle ça de la paranoïa, papa.
— Non – ça s'appelle de la prudence, fils. Alors, qu'est-ce que tu en penses ?
— Le groupe marche bien, papa. Il faut que je reste, sans blague.
— Comme tu veux. Ta mère veut savoir si tu te nourris correctement.
— Bien sûr. Elle est là ?
— Elle est au bord de la piscine, mais elle t'embrasse."
Sa mère était de plus en plus excentrique. La ménopause, d'après son père, mais Hathaway ne savait pas vraiment ce que cela voulait dire.
Son père raccrocha.

Ce soir-là, Barbara vint écouter le groupe. À contrecœur, mais Hathaway avait insisté. Elle était assise tout au fond, mal à l'aise. Hathaway la présenta aux autres pendant la pause. Personne ne trouvant rien à dire d'intéressant, le reste du groupe les laissa tous les deux.
Après coup, dans sa voiture, elle n'était pas d'humeur à discuter. À la place, elle lui fit une fellation.
"Le concert t'a plu ?", lui demanda-t-il un peu plus tard.
"Écoute. Ils m'ont vue maintenant – OK ? Tu leur as donné la preuve que tu pouvais te faire une femme plus âgée. Félicitations.

— Je ne comprends pas ce qui te met à ce point en colère.

— Tu ne peux pas, en effet.

— Tu n'es pas cohérente."

Elle rit et essuya la buée sur la vitre de la portière.

"Un conseil, John. Ne dis jamais à une femme qu'elle n'est pas cohérente si tu veux rester entier.

— Mais tu ne l'es pas." Il sentait le rouge lui monter aux joues. "Ne le prends pas mal..." Elle ricana. "Ne le prends pas mal", poursuivit-il. "Mais je t'ai bel et bien sautée."

Elle le fusilla du regard puis se détourna.

"Il faut que j'y aille", dit-elle en regardant à travers la vitre. "Je démarre tôt demain."

Il l'observa, le regard mauvais, l'air indigné.

"C'est ça", répondit-il. Il sortit de la voiture et claqua la portière.

L'orage passa. Une sorte de routine s'installa. Deux ou trois concerts par semaine, payés en liquide. Coucher avec Barbara deux fois par semaine. De longues journées à traîner.

En octobre, ses parents n'étaient toujours pas rentrés.

"Quand mon père va-t-il revenir ?", demanda Hathaway à Reilly un samedi. Il s'était rendu au bureau sur la jetée, pour voir Barbara en fait. Il aimait l'observer, toute réservée derrière son bureau, et penser à ce qu'ils avaient fait ensemble à l'hôtel et dans la voiture. Mais elle ne travaillait pas le samedi.

Hathaway avait vu ce vieux film en noir et blanc, *Sur les quais,* un de ceux qui avaient fait de Marlon Brando une star. Un patron corrompu de syndicat y avait un bureau dans une cabane en bois, sur les quais, juchée sur une petite jetée. Il pensait souvent à ce film quand il rendait visite à son père au bout du West Pier. Le bureau de son père n'était pas dans une cabane, mais on apercevait à travers les lames du plancher les eaux grises qui s'agitaient entre les poteaux en fer en dessous. Par les fenêtres, on ne voyait que la mer. Il y avait une autre pièce à côté, mais Hathaway n'y avait jamais mis les pieds.

"Bientôt, John, bientôt", répondit Reilly. "Il va falloir qu'il rentre. Quand il n'est pas là, les gens commencent à déconner. Côté argent, ça va ?"

Hathaway hocha la tête.

"Je suis plein aux as grâce à l'argent des concerts. Mais on en fait moins. Au concert de dimanche dernier, le patron nous a dit qu'il ne voulait plus de nous, et on en a perdu deux autres.

— De quel pub s'agit-il ?", demanda Reilly.

"The Gypsy, sur Dyke Road. On n'y a jamais attiré tellement de monde, alors ça se comprend."

Reilly opina du chef.

"Note-moi les noms des autres, mais je crois savoir lesquels c'est."

Hathaway était étonné que Reilly puisse être au courant.

"Et la femme de ménage, ça se passe bien ?", enchaîna Reilly.

Hathaway n'était pas franchement une fée du logis et Reilly avait embauché une femme qui n'était pas du quartier pour lui faire le ménage et la cuisine. Hathaway n'était pas toujours là à l'heure des repas et elle lui laissait des plats préparés. Elle s'était montrée méfiante au début – elle n'avait jamais vu un réfrigérateur de sa vie.

Quelquefois, Hathaway avait la flemme de réchauffer son repas. La tourte au fromage et aux oignons passait bien froide, mais le steak et les rognons avaient tendance à congeler.

"Comment connaissez-vous les pubs qui ne nous engagent pas ?"

Reilly se leva et avança vers la fenêtre. Il observa la houle.

"En l'absence de ton père, quelques-uns des pubs dont nous nous occupons ont décidé de passer à la concurrence.

— Dont vous vous occupez ? Vous voulez parler des machines à sous et ce genre de trucs ?"

Reilly hocha la tête sans se retourner.

"Et ce sont ceux qui ne nous embauchent plus ?"

Reilly se retourna et hocha de nouveau la tête.

"Probablement."

Hathaway partit quelques minutes plus tard. En traversant la salle de jeu voisine – où *I Want to hold your Hand* des Beatles diffusé à plein volume tentait de couvrir la cacophonie des machines – il vit Charlie installé à l'une des vieilles machines à sous.

Elle s'appelait "Le rêve de l'avare". Il y avait une petite figurine représentant un avare avec des cheveux blancs et des lunettes, assis à une table au milieu d'une vieille pièce lugubre. Charlie introduisit un penny dans la fente et, tandis qu'Hathaway se rapprochait, la scène se mit en mouvement. Une porte s'ouvrit et un squelette surgit ; un tableau disparut, laissant apparaître un ogre tapi derrière. Le couvercle d'une malle se souleva et une créature encapuchonnée commença à s'en extraire. Tout cela se déroulait dans le dos de l'avare qui continuait, indifférent, à scruter son tas d'argent posé sur la table.

"Tu peux garder tes bandits manchots trafiqués", lui lança Charlie pour lui faire comprendre qu'il avait senti sa présence. "Cette machine me convient.

— Trafiqués ?"

Charlie jeta un coup d'œil à Hathaway.

"Je n'ai rien contre ton père, mais chaque bandit manchot de la ville est trafiqué pour que la balance penche en faveur de la salle de jeu. Ça a toujours été comme ça."

Hathaway hocha la tête. Il se méfiait de Charlie qui s'emportait assez facilement. Il l'aimait bien mais il ne le connaissait pas depuis aussi longtemps que les deux autres membres du groupe.

“Alors, ça tient toujours pour le concert au Snowdrop ce soir?”, l’interrogea Charlie. Le Snowdrop était un pub situé à la limite de Lewes, au bout de Cliffe High Street.

“J’ai dit que nous serions là-bas à sept heures. C’est bien payé et, si ça marche, on pourrait y jouer régulièrement.

— Tu sais que je suis de Lewes?” lui apprit Charlie tout en observant le penny usé sur lequel l’effigie de la reine Victoria était presque effacée et qu’il venait de pêcher dans sa poche pour le glisser dans la fente de la machine.

Hathaway détailla le profil de Charlie, sa mâchoire noueuse.

“Je me souviens te l’avoir entendu dire”, répondit-il.

“Je déteste ce putain d’endroit. Des mauvais souvenirs. Alors, excuse-moi par avance si je suis de sale humeur ce soir.

— Tu crois qu’on va voir la différence?” blagua Hathaway avant de faire un petit bond en arrière lorsque Charlie fit semblant de lui envoyer un coup de poing.

Ils s’étaient rencontrés quelques mois plus tôt quand Hathaway avait passé une annonce pour recruter un batteur pour le groupe qu’il avait l’intention de monter.

Charlie avait débarqué dans le bureau du père d’Hathaway au bout du West Pier en panoplie de Teddy boy : veste en drap avec revers de velours, cravate de cowboy, creepers.

“T’as l’intention de jouer quel genre de musique?”, avait-il demandé en regardant Hathaway des pieds à la tête. “Moi je ne joue pas du Cliff Richard ou du Pete Seeger.

— On mélangera – Gene Vincent, Chuck Berry, Roy Orbison, The Shadows – tout ce qu’on entend et qui sonne bien.

— Quel âge as-tu ?", avait poursuivi Charlie.
"Presque dix-sept. Et toi ?
— Dix-neuf. C'est un bon âge pour un batteur. Un batteur doit faire tenir l'ensemble du groupe. Assurer le tempo. Il faut de la maturité pour ça."
Charlie avait balayé les lieux du regard.
"On est où ici ?
— C'est à mon père. Il possède cette extrémité de la jetée. Le stand de tir, la salle de jeu et les auto-tamponneuses."
Charlie avait hoché la tête, lentement.
"Y a une odeur."
Hathaway avait pointé du doigt les interstices entre les lames du plancher et l'eau qui clapotait en dessous.
"C'est la mer."
Charlie avait penché la tête sur le côté.
"Tu as un fourgon ?"
Hathaway avait fait non de la tête. Un sourire en coin s'était dessiné sur le visage de Charlie.
"J'en ai un. Tu vas avoir besoin d'un fourgon." Il avait sorti un paquet de cigarettes de la poche de sa veste et palpé l'autre pour y dénicher des allumettes. "Qu'est-ce que tu penses des Springfields ?
— De la musique pour papa et maman.
— Acker Bilk ?"
Charlie s'alluma une cigarette.
"Pareil. Je déteste le jazz traditionnel.
— Je hais le skiffle", avait dit Charlie en recrachant la fumée. "Tu n'as pas Joe Brown ou Lonnie Donegan tapis quelque part dans l'ombre, hein ?"
Hathaway avait souri.
"Tu es de Brighton ?"
Charlie avait secoué la tête.
"De Lewes. On vient juste de s'installer à Moulsecoomb."
Hathaway avait fait un geste du bras.

“On répétera ici en dehors des heures d’ouverture.
— J’imagine que je pourrai amener le fourgon sur la jetée – ça ne m’amuse pas de trimbaler la batterie depuis les jardins de la promenade.
— Tu peux.
— Et on n’est que deux ?
— Il y a deux de mes copains d’école. Un bassiste et un chanteur. Ils ne pouvaient pas être là aujourd’hui.
— Ils sont en retenue ?”
Hathaway avait souri et, après un moment, Charlie avait fait de même.
“Ils sont bons ?”
Hathaway avait fait oui de la tête.
“Et toi ?”
Hathaway avait de nouveau hoché la tête. Charlie avait pointé du doigt la guitare et l’ampli d’Hathaway.
“Joue-nous un morceau alors.”

Ce soir-là, le Snowdrop était plein comme un œuf et Charlie, bien que calme, semblait de bonne humeur. Lors de la première pause, un de ses vieux copains vint le voir, un irréductible Teddy boy.
“Je vous présente Kevin”, dit Charlie. “On faisait des virées ensemble avant que je déménage à Brighton.”
Kevin semblait mal à l’aise. Il fixa le bout de ses chaussures et dit :
“Et que tu te laisses pousser la frange.”
Charlie et Kevin allèrent s’installer au coin du bar pour boire un verre, mais Hathaway devinait à leur comportement que la discussion était difficile.
À la fin du concert, la neige s’était mise à tomber, les obligeant à rentrer à Brighton à une allure prudente. Une fois qu’ils eurent quitté les Downs, Hathaway demanda :
“Kevin est un vieil ami ?
— Plutôt un ex-ami, en fait. Ce n’est pas de sa faute. Juste de mauvais souvenirs.”

Les autres échangèrent des regards mais restèrent silencieux.

Charlie brisa le silence :

“Mon petit frère est mort. Kevin et moi y avons été plus ou moins mêlés.”

De nouveau le silence s’installa jusqu’à ce que Hathaway dise :

“Désolé de l’apprendre.

— Ouais”, ajoutèrent les deux autres, presque à l’unisson.

Ils continuèrent à rouler, laissant Falmer sur leur gauche.

“On dirait bien que l’on perd des dates”, attaqua Dan. “Les pubs n’aiment pas la musique ?

— Je pense que ça a quelque chose à voir avec mon père”, dit Hathaway. “Et avec les accords qu’il passe avec les pubs pour les bandits manchots.

— Qu’est-ce que tu veux dire ?”, demanda Charlie. Une voiture les dépassa et se rabattit brutalement devant lui. Elle ralentit, forçant Charlie à freiner.

“Imbécile”, marmonna-t-il.

Hathaway expliqua :

“Les pubs qui ne nous font plus jouer sont ceux qui n’emploient plus les machines de mon père. Ils ont profité de son absence pour aller voir ailleurs.

— Attends”, intervint Charlie. “Ça veut dire que si nous avons ces concerts, c’est avant tout en raison de l’influence de ton père ? Ça n’a rien à voir avec notre talent ?

— Je pense que le lien avec mon père nous rend service”, dit Hathaway.

Charlie commença à s’énerver.

“Il y a un truc que je ne pige pas. Je suis un putain de bon batteur. Cet enfoiré de Ringo Starr ne m’arrive pas à la cheville…” De nouveau il dut appuyer précipitamment sur la pédale de frein. “Mais qu’est-ce qui se passe, bordel ?”

Un gyrophare s'était déclenché sur le toit de la voiture qui les précédait et ses feux de détresse clignotaient tandis qu'elle ralentissait de plus en plus. Hathaway regarda dans le rétroviseur latéral.

"On a aussi une bagnole de flic aux fesses. Un panda*.

— Des emmerdes. Je m'en passerais bien ce soir", dit Charlie en faisant craquer les vitesses.

La voiture de devant les guida jusqu'à une aire de repos. La voiture de derrière les suivit.

"Putain, mais qu'est-ce que les condés peuvent bien nous vouloir ?", lança Charlie.

Quatre policiers en civil sortirent de la voiture banalisée qui les précédait.

Deux flics corpulents s'extirpèrent du panda. Un de ceux en civil ouvrit brutalement la portière côté passager et agita sa plaque sous le nez des occupants. Il prit une profonde inspiration avant d'expirer bruyamment.

"Je sens quelque chose d'illégal. Vous êtes des nègres déguisés, non ?"

Les portes arrière du fourgon furent ouvertes sans ménagement.

"Qu'est-ce que t'y connais – c'est un putain de groupe pop."

La dernière remarque venait d'un sergent rougeaud, aigri, dont le casque blanc tenait à peine sur son énorme crâne.

"Quel est le problème ?", demanda Dan.

"Je crois que le mot que tu cherches est « Monsieur ».

— Oui, sans aucun doute. C'est « Monsieur »." Un autre flic apparut derrière le premier. Lui aussi renifla bruyamment. "Ça sent comme à la casbah ici – ou comme à Notting Hill. Auriez-vous l'amabilité de sortir et de vider vos poches, messieurs ?"

* Nom donné aux véhicules de police bicolores (noir et blanc ou bleu et blanc).

Hathaway regarda autour de lui pour voir ce qui se passait. Il n'était pas inquiet à cause des drogues – bien qu'ils aient entendu parler du cannabis, aucun des membres du groupe ne s'y était encore essayé – mais il se demandait pourquoi la police s'en prenait à eux.

"Qu'est-ce que vous nous voulez ?", demanda Charlie au type en civil.

"Nous avons des raisons de croire qu'il y a de la drogue dans ce véhicule et, par conséquent, nous allons le fouiller.

— On ne prend pas de drogues", répondit Dan. "Mais ne vous gênez pas pour chercher."

Le policier examina l'arrière du fourgon.

"C'est un peu encombré là-dedans. Vous feriez mieux de sortir votre matériel.

— Notre matériel ?

— Oui, tout."

Alors qu'ils avaient vidé la moitié du chargement, les flocons se transformèrent en neige fondue. Les policiers en uniforme et ceux en civil se tenaient au bord de la route, à l'abri des arbres.

"Bâtards", grommela Charlie en sortant les amplis. Quand le fourgon fut vide et la neige fondue remplacée par une averse, les policiers regardèrent à peine le matériel.

"OK – on s'est trompés. Vous pouvez y aller.

— Vous allez nous aider à recharger ? Il pleut comme vache qui pisse.

— Surveille ton langage", dit le sergent rougeaud en agitant l'index. "Ce n'est pas notre boulot, les gars. Nous, on pourchasse le crime." Il toucha son casque du bout du doigt. "Bonsoir à tous. Oh, fiston…", dit-il en désignant Hathaway. "Dis à ton père qu'il a le bonjour du sergent Finch."

Hathaway et les autres les regardèrent partir tandis que la pluie tambourinait sur leur matériel.

Des yeux, Charlie cherchait quelque chose – ou quelqu'un – à frapper.

"Putain de bâtards !" Il se tourna vers Hathaway. "Il faudra qu'on remercie ton père pour ça. Aussi."

Billy et Dan se mirent à regarder ailleurs.

"Et pour un concert avec Duane Eddy quand il vient à Brighton."

Charlie sembla interloqué.

"Tu te fous de moi !"

Hathaway sourit.

"Je suis sérieux. C'est une connaissance de mon père."

Charlie fit une petite danse. Les deux autres avaient l'air perplexe.

"Vous ne pensez pas qu'on pourrait parler de ça au sec ?", demanda Billy.

"Ouvrir pour Duane Eddy", lança Charlie. "Eh bien, on y est. Le début de la gloire.

— On ne fait qu'ouvrir", dit Hathaway. "On ne partage pas la tête d'affiche avec lui.

— Et il n'est plus au top", ajouta Dan.

— Va te faire foutre. Je suppose que tu penses que les Everly Brothers sont dépassés."

Charlie commença à remettre le matériel dans le fourgon.

"En tout cas, j'aimerais bien faire la connaissance de ton père – à l'évidence, il évolue dans des milieux intéressants. Un jour il est copain avec les condés, le lendemain ils nous arrêtent."

Hathaway pensait la même chose.

Pendant le week-end férié du mois d'août, Hathaway se rendit au Palace Pier avec Dan, Billy et Charlie. L'air était chargé d'odeurs de hot-dogs, de frites, de hamburgers et de barbe à papa. Après les auto-tamponneuses et le stand de tir, ils allèrent faire la queue au Helter Skelter, le toboggan géant en spirale, un petit tapis à la main pour la descente.

"Vous avez lu l'article à propos de ce type, Tony Mancini ?", dit Dan. "Il a avoué.

— Avoué quoi ?", demanda Charlie en reluquant deux filles qui passaient à côté, une barbe à papa à la main.

Hathaway observait une vieille femme clopinant, coiffée d'un foulard, un chapeau imperméable transparent posé dessus. C'était une belle journée ensoleillée.

"C'est le meurtrier à la malle de Brighton", précisa Hathaway. "Il a assassiné sa maîtresse en 1934, il l'a collée dans une malle qu'il a trimballée pendant six semaines. C'était une pute et il était son mac. Il a été jugé à Lewes et il s'en est sorti. Et il vient d'avouer qu'il l'avait fait."

Les autres le regardèrent.

"Quoi ? J'ai juste lu le journal.

— Mais il y a eu deux meurtres à la malle, John", lança une voix qui provenait de l'autre côté du cordon, à côté de la file d'attente.

C'était Sean Reilly, dans son pantalon de cavalerie sergé et sa veste de sport à carreaux.

"Le premier n'a jamais été résolu. La victime n'a pas pu être identifiée car sa tête et ses bras étaient absents. Le tueur n'a jamais été retrouvé.

— Monsieur Reilly…

— Sean.

— Vous n'êtes pas sur la bonne jetée, non ?"

Reilly sourit.

"Rendez-vous d'affaires." Il regarda les amis d'Hathaway. "Ces messieurs sont les autres membres de ton groupe, je suppose ?

— Je vous présente les Avalons", dit Charlie en faisant un geste vers les autres. "Bientôt en première partie de Duane Eddy."

Reilly hocha la tête.

"J'ai entendu ça. Et je crois bien que mon ensemble de salon porte ce nom."

Les garçons le regardèrent puis se tournèrent vers Billy qui rougissait furieusement. Reilly vit leur surprise. “Rassurez-vous, c’est un ensemble de très bonne qualité.”

Il fit un signe de tête à l’attention de Billy, de Charlie et de Dan.

“Messieurs. Je suis Sean Reilly. Je travaille avec le père de John. Amusez-vous bien.”

Il les salua tandis que la file d’attente s’ébranlait.

“Je croyais que notre nom avait un rapport avec le roi Arthur”, siffla Charlie à l’attention de Billy. “Mais en fait on a le nom d’un putain de canapé ?

— Et deux fauteuils”, ajouta Bill.

Les autres le regardèrent puis Dan dit :

“Bon, ça colle pour trois d’entre nous – et le dernier, il est quoi ?

— Tant que je ne suis pas un pouf”, dit Charlie, grinçant. Les autres se mirent à rire puis, en dernier comme toujours, Charlie.

“Il vaut mieux que ça soit moi”, ajouta Billy. “Étant donné les circonstances.

— Tout à fait”, dit Charlie, et ils rirent à nouveau, Billy se contentant d’un sourire gêné.

En gravissant les marches du toboggan géant, Hathaway vit Reilly avancer lentement sur la jetée. Deux autres types le rejoignirent, une cinquantaine de mètres plus loin, et ils revinrent ensemble sur la promenade. Hathaway, debout au sommet du Helter Skelter, jeta un coup d’œil en direction des bureaux de la jetée.

Un grand type maigre se tenait dans l’embrasure de la porte. Il observait Reilly qui s’éloignait et son visage exprimait une haine absolue.

3

*YOU REALLY GOT ME**
TU M'AS VRAIMENT SÉDUIT

1964

Le matin du Jour de l'an 1964, Hathaway était au lit avec Barbara lorsque ses parents rentrèrent d'Espagne. Hathaway avait vaguement entendu une voiture se garer dehors, puis la porte d'entrée claquer, mais il était occupé à autre chose.

Ce n'est que quand il entendit son père beugler son nom qu'il comprit.

"Bordel", dit-il en s'écartant de Barbara si brusquement que cela la fit crier. Hathaway lui mit la main sur la bouche.

"C'est mon père."

Elle écarquilla les yeux.

"Débarrasse-toi de ces danseuses, mon petit Johnny !" gueula son père. Ses pas lourds résonnaient sur les marches. Il toqua à la porte de la chambre. "Tu as environ dix secondes pour les balancer par la fenêtre."

Hathaway sortit précipitamment de son lit et chercha son pantalon à tâtons, le sexe encore en érection. Barbara tira les couvertures au-dessus de sa tête.

"Juste une seconde, papa. Je ne suis pas présentable.

— Quoi de neuf?", lui lança son père à travers la porte.

* Succès des Kinks, écrit et composé par Ray Davies. Numéro un des charts anglais en 1964.

Hathaway, paniqué, inspecta la chambre et vit les bijoux de Barbara posés sur une chaise à côté de la fenêtre. Il avança vers eux mais, sans plus attendre, son père ouvrit la porte.

"Mon petit Johnny."

Son père entra, arborant un large sourire, et regarda son fils de la tête aux pieds. Il n'était pas très grand – peut-être un mètre soixante-quinze – mais il était large d'épaules avec un torse puissant et sa présence en imposait. Il s'approcha d'Hathaway tout en inspectant la pièce du regard. Il remarqua les bijoux sur la chaise. Il s'arrêta et se tourna vers le lit.

"Papa", dit Hathaway en rougissant. "Je ne m'attendais pas à ton retour. Maman est avec toi ?"

Son père l'ignora. Ses yeux se posèrent à nouveau sur les bijoux. Il fit un pas vers la chaise et ramassa le collier de Barbara. Sa mâchoire se serra. "Papa, pourquoi n'as-tu pas téléphoné ?" Le regard de son père le foudroya sur place puis revint vers le lit. Il fut à côté en deux enjambées, le collier à la main. Il saisit les couvertures de son autre main.

"Papa", dit Hathaway, à présent plus effrayé que gêné.

Les couvertures résistèrent un instant puis son père les arracha, découvrant Barbara. Elle était allongée, recroquevillée, la tête enfoncée dans l'oreiller. Quand elle sentit l'air froid sur son corps, elle se détendit et tourna les yeux vers Dennis Hathaway. John vit la panique dans son regard, mais elle s'adressa à son père d'une voix calme : "Bonjour Dennis."

Le visage de son père était transfiguré par la colère. "Pour toi, c'est monsieur Hathaway."

Son ton était glacial.

Barbara ne pensait plus qu'à quitter la maison. Hathaway essaya de la calmer mais elle ne voulait rien entendre. Son père était redescendu et avait rejoint sa mère dans la cuisine. Barbara sortit précipitamment par la porte d'entrée. Hathaway resta un moment immobile, le front posé contre la porte, puis il se rendit dans la cuisine.

Il pouvait entendre sa mère parler puis rire bruyamment.

"Cette Ena Sharples. C'est un numéro. Elle n'arrête pas d'enquiquiner Minnie Caldwell.

— Maman ?", dit Hathaway en trouvant sa mère seule dans la cuisine.

"Bonjour, mon chéri", répondit-elle. Elle était debout devant l'évier et se lavait les mains sous le robinet. L'eau ne coulait pas. Elle riait. "J'aime beaucoup les *Beverly Hillbillies*, pas toi ?

— Je pensais que tu étais avec papa.

— Ton père est dehors. Quelque part dans le jardin. Il est joli avec toute cette neige, n'est-ce pas ?"

Hathaway fut surpris que sa mère parle et rie ainsi, toute seule, mais, à cet instant, il était tellement troublé qu'il ne s'en inquiéta pas.

"Plus tard il y a *Z Cars*", dit-elle. "Bien que je préfère *Dixon of Dock Green*."

Hathaway n'avait pas vu sa mère depuis près de six mois mais elle donnait l'impression que l'absence n'avait duré qu'un moment. Elle avait la peau couleur noisette et portait une robe d'été jaune sous son manteau de fourrure.

"Veux-tu enlever ton manteau, maman ?

— Non merci, Johnny. Il fait un peu frisquet. Je me suis habituée aux cieux exotiques."

Elle avait prononcé les mots "cieux exotiques" avec fierté, comme s'il s'agissait d'une expression étrangère qu'elle avait apprise.

Hathaway finit par se sentir gêné.

"OK, très bien", répondit-il, incapable de trouver autre chose à dire.

Hathaway passa le reste de la matinée dans sa chambre. Sa mère l'appela à l'heure du déjeuner.

La famille déjeuna dans la salle à manger qui donnait sur le jardin enneigé. Sa mère avait préparé un jambon avec tous les accompagnements. Son père était installé au bout de la longue table – elle pouvait accueillir huit personnes – l'air sombre, il ne s'exprimait que par monosyllabes. Sa mère ne cessait de s'agiter.

À la fin du repas, sa mère partit dans la cuisine pour faire la vaisselle. Hathaway avait proposé de l'aider, mais son père lui avait dit qu'il voulait discuter avec lui dans le salon.

"Mets-nous du Matt Monro", avait lancé sa mère depuis la cuisine.

Le père d'Hathaway s'exécuta puis apporta une bouteille de whisky et deux verres à côté des canapés.

"Canadian Club. Le meilleur whisky du monde – selon les réclames.

— Papa, à propos de Barbara…

— Je ne veux pas parler d'elle", l'interrompit son père d'un ton redevenu glacial. "Je veux parler de toi."

Il trinqua.

"Je sais que je n'ai pas d'instruction", dit son père. "Mais je devine que si tu traînes à la maison toute la journée cela veut dire que tu as décidé de ne pas passer tes examens.

— Ce sont les vacances scolaires, papa.

— Oh – ça doit être ça. Donc tu vas passer tes examens ?"

Le whisky enflammait les joues d'Hathaway. Il n'était pas habitué à cette boisson.

"Non."

Selon les tests de QI de l'école, Hathaway avait une intelligence supérieure à la moyenne. Il aimait apprendre. Et lire.

"Encore des livres", disait sa mère quand il en apportait une nouvelle pile à la maison. "Tu n'en as pas déjà assez ?"

Mais il ne se plaisait pas à l'école. Les professeurs le rendaient dingue.

"Cela veut dire que tu es toujours dépendant de moi financièrement ?", demanda son père.

Hathaway posa son verre. Le whisky lui brûlait le gosier.

"Le groupe marche bien."

Son père fit tourner son whisky dans son verre.

"C'est bien ce que je dis.

— Que veux-tu dire ?"

Le père d'Hathaway sembla ne pas l'avoir entendu.

"Changeons de sujet", dit-il. "Je crains que l'état de ta mère n'empire.

— Qu'est-ce qui ne va pas chez elle ?

— Elle est en pleine ménopause – ses hormones la travaillent. C'est un grand changement – et ça peut faire péter les plombs à certaines personnes.

— Tu veux dire que maman devient folle ?

— Pas vraiment – et j'espère que ce n'est que passager.

— Qu'est-ce que dit le médecin ?

— Il lui a donné des comprimés. Du Valium. C'est tout nouveau. Il m'a dit que ce médicament faisait des miracles.

— Je l'ai entendue parler toute seule dans la cuisine.

— Même les gens les plus intelligents font cela", dit son père d'un ton enjoué. "Souvent parce qu'ils pensent qu'ils sont les seules personnes à qui cela vaut la peine de parler."

Il vit l'expression d'Hathaway.

"Ne t'inquiète pas. Elle va bien, elle a juste... des hauts et des bas."

Son père remplit à nouveau leurs verres et l'observa longuement.

"Qu'est-ce qu'il y a ?", demanda Hathaway.

"Il y a de l'argent à se faire dans le business de la musique", expliqua son père.

"Si on parvient à entrer dans les dix premières places des charts", rétorqua Hathaway.

"Avec moi, imbécile." Son père le dévisagea. "Oui, un vrai boulot. Est-ce que tu as la moindre idée de ce que je fais ?

— Non – mais je me suis posé pas mal de questions dernièrement."

La sonnette de l'entrée retentit. La mère d'Hathaway alla répondre. C'était Sean Reilly. Son père se leva. Ils échangèrent une poignée de main.

"Tu as l'air en forme.

— Toi aussi."

Hathaway se leva, gêné, et serra la main de Reilly pendant que son père servait un autre whisky.

"Irlandais, j'espère", dit Reilly.

— Irlando-canadien", corrigea le père d'Hathaway en tendant le verre à Reilly.

Ils s'assirent tous les trois.

"Fiston, comme tu le sais peut-être, toutes mes activités ne sont pas forcément légales. Mais je ne connais pas un honnête homme qui n'essaie pas de truander le fisc. Et je n'échappe pas à la règle.

— Je ne te le reproche pas", répondit Hathaway, même s'il ne connaissait rien aux impôts.

Le père d'Hathaway échangea un regard avec Reilly.

"Je me disais que tu pourrais rejoindre l'affaire familiale. Ce serait pour ainsi dire une manière de t'initier aux méthodes de management.

— Bien sûr, papa, mais j'ai un boulot. Le groupe."

Dennis Hathaway observa son fils pendant quelques instants.

"On a l'intention d'aller jusqu'au bout.

— Je n'en doute pas, fiston, je n'en doute pas. Mais, d'ici là, tu peux me filer un coup de main. Tu auras un bon salaire. En espèces, bien sûr. Et, franchement, vu ce que tu claques en fringues et en matériel, ça te servira toujours.

— Je ne sais pas, papa. Que veux-tu que je fasse exactement ?

— Pas grand-chose pour l'instant. Tout ce que je te demande, c'est un accord de principe.

— Un accord de principe ?", répéta Hathaway.

Son père se mit à rire.

"J'ai entendu le chef de la majorité municipale dire ça une fois. Je n'ai aucune idée de ce que cela signifie."

Les parents d'Hathaway avaient décidé d'organiser ce soir-là une fête de Nouvel An pour célébrer leur retour chez eux. "Invite tes amis", lui avait dit sa mère, mais aucun des membres du groupe n'était joignable et il n'avait pas d'amis dans le quartier. Il se doutait que l'invitation ne concernait pas Barbara.

Les traiteurs arrivèrent en fin d'après-midi. Hathaway monta dans sa chambre pendant qu'ils s'installaient au rez-de-chaussée et réfléchit à ce qu'il allait pouvoir dire à son père au sujet de Barbara. Il ne s'était pas imaginé que cela puisse poser un tel problème, même si Barbara travaillait pour l'entreprise familiale.

L'entreprise familiale. Il se demandait quelles activités elle englobait.

La fête battait son plein. Hathaway était étonné que ses parents, après six mois d'absence, aient pu réunir autant de monde, le jour de l'an, en si peu de temps.

Comme d'habitude, les femmes étaient rassemblées dans la cuisine et les hommes occupaient les pièces principales. Certains parlaient fort, mais il y avait aussi des conversations à voix basse dans des coins isolés. Chez les hommes, l'attaque du train postal était un des principaux sujets de conversation.

Hathaway observa les invités de ses parents comme s'il les voyait pour la première fois. Il y avait beaucoup d'hommes d'humeur joviale, à l'air patibulaire, engoncés dans leurs costumes.

Il était à côté du tourne-disque-radio et aidait son père à changer un disque quand Reilly s'approcha.

"Les jumeaux sont là", murmura Reilly. Dennis Hathaway regarda par-dessus les têtes des gens qui l'entouraient.

"Il vaut mieux les traiter comme la famille royale, je suppose. Qui est le type qui les accompagne ?

— McVicar. Un sale type qui sort d'un taudis de South Peckham.

— Viens, Johnny", dit Dennis Hathaway en se tournant vers son fils. "Il est temps de te faire rencontrer quelques vrais méchants. En tout cas, c'est ce qu'ils croient."

Hathaway jeta un coup d'œil aux deux types vêtus de costumes gris identiques, taillés près du corps. Il avait vu leurs photos dans les journaux. Ils y étaient généralement entourés de gens du spectacle ou d'acteurs de seconde zone. Il suivit son père et Reilly.

"Messieurs, c'est une joie inattendue.

— Nous étions dans le coin", dit l'un des jumeaux, bien qu'Hathaway ne sache pas, entre les deux, qui était qui.

"Je vous présente mon fils, John", annonça Dennis Hathaway.

McVicar l'inspecta des pieds à la tête.

"Il est grand, hein ? J'espère que vous avez tué le livreur de lait." Il se mit à rire bruyamment. Dennis Hathaway souriait à peine et les jumeaux restèrent impassibles. Hathaway sourit par politesse, mais il avait déjà pris l'homme en grippe.

"Alors, vous êtes dans le coin pour affaires ?", reprit Dennis Hathaway. "Si je peux vous être utile en quoi que ce soit…"

Les jumeaux se contentèrent de le regarder en silence.

"Bien. Alors, laissez-moi vous présenter.

— Avant que vous ne le fassiez, permettez-moi de dire bonjour", l'interrompit une voix.

Tous se tournèrent vers l'homme grand et élancé qui venait d'arriver, flanqué d'un type de la même taille mais bien plus baraqué. Hathaway estima qu'ils avaient tous les deux la cinquantaine. Ils portaient des vestes et des pantalons en tweed.

"Monsieur le chef de la police, content que vous ayez pu venir", dit Dennis Hathaway au plus maigre des deux. "Messieurs, voici notre nouveau chef de la police, Philip Simpson, qui a rétabli l'ordre et la loi dans tout le Sussex après les mauvaises habitudes prises par notre précédent chef de la police, Charles Ridge. Ces messieurs sont…

— Ce n'est pas vraiment la peine de me les présenter. Je connais même monsieur McVicar ici présent – de réputation bien sûr." Le chef de la police fit un geste en direction de l'homme qui se tenait à ses côtés. "Voici un vieil ami – un bobby devenu auteur à succès. Donald Watts – mais vous le connaissez peut-être sous son nom d'écrivain, Victor Tempest."

Hathaway dévisagea l'homme avec intérêt. Victor Tempest. Il avait lu quelques-uns de ses livres. Des thrillers plutôt bien ficelés.

"Alors vous avez été ensemble dans la police ?", demanda Dennis Hathaway. Tempest opina du chef.

"Dans les années 1930." Il montra Hathaway du doigt. "Nous ne devions pas être beaucoup plus âgés que ce gamin."

Les jumeaux et McVicar regardaient Tempest et le chef de la police, l'air mauvais.

"Vous ne pouviez pas trouver un boulot honnête ?", demanda McVicar. Il avait une manière de parler plutôt méprisante. Les jumeaux restèrent impassibles. "Vous étiez homos ?"

Tempest mesurait quelques centimètres de plus que McVicar. Il tendit le bras et posa sa main sur son épaule droite.

"Vous êtes un plaisantin vous, n'est-ce pas ?", dit-il.

Hathaway ne comprit pas tout à fait ce qui se passa ensuite. Il vit Tempest serrer très légèrement l'épaule de McVicar qui poussa un cri avant de se dégager tout en se tenant le bras. Tempest salua les jumeaux et le père d'Hathaway d'un signe de tête puis rejoignit un groupe de femmes qui se tenaient près de la fenêtre.

McVicar ouvrait et fermait sa main droite, toujours en se tenant le biceps, les yeux braqués sur le dos de Tempest. Reilly s'avança pour lui barrer la route au moment où le gangster londonien s'avançait vers Tempest. Un des jumeaux tendit le bras et fusilla McVicar du regard.

Hathaway vit que le chef de la police s'était éloigné du groupe en silence. Dennis Hathaway eut un sourire crispé et les salua :

"Passez un bon moment, messieurs." Il jeta un coup d'œil à Hathaway. "Viens, fils, il est temps que tu ailles donner un coup de main à ta mère dans la cuisine."

Tandis qu'ils s'éloignaient son père lui glissa :

"Ces voyous de Londres. Aucune éducation."

Hathaway se fit piéger dans un coin de la cuisine par deux des amies de sa mère. L'une d'elle ne cessait d'agiter sa main dans ses cheveux pour les ébouriffer. Sa mère parlait continuellement, sans se préoccuper de savoir si quelqu'un l'écoutait.

"Nous savourions un bon dîner quand nous avons appris que le président avait été assassiné. Ce fut terrible. Un si bon restaurant avec vue sur la plage. Ce Lee Harvey Oswald – comment a-t-il pu faire cela à un si bel homme ?"

Hathaway remarqua McVicar dans l'embrasure de la porte qui matait la femme la plus jeune. Il se massait encore le bras.

Quand Hathaway revint dans la pièce principale, il se joignit à Reilly et à son père. Ils étaient au milieu d'un petit groupe d'hommes. Les jumeaux étaient parmi eux.

Ils parlaient des braqueurs de l'attaque du train postal. Hathaway avait suivi les comptes rendus avec avidité. Au cours des derniers mois pas mal de types avaient été arrêtés. Il y en avait neuf en détention.

Un gars de Brighton qu'Hathaway connaissait vaguement dit :

"J'ai vu les portraits dans les journaux. Ça n'a pas servi la cause de Buster, vous pensez bien." Hathaway se souvenait avoir vu l'avis de recherche pour un certain Ronald « Buster » Edwards dans la presse en septembre. "Et vous avez entendu ce qui est arrivé à Gordon ?"

Gordon Goody avait été arrêté à peu près à la même période.

"Il se planquait chez sa mère à Putney, et puis il est sorti pour aller voir cette reine de beauté à Leicester. Sa tronche n'est pas dans les journaux, ses empreintes ne sont pas dans la ferme. Mais le réceptionniste de l'hôtel où il a loué une chambre pour tirer sa crampe pense reconnaître ce foutu Bruce Reynolds parce qu'il porte des lunettes. Il a vu la tronche de Bruce dans les journaux. C'est pas du manque de bol, ça ? Et, bien sûr, une fois que les flics lui ont mis le grappin dessus, c'était râpé.

— Ils l'ont piégé ?", demanda Dennis Hathaway. L'homme hocha la tête.

"Ils ont retourné sa baraque alors que sa mère était là. Et ce n'est pas tout. Ils ont mené une recherche illégale dans une chambre qu'il occupait au-dessus d'un pub et ont déclaré avoir découvert sur ses chaussures de la peinture venant de la ferme. Bien sûr, c'est eux qui l'ont mise là."

Le reste du groupe écoutait sans faire de commentaires. En fait, Hathaway était frappé par leur silence. McVicar déboula soudain :

"C'est qui la bonne femme complètement barjo avec une robe jaune dans la cuisine ? Si vous voulez mon avis, elle a une araignée au plafond. Elle a complètement disjoncté."

Le père d'Hathaway plissa les lèvres. Après un bref silence, Reilly sortit deux cigares de sa poche.

"Monsieur McVicar. Vous m'avez l'air d'un homme qui apprécie un bon cigare. Venez en fumer un avec moi. Je voudrais vous parler affaires. Dehors, cependant – l'épouse de Dennis n'a rien contre la fumée de cigarette dans la maison, mais elle bannit pipes et cigares. De plus, ce sera plus tranquille."

McVicar sembla surpris.

"Un peu plus froid, aussi."

L'un des jumeaux lui chuchota quelque chose à l'oreille.

"OK, c'est bon", dit-il en s'adressant à la fois à Reilly et au jumeau. Tandis que Reilly ouvrait la marche, les jumeaux échangèrent un regard avec le père d'Hathaway. Était-ce le fruit de son imagination ou bien Hathaway vit le jumeau qui avait parlé à l'oreille de McVicar adresser un signe de tête quasiment imperceptible à son père ? Celui-ci s'excusa et quitta la pièce.

Les jumeaux regardèrent Hathaway mais restèrent silencieux. Il retourna dans la cuisine.

Les deux femmes qui l'avaient coincé quelques minutes auparavant faisaient la vaisselle. Il y avait un sac d'ordures à côté d'elles. Avant qu'elles n'aient l'occasion de le coincer à nouveau, il le ramassa.

"Je sors les poubelles", dit-il.

Elles sourirent et continuèrent à discuter.

Il faisait froid dehors et le passage sur le côté de la maison était glissant. Il déposa le sac dans la poubelle puis emprunta le passage qui conduisait au jardin situé derrière la maison. Sean Reilly apparut devant lui, un cigare éteint à la main.

"Où est McVicar ?", demanda Hathaway avant d'entendre les grognements. Il regarda derrière Reilly et vit son père, le visage écarlate, qui frappait à coups de pied une forme recroquevillée dans la neige. Il entendait les paroles hachées de son père qui alternaient avec les coups :

"Tu dois… apprendre… à fermer… ta putain… de gueule… ou à parler… poliment."

Hathaway, à la fois horrifié et fasciné, regardait son père continuer à frapper McVicar qui ne bougeait pas. Il n'émettait aucun son. Hathaway n'entendait que le souffle haché de son père et le bruit sourd de son pied qui heurtait le corps étendu sur le sol.

"Il va le tuer", dit Hathaway d'une voix rauque.

"C'est juste une leçon de bonnes manières", répondit Reilly.

Dennis Hathaway ne s'arrêta que quand il fut à bout de souffle. Il termina en frappant la tête de McVicar du talon puis il se plia en deux au-dessus de la forme inanimée pour reprendre son souffle. Hathaway voyait le sang qui, lentement, imbibait la neige. Dennis Hathaway tourna la tête vers Reilly sans voir son fils.

"Vire-moi cette merde de ma pelouse.

— Papa", lança Hathaway. "Qu'est-ce que tu as fait ?"

Son père se redressa.

"C'est une question de respect, fils. S'il n'y a pas de respect, il n'y a rien.

— Mais, papa, regarde ce que tu as fait."

Son père regarda la forme dans la neige.

"Quoi ? Ça ?" Son père sembla perplexe. "Ce n'est rien."

Mais pour Hathaway, c'était tout le contraire.

Les jours suivants, Hathaway fut tourmenté. Il avait souvent vu son père en colère, mais pas cet état de furie animale dans lequel il se trouvait quand il avait frappé McVicar à mort. Et Hathaway n'avait aucun doute quant au fait que son père avait bien l'intention de le tuer. La violence lui faisait horreur. En même temps, quelque chose en lui était attiré par cette forme de barbarie. Il avait ses propres zones d'ombre. Il savait que s'il se laissait aller à les libérer, il se comporterait comme son père.

Et il y avait Barbara. Il attendit d'avoir de ses nouvelles, mais rien ne vint. Il essaya de l'appeler au bureau de la jetée mais elle n'était jamais là.

Le quatrième jour, il se rendit sur la jetée. Il faisait beau mais le vent lui cinglait le visage comme la lame d'un couteau. Il rabattit la capuche de son duffle-coat, même s'il avait l'impression que cela le faisait ressembler à un gnome.

Des planches avaient été fixées sur le stand de tir pour l'hiver, mais la salle de jeux fonctionnait encore au ralenti. Reilly était dans le bureau, en compagnie d'une femme qu'il ne connaissait pas. Une demi-douzaine de chauffages au pétrole fonctionnaient dans la pièce. Il y en avait un de chaque côté du bureau de la femme.

"Ton père n'est pas là, John", dit Reilly. "Il est à Londres. Il rend visite à Freddie Mills, à son club."

Hathaway aimait bien Mills. Il ne l'avait jamais vu boxer mais il avait bien ri en voyant les deux films dans lesquels il avait joué. Il l'avait rencontré avec son père à Brighton. Ils s'étaient même lancé un défi au stand de tir à l'extérieur. Le meilleur sur cinq tirs. Hathaway avait gagné, mais il soupçonnait Mills de l'avoir fait exprès.

"C'est bon", répondit Hathaway. "Je ne fais que passer."

Reilly tendit le cou pour observer la mer par la fenêtre, comme pour demander, "Pour aller où ?" Il sourit et fit un signe de tête en direction de la femme assise à l'autre bureau.

"Je te présente Rita. Elle remplace Barbara.

— Bonjour", dit Hathaway en se forçant à sourire. "Alors, Barbara est partie ?"

Reilly hocha la tête.

"Elle a trouvé un boulot à l'étranger", expliqua-t-il en baissant les yeux sur son bureau.

"C'est plutôt soudain."

Reilly haussa les épaules.

"Une opportunité s'est présentée et elle l'a saisie." Il se leva. "Le procès sera bientôt fini."

Hathaway savait que Reilly parlait du procès de l'attaque du train postal. Il avait débuté à la fin du mois de janvier et dix-neuf personnes se trouvaient dans le box des accusés. D'autres étaient encore en cavale. Des mandats d'arrêt avaient été lancés.

"Roger Cordrey est le seul à avoir plaidé coupable", annonça Reilly. "Son pote, Bill, va se faire baiser.

— Pourquoi ?", demanda Hathaway en faisant mine de s'intéresser à la chose malgré la peine que lui faisait le départ inattendu de Barbara.

"Cordrey refuse d'impliquer qui que ce soit et tous les autres plaident non coupable. Cordrey peut dire ce qu'il veut à propos du fait que Bill Boal n'était pas impliqué dans le coup, cela doit être confirmé. Comme tout le monde nie avoir quelque chose à voir avec le vol, personne ne peut confirmer qu'il n'est pas mouillé. Boal est fichu.

— Vous le connaissez ?", demanda Hathaway.

"Du champ de courses", répondit Reilly.

Hathaway jeta un coup d'œil vers Rita et baissa la voix.

"Et comment va ce type, McVicar ?

— Il finira par se remettre.

— Il ne voudra pas se venger ?"

Reilly l'attira à la fenêtre. Une nuée de mouettes poussaient des cris aigus au milieu des bourrasques de vent. La mer était agitée et formait des creux immenses.

"Les gens qui se font corriger de cette manière réagissent différemment, mais la plupart du temps ça leur casse le moral. Il n'avait que de la gueule.

— Vous connaissez ce genre de types ?

— Je les ai fréquentés presque toute ma vie."

Hathaway se rapprocha de Reilly.
“Mon père est-il un gangster ?
— Il vaut mieux que tu lui poses ce genre de questions directement.
— Il répondra ?
— Je n’en sais rien”, rétorqua Reilly.
“C’est lui qui a éloigné Barbara ?”
Reilly sourit à nouveau.
“Il vaut mieux que tu lui poses ce genre de questions directement.”

4

*REBEL ROUSER**
AGITATEUR

1964

Sean Reilly se trouvait au concert de Duane Eddy. Il jurait dans le décor, impeccablement habillé et avec vingt ans de plus que le reste de l'assistance. Il se tenait au bar avec plusieurs types.

Le concert avait lieu à l'hippodrome. C'était la première fois que le groupe mettait les pieds dans de vraies loges. Duane Eddy n'était pas resté avec eux. Il avait dit bonjour et leur avait serré la main avant de s'enfermer dans sa loge. Charlie était aux anges. Le groupe d'Eddy était constitué de musiciens professionnels anglais. Ils aidèrent les Avalons à installer leur matériel.

La salle était bondée. Un mélange potentiellement explosif de mods et de rockers. Les mods se tenaient d'un côté et les rockers de l'autre.

Le groupe monta sur scène, commença par des morceaux style Buddy Holly avant de passer à du rhythm and blues. Hathaway était content de se trouver sur une scène surélevée car en moins de dix minutes un mod et un rocker se retrouvèrent au centre de la salle pour se bagarrer. En fait, il s'agissait plus d'une empoignade – des coups de poing et des coups de pied, mais personne ne

* Chanson de Duane Eddy. Numéro dix-neuf des charts anglais en 1958.

se retrouva à terre. Quand ils arrêtèrent, trois ou quatre autres types de chaque bande s'y mirent à leur tour.

Les filles étaient toutes agglutinées sur le devant de la scène, la plupart appuyées dessus. Hathaway vit Dan en reluquer deux pendant qu'il chantait. Il fit quelques pas de danse dans sa direction et se pencha vers lui.

"Fais gaffe – on ne sait pas si elles sont accompagnées."

Quand Duane Eddy monta sur scène, les rockers firent plus de bruit que les filles. Hathaway et le groupe se rassemblèrent à un bout du bar. Reilly lui adressa un signe discret. Hathaway s'excusa auprès du groupe et le rejoignit.

"Je n'aurais pas pensé que vous appréciiez ce genre de spectacle, monsieur Reilly.

— Messieurs, vous avez déjà probablement croisé cette jeune pop star sur la jetée. C'est le fils de Dennis."

Les hommes qui l'entouraient lui adressèrent un signe de tête et sourirent.

"Nous sommes en affaires avec les propriétaires. Et je suis aussi venu m'occuper de la cuisine qui se déroule en coulisses."

Reilly observa les derniers groupes de mods et de rockers se déplacer vers le centre de la salle et s'affronter.

"C'est presque chorégraphié", dit Reilly. "Et, à mon avis, c'est la chose la plus ressemblante à de la danse à laquelle on assistera ce soir.

— Ça saigne beaucoup", nota Hathaway.

"Les blessures à la tête saignent abondamment, même si elles sont légères. Non, tout ceci est plutôt retenu, je trouve. Cela aurait pu tourner à la rixe, mais ce n'est pas le cas. C'est très propre." Il balaya la salle du regard. "Je vois que les videurs se sont éclipsés. C'est raisonnable."

Il s'approcha d'Hathaway et lui parla à l'oreille. Hathaway sentit son haleine parfumée au whisky.

"Tu reconnais quelqu'un du côté gauche de la salle ?

— Pour être honnête nous nous sommes efforcés d'éviter de regarder qui que ce soit, d'un côté ou de l'autre de la salle.

— C'est la bonne attitude quand on est au milieu. Mais tu peux regarder maintenant, non ?"

Hathaway s'exécuta et repéra presque immédiatement trois des Teddys qui leur avaient mis une raclée à Seven Dials.

"Ces trois types là-bas – et ces deux-là qui les rejoignent."

Reilly opina du chef.

"Le minus et les deux brutes, et ceux avec les jointures ensanglantées ?"

Hathaway hocha la tête.

"Très bien. Va profiter du reste de ta soirée.

— Je veux me joindre à vous", dit Hathaway.

"En l'occurrence, ce serait imprudent. Laisse tomber pour le moment."

Le regard d'Hathaway alla de Reilly à ses hommes, alignés contre le bar.

"Qu'est-ce que vous allez faire ?

"Parlementer." Reilly mit une petite tape sur le bras d'Hathaway. "Va retrouver tes amis maintenant."

Quand Hathaway rejoignit Dan et les autres, il regarda en direction des cinq Teddys-virés-rockers. Ils formaient un petit groupe et ils rigolaient. Il se demanda ce qu'ils avaient pu penser en voyant le groupe sur scène avant qu'Eddy ne joue.

Les vibrations de la guitare d'Eddy envahissaient la salle. Charlie était en pleine extase. Hathaway se pencha vers Dan.

"Les Teds sont là. Ceux qui nous ont mis une correction."

Dan les repéra immédiatement.

"Bordel. La ville est petite – on aurait dû s'en douter." Il se tourna vers Hathaway. "Tu crois qu'on devrait faire quelque chose ?

— Pas ici, on se ferait lyncher. Après peut-être."

Dan semblait mal à l'aise.

"Ils nous ont mis une bonne raclée la dernière fois. Qu'est-ce qui te fait croire que ça sera différent ce soir ?"

Hathaway jeta un coup d'œil vers le bar, en direction de Reilly. Il remarqua que trois des quatre types qui l'accompagnaient avaient disparu.

"Il faut qu'on reste tranquilles de toute façon. Le type à l'autre bout du bar travaille pour mon père, il a une idée derrière la tête."

Dan se retourna vers le bar.

"Le type à l'air dur et ses copains ?"

Hathaway fit oui de la tête.

Eddy termina son instrumental et Charlie revint sur terre. Il avisa Dan et Hathaway.

"Dieu est venu à Brighton", hurla-t-il.

"Il est venu en taxi, je crois", répliqua Dan en riant.

Charlie scruta la salle. Il repéra immédiatement les Teddys et ses yeux s'agrandirent.

Il se rapprocha des autres. Sa main tripotait la chaîne de vélo qu'il gardait dans sa poche.

"Vous avez vu qui est là ?

— On a vu", répondit Hathaway.

"Et alors ?

— Et alors rien. Il n'y a rien à faire pour le moment.

— Mon cul", dit Charlie. "Je vais me faire ce gros bâtard."

Hathaway éprouvait encore de la rage contre celui qui avait failli lui pisser dessus. Il imaginait ses os en train de se briser. Quand bien même. Il leva le bras et ébouriffa la tignasse de Charlie.

Charlie fit un bond en arrière et remit en place sa coupe Beatles.

"Même si tu te fais passer pour un musicien pop, on sait que tu es un Teddy dans l'âme. Je ne sais pas si les Teds ont un code moral, mais je ne pense pas que ce soit le lieu et l'instant pour qu'un Ted en attaque un autre en pleine bataille rangée contre un tas de mods."

Charlie fixait le groupe de Teds avec une telle intensité qu'Hathaway était sûr qu'ils allaient finir par le sentir.

"D'accord, après", admit Charlie.

"L'ami du père de Johnny a dit d'attendre.

"L'ami du père de Johnny ?", répéta Charlie avec mépris. "Ton père va aussi nous ramener chez nous après l'école ?

— Ce n'est pas ça", fit Hathaway.

"Je conduis mes propres batailles", asséna Charlie. "Il serait temps que tu fasses pareil.

— C'est quoi ton problème avec mon père ?" lança Hathaway en regardant Charlie droit dans les yeux. "Il me semble que tu n'as pas craché sur le concert qu'il nous a trouvé."

Charlie rendit son regard à Hathaway mais ignora la question.

"On leur tombera dessus après. L'élément de surprise jouera en notre faveur. Qu'est-ce que tu en dis, Dan ?"

Les yeux de Dan et de Billy passaient de Charlie à Hathaway. Dan haussa les épaules.

"Tu vas mener tes propres batailles ?", demanda Charlie à Hathaway.

Hathaway était remonté. "OK. Laisse-moi prévenir le type de mon père." Il regarda vers le bar, mais Reilly et ses amis étaient partis.

Les Avalons étaient en coulisses quand Eddy termina ses rappels. Il déboula de la scène, leur fit un signe de la main et lança un "Merci les gars" avant de repartir dédicacer des photos et signer des autographes aux fans qui faisaient déjà la queue.

"Allons-y", dit Charlie.

"Et notre matériel ?", demanda Dan. "On vient juste de l'avoir – j'ai pas envie de le perdre à nouveau.

— Ça craint rien. Viens.”

Venant de Charlie, qui avait pété les plombs quand les instruments précédents avaient été détruits, c’était étonnant.

Dan ramassa une canette de bière et Billy dégota un morceau de bois qu’il soupesa dans sa main. Billy était verdâtre. Il baissa les yeux vers ses boots Chelsea à élastiques.

“J’aurais dû mettre mes boots à boucles.”

Hathaway s’attarda sur une perche munie d’un crochet à une extrémité. Il s’était mis à l’aïkido et avait expérimenté le kendo. Pour l’instant, il ne connaissait qu’une séquence de quatre mouvements – deux défensifs, deux offensifs – mais il estima que cela serait suffisant. Finalement, il laissa tomber l’idée. Si la police se retrouvait mêlée à l’histoire il serait traité plus sévèrement pour avoir employé une arme offensive.

Il pensait aux instructions que lui avait données Reilly, mais les commentaires de Charlie l’avaient mis sur les nerfs.

Quand ils sortirent dans l’allée derrière la salle de concert, ils furent accueillis par une pluie fine.

Hathaway essaya de voir si les Teds se trouvaient parmi les chasseurs d’autographes, prêts à leur sauter dessus.

Quelques personnes passèrent au bout de l’allée. Charlie menait le groupe, la main enfoncée dans sa poche droite.

Le gros du public commençait à peine à sortir dans la rue devant la salle. Il y avait deux sorties et la police, arrivée en force, s’assurait que les mods en empruntent une et les rockers l’autre.

Les deux tribus s’insultaient abondamment mais la police formait un cordon solide entre elles. Une demi-douzaine de fourgons de police étaient garés sur le trottoir de l’autre côté de la rue. Hathaway vit Reilly et quelques-uns de ses amis qui se tenaient à côté des policiers en uniforme. Ils observaient le public qui sortait et Reilly parlait à voix basse à un sergent rougeaud qui hochait la tête en l'écoutant. C'était le sergent Finch, celui qui avait fait passer son bonjour à Hathaway senior, plus tôt dans la semaine.

Quand les Teds émergèrent, Hathaway vit Reilly les désigner au sergent. L'instant d'après, ils étaient encerclés par une douzaine de policiers. Il y eut une brève discussion puis ils furent conduits vers les fourgons et embarqués à l'arrière de l'un d'eux. Hathaway et le reste du groupe se regardaient, interloqués.

"Eh bien, voilà, c'est fini", dit Billy, l'air soulagé. Il sortit le morceau de bois de la poche de sa veste et le posa contre un mur. Dan déposa sa bouteille à côté. Hathaway se retourna vers le sergent qui lui adressa un salut de la tête. Reilly avait disparu.

Le matin suivant, quand il descendit de sa chambre, son père était installé dans le salon.

"Viens me voir une minute fiston, si tu veux bien.

— Qu'y a-t-il, papa ? – Voilà une bonne question, Johnny.

— Monsieur Reilly était au concert de Duane Eddy.

— Ravi de l'apprendre. Il ne sort pas assez.

— Il y avait des Teddys boys et après le concert, la police les a embarqués.

— C'est une bonne chose pour l'ordre public.

— Monsieur Reilly a l'air de bien s'entendre avec un sergent."

Son père cala ses mains derrière son crâne et entrelaça ses doigts.

"C'est important d'avoir de bonnes relations avec les gars en bleu, particulièrement dans notre domaine d'activité. Où veux-tu en venir, fils ?

"De quel genre d'affaires t'occupes-tu, papa ?

— J'ai beaucoup d'activités, John. Je touche à pas mal de domaines.

— Et elles sont toutes honnêtes ?"

Son père plissa les lèvres et prit une profonde inspiration.

"Il y a des zones troubles. Mais si je te dis que j'ai certains arrangements avec la police, est-ce que cela te satisfait ?

— Que va-t-il arriver à ces Teddy boys ?

— Probablement une histoire de drogue, tu ne crois pas ? Il se peut que l'on découvre qu'ils étaient des fournisseurs et pas simplement des usagers. Prenons cette histoire, par exemple. Il va y avoir un vide sur le marché. Il va falloir le combler. Si je connaissais les gens qui peuvent obtenir les pilules que les jeunes d'aujourd'hui apprécient, je pourrais être tenté de combler ce vide."

Il observait son fils avec attention.

"Tu ne prends pas de pilules, John, n'est-ce pas ?"

Hathaway secoua la tête. Charlie en prenait, Dan avait essayé, mais cela ne l'avait jamais intéressé.

"Mais cela ne te pose pas de problème de conscience ?

— De problème de conscience ?" Hathaway se mit à rire en entendant son père prononcer ces mots.

"Oui – tu vois ce que je veux dire ? Tu comprends qu'il y a une différence entre la loi et ce qui est juste ?

"Bien sûr", répondit Hathaway qui se sentait mal à l'aise d'avoir une telle conversation avec son père.

"Eh bien, quelquefois, j'interviens dans cette zone entre la loi et ce qui est juste. Les gens veulent ces pilules. Elles les aident à faire la fête. Ça ne fait de mal à personne de leur en fournir. C'est un peu comme d'assurer un service public."

Hathaway dévisagea son père.

"De mon point de vue, cela semble raisonnable que si le groupe de mon fils fournit la musique, sa famille puisse tirer profit des activités annexes.

— Tu veux que je vende des drogues à nos concerts ?

— Non, non, non. Dans les pubs, personne ne vend sans l'accord du propriétaire. Et les propriétaires nous sont redevables. Tu dois juste t'assurer que nous récoltions notre part.

— En les brutalisant ?", demanda Hathaway. Son père éclata de rire.

"Je ne crois pas", répliqua son père. Il remarqua l'expression du visage de son fils. "Non pas que je pense que tu n'en sois pas capable. Tu aurais un rôle d'encadrement. J'ai des gens payés pour s'occuper du reste. Tu ne seras même pas en contact avec les dealers. À la fin de la soirée, quand tu récupères ton cachet, tu récoltes une enveloppe supplémentaire. C'est tout."

À la fin du concert du vendredi, Hathaway prit ses fonctions. Dan et Bill étaient déjà partis. Il laissa Charlie boire sa bière, seul à une table.

"Bonsoir, monsieur Franks", dit-il au propriétaire qui se tenait derrière le bar. "La pêche a été bonne ce soir ?

— Votre cachet habituel", répondit Franks, un type chauve et imposant, en lui tendant une enveloppe bien remplie.

"Non, pas pour ça – pour les revenus annexes."

Le patron du pub le dévisagea.

"Je crois que mon père vous a touché un mot à propos des nouveaux arrangements."

Le patron du pub continuait à le regarder fixement.

"Je pensais que c'était monsieur Reilly qui allait faire la collecte", finit-il par dire.

Hathaway sourit.

"Une main qui récolte en vaut une autre."

Le patron hocha la tête avec lenteur.

"C'est bien vrai. Le dealer s'est sauvé je ne sais où. Il m'a dit qu'il revenait mais ça ne sera peut-être pas avant demain. Voulez-vous revenir à ce moment-là ?

Ce fut au tour d'Hathaway de le dévisager. Il pouvait comprendre que cet homme revêche soit irrité qu'un jeunot lui prenne encore plus d'argent, mais il ne pouvait pas le laisser faire.

"Dans ce cas-là, c'est monsieur Reilly qui viendra faire la collecte. Il voudra aussi, sans aucun doute, avoir une petite discussion avec le dealer. Si vous pouvez faire en sorte qu'il soit là."

Le concours de regards continua encore une minute.

"Attendez une seconde", dit le patron.

Il s'absenta plus de cinq minutes. Hathaway commençait à s'échauffer quand il revint, une enveloppe à la main.

"Il me semblait bien l'avoir entendu à l'arrière – il est revenu plus tôt que prévu. L'argent est là-dedans, avec les chiffres et les calculs.

— Merci, monsieur Franks. Mon père sera content."

Charlie l'observait tandis qu'il revenait vers leur table.

"Qu'est-ce que c'était ?", demanda Charlie.

"Un truc pour mon père.

— Ces machines semblent être de bonnes gagneuses. Ton père doit être plein aux as."

Hathaway but une gorgée de bière.

"Je n'en sais rien.

— Vous avez la plus grande maison de votre rue", dit Charlie.

"C'est juste parce qu'elle est située au coin et qu'il y avait de la place pour l'agrandir.

— Il ne voudrait pas s'installer dans un quartier plus chicos ?

— C'est quoi le problème avec Milldean ?

— Ça ne serait pas un mal d'en partir. Si j'étais ton père je me paierais un truc vers Dyke Road ou autour de Seven Dials.

— Je pense qu'il trouverait les gens un peu snobinards. Il est né à Milldean. Il a ses racines ici. Tu n'aimes pas l'endroit où tu vis ?

— Moulsecoomb ?", dit Charlie en ricanant. Il prit une gorgée de sa bière. "Tu vas travailler pour ton père jusqu'à ce que le groupe décolle ?

— C'est ce que je fais déjà, d'une certaine manière", répondit Hathaway. "Mais ce n'est pas un vrai boulot.

— Il aurait pas un truc pour moi ?", dit Charlie. "Je déteste mon boulot.

— Je lui demanderai. Ça a l'air d'être beaucoup de récolte de dessous-de-table, si ça ne te pose pas de problèmes.

— C'est pareil là où je suis. J'en ai juste plein le dos de porter des bleus dégueulasses et de passer une demi-heure tous les soirs à me curer la graisse sous les ongles. En plus, à cette période de l'année, on se les gèle dans un garage.

— C'est pas très différent sur le West Pier.

— Mais tu ne passes pas franchement beaucoup de temps dans ce bureau. Je me trompe ?

— C'est vrai. Je demanderai.

— C'est super. À charge de revanche.

— Non, on est quittes", répondit Hathaway.

Charlie fronça les sourcils.

"D'où tu sors ça ?"

Hathaway haussa les épaules.

"Ton fourgon.

— Le groupe me paye déjà pour ça.

— Alors disons que c'est parce que tu es un putain de bon batteur. Enfin, bref, je verrai ce que je peux faire."

Charlie l'observa avec attention.

"OK", dit-il.

Hathaway et son père se trouvaient rarement au même moment à la maison. Sa mère était là tout le temps, occupée à cuisiner ou à discuter avec son poste de radio. Hathaway était dehors presque toutes les nuits et dormait pendant la journée.

Le groupe ramassait pas mal d'argent mais pas suffisamment pour que les autres en vivent. Hathaway, lui, gagnait bien sa vie grâce au nouveau salaire que lui versait son père depuis qu'il récoltait les revenus de la vente des pilules. Ce n'était pas un travail exténuant. Il récupérait une enveloppe après les concerts et la déposait en ville, la nuit, dans la boîte aux lettres d'un des bureaux de son père.

Un jour, en fin de matinée, il y fit une visite. L'endroit se trouvait dans les Laines, au-dessus d'une bijouterie, dans un bâtiment pris en sandwich entre un magasin d'antiquités et une chapelle baptiste. Le Bath Arms se trouvait en face. Les Avalons y avaient joué une fois. L'acoustique était déplorable.

Il y avait deux types qui écoutaient la radio dans une pièce isolée. Ils reconnurent Hathaway et lui firent un signe de la main. Son père était seul. Il regardait par la fenêtre, les pieds posés sur un gros coffre-fort installé dans le coin de la pièce derrière son bureau.

"Oui ?", dit-il sans se retourner.

"Papa ?"

Dennis Hathaway regarda par-dessus son épaule et laissa retomber ses pieds sur le sol.

"John. Quelle surprise.

— J'étais dans le coin.

— Je veux dire, que tu sois levé – il n'est pas encore midi."

Dennis Hathaway sourit et lui désigna un fauteuil dans un coin de la pièce.

"Assieds-toi."

Hathaway s'exécuta et se mit à observer son père pardessus son bureau.

"Alors ?", demanda son père.

"Tu as éloigné Barbara."

Son père fit pivoter sa chaise pour se recaler face à la fenêtre.

"Papa – j'ai le droit de demander. Je tenais à elle.

— John, je me fiche de savoir quelle salope tu te tapes. Simplement, je ne veux pas que tu le fasses dans la maison de ta mère.

— Ce n'était pas que ça.

— Mais c'était une erreur", dit son père. "Tu ne sais rien d'elle."

Ce n'était pas faute d'avoir essayé.

"Tu ne sais rien de moi." Barbara lui avait dit la même chose une fois.

"Tu ne veux rien me dire.

— Tu ne demandes pas", lui avait-elle répondu.

"Je n'aime pas m'immiscer."

À présent, il disait :

"J'en sais plus que tu ne penses."

Son père ricana.

"Tu sais que son mari est en prison ?

— Ça n'a pas d'importance.

— Ça en aura quand il sortira. Tu crois qu'elle tient à toi ?

— J'en suis sûr.

— Elle a peur de toi", lui répondit son père.

"Peur de moi ? De moi ? C'est ridicule.

— OK, en réalité, elle a peur de moi. Et elle a raison. Elle a désobéi à mes ordres.

— Tes ordres ?"

Dennis Hathaway éclata de rire.

"Je sais que tu es joli garçon et que tu te prends pour un petit Casanova, mais elle n'est pas tombée sous ton charme la première fois."

Hathaway rougit.

"C'était mon cadeau d'anniversaire, à ton attention."

Hathaway se renversa dans son siège, bouche bée. Dennis Hathaway ouvrit les mains.

"Mais ça devait s'arrêter là. Ce n'était pas censé continuer. Elle n'a pas tenu compte de mes ordres."

Les pensées d'Hathaway fusaient en tous sens.

"Pourquoi aurait-elle fait cela?", finit-il par dire.

"Parce que c'est une idiote et elle a cru que je ne la punirais pas.

— Non, je veux dire, pourquoi aurait-elle accepté de coucher avec moi pour mon anniversaire?

— Parce que je lui ai dit de le faire. Je savais qu'elle te plaisait. J'avais vu ton air ahuri à chaque fois que tu venais au bureau."

Hathaway regarda le visage impassible de son père. Il le croyait.

"Tu veux dire que c'est une…?

— Non, je ne veux pas dire ça.

— Tu as ce genre de pouvoir sur les gens?"

Dennis Hathaway hocha la tête.

"Oh oui", répondit-il.

Hathaway regarda les taches de rousseur qui parsemaient ses mains.

"Alors, quand elle a continué à me voir, elle te désobéissait parce qu'elle m'aimait bien.

— Je te l'ai dit. Ce qu'elle m'a expliqué, c'est qu'elle avait peur de ce que tu pourrais faire, ou de ce que tu viendrais me dire, si elle arrêtait de te voir."

Hathaway serra les poings.

"Ça n'a aucun sens. Où est-elle maintenant?

— Elle travaille à l'étranger.

— C'est sa punition?"

Le père d'Hathaway inclina la tête.

"Oh oui", répéta-t-il.

Hathaway réfléchit quelques instants. Le visage de Barbara. La tristesse qu'il avait remarquée cette première fois. Il était surpris de constater à quel point il s'y était habitué. Il regarda son père.

"Est-ce que tu es un gangster? Comme les jumeaux? C'est toi qui commandes à Brighton?"

Dennis Hathaway secoua la tête.

"C'est le conseil municipal qui commande.

— Je te parle des choses illégales.

— Du crime ? Je vais te dire qui dirige le crime à Brighton. La police."

Hathaway souriait fébrilement.

"Je suis sérieux. Charlie Ridge, le précédent chef de la police, était complètement corrompu. Scotland Yard est venu ici et a fait de notre vie un enfer. Ils l'ont arrêté, ainsi que deux officiers de la police criminelle et deux membres de l'équipe municipale. Ils ont essayé de les charger au maximum. Ils vivaient de gains illégaux, prenaient des pots-de-vin, organisaient des avortements clandestins, du racket, des vols. Il n'était chef de la police que depuis un an, mais il était à Brighton depuis plus de trente ans. Dieu sait depuis combien d'années il trempait dans tout cela. Les accusations portées contre lui ne remontaient qu'à la période qui avait précédé sa nomination comme inspecteur principal en 1949.

— Et que s'est-il passé ?

— Ridge a été acquitté, même si le juge a presque déclaré qu'il pensait qu'il était coupable. Il a dit qu'à moins qu'on ne nomme un nouveau chef de la police, aucun tribunal ne pourrait, dans le futur, accorder le moindre crédit à des preuves émanant de la police de Brighton. Les gars de la police criminelle et un des deux fonctionnaires ont été condamnés. Ridge a été limogé le lendemain mais aujourd'hui, il poursuit la police en justice pour licenciement abusif car il n'a été déclaré coupable de rien. Et il veut toucher sa retraite.

— Et il était corrompu ?

— Évidemment. On l'arrosait, comme tous les autres. Il le fallait, sans quoi il te faisait fermer boutique. Tant que tu payais, la police fermait les yeux, à moins que tu te foutes carrément de leur gueule.

— Et maintenant ?

— Eh bien, grâce à Ridge la police de Brighton n'est plus une unité indépendante et ils sont en train de mettre en place la police du Sud, avec son nouveau chef, Philip Simpson.

— L'homme que j'ai rencontré au Nouvel An avec Victor Tempest ?

— Celui-là même. Et ça continue comme avant. Maintenant, c'est lui qu'on paye. Ce n'est pas par hasard si Simpson et Ridge sont tous les deux montés en grade à Brighton depuis les années 1930.

— Alors si le chef de la police est le roi du crime à Brighton, qu'est-ce que ça fait de toi, papa ?

— Je suis le prince de la ville, fils, juste le prince de la ville. Et j'en suis très heureux. Les rois ont la fâcheuse habitude de se faire couper la tête."

L'esprit d'Hathaway tournait à plein régime. Personnellement, pensait-il, je préférerais être le roi.

Le Saint passait à la télévision, mais Hathaway ne regardait pas vraiment. Il avait un verre de bière posé devant lui, mais il ne buvait pas vraiment. Son père se trouvait au West Pier et sa mère était partie au bingo. Elle avait laissé un livre de Jean Plaidy* sur la table basse et il le feuilletait machinalement tout en pensant à son père et à ses activités. À quel point étaient-elles criminelles ?

Il avait demandé à son père s'il pouvait donner du travail à Charlie Laker. Charlie était en train d'en discuter avec son père et Reilly.

Il pensait aussi à Barbara. Elle lui manquait, mais il était surtout préoccupé par le fait qu'elle était venue à lui contre sa volonté. Chaque fois qu'ils avaient couché ensemble, elle l'avait fait sous la contrainte. Cela le rendait dingue.

* Pseudonyme d'Eleanor Hibbert, auteur de romans historiques à succès.

Il aimait la regarder s'habiller, bien qu'il doive le faire en douce car cela la gênait. Quand elle enfilait ses bas et les attachait à son porte-jarretelles, il avait de nouveau envie d'elle, en dépit de ses protestations.

À présent, il trouvait terrible de penser qu'elle l'avait fait par peur. Que ses protestations étaient probablement sincères.

"Johnny, j'espère que tu ne fais pas de bêtises."

Hathaway jeta un coup d'œil à Charlie et Bill qui fixaient le sol.

"Maman.

— Ton père m'a appris que tu travaillais pour lui."

Hathaway adorait sa mère, mais elle était complètement dans les nuages.

"Juste des bricoles", répondit-il.

"Comment étaient vos vacances, madame H. ?", demanda Bill.

"Excellentes, Bill, merci. J'aime le Sud de la France.

— Vous n'étiez pas en Espagne ?

— Oui, aussi.

— Vous avez rapporté un magnifique bronzage."

Madame Hathaway tendit ses bras maigres et les examina.

"Je pèle. Pour la deuxième fois.

— Maman, je sors.

— Très bien, Johnny. Tu veux le fouet ?"

Sa mère préparait un gâteau. Personne ne serait là pour le manger. Il allait rester dans le moule jusqu'à ce qu'il commence à moisir et elle le jetterait. Elle leva le fouet, couvert de pâte. Hathaway baissa la tête et prit le fouet, il fit courir son doigt dessus et suça la pâte.

"Merci, maman", dit-il en rougissant.

Sa mère se tourna vers ses amis.

"Il a toujours aimé la pâte à gâteaux, depuis l'époque où il m'aidait à les préparer. Vous en voulez un peu ?

— Non, merci, madame Hathaway", marmonna Charlie. Bill secoua la tête.

Une fois dehors, Hathaway s'arrêta au milieu de l'allée.

"Merci de m'épargner vos commentaires, compris ?"

Bill lui serra le bras.

"Pas de problème, Johnny. Les mères sont comme ça. La mienne est pareille.

— La mienne aussi", ajouta Charlie. Puis, après une pause :

"Quelle tête ont tes gâteaux de Savoie ?"

5

*GET OFF OF MY CLOUD**
DÉGAGE DE MON NUAGE

1964

Hathaway trouva son père au Bath Arms en compagnie de Sean Reilly. Le juke-box diffusait *You'll Never Walk Alone* et Dennis Hathaway chantait dessus à voix basse. Il s'arrêta net quand il vit son fils.

"Johnny, mon garçon, viens boire un verre. Tu es très élégant – tu ne trouves pas, Sean ?

— Il est dans le coup", dit Reilly.

Hathaway se pavana. Il était à fond dans la scène mod à présent. Il était fier de sa tenue. Lui et Charlie s'étaient rendus chez John Collier et s'étaient fait faire des costumes sur mesure. Tous les deux avaient des bords piqués, une poche à ticket, quatre boutons et une taille cintrée. Charlie avait choisi une double fente et Hathaway une fente milieu-dos de quarante centimètres.

"Cela ne fait pas de moi un mod, tu sais", lui avait dit Charlie.

"Oh que si", avait murmuré Hathaway.

Ces derniers temps, Hathaway observait Charlie avec intérêt. Charlie était un bourreau de travail et, comme Hathaway, il était motivé pour s'investir dans l'entreprise familiale. Tous deux s'intéressaient de moins en moins au groupe. Hathaway ne savait pas trop quel était le travail

* Rolling Stones, Jagger-Richards, 1965.

de Charlie – lui et son père étaient assez évasifs sur le sujet – mais son père avait l'air de dire qu'il ne semblait pas être du genre à refuser de faire quoi que ce soit.

Hathaway toucha le premier bouton de sa veste, le seul qui soit fermé. "Fait sur mesure chez Window to Watch", annonça-t-il. "Tous les mods portent ça, bien que parfois ils aient un gilet en plus.

— John Steed devra répondre de tout cela", dit son père. "Dieu merci, tu n'es pas allé jusqu'à prendre le chapeau melon."

Il fit un signe de tête en direction du journal posé sur la table devant lui.

"Tu as vu les dernières infos sur les braqueurs du train postal ? Trente ans par tête de pipe.

— Je trouve ça raide", répondit Hathaway.

"C'est pour avoir tourné les autorités en ridicule", dit Reilly. "Et pour ne pas avoir avoué qu'ils l'avaient fait.

— Les traîtres à la patrie prennent moins que ça", poursuivit Dennis Hathaway. "La justice." Il fit un geste dédaigneux de la main.

"Vous aviez prévu que Bill Boal souffrirait", dit Hathaway à Reilly. "Papa, d'où connais-tu Roger Cordrey ?

— Il a toujours envoyé des fleurs pour ta mère.

— Il a un palmarès ?"

Un sourire en coin se dessina sur le visage de Dennis Hathaway.

"Dix-huit ans et il parle comme un repris de justice.

— Cordrey avait pour habitude de braquer des trains entre Brighton et Londres", raconta Reilly. "Il a commencé vers 1961. Quand l'occasion se présentait. Lui et quelques copains traînaient autour du wagon du gardien. L'un d'eux détournait l'attention du gardien et les autres volaient les courriers recommandés qui leur tombaient sous la main. Ils ne savaient pas ce qu'ils contenaient.

“Et puis Roger, en tuant le temps dans sa boutique de fleurs, a trouvé comment faire passer les signaux au rouge pour stopper un train. Après ça, ils pouvaient piquer tout le chargement, descendre du train quand il s’arrêtait et se casser avec la marchandise volée. Un des types de la bande était pote avec Buster Edwards. C’est comme cela que le gang de Brighton s’est retrouvé impliqué dans l’attaque du train postal.”

Le juke-box enchaîna sur les Rolling Stones.

“Et vous connaissez tous ces types”, demanda Hathaway en regardant alternativement son père puis Reilly.

“On les a croisés sur le champ de courses”, répondirent-ils de concert, avec un léger retard pour Dennis Hathaway.

“Bien sûr”, dit Hathaway en prenant une gorgée de bière.

“Écoute, Johnny, il y a quelque chose dont je veux discuter avec toi.”

Hathaway tourna la tête à gauche puis à droite.

“Ici, dans le pub ?”

Dennis Hathaway désigna la pièce presque vide d’un geste.

“Tu vois quelqu’un en train de nous écouter ? On peut aller au bout de la jetée si tu le souhaites. Je n’ai confiance dans aucun autre endroit.

— Que veux-tu me dire ?

— Nous nous demandions – Sean et moi – si cela t’intéresserait de t’impliquer encore plus dans nos affaires. Avoir plus de responsabilités. Sean n’est pas sûr que tu sois prêt mais ton copain Charlie semble être comme un poisson dans l’eau, alors je me suis dit que tu ne voudrais pas rester à la traîne.”

Hathaway n’avait pas vraiment discuté avec Charlie à propos de ses nouvelles attributions, même si cela excitait sa curiosité. À présent, il avait l’impression d’être mis de côté.

“Que veux-tu que je fasse ?”

Dennis Hathaway se pencha en avant.

“Tes amis, les mods, et les amis de Charlie, les Teddy boys – pardonne-moi, je crois qu’on les appelle dorénavant les rockers – ils ne s’entendent pas, n’est-ce pas ?

— On peut dire ça comme ça.

— OK, voici ce à quoi j’ai pensé.”

Durant la première moitié du mois de mai, Charlie et Hathaway arpentèrent le front de mer entre le Palace Pier et le West Pier et discutèrent avec les commerçants. Ils formaient une bonne équipe. Hathaway était souriant et charmeur, Charlie avait un côté plus dangereux. Ils ne menaçaient pas. Ils faisaient des promesses.

Le lundi férié de la fin du mois de mai, Hathaway et les Avalons se trouvaient sur l’Aquarium Terrace et buvaient un café au soleil. Tous portaient la panoplie des mods – col montant et pantalons à pinces. Ils s’étaient fait chambrer par quelques rockers assis en terrasse, mais sans agressivité. Les rockers connaissaient Charlie et appréciaient le groupe.

Ils discutaient du futur des Avalons. Hathaway et Charlie semblaient assez peu concernés.

“Écoutez, il y a de l’argent à se faire dans les bases américaines installées en Allemagne”, dit Dan. “Il y a ce concours, là – si on gagne, on part en tournée.”

Charlie rit en poussant un grognement.

“C’était un commentaire ou tu n’as pas de mouchoir ?”, demanda Dan, visiblement irrité.

“Ces concours sont des arnaques”, répondit Charlie.

Dan fit non de la tête.

“Certainement pas”, rétorqua-t-il. “Johnny Dee et les Deedevils ont gagné une tournée en Suède.

— Et comment cela s’est-il passé ?”, l’interrogea Charlie et tournant la tête vers le Palace Pier.

“Eh bien, en fait, ils n’y sont pas allés”, avoua Dan, décontenancé. “Il y a deux apprentis dans le groupe et on ne leur a pas accordé de congé. Mais le principe est bon."

Charlie secoua la tête.

"Tenons-nous en aux clubs de rugby, aux facs et aux lycées. Et aux parcs." Il pivota vers Hathaway. "On a un concert à Stanmer, n'est-ce pas ?"

Hathaway opina du chef, l'air absent. Il observait une armée de mods qui arrivaient du front de mer, juchés sur leurs Vespas. Ils se garèrent autour du Palace Pier et s'y dispersèrent, ainsi que sur la plage.

Ensuite, sur Old Steine, des motos arrivèrent par dizaines en rugissant et décrivirent une boucle au-dessus de la terrasse. Quelques minutes plus tard, elles revinrent par Madeira Drive et se posèrent à quelques centaines de mètres du Palace Pier.

"Vous avez entendu que les Shadows allaient jouer dans une putain de pièce à Noël au London Palladium ?", dit Billy. "Avec Arthur Askey dans le rôle de la veuve Twankey. C'est ignoble."

— Tu ne veux pas y aller, alors ?", plaisanta Dan.

"Va te faire foutre. Je peux comprendre que Cliff Richards y soit – il est tellement ringard que les mères l'adorent. Mais les Shadows ?

— Ils ont quels rôles ?

— Cliff joue Aladin. Et les Shadows – tiens-toi bien – Wishee, Washee, Noshee et Toshee." Billy secoua la tête. "Et après ce sera quoi ? Les Rolling Stones dans *Le Chat botté* ?

— Ça, en revanche", dit Dan, "je paierais cher pour le voir."

Un groupe de mods déboula sur l'Aquarium Terrace. Ils foncèrent droit sur les rockers et les sortirent de leurs chaises longues à coups de poing et à coups de pied. Les mods étaient en surnombre, presque cinq contre un.

"Oh là !", cria Dan en se levant. "Qu'est-ce que c'est que ce bordel ?"

Charlie lui attrapa le bras.

“Ce n’est probablement pas une bonne idée.”

Cinq minutes plus tard, les rockers battaient en retraite et abandonnaient la terrasse pendant que les mods leur jetaient des chaises longues dessus. Certains tombèrent de la balustrade sur Madeira Drive, près de cinq mètres plus bas, où les attendaient d’autres mods.

C’est alors que les rockers regroupés au bas de Madeira Drive arrivèrent en courant, hurlant et faisant tournoyer leurs chaînes de vélos. Les mods remontèrent de la plage pour les affronter.

Les passants se dispersèrent.

“Venez”, dit Hathaway au reste du groupe. Ils traversèrent la route en courant jusqu’au Old Steine. Quand ils arrivèrent à hauteur du Royal Pavilion, Hathaway les arrêta.

“OK, Charlie et moi nous devons aller jusqu’au West Pier. Vous autres, vous feriez mieux de rentrer chez vous.”

Dan et Billy eurent l’air étonnés.

“Qu’est-ce que tu veux dire, vous devez aller jusqu’au West Pier ?”, demanda Billy.

“Pour le boulot”, répondit Hathaway.

“Ça risque d’empirer”, dit Charlie. “Vous ne devriez pas rester dans les parages.”

Sa voix fut presque noyée par une autre vague de motards qui empruntaient l’Old Steine.

“Barrez-vous d’ici”, leur ordonna Hathaway. Il agrippa Charlie par le bras. “Viens, on traverse les Laines et on redescend.”

Quand Hathaway jeta un coup d’œil derrière lui, Billy et Dan se tenaient devant le Pavilion et les regardaient s’éloigner.

Deux jours plus tard, Hathaway et Charlie retrouvaient Dennis Hathaway et Reilly dans le bureau du West Pier.

“Alors, comment cela s’est-il passé ?”, demanda Hathaway.

“Ça a été un putain de merdier”, répondit son père. “Vos mods et vos rockers n’ont pas respecté les zones interdites.

— Ils étaient bien plus nombreux que ce à quoi on s’attendait”, expliqua Charlie.

“Je pense que tu es un peu sévère, Dennis”, intervint Reilly. “Pour une émeute, c’était plutôt bien contrôlé. Et nous étions là pour nous assurer que tous ceux qui avaient demandé notre protection en bénéficient. Nous étions aussi là pour piller ceux qui avaient refusé notre offre. On a tiré le maximum des bijouteries dans les Laines.

— Et le Palace Pier ?”, continua Hathaway.

“On ne s’en est pas approchés, mais les frères Boroni étaient verts de rage de se faire envahir”, raconta son père. “Ils ont placé des gars dehors assez rapidement, mais ils se sont quand même fait vandaliser.

— Ils mettent ça sur le dos de qui ?”

Reilly haussa les épaules.

“Ils nous soupçonnent dès qu’il se passe quelque chose, mais ils n’ont rien dit pour le moment. C’était une émeute, non ? On ne sait pas ce qu’ils préparent. Le chef de la police était sérieusement énervé. Il a été pris au dépourvu. Aucun avertissement. Je lui ai dit que cela allait se reproduire régulièrement – il n’y a plus moyen d’arrêter ce truc maintenant. Il a dit qu’il allait faire confisquer les scooters et les motos pour les transporter à Devil’s Dyke, comme cela, ils vont devoir se taper une bonne marche jusqu’au sommet pour les récupérer.

— Il va nous emmerder ?”

Hathaway secoua la tête.

“Il veut juste une plus grosse part.”

Quand Hathaway rentra, sa mère était installée avec un essaim de femmes dans le salon. Alcools et autres boissons étaient sortis et elles riaient à gorge déployée en jouant au Monopoly avec du véritable argent.

Hathaway en connaissait la plupart, mais on lui en présenta deux qu'il ne connaissait pas, bien plus jeunes que les autres.

"John, voici Elizabeth, l'épouse de Donald Watts. Tu sais – comment s'appelle-t-il ?

— Victor Tempest", dit la femme. C'était une blonde élancée, au sourire nerveux. Elle posa son Coca-Cola. "Bonjour, John."

Hathaway fit un signe de tête.

"Bonjour.

— Et je suis Diana Simpson, l'épouse du chef de la police", dit une brune plantureuse, cambrant le dos à la limite du grotesque pour se pencher en avant. Elle toucha le coin de sa bouche d'un ongle laqué de rouge et Hathaway revit Barbara comme dans un flash. "J'ai entendu dire que vous étiez une pop star.

— Un jour peut-être", répondit-il en se demandant comment Tempest et le chef de la police, âgés tous deux d'une cinquantaine d'années, avaient fait pour se dégoter des femmes aussi jeunes. "Nous jouons au SS Brighton ce soir, en première partie de Little Richard.

— J'allais nager là-bas", dit sa mère.

"Maman – c'est une patinoire.

— Ça ne l'a pas toujours été", rétorqua-t-elle. "Au début, c'était une piscine – la plus grande piscine d'eau de mer d'Europe. Je n'arrivais pas à nager d'un côté à l'autre tant elle était grande. Ensuite, ils en ont fait une patinoire. Et on y organise tous ces autres trucs aussi."

Hathaway fit un petit signe au groupe de femmes.

"Amusez-vous bien.

— Je viens juste de me retrouver en prison, ce qui est gênant pour une femme dans ma position", dit Diana Simpson en secouant ses cheveux. Elizabeth Watts la regarda, impassible.

La sœur aînée d'Hathaway, Dawn, était au concert. Elle passait le week-end à la maison. Elle logeait dans une chambre meublée à Londres où elle était inscrite dans une école de secrétariat. Hathaway était content de la voir. C'était une belle fille, pleine de vie. Elle était perchée sur le canapé miteux qui meublait la loge minuscule, en compagnie d'Hathaway, de Billy et de Dan, quand Charlie entra en trombe.

"Je ne savais pas que Little Richard était une tante", lança Charlie. "Il vient de me pincer le cul."

— Costard à paillettes, des tonnes de mascara", dit Dan. "Je me demande comment ça a pu nous échapper."

Charlie posa un regard admiratif sur Dawn.

"Pardon pour mon vocabulaire. Je ne savais pas que nous avions de la visite."

Hathaway fit les présentations.

"Tu travailles pour mon père, n'est-ce pas ?", demanda-t-elle.

"En effet", répondit Charlie. "Son fils travaillait déjà pour lui, mais il a décidé qu'il lui fallait aussi quelqu'un sur qui il puisse compter.

— Va te faire voir", lui balança Hathaway en attrapant sa guitare. Il sortit une corde de sa poche.

"Et c'est reparti", dit Charlie. "Fichu Banjo Bobby.

— Que veux-tu dire ?", demanda Dawn.

"C'est une corde de banjo. Un sol. Je la mets en haut de la guitare et je baisse les autres cordes d'un ton. Ça sonne super bien – tu peux tirer les cordes autant que tu veux.

— Jusqu'à ce qu'elles soient complètement désaccordées", intervint Billy. "Et alors tes accords sonnent comme de la merde. Et ça sonne comme de la merde quand tu les grattes.

— Tes accords ?", dit Charlie. "Au pluriel ? Depuis quand en a-t-il appris un autre ?

— Allons, allons, les enfants", intervint Dan. "Une

guitare peut se désaccorder de tellement de manières. C'est même étonnant qu'elles soient si populaires.

— Et tu peux aller te faire foutre", dit Hathaway. "Ta conception du talent en musique se résume à agiter un tambourin.

— J'agite des maracas, également. Et je joue de l'harmonica.

— Quoi, ton harmonica Manfred Mann ?" Il se tourna vers sa sœur. "Dan a acheté – par erreur affirme-t-il – un harmonica qui ne joue que les accords du thème « 5-4-3-2-1 », le générique de *Ready Steady Go !* Il l'a utilisé sur *Love Me Do*, et le résultat a été diabolique.

— J'ai vu Tony Jackson dans un club à Londres", raconta Dawn. "Il était tellement à côté de la plaque qu'il a balancé son tambourin dans le public et une fille l'a pris en pleine figure. Le petit ami de la fille et ses copains ont failli le lyncher.

— Nous avons fait sa première partie une fois. Ce soir-là aussi il était défoncé. Il a pissé contre le mur de la loge au lieu d'aller aux chiottes.

— Beurk – c'est dégueulasse." Elle se tourna vers Charlie. "Alors, vous commencez à être connus, à faire les premières parties pour toutes ces célébrités.

— Tu veux dire qu'on les tient à bout de bras plutôt ?" dit Charlie. Dawn gloussa.

"On est connus à Brighton", ajouta Hathaway.

"Vous avez des fans ?

— Pas vraiment", répondit Hathaway. "On énerve beaucoup de monde. On joue du Motown et les gars veulent swinguer…

— Entre eux, surtout", ajouta Billy. "Pas avec les filles.

— Et puis on finit par s'habituer à recevoir des canettes de bière sur la figure", poursuivit Dan.

"Je n'ai pas l'impression qu'il y a quelque chose qui passe entre nous et le public", dit Charlie. "Sauf quand ils nous arrosent de bière et essayent de nous briser les os."

Dawn gloussa à nouveau et le regarda par en dessous. Quand elle détourna les yeux, Charlie fit un clin d'œil à Hathaway.

"Elle est mignonne ta sœur", dit Charlie le lendemain, tandis qu'il descendait le West Pier en compagnie d'Hathaway.

"Pas touche", répondit Hathaway, en ne plaisantant qu'à moitié.

Quand ils arrivèrent dans le bureau, son père faisait un grand discours à Reilly à propos d'Harold Wilson. Il était furieux que le parti travailliste ait remporté les élections.

"Putain de tas de gauchos. Denis Healey, Jim Callaghan, ce poivrot de Brown. Quant à Harold Wilson – on devrait le remplacer par Mike Yarwood – il ne ferait pas pire.

— Salut les gars", dit Reilly. "Comment s'est passé le concert d'hier ?

— Un triomphe, Sean, comme toujours", répondit Charlie. "Un triomphe."

"Il veut dire par là que personne ne nous a balancé de canettes.

— C'est un véritable événement alors", ajouta Reilly. "On va devoir vous virer du bureau dans quelques minutes. On a un ponte qui doit débarquer."

Charlie et Hathaway froncèrent les sourcils.

"Le chef de la police nous gratifie d'une visite d'État.

— Sa femme était à la maison la semaine dernière. Elle jouait au Monopoly avec maman et sa bande de sorcières.

— Un plaisir pour les yeux, n'est-ce pas ? Je ne vois pas ce qu'elle trouve à ce Philip Simpson si démesurément riche.

— Peut-être est-elle sensible au charme de l'uniforme", rétorqua sèchement Reilly.

"Il est si riche que ça ?", demanda Charlie.

— Il gagne pas mal de fric", dit Dennis Hathaway. "Mais il est encore contrarié par l'émeute de l'autre jour et il veut que nous démêlions la situation avec les frères Boroni. C'est la raison de sa visite.

— Et comment vas-tu t'y prendre ?", interrogea Reilly. "Eh bien, un petit oiseau m'a raconté quelque chose qui m'a intrigué.

— Ce n'était pas un pinson, j'imagine ?", lança Reilly.

Dennis Hathaway sourit.

"Vous deux, allez vous installer dans la réserve. Écoutez et instruisez-vous."

Philip Simpson arriva cinq minutes plus tard. Il portait ses vêtements civils standard : une veste en tweed à carreaux, un pantalon kaki et des chaussures en daim marron.

"Je n'ai pas beaucoup de temps, Dennis. Je déjeune avec le président du conseil municipal.

— Je vous plains. Frank n'est pas ce que j'appellerais un interlocuteur stimulant.

— Vous le connaissez bien ?", demanda Simpson.

Hathaway se cala sur le dossier de sa chaise et joignit ses mains derrière son crâne.

"Il m'appartient, chef. S'il y a quelque chose dont vous voulez lui parler, vous feriez aussi bien de m'en parler à moi."

Simpson secoua la tête.

"Vous jouez sur tous les tableaux, Dennis. Vous allez bientôt tenter de vous emparer de la ville."

Il y avait une certaine aspérité dans sa voix.

"Certainement pas, Philip. Je suis satisfait de ma position. Je suis un suzerain né. Mais je ne laisse pas passer les opportunités lorsqu'elles se présentent. J'ai pensé que cela pourrait m'être utile d'avoir le conseil municipal dans ma poche. Frank travaillait pour moi quand je l'ai forcé à se présenter aux élections comme conseiller municipal. Il sait à peine écrire son nom. Depuis, il me maudit à cause des réunions du conseil municipal.

— Et, à présent, il est président du conseil", remarqua Simpson, pensif.

"Et il adore être le patron ; même s'il déteste toujours autant les réunions. Il a fallu que j'embauche quelqu'un pour lire les rapports de la commission et lui rédiger un résumé d'un paragraphe sur chacun d'eux afin qu'il ait une vague idée des décisions qu'il prend.

— Ou que vous prenez.

— Loin de moi l'idée de m'en attribuer le mérite…"

Simpson se pencha en avant.

"Est-ce que vous avez la main sur l'urbanisme ?

— Très astucieux, chef. Disons que j'ai une influence, oui.

— Il semble qu'il y ait des opportunités d'investissement en ville.

— Oui, en effet."

Simpson sourit de toutes ses dents.

"Assurez-vous simplement que l'homme disposant de la plus importante armée privée du pays puisse en bénéficier.

— Vous avez raison, chef, vous avez raison. Au fait, j'ai entendu dire que vous déménagiez.

— En effet, nous nous installons dans St John Street. Le vieux commissariat est devenu trop petit pour nous.

— Et c'est aussi bien de s'éloigner du fantôme.

— Du fantôme ?

— Oui. Le fantôme du premier chef de la police. Vous n'avez jamais senti sa main glacée se poser sur votre col ?

— Non, jamais, Dennis.

— Le premier chef de la police était un juif nommé Henry Solomon. En 1844, un jeune homme s'est fait arrêter pour le vol d'un tapis dans une boutique. Solomon l'a interrogé dans son bureau – qui doit être, je suppose, votre bureau. Il faisait froid ce jour-là et un feu brûlait dans la pièce. Le jeune gars s'est emporté, a saisi le tisonnier et a frappé Solomon, sur le côté du crâne – si violemment que le tisonnier s'est tordu. Trois témoins ont assisté à la scène, mais pas un n'est intervenu. Bien sûr, la blessure était telle que Solomon est mort. Le jeune type a été pendu à Horsham."

Simpson fronça les sourcils.

"Où voulez-vous en venir ?

— À l'histoire, j'imagine. Ce commissariat a une longue histoire. Quoique j'aie appris que vous en faisiez disparaître une partie.

— Je ne vous suis pas.

— Vous détruisez des dossiers. J'espère qu'il ne s'agit pas de preuves des méfaits de la police."

Simpson joignit ses mains sur ses genoux.

"Qui vous a raconté ça ? Non – ne prenez pas la peine de répondre. Ce sont de vieux dossiers, Dennis. Il y a une règle trentenaire. On débarrasse, c'est tout. Mais en quoi cela vous regarde-t-il ? Y a-t-il là-dedans des affaires touchant votre famille ? Votre père ?

— Mon père n'a jamais attiré l'attention de la police.

— Au contraire, Dennis. J'ai été policier en patrouille à partir de 1933 – un des premiers à porter le casque blanc de Brighton et à utiliser les nouvelles radios. Donald Watts et moi sommes entrés dans la police au même moment. Nous connaissions bien votre père, croyez-moi. Votre père avait la main sur tout le front de mer. Et le champ de courses.

— Il vous arrosait, non ? Il n'a jamais parlé de vous. Et puis, j'ai entendu dire que c'étaient les gangs aux rasoirs qui tenaient le champ de courses dans les années 1930. Les gangsters de Londres qui essayaient de rincer les gars du coin. Brighton Rock et tout le bazar.

— C'était une époque assez rude.

— Vous n'avez pas beaucoup de cicatrices visibles, chef. À l'évidence, vous vous en êtes bien sorti. Ou vous êtes resté à l'écart."

Simpson le dévisagea.

"Pourquoi essayez-vous de me contrarier ?"

Dennis Hathaway montra les dents.

"Vous m'avez mal compris. C'est juste que de rester assis derrière votre bureau dans vos plus beaux vêtements, à ramasser l'argent de vos rackets personnels et à prélever votre part sur les miens, fait que je ne vous vois pas comme un bagarreur, plutôt comme un profiteur."

Simpson tendit le bras et remonta ses manches de veste et de chemise. Une longue cicatrice remontait sur son avant-bras.

"Je ne vous montre pas mon estomac, nous ne sommes pas assez intimes.

— Je vous en suis reconnaissant." Dennis Hathaway se pencha vers l'avant. "Quoi qu'il en soit, j'étais un grand admirateur de Max Miller. Qui nous a quittés hélas.

— Vous m'avez perdu à nouveau.

— Je me demandais si certains des documents que vous êtes en train de détruire sont liés au meurtre à la malle de Brighton. Vous savez – il y a trente ans.

— Aux meurtres, Dennis ; il y en a eu deux. Et, oui, nous nous débarrassons d'un paquet de témoignages. Il y en a des milliers. Mais en quoi cela peut bien vous concerner – et qu'est-ce que Max Miller vient faire là-dedans ?

— J'ai rencontré Max quelques fois. Il lui arrivait de faire des spectacles de variétés avec Tony Mancini. C'est le mac, si vous vous en souvenez, qui a assassiné sa maîtresse, Violette Kay. Il l'a fourrée dans une malle et l'a conservée sous son lit pendant six semaines jusqu'à ce que les voisins se plaignent de l'odeur.

— Je me souviens de l'affaire. Bizarrement, le couple de propriétaires n'avait aucun odorat et ils ne se rendirent compte de rien. Il s'est retrouvé au tribunal de Lewes mais grâce à son avocat – qui est devenu plus tard lord Birkett – il s'en est tiré.

— En 1963, il a fini par avouer aux journaux qu'il était coupable.

— Où voulez-vous en venir, Dennis ?

— Pardon, Philip, j'ai parfois tendance à tourner autour du pot. Eh bien, Mancini exécutait un spectacle sur scène dans lequel il faisait semblant de tuer des femmes – il les sciait en deux, ce genre de chose. De très mauvais goût, si vous voulez mon avis. De temps à autre, Max bavardait avec lui. Seulement quand il avait la soirée de libre, disait Max – Mancini bégayait fortement et la conversation pouvait prendre du temps. Mancini lui a dit qu'on le soupçonnait également de l'autre meurtre à la malle.

— Deux femmes mortes retrouvées dans des malles à six semaines d'intervalle – même vous, vous en seriez arrivé à penser qu'il y avait un lien.

— C'est juste – bien que l'autre, celle qui n'a jamais été identifiée, n'avait ni bras ni jambes ni tête, et aucun vêtement. L'absence de tête est la raison principale pour laquelle elle ne fut pas identifiée.

— Je ne vois toujours pas où vous voulez en venir.

— Il a raconté à Max sur quoi portaient les questions que posait la police. À ce propos, l'avez-vous interrogé à l'époque ?

— Je n'étais pas suffisamment haut placé dans la hiérarchie", répondit Simpson.

"Selon Max, on lui a posé des questions étranges à propos de certains personnages de la ville. Voulez-vous que je poursuive ?

— Je ne vous suis toujours pas", dit Philip Simpson, l'air circonspect.

"À l'époque, et c'est encore le cas aujourd'hui, c'était les poulets qui s'occupaient des avortements. C'est votre domaine de compétence."

Simpson ouvrit les mains.

"J'attends toujours de voir la lumière. Oh, attendez. Vous pensez que j'ai ordonné la destruction des dossiers parce que je suis impliqué d'une manière ou d'une autre ? À cause de liens que vous vous êtes imaginés avec les avorteurs ?"

Dennis Hathaway se contenta de le regarder. Ce fut au tour de Simpson de se caler dans sa chaise et de joindre ses mains derrière son crâne.

"Et, quand bien même cela serait le cas, pourquoi aurais-je attendu si longtemps ?

— Bonne question. Bonne question. Quelque part, dans ces centaines de témoignages à propos du meurtre à la malle, il y a quelque chose de compromettant – mais pour qui ?"

Hathaway ramassa le journal et le tendit à Simpson.

"Vous avez vu le journal d'aujourd'hui ?"

Simpson jeta un coup d'œil sur la une.

"Les fameux braqueurs du train postal, qui ont ce qu'ils méritent. Et alors ?"

Hathaway indiqua du doigt l'article en bas à droite sur la première page.

"Je parle de ça."

Simpson ramena ses mains vers l'avant et saisit le journal.

"Vous devez être au courant depuis des années, puisque vous êtes dans la police et tout ça", dit Dennis Hathaway. "Mais les gens comme nous – les civils – nous venons seulement d'apprendre qu'en réalité, quelqu'un avait retrouvé la tête de la victime du meurtre à la malle en 1934.

— Un couple de jeunes gens avait trouvé une tête dans un bassin rocheux à Black Rock. Ils ne l'avaient pas signalé sur le moment. Mais cela s'est passé avant que l'on découvre le cadavre de la femme à la gare de Brighton. Quand ils ont saisi l'importance de leur trouvaille, c'était trop tard – la tête avait disparu depuis un moment. Stupidité et malchance. Et alors ?"

Reilly s'avança vers un placard. Il en sortit une bouteille de cognac et trois verres. Simpson répondit par un signe de tête à son invitation silencieuse.

"Et alors, cela attire à nouveau l'attention sur le meurtre à la malle. Ce qui rend ces dossiers particulièrement intéressants."

Simpson prit le verre que Reilly lui tendait. Il hocha la tête.

"Que voulez-vous ?", demanda Simpson tandis que Reilly le servait.

"Nom de Dieu, qu'est-ce que vous croyez que je veux ?", répondit Dennis Hathaway. "Je veux renégocier notre accord."

6

*TIME IS ON MY SIDE**
LE TEMPS JOUE POUR MOI

1965

“Du hockey sur glace ?”, dit Hathaway. Il était installé avec son père, Reilly et Charlie dans des chaises longues sur la partie privative de la jetée. C’était le premier jour du printemps, suffoquant, ils portaient tous des shorts et des chemises à col ouvert, à l’exception de Reilly, en veste de tweed et en pantalon de serge, qui parvenait à rester frais comme un concombre.

Ils mangeaient tous des glaces, sauf Reilly.

“Pendant la guerre, les Canadiens n’arrêtaient pas d’en parler, alors je m’y suis intéressé”, dit Reilly. “C’est un bon jeu, agressif. Les Brighton Tigers font partie des meilleurs joueurs du pays – ils viennent juste de remporter la Cobley Cup contre les Wembley Lions. Ils jouent au SS Brighton.

— Alors, vous êtes un patineur, monsieur Reilly ?”, demanda Charlie.

“Sean. Je l’ai été. Cela m’arrive encore de temps en temps. Mais le SS Brighton ferme dans quelques semaines – fin mai.

— C’est la fonte des neiges ?”, plaisanta Charlie avec un petit sourire narquois.

* Composée par Jerry Ragovoy. Reprise par les Rolling Stones en 1964-1965.

Reilly le fusilla du regard.

“Tout va être démoli pour faire place à un centre commercial, et juste à côté Top Rank construit cette boîte en béton. Un dancing avec des bars. L’ouverture est prévue en novembre. L’ancienne affaire ferme définitivement en octobre avec la conférence du parti conservateur – il y a probablement quelque chose de drôle là-dedans, mais je n’arrive pas à trouver quoi.

— Si ce truc est monstrueux, comment ont-ils obtenu l’autorisation de construire ?”, demanda Hathaway. Son père se contenta de le regarder.

“Ça s’appelle le progrès, Sean”, intervint Dennis Hathaway tout en grimaçant à cause de la glace fondue qui coulait le long de son cône jusque sur son poignet. “Ça va beaucoup bouger à Brighton ces prochaines années, et nous y sommes en plein.”

Il agita son cône en désignant les environs.

“Il faut qu’on se barre de cette jetée avant qu’elle pourrisse. Et merde.” Sa boule de glace venait de se détacher du cornet et de s’écraser sur les lames de bois. Il balança le cône dans la mer, par-dessus la balustrade et s’essuya la main sur son short.

“On a obtenu l’accord pour le centre commercial de Churchill Square cette année. Ça va être gigantesque. Trois ans de boulot avant que n’ouvre le premier magasin. On fournit la main-d’œuvre. Et les machines. Nous investissons dans le futur de Brighton.” Il fit un clin d’œil. “Et le nôtre.”

Billy, Dan et Tony, le nouveau guitariste rythmique du groupe, apparurent au loin, également habillés en shorts.

“C’est l’heure de la répétition”, dit Hathaway. Charlie grogna. Hathaway comprenait ce qu’il ressentait. Hathaway était enthousiasmé par la musique mais il était aussi de plus en plus séduit par l’affaire familiale. S’il était honnête avec lui-même, il appréciait aussi le respect – OK, la crainte – dans le regard des gens quand ils découvraient qui il était. Il savait que Charlie prenait son pied à balancer le nom de Dennis Hathaway à la ronde.

Influencé par Georgie Fame et le Dave Clark Five, Dan avait acheté un orgue Vox Continental avec haut-parleur. Il avait toujours joué du piano et cela ne lui avait pas pris longtemps pour le maîtriser. Il chantait *Glad All Over*, en s'accompagnant à l'orgue quand Dennis Hathaway était entré et s'était posé à l'arrière de la boutique. Ses jambes qui surgissaient de son short ressemblaient à des troncs d'arbre.

Quand les Avalons eurent fini la chanson, Dennis Hathaway dit :

"Très impressionnant les gars, très impressionnant. Freddie and the Dreamers doivent en chier dans leur froc.

— P'pa…

— Je plaisante. Je voulais vous suggérer un truc, au sujet du groupe. Je me demandais si vous n'auriez pas besoin d'un roadie ?

— On se débrouille sans", répondit Charlie.

"Je sais, mais vous êtes des musiciens. Vous ne devriez pas avoir à trimballer votre matériel. J'ai un type sûr dans mon bureau qui cherche à se faire un petit à côté. Un bosseur. Ça me ferait plaisir de vous le prêter. Il a son propre fourgon, comme cela, ça libérera un peu plus Charlie.

— Le groupe me paie pour mon fourgon.

— Mais est-ce que cela en vaut vraiment la peine ? En tout cas, je suis sûr qu'on peut arriver à un arrangement. Est-ce que je peux vous le présenter ?"

Les Avalons échangèrent quelques regards puis hochèrent la tête.

Dennis Hathaway revint un moment après avec un grand type, baraqué, un peu moins de vingt ans, vêtu d'un tee-shirt blanc et d'un jean. Il avait une clope au coin de la bouche, les mains bien enfoncées dans les poches de son pantalon. Le dos voûté, il arborait un petit air dégingandé à la James Dean et plissait les yeux derrière la fumée de sa cigarette.

“Alan, dis bonjour aux vedettes des charts de l’année prochaine.”

Il renifla.

“S’lut”, lança-t-il avec un accent cockney.

Cette semaine-là, les Avalons jouaient trois soirs. Alan était dur à la tâche et efficace, toutefois, il préférait arpenter la salle pendant les concerts. Hathaway l’observait tandis qu’il naviguait au milieu de la foule, une cigarette coincée entre les dents, glissant un mot par-ci par-là. Il comprit immédiatement de quoi il retournait et cela l’énerva que son père ne lui en ait pas parlé.

Le samedi soir, ils jouaient en première partie des Who. Hathaway, Billy, Dan et Tony étaient en train de draguer quelques filles quand Charlie débarqua en sautillant.

“Charlie – ça va ? Tu as l’air un peu…

— Droit comme un *i*, Johnny, droit comme un *i*. Moi et leur batteur, ce Keith machin – il est taré ce type – vous savez qu’il a pissé dans son vin ?

— Pissé dans son vin – pourquoi ?

— Pas dans son vin à lui – dans celui de ce type avec un gros pif. Il n’a rien vu – il continue à en boire, direct au goulot. Les autres savent. Ils sont morts de rire là-dedans.”

Hathaway tendit la main pour se saisir des lunettes de soleil de Charlie. Charlie eut un mouvement de recul.

“Désolé, Charlie, mais tu as l’air un peu…

— Vous saviez que notre roadie est dealer à ses heures ?”, annonça Charlie. “Amphètes, barbituriques, Valium, speed. Ce type est un pharmacien ambulant.”

Hathaway fit signe aux filles de lever le camp.

“Alan vend de la drogue ?”, dit Dan.

Hathaway se retourna, silencieux.

“C’est un vrai petit magouilleur”, poursuivit Charlie. “Il vient juste de me dire que le roadie des Who nous proposait un plan sur un ampli Vox 100 watts.

— Cent watts ?”, s’exclama Billy. “Putain, c’est énorme. Et un Vox ? Il nous le faut.

— Il ne rentrera jamais dans le fourgon”, dit Hathaway.

Charlie ricana. Son corps sursauta bizarrement.

“Ils ont pris une camionnette de marchand de glaces. Ils l’ont piqué dans le studio de Ready, Steady, Go ! la semaine dernière. Le nom de l’émission est placardé dessus, de tous les côtés.

— Récupérer du matériel volé ?”, demanda Dan. “Nous ne devons rien faire d’illégal.”

Charlie se tourna vers Hathaway.

“Ouais, c’est ça.”

Il gloussa de nouveau. “Cet Alan. Son speed est, putain… speedant. Je parle de ma-ma-ma génération.”

Tous s’esclaffèrent, même si Dave, Bill et Tony partageaient sans doute les pensées d’Hathaway qui se disait qu’un batteur sous speed n’était pas idéal pour tenir le rythme.

Cette nuit-là, Hathaway rencontra une fille prénommée Ruth. Elle était partante pour tout. Le lendemain, il l’emmena à la piscine à ciel ouvert de Black Rock. Il aimait y passer du temps quand il en avait l’occasion, à discuter avec les filles plutôt qu’à nager. L’endroit était protégé par les falaises, il pouvait donc y faire vraiment chaud en plein soleil. Enfant, il s’amusait à jouer dans les bassins rocheux. Il fit frissonner Ruth en lui racontant comment la tête de la victime du meurtre à la malle avait été retrouvée dans un de ces bassins en 1934.

Il fut surpris d’y voir son père et Reilly qui déambulaient, en grande conversation avec deux autres hommes. Au milieu de ce décor, ils semblaient bien trop habillés dans leurs costumes sombres.

Son père le vit avec Ruth, installés dans leurs chaises longues. Ruth portait un bikini minuscule et Hathaway vit sa gêne quand le regard de son père se posa sur elle.

“La dure vie du travailleur”, dit Dennis Hathaway à son fils.

Hathaway se leva de sa chaise longue, lança une serviette à Ruth et salua Reilly d’un signe de tête. “Qu’est-ce que vous faites là tous les deux ?”

Il les conduisit à l’écart.

“Nous discutions affaires”, expliqua Dennis Hathaway. “Que dirais-tu si toute cette zone était transformée en marina ? Un mouillage pour quelques milliers de bateaux, un *oceanarium*, une patinoire, un centre sportif, des courts de tennis, des appartements, un hôtel, des pubs – tout le bazar. Peut-être un marché aux poissons.

— Le marché aux poissons ne m’excite pas plus que ça mais sinon ça me paraît être une grande idée”, répondit Hathaway. “On est partie prenante ?

— Ça serait possible. J’ai un peu d’argent à investir. Il y a quelques problèmes à régler, cependant. Faire venir la route jusqu’ici n’est pas une mince affaire. Et les fabricants de flocons d’avoine nous emmerdent.

— Les fabricants de flocons d’avoine ?”, releva Hathaway.

“Ouais, les Quakers.”

Hathaway éclata de rire.

“Ils existent encore ?

— Pas qu’un peu.” Dennis Hathaway pointa l’index vers la falaise. “Ils ont un site funéraire à proximité des gazomètres. On a besoin de cet espace pour le projet.

— Et puis, il y a la falaise elle-même”, ajouta Reilly.

“Ouais, ça, on ne peut pas y toucher. C’est plein de fossiles, apparemment. De dinosaures et tout ce merdier.

— Vraiment ?”, questionna Hathaway.

“Ne t’excite pas trop, John. T’es vraiment un gosse. Ils nous barrent la route, franchement.”

D’un geste, Hathaway désigna les alentours.

“Tout cela va disparaître ?

— Inévitablement", dit son père. Il saisit le bras d'Hathaway. "Ce soir nous allons au théâtre, ta mère et moi.

— Au Théâtre Royal ?

— Nan, au Palace Pier. Un bon spectacle de cabaret." Il jeta un coup d'œil à Ruth. "Vous voulez venir avec nous ?"

Hathaway secoua la tête.

"Non, merci, papa. On a déjà quelque chose de prévu."

Son père regarda de nouveau en direction de Ruth.

"Tu m'étonnes.

— On va voir les Beatles. Ils jouent en vedette à l'Hippodrome avant la fermeture.

— Ne me lance pas là-dessus. Vous jouez en première partie ?

— Non – ils ont leur propre groupe. Des gars de Liverpool. En revanche, on va les rencontrer."

Le père d'Hathaway fit un signe de tête vers Ruth et se pencha vers son fils.

"Un truc pareil et tu vas en faire ce que tu veux de cette petite."

Hathaway se mit à rougir, un petit sourire en coin.

"Ça, c'est déjà fait."

En juin, Dennis Hathaway séjourna fréquemment à Londres pour des réunions. Un jour, il revint au West Pier avec Freddie Mills, l'ex-champion du monde. Mills, le nez en patate et un sourire troué entre les deux incisives, était très amical et emmena Hathaway au stand de tir. Hathaway gagna, même s'il ne put s'empêcher de penser que Mills l'avait laissé gagner, une fois encore.

Le 9 juin, Hathaway, affalé sur le canapé du bureau après une nuit agitée avec Ruth, lut dans le journal que Ronnie Biggs, l'un des braqueurs du train postal, s'était échappé de Wandsworth lors d'une évasion digne de *Danger Man**.

* Série britannique diffusée en France à partir de 1961 sous le titre *Destination Danger*.

"Il doit être important", dit-il à Reilly. Charlie était installé sur une chaise penchée en arrière, les pieds posés sur le rebord de la fenêtre.

Reilly secoua la tête.

"Il a été impliqué dans le coup au dernier moment. C'est du menu fretin – il gagne sa vie comme peintre et décorateur.

— Alors pourquoi ? Qui a organisé cela ?

— Pour l'argent", dit Charlie. "Il a fait en sorte que ça en vaille la peine pour quelqu'un. Ou quelqu'un a fait en sorte que ça en vaille la peine pour lui-même, pour lui piquer son fric." Il remit sa chaise d'aplomb. "Ou alors – il a menacé de tout balancer si on ne l'aidait pas à s'évader.

— Qui est ce « on » ?", demanda Reilly, amusé.

"Eh bien, j'ai entendu dire qu'il y avait d'autres personnes impliquées dans le vol qui n'ont jamais été attrapées, ou identifiées. Peut-être les a-t-il menacées de parler si elles ne l'aidaient pas à s'évader.

— Et pourquoi n'ont-« elles » pas simplement payé quelqu'un pour lui faire son affaire sous la douche ?

— Douloureux", lança Hathaway. Il ricana. "Tu t'es déjà fait faire ton affaire sous la douche, Charlie ?

— Va te faire voir." Charlie pointa Hathaway du doigt. "Tu pensais que *Muffin the Mule* était une pratique sexuelle jusqu'à ce que tu découvres Smirnoff*."

La pique fit même sourire Reilly.

"Et ton père croit que le music-hall est mort avec Max Miller", ajouta-t-il. "Jimmy Tarbuck** a des comptes à rendre.

* *Muffin the Mule* était le nom d'une marionnette dans une émission pour enfants. Charlie fait aussi référence à la campagne publicitaire *Until I discovered Smirnoff* qui fit tripler les ventes de la marque de vodka en Grande-Bretagne.

** Comédien et animateur télé.

“Comme je le disais”, reprit Charlie. “Ils ont fait évader Biggs, ils l’ont buté et enterré à un endroit où on ne le retrouvera jamais. Retenez ce que je vous dis. On n’en entendra plus jamais parler.”

Reilly changea de position dans son siège mais ne dit rien.

Deux semaines plus tard, Charlie et Hathaway étaient assis dans des chaises longues à l’extérieur du bureau. Ils débattaient, tout d’abord sur le fait de savoir si Michael Caine était meilleur dans *Zulu* ou dans *The Ipcress File*, puis à propos des qualités comparées des Rolling Stones et des Beatles. C’était un jour calme.

Dennis Hathaway sortit à grands pas du bureau. Il alla discuter à voix basse avec Tommy, qui s’occupait du stand de tir, puis il s’approcha d’eux.

“Tout va bien, p’pa ?

— Putain, non, ça va pas. Freddie Mills est mort. Abattu d’une balle en pleine tête dans un terrain derrière son club.”

Charlie et Hathaway se relevèrent précipitamment de leurs chaises longues.

“Qui a fait ça ?”, demanda Charlie.

“Ils disent qu’il s’est fait ça tout seul. Avec une de mes fichues carabines. Je lui ai prêté une de celles du stand de tir quand il est venu la dernière fois. D’après Andy, son associé, il a dit à ses employés qu’il sortait pour faire sa sieste habituelle dans sa voiture.

— Mais nos carabines sont à air comprimé”, intervint Hathaway.

Son père secoua la tête.

“Elles sont modifiées pour tirer des plombs, mais ce n’est pas compliqué de les modifier à nouveau dans l’autre sens. On en a une demi-douzaine derrière le comptoir…”

Sa voix devint inaudible.

“Tu penses qu’il s’est suicidé ?”

Son père prit un air renfrogné.

“Ne sois pas stupide. Une carabine dans sa voiture, un type de son gabarit ? S’il avait l’intention de se buter, on a inventé les revolvers pour ça.

— Qui, alors ?”, insista Charlie.

“Son resto chinois se trouvait sur Charing Cross Road.” Reilly venait de sortir du bureau. “Juste à la frontière de Chinatown. Les Chintoks lui menaient la vie dure.” Dennis Hathaway secoua la tête.

“C’est ces putains de jumeaux. Il y a eu une descente au resto – sans doute à cause de ce qui transitait par l’arrière-cuisine – et les jumeaux lui ont forcé la main pour qu’il en fasse un club – The Nite Spot. Ils y sortaient régulièrement.

— Alors pourquoi ils l’ont tué ?”, demanda Charlie.

“C’est un avertissement à mon attention”, répondit Dennis Hathaway. “Freddie menait quelques négociations pour moi.” Il serra les poings. “Écoutez, il existe deux gangs importants à Londres. Dans les années 1950, il s’agissait des Chypriotes et des Italiens, mais maintenant ce sont des gars du cru, des Cockneys. Après, ce que l’on peut penser d’eux dépend de quel côté de la barrière on se trouve. Certains disent qu’ils maîtrisent la petite délinquance plus efficacement que les flics dans les zones qu’ils contrôlent. D’autres racontent qu’ils terrorisent les communautés où ils vivent – et sur le dos desquelles ils prospèrent.

“Franchement, je me fous de savoir ce qu’ils font tant qu’ils n’empiètent pas sur mes plates-bandes. Mais ils veulent étendre leur business au-delà de Londres. C’est évident que Brighton les intéresse. Ils sont allés discuter avec ces autres branleurs, les frères Boroni. Ils les ont encouragés à venir nous emmerder. Diviser et régner, c’est leur plan. Mais ça n’arrivera pas. Je ne le permettrai pas.

— Qu'est-ce que tu veux faire alors ?", demanda Reilly. "Les payer ? Tu sais que ce n'est pas possible – ils te saigneraient à blanc. Débuter une guerre ?

— Nous ne pouvons pas gagner une guerre.

— On fait quoi, alors ?", insista Hathaway.

"Une rencontre a été organisée pour les funérailles de Freddie. Je veux que vous nous accompagniez, Sean et moi."

Hathaway et Charlie se regardèrent. Ils se redressèrent. Dennis Hathaway secoua la tête.

"Freddie Mills est mort. Nom de Dieu." Son fils crut voir des larmes dans ses yeux. Son père était à la fois brutal et sentimental. "La première fois que je l'ai vu combattre, c'était ici, à Brighton. Dans une baraque sur la plage, peu de temps avant qu'Adolf ne fasse des siennes. On ne peut pas dire qu'il avait du style, mais il cognait dur – et il pouvait en encaisser autant qu'il en envoyait. C'était un poids mi-lourd, mais il combattait comme poids lourd, alors il prenait des coups. Je l'ai vu remporter le championnat du monde en 1948 – et perdre le titre en 1950 à Earls Court. K.O. au dixième round. Freddie a pris sa retraite après ça. Toute sa vie, il a souffert de maux de tête à cause des gnons qu'il avait reçus. Mais pendant sa grande période, il encaissait tout."

Soudain, Dennis Hathaway se mit à grogner.

"Ces enfoirés de jumeaux essaient de se faire une place par la force. Je l'ai compris au Nouvel An quand ils ont débarqué avec ce connard de McVicar. Ils n'étaient pas là pour profiter de l'air marin. Il faut les empêcher de parvenir à leurs fins – ce sont des dingues.

— Sean m'a dit qu'il n'y en avait qu'un de taré", dit Hathaway. "Que l'autre est OK."

"Un putain de boxer pédé", lança Dennis Hathaway. "Ça ne lui suffit pas de t'enculer, il veut te frapper au visage en même temps. Freddie était pareil."

Hathaway sembla incrédule.

"Freddie Mills était pédé?

— Freddie n'était pas le premier boxeur pédé, mon petit Johnny. Tu n'as jamais vu ces lutteurs qu'aime regarder ta mère, avec la trique quand ils s'empoignent?"

Hathaway rougit.

"Ça veut dire que sa mort pourrait être liée à un truc d'homo?", demanda Charlie.

"Eh bien, il y a une histoire selon laquelle il a été arrêté dans des toilettes publiques pour attentat à la pudeur et activités homosexuelles", raconta Reilly. "Et puis, son amant, le chanteur Michael Holliday, s'est suicidé."

Hathaway avait du mal à suivre.

"Mais il est marié, non?

— Il a épousé la fille de son manager et ils ont eu deux gosses – des filles, je crois. Mais il était homo." Dennis Hathaway gloussa. "Bienvenue dans la complexité du monde des adultes, fiston.

— Je croyais qu'Holliday était l'amant du jumeau", dit Reilly.

"Ils étaient proches", répondit Dennis. "Mais je pense qu'il se tapait aussi Freddie. En tout cas son frère insiste bien sur le fait que c'est un vrai mec et qu'il n'est pas de la jaquette.

— Les homos ne sont-ils pas tous de vrais mecs?", dit Hathaway.

Charlie ricana.

"Je l'ai vu dans l'émission *Six-Five Special*", dit-il. "On le remarquait. Et dans la série des films *Carry On*."

Dennis Hathaway fit craquer les jointures de ses doigts.

"Vous allez entendre toutes sortes de rumeurs un peu folles. L'une d'elles est que l'on va révéler qu'il s'agissait de Jack the Stripper*.

* Jack le dénudeur : surnom d'un tueur en série ayant sévi dans les années 1964 et 1965. Il n'a jamais été arrêté.

Les yeux d'Hathaway firent un aller-retour entre son père et Reilly.

"Vraiment?"

Charlie ne lisait pas la presse avec assiduité.

"Qui est-ce?

— Depuis environ 1959 jusqu'à aujourd'hui", expliqua Reilly, "un type étouffe ou étrangle des jeunes femmes – huit à ce jour – avant de les violer. Il balance les corps dans la Tamise ou à proximité. Pour l'instant, il n'a pas été identifié.

— Mais pourquoi pense-t-on qu'il pourrait s'agir de Freddie Mills?", demanda Hathaway. "Particulièrement s'il est pédé."

Son père lui donna une tape dans le dos.

"Un peu plus de confusion. Ta mère ne viendra pas à l'enterrement de Freddie. Elle n'a jamais aimé les tantes. Mais Charlie et toi, vous viendrez? Ça vous donnera l'occasion de voir comment vivent ceux d'en face.

— Les pédés?", fit Charlie.

"Non, espèce de crétin, les gangsters et les gens du show-biz de l'East End. Vous savez que Freddy a tourné quelques films. Il va y avoir du monde."

Hathaway et Charlie se regardèrent. Ils hochèrent la tête.

"Bien. Je veux vous présenter quelques personnes. Ensuite nous ferons notre petite affaire avec les jumeaux. Sean, nous irons là-bas en petit comité. On va leur montrer ce que c'est que la classe.

— McVicar sera là?", demanda Hathaway. Charlie lui jeta un coup d'œil, l'air perplexe. Dennis Hathaway fixa ses mains.

"Je ne l'ai pas revu dans le coin. On raconte qu'il a fini dans les fondations de la Westway. Il fait quelque chose d'utile pour la première fois de sa vie."

L'enterrement de Freddie Mills se déroulait au cimetière New Camberwell. Plusieurs centaines de personnes avaient fait le déplacement. Hathaway et Charlie passèrent devant la tombe en file indienne, à la suite de Dennis Hathaway et de Reilly. Il y avait des gants de boxe sur la stèle et une urne posée devant.

“Tu vois cette urne ?” Son père donna un coup de coude à Hathaway. “Il y a les cendres de l'un des gants de boxe de Freddy dedans.

— Personne ne risque de la piquer ?”

Dennis Hathaway regarda aux alentours.

“Pas avec ces bandits autour.

— Le code d'honneur des voleurs ?

— Non, la peur.”

Un grand type au nez aplati toucha l'épaule de Dennis Hathaway. Dennis leva les yeux vers lui.

“Les frères veulent vous dire un mot.”

Hathaway et Charlie ne surent pas de quel mot il s'agissait. Le père d'Hathaway et Reilly restèrent à Londres et renvoyèrent les garçons à Brighton. Hathaway rechignait à partir, mais son père insista.

“Il ne va rien se passer, Johnny. C'est un plan *mi casa, su casa*.

— Que veux-tu dire ?”, demanda Hathaway.

“Rentre à la maison. Va te taper Ruth.

— On ne se voit plus.”

Dennis Hathaway se mit à rire.

“OK, rentre et tape-toi Charlie – en mémoire de Freddie.

— Dans ses rêves”, dit Charlie.

“Allez. Cassez-vous, tous les deux. Je vous rencarderai demain.”

Hathaway passa la journée du lendemain à l'extérieur, jusqu'au milieu de l'après-midi. Il rentra chez lui et entendit son père hors de lui et les pleurs d'une femme. Il se précipita dans la pièce de devant. Sa sœur aînée, Dawn, était effondrée sur le canapé, la main posée sur une de ses joues, rouge vif. Son père se tenait au-dessus d'elle.

"Papa ?

— Ne te mêle pas de ça, John.

— Mais, papa…"

Son père se tourna vers lui, les poings serrés. Ses pieds étaient fermement plantés dans le sol, écartés d'un mètre. Ses jambes trapues donnaient l'impression qu'il était inébranlable.

"Tu veux ta raclée toi aussi ?

— Papa, c'est une fille. C'est Dawn.

— C'est une pute, voilà ce qu'elle est." Dennis Hathaway dévisagea son fils avec attention. "Tu es au courant ?

— De quoi ?

— Ta sœur a un putain de polichinelle dans le tiroir, voilà ce qu'il y a."

Hathaway regarda sa sœur, le visage enfoui dans les mains. Elle sanglotait.

"Et alors ?", dit-il.

Son père fit un pas en avant, le visage de plus en plus rouge.

"Et alors ? Que ma fille ait couché à droite à gauche est déjà suffisamment terrible, mais qu'ils n'aient pas utilisé de capotes, là c'est diabolique.

— Je n'ai pas couché à droite à gauche", lança-t-elle entre deux sanglots.

"Ah bon ? Alors c'est l'Immaculée Conception, c'est ça ?

— Je n'ai couché qu'avec une seule personne. Et je l'aime.

— Tu n'es qu'une enfant, nom de Dieu. Qu'est-ce que tu sais de l'amour ?"

Dawn se redressa sur le canapé.

“J’en sais bien plus que toi – quand on voit comment tu traites maman.”

Dennis Hathaway s’avança vers elle. Elle se recroquevilla dans les coussins.

“Je n’ai jamais frappé ta mère. Jamais. Même si parfois il m’a fallu la patience d’un saint.”

Dawn garda les yeux baissés.

“L’amour, ce n’est pas que cela”, répliqua-t-elle, l’air sombre.

Hathaway se glissa à côté d’elle sur le canapé et lui passa un bras autour des épaules. Leur père les observa.

“Si tu l’aimes, tu dois être fière de lui, et si tu es fière de lui, pourquoi ne me dis-tu pas de qui il s’agit ?

— Tu lui ferais du mal.

— Je lui ferai du mal si tu ne me dis pas qui c’est.

— Où est maman ?”, demanda Hathaway.

“Au bingo”, répondit son père. “Elle n’est pas encore au courant.”

Le téléphone sonna. Le regard de Dennis Hathaway, les poings toujours serrés, passa de l’un à l’autre de ses enfants.

“Tu as vraiment choisi ton moment pour m’annoncer un truc pareil”, dit-il en se dirigeant vers le téléphone. Il arracha le combiné de son support. “Quoi ?”

Il écouta pendant une minute puis raccrocha. Il se hâta vers la porte d’entrée.

“Je reviens”, lança-t-il par-dessus son épaule.

Dans le silence qui suivit le claquement de la porte, Hathaway dit :

“Pourquoi tu ne l’as pas d’abord dit à maman pour qu’elle prépare le terrain ?

— Tu l’as vue récemment ?”, demanda Dawn. “Elle est en pleine crise. Elle plane complètement.

— C’est pour quand ?

— Pas avant un moment – Je n’en suis qu’à six semaines.”

Hathaway observa sa sœur.

“Tu es contente ?”

Elle sourit. “Oui, plutôt.

— Et ce type, qui que cela puisse être ?

— Quoi ?

— Il est au courant ?

— Oui.

— Il est content ?

— D’une certaine manière.

— Il a l’intention de te soutenir ?”

Elle se mit à rire.

“Me soutenir ? J’ai l’impression d’entendre un parent de l’époque victorienne.

— Il va le faire ?

— Bien sûr.

— Tu vas garder le bébé alors ?

— Papa veut que je me fasse avorter. Il connaît un médecin à Hove. Il pratique des avortements pour les gens de la haute. Comme si ça avait une importance.

— Qui est le père ?

— Tu le diras à papa ?

— Il l’apprendra tôt ou tard.”

Dawn se pencha vers Hathaway.

“Tu lui diras ?

— Non.”

Elle l’embrassa sur la joue. “Merci.

— Mais il va falloir que tu le lui dises.”

Elle se leva et regarda Hathaway, le visage rougi, l’air faussement pudique. C’était une combinaison déconcertante.

“Tu le connais, en fait.”

Hathaway leva un sourcil.

“C’est mon regard « Le Saint ». Je me suis entraîné.

— Tu es mignon mais tu n’arrives pas à la hauteur de Roger Moore.”

Hathaway haussa les épaules.

“Alors, qui est-ce ?”

Dawn s'approcha de la porte-fenêtre et observa le jardin.
"C'est Charlie", dit-elle sans se retourner.

Hathaway regardait *Chapeau melon et bottes de cuir* d'un œil distrait quand son père rentra. Il pensait à Dawn et Charlie, ensemble. La colère le gagnait.

"Où est ta sœur ?"

Hathaway ne quitta pas l'écran des yeux.

"Elle est allée se coucher dans son ancienne chambre.

— Elle l'a dit à ta mère ?

— Elle tricote déjà des chaussettes."

Dennis Hathaway sourit à contrecœur.

"J'imagine que s'ils se marient tout de suite on pourra faire croire qu'il a été conçu pendant la lune de miel. Elle m'a dit que ça ne faisait pas très longtemps.

— Six semaines. Mais, papa, il faut que je te demande – étant donné notre domaine d'activité, pourquoi te préoccupes-tu tant des convenances ?"

Le sourire disparut.

"Tu veux être l'oncle d'un bâtard ?

— Je m'en fiche.

— J'espère qu'elle ne va pas le garder. J'ai suggéré un médecin que je connais à Hove.

— Dawn me l'a dit.

— Elle t'a dit de qui il est ?"

Hathaway opina du chef.

"Et ?

— C'est à Dawn de te le dire."

Son père le dévisagea pendant un long moment mais sans hostilité.

"OK. Cela tombe à un mauvais moment. Il y a beaucoup de choses qui se préparent. Tu es au courant.

— Que s'est-il passé avec les jumeaux ?"

Dennis Hathaway se pinça le bout du nez et inspira fortement. Il soupira.

"Mon petit Johnny, c'est la guerre."

7

*PAINT IT BLACK**
PEINS-LE EN NOIR

1966

“Nous grimpons sur l’échelle sociale, fiston. J’ai acheté une maison sur Tongdean Drive. Si tu veux t’installer avec nous, tu es le bienvenu. Dawn nous suit. Je me disais aussi que tu préférerais peut-être avoir ton propre appartement. J’en ai un de disponible, très bien, avec vue sur le West Pier. Un penthouse avec terrasse.

— Un penthouse ?”, s’étonna Hathaway.

“Oui, un appartement au dernier étage. Avec une terrasse pour prendre le soleil. On pourra se faire des signaux avec des drapeaux entre la jetée et le penthouse.”

Hathaway était excité par la proposition, surtout dans une perspective sexuelle. Le groupe drainait beaucoup de filles du coin, mais il n’avait nulle part où les emmener. Il trouvait miteux de finir à l’arrière du fourgon, particulièrement quand les autres levaient eux aussi une fille. Enfin, à part Billy qui ne semblait attirer que des jeunes hommes à l’air sérieux souhaitant parler musique.

“Je peux me débrouiller tout seul pour trouver un appartement”, répondit Hathaway. Son père le regarda avec insistance.

* Rolling Stones, Jagger-Richards, numéro un des charts anglais en 1966.

“Je le sais, Johnny. Fais-le pour ta mère.” Il se pencha en avant et posa un coude sur la table. “Allez, fiston. On se le fait au bras de fer.”

Hathaway grommela et posa son Coca. Son père mesurait quinze bons centimètres de moins que lui mais il était massif et doté de bras puissants. Les avant-bras d’Hathaway, plus longs, le désavantageaient car ils l’obligeaient à incliner le bras. Il en avait déjà fait l’expérience.

“Je ferais aussi bien de dire oui tout de suite.

— Avec moi, c’est toujours préférable”, répondit son père.

L’alarme des caisses de la salle de jeu se déclencha et, un moment après, ce fut le tour de celle du stand de tir. Reilly était assis à côté de la fenêtre avec trois hommes de main et Charlie.

“Ça a l’air de s’agiter”, lança son père en quittant précipitamment sa chaise. Ils entendirent un bruit de course derrière la porte du bureau. Elle s’ouvrit brutalement et un homme, un bas enfilé sur la tête surgit, armé d’un manche de pioche.

Reilly s’était déplacé, presque nonchalamment, pour se poster juste derrière la porte. Quand l’homme passa devant lui, il se pencha en avant et, d’un geste élégant du poignet, le frappa derrière l’oreille droite. L’homme s’effondra, et le morceau de bois roula sur le sol devant lui.

Dennis Hathaway le ramassa et le lança à son fils.

“Reste en dehors de ça, mais si tu dois te défendre, utilise ce truc.”

Une demi-douzaine d’autres types déboulèrent à leur tour dans le bureau, bas sur la tête et manche de pioche à la main.

Reilly recula et Dennis Hathaway se rangea sur le côté tout en sortant sa matraque plombée de sa poche. Deux de ses hommes étaient également équipés de matraques ; le troisième s’empara d’une chaise dont il pointa les pieds vers l’homme qui le chargeait. Charlie se tenait bien campé sur ses pieds, un cran d'arrêt à la main, il avançait, concentré.

“Tu ne tues personne, Charlie”, l'interpella Reilly.

“Je n'en ai pas l'intention”, cria Charlie, la voix tremblante. “Je vais juste les abîmer un peu.”

D'un long geste du bras, il lança sa main armée en direction de l'homme le plus proche de lui. Il s'écroula contre le banc et Charlie lui entailla la main avec laquelle il tenait le manche de pioche. L'homme grogna et lâcha son arme tandis que du sang commençait à s'échapper par l'estafilade de sa main. De sa main libre, Charlie saisit le manche et l'abattit sur le crâne de l'homme qui émit un craquement sinistre.

Hathaway était passablement désemparé. Il n'était pas effrayé et il était armé, mais il ne savait quoi faire. Frapper quelqu'un avec son bout de bois pouvait causer de graves dégâts.

Reilly immobilisa le bras d'un type petit et large d'épaules en le frappant violemment au coude. Il laissa tomber son manche de pioche. Reilly le ramassa et lui défonça le crâne avec. Il alla prêter main-forte à Dennis Hathaway qui tenait à distance deux hommes en faisant de grands moulinets avec sa matraque. D'autres hommes se précipitèrent dans la pièce et Reilly dut s'écarter rapidement pour éviter une droite. Trois hommes l'acculèrent dans un coin.

Deux gorilles de Dennis Hathaway étaient à terre et se faisaient rouer de coups. L'homme armé d'une chaise, coincé dans un angle de la pièce, essayait de ne pas céder de terrain.

Ils étaient à présent quatre autour du père d'Hathaway qui prenait des coups sur les bras et sur le corps. Il parvenait encore à protéger son crâne. Il rugissait. Charlie avait remis sa lame dans sa poche et repoussait deux types en faisant tournoyer un manche de pioche. Il semblait enragé.

Personne ne prêtait attention à Hathaway. Il percevait des cris et du fracas dans la salle de jeu de l'autre côté de la porte. Il serra le manche de pioche comme s'il s'agissait d'un sabre de kendo, les mains écartées, et s'attaqua aux hommes qui s'en prenaient à son père.

Il en frappa un par-derrière dans l'angle formé par le cou et l'épaule puis, avec l'autre extrémité du manche, il le cueillit juste à l'angle de la mâchoire.

L'agresseur s'affala contre l'homme situé à côté de lui. Un troisième se détourna de son père en faisant tournoyer son manche au-dessus de sa tête. Hathaway fit glisser son bâton entre ses mains et frappa l'homme au plexus. L'homme se plia en deux et Hathaway frappa à nouveau entre le cou et l'épaule.

Hathaway entendit un brouhaha puis un coup de feu – si puissant qu'il se retrouva assourdi. Tommy se tenait dans l'embrasure de la porte, une carabine pointée vers le plafond. Deux employés de la salle de jeu, eux aussi armés, étaient postés à ses côtés. Tout le monde se figea sur place, à l'exception de Charlie qui continuait de se déchaîner sur un homme recroquevillé à terre. Reilly le saisit par-derrière et Charlie pivota sur lui-même, l'air mauvais.

"Il a son compte, Charlie", ordonna Reilly. "Assez."

Le souffle court, Charlie hocha la tête. Reilly fit un petit signe à Hathaway. Dennis Hathaway balança un coup de pied à l'homme que son fils avait mis à terre.

"Bon, emmenez ces types dans l'arrière-salle et ligotez-les sur des chaises." Il se pencha en avant et donna un dernier coup de pied au type. "Il va falloir que vous nous fournissiez quelques explications, sinon, vous serez privés de thé.

— Ça, ça ne m'étonnerait pas", murmura Reilly à Hathaway. "Je ne crois pas que le thé soit à l'ordre du jour."

Quand le sergent Finch arriva sur place, accompagné d'une demi-douzaine de policiers en tenue, la salle de jeu avait été remise en ordre. Quelques machines étaient détruites et il restait pas mal de verre brisé à balayer.

Finch examina les lieux puis se tourna vers Dennis Hathaway. Il huma l'air.

"J'aime cet air marin. On nous a avertis qu'il y avait du grabuge sur cette partie de la jetée. Des coups de feu.

— Quelques garnements nous ont cherché des noises. On s'en est occupés.

— Où sont-ils passés ?", demanda Finch.

Dennis Hathaway haussa les épaules.

"Partis piquer une tête, je suppose."

Les hommes qui avaient envahi la jetée avaient été balancés à la mer après que Dennis Hathaway eut fini de les interroger.

"Ils savent nager ?", demanda Finch.

Dennis Hathaway inspira entre ses dents serrées.

"La plupart d'entre eux."

Finch ôta son casque et en essuya l'intérieur avec un mouchoir.

"Et la fusillade ?

— Je possède un stand de tir, Finchie ; je suppose que cela ne vous a pas échappé."

Finch pencha la tête sur le côté.

"Vous devriez faire plus attention quand vous vous rasez, Dennis.

— Pourquoi donc ?"

Finch désigna la chemise de Dennis Hathaway. Elle était zébrée de sang. Dennis Hathaway grommela.

"Et ils appellent ça des rasoirs de sécurité."

Finch remit son casque.

"Bon, très bien. Le chef voudra sûrement discuter de l'incident avec vous. Il aime que la ville soit paisible ; vous ne l'ignorez pas."

"Nous sommes paisibles", dit Dennis Hathaway. "Très paisibles."

Finch lui adressa un petit sourire.

“À bientôt, Dennis.
— Prenez donc une barbe à papa en partant. Vos hommes aussi. C’est ma tournée.”

Hathaway et Charlie éclatèrent de rire en constatant que les policiers s’exécutaient. Sept flics aux chemises fripées, coiffés de casques blancs, leur matériel accroché à la ceinture, déambulaient sur la jetée, une barbe à papa à la main.

Dennis Hathaway regarda Reilly, son fils et Charlie.

“Bon, on doit s’organiser. Reilly, on va chez toi.”

À cette période, Hathaway conduisait une Austin-Healey. Charlie continuait à préférer sa moto mais il la laissa sur la jetée et partit avec son ami. Le début du trajet fut silencieux.

Les choses avaient été tendues entre eux depuis la grossesse de Dawn. Le lendemain du jour où Dawn avait avoué à Hathaway que Charlie était le père, il était allé s’expliquer avec le batteur. Il l’avait trouvé dans un café situé sous les arches à proximité du Palace Pier.

“Putain, à quoi tu joues ?” avait-il lancé, planté devant Charlie.

Charlie lui avait désigné le siège face à lui et avait soufflé sur son café.

“C’est le café où Tony Mancini travaillait comme videur dans les années 1930. Tu sais, le tueur à la malle.
— Je sais qui était Tony Mancini. Mais je ne vois pas le rapport avec le fait que tu as mis ma sœur en cloque.
— Bon Dieu, assieds-toi, Johnny. Tu as l’air d’un imbécile.”

Charlie avait vu les poings d’Hathaway se fermer.

“Johnny, réfléchis bien à ce que tu as l’intention de faire. Si tu commences, ça ne s’arrêtera pas. Tu me connais. Je ne m’arrête pas.”

Hathaway avait tiré suffisamment de gens d’entre les mains de Charlie pour savoir qu’il disait la vérité. Il s’était laissé tomber dans le siège face à Charlie.

“Je suis désolé de ce qui arrive avec Dawn. C’était juste un truc entre garçon et fille. Je n’ai pas profité d’elle. Je l’aime bien.

— Alors, tu vas l’épouser ?

— Nom de Dieu, Johnny, tu sais bien que je ne suis pas du genre à me marier.

— Mon père s’attend à ce que tu l’épouses.

— Il sait que je suis le père ?”

Hathaway avait secoué la tête.

“Pas encore.

— Je pense qu’elle devrait s’en débarrasser”, dit Charlie.

Hathaway avait incliné la tête vers l’avant.

“Tu veux que ma sœur avorte ? Espèce d’enfoiré !”

Charlie avait scruté le visage d’Hathaway.

“Je parie que c’est également ce que veut ton père.

— Et ce que Dawn veut, ça t’intéresse ?

— Eh bien, si elle est un minimum sensée, elle ne peut pas désirer m’avoir comme mari.”

Hathaway s’était laissé aller contre le dossier de son siège.

“Elle n’a pas eu la lucidité de ne pas se coller avec toi pour commencer.”

Ils s’étaient mis à fixer la surface de la table. Charlie soufflait sur son café.

“Tu as fait cela juste pour me faire du mal ?”, avait demandé Hathaway.

Charlie avait semblé décontenancé.

“Pourquoi voudrais-je te faire du mal ? On est amis, non ?”

Hathaway l’avait regardé puis avait détourné la tête.

“Non ?”

“Ouais”, avait répondu Hathaway. “Oublie que je t’ai dit ça.”

Sous la pression de son père et de Charlie, Dawn avait avorté à Hove. Hathaway l’avait conduite dans une maison mitoyenne huppée de style Régence. Le médecin était un Égyptien, âgé. Dawn avait vu *Alfie* et était terrifiée à l'idée que l'avortement se fasse avec un cintre comme dans le film. Les salles du docteur Massiah étaient immaculées. À l'évidence, en dépit de son âge, Massiah savait ce qu'il faisait.

Dawn était revenue chez ses parents. Elle avait abandonné sa formation de secrétaire. Elle ne quittait presque pas la maison, avec sa mère qui s'agitait autour d'elle. Elle pleurait beaucoup.

Tandis qu'ils conduisaient en direction du front de mer, Hathaway se tourna vers Charlie.

"Vous vous parlez de nouveau avec Dawn ?"

Charlie fit non de la tête.

"C'est probablement mieux. Ton père risquerait de péter un câble encore une fois."

Hathaway était incapable de prédire les réactions de son père. Il avait flanqué une raclée à Charlie – deux côtes et deux doigts cassés – avant d'accepter de le reprendre dans la bande comme si de rien n'était. Ce qui s'était passé entre Charlie et Dawn ne fut plus jamais mentionné.

Reilly vivait à Portslade au dernier étage d'un ensemble d'appartements récemment construit. Il habitait dans un cinq pièces doté d'un vaste balcon donnant sur la mer. Ils s'y installèrent, une bouteille de whisky irlandais et une bouteille de bière posées sur la table devant eux. Reilly avait mis un disque. Du jazz.

Charlie balaya la vue d'un geste du bras.

"Superbe, monsieur Reilly. Superbe.

— Sean. Merci, Charlie." Une moto fila sur la route en contrebas et le fracas de son moteur ricocha entre les montants du balcon. "L'acoustique pourrait être meilleure.

— Qui est-ce à la trompette ?", demanda Hathaway.

"Je n'en sais rien mais si vous voulez je lui paie volontiers des leçons", répondit Dennis Hathaway en serrant fermement son verre à whisky dans son énorme poing. “Seigneur.

— Miles Davis. Il joue en modal, Dennis.

— Sans blague ? Ah, Sean, toi et tes goûts prétentieux.”

Reilly observait le soleil suspendu au-dessus de l’horizon.

“À chaque fois que le soleil se couche, je pense au roi Arthur, blessé, cheminant vers Avalon. La quête du roi Arthur.

— Et toutes les fois où je pense à Avalon et aux Avalons”, plaisanta Hathaway, “je pense à vos meubles.”

Reilly sourit.

“Ça reste un bon nom de groupe.”

Hathaway observait alternativement Reilly et son père.

“Vous vous connaissez depuis combien de temps tous les deux ?

— Nous étions à l’école ensemble. Maternelle de Brentfoot et pendant tout le primaire. Et puis la famille de Sean est rentrée en Irlande et nous avons chacun suivi notre route.”

Dennis Hathaway tendit le bras et donna un coup de poing léger sur le bras de Reilly.

“Sean m’a mis une sacrée trempe une fois. On n’aurait pas cru en le voyant, mais c’était un dur. Ça a toujours été un dur. C’est comme cela qu’il a fini dans les commandos et que je me suis retrouvé intendant militaire.

— C’était parce que j’étais stupide et que tu avais quelque chose dans le crâne”, dit Reilly à Dennis Hathaway. “C’est pour ça que je travaille pour toi et pas le contraire.” Dennis Hathaway lui lança un regard de reproche et Reilly leva les mains. “OK, OK – je sais. Nous sommes partenaires.

— Exactement.

— Vous avez été dans les commandos ?”, demanda Charlie.

Reilly acquiesça.

“Où ça ?

— En Crète et sur d'autres îles grecques. En Normandie. En Italie.

— Vous avez tué des gens ?" continua Charlie. Dennis Hathaway et Reilly se mirent à le fixer. Il se tortilla dans son siège, mal à l'aise.

"C'était ce qu'on était censés faire", répondit Reilly.

Charlie regarda Dennis Hathaway.

"Et vous, monsieur Hathaway ?"

Dennis avala une gorgée de whisky.

"Seulement ceux qui se sont mis en travers de mon chemin."

Il se tourna vers les autres.

"Nous avons des affaires légales dans les tuyaux. Nous investissons dans le futur de cette ville. Nous allons blanchir l'argent que nous avons gagné avec l'économie souterraine."

Charlie avait une expression étrange.

"Je t'ennuie, Charlie ?

— Non, monsieur Hathaway, pas du tout.

— Mais ?"

Un sourire se dessina sur son visage.

"J'aime bien les trucs illégaux.

— Le projet de Churchill Square se passe bien", exposa Reilly. "Nous leur louons les pelleteuses et le matériel de démolition et il n'y a que nos hommes qui travaillent dessus.

— Combien cela va-t-il rapporter ?", demanda Charlie.

"Quand ça sera fini ?" Reilly haussa les épaules. "Un quart de million.

— Avec des retards ?", fit Hathaway. "J'imagine qu'on les rackette.

— Il ne faut pas être trop gourmand", reprit son père. "Ça crée des complications.

— On devrait réussir à leur soutirer cinquante mille de plus", expliqua Reilly. "Mais on les presse déjà assez comme cela.

— On les emmerde", intervint Dennis Hathaway. "S'ils veulent foutre en l'air mon Brighton, qu'ils paient !" Il jeta un coup d'œil en direction de Reilly. "Sean, tu devrais montrer aux garçons tes souvenirs de la Seconde Guerre mondiale." Il se tourna vers son fils. "Il a une sacrée collection. Montre-leur, Sean."

Reilly leva les yeux au ciel mais il ramassa son verre et conduisit Hathaway et Charlie au fond de l'appartement, jusque dans une petite pièce au fond du couloir. Il y avait une baie vitrée qui donnait sur la mer. Les autres murs étaient couverts de livres, du sol au plafond.

"Je ne savais pas que vous étiez un grand lecteur, monsieur Reilly", dit Hathaway.

"J'étais à Trinity avant la guerre.

— C'est à Cambridge ?

— À Dublin, espèce de rustre." Reilly se dirigea vers une vitrine et alluma une lumière qui l'éclairait de l'intérieur. Charlie et Hathaway parcoururent du regard la collection de revolvers, de poignards et de médailles. Charlie pointa un revolver du doigt.

"C'est un Luger", expliqua Reilly.

"Comment l'avez-vous eu ?", l'interrogea Charlie.

"Son propriétaire n'en avait plus l'usage." Reilly en désigna un autre. "C'est un Webley. Mon préféré.

— C'est un poignard de la SS, non ?", demanda Charlie. "Comment… ?"

Le regard de Reilly le stoppa net.

"Ça fait beaucoup de médailles, Sean", remarqua Hathaway. "Elles sont toutes à vous ?"

Reilly acquiesça.

"Ne vous laissez pas impressionner par les médailles. On obtenait la plupart d'entre elles simplement parce qu'on était là.

— Qu'est-ce que vous avez fait, exactement, pendant la guerre ?", dit Charlie.

"J'ai tué des gens, mon gars", répondit Reilly. "De très près."

Il montra un poignard tout à fait banal.

"En général avec ça." Il leur présenta ses mains. "Parfois avec elles." Il montra de nouveau le revolver. "Souvent avec ce Webley. Plus rarement avec l'un de ces trucs."

Il leur montra une grenade à main dans un coin de la vitrine.

"Elle fonctionne ?", dit Charlie.

Reilly opina du chef.

"Mais ça ne risque rien tant que la goupille est en place."

Ils rejoignirent Dennis Hathaway.

"Alors, impressionnés ?", demanda Dennis.

Les deux jeunes hommes hochèrent la tête.

"À l'époque, personne ne cherchait de noises à Sean. D'ailleurs, même maintenant, ceux qui ont un minimum de jugeote ne le cherchent pas.

— Cela veut dire que ces types sur la jetée n'en avaient pas beaucoup", dit Hathaway.

Dennis Hathaway se pencha en avant et posa son verre.

"Parlons-en. Les frères Boroni sont derrière tout ça, comme vous vous en doutez, et c'est cette raclure à tête de fouine, Potts, qui a organisé l'attaque."

Hathaway se rappela soudain avoir vu Potts, un jour férié sur le Palace Pier, suintant de haine, qui regardait Sean Reilly s'éloigner.

"Mais ce sont les jumeaux qui les ont encouragés", continua Dennis Hathaway. "Malgré tout, je ne veux pas m'en prendre directement à eux, en dépit de ce qu'ils ont fait à Freddie. Mais je veux que cette merde cesse à Brighton.

— Et le chef de la police ?", lança Charlie. "Ce n'est pas à ça qu'il sert ?"

Le regard de Dennis Hathaway s'attarda sur Charlie. Charlie baissa les yeux. Toujours pas pardonné, apparemment.

"Il est fini. Il est en train de creuser un grand trou dans lequel il va bientôt tomber.

— Mais il peut nous mettre la pression", remarqua Hathaway.

"Tu crois?" Dennis Hathaway ricana. "On tient Philip Simpson par les couilles. Vous vous souvenez, il y a deux ans, quand il est venu au bureau sur la jetée et que nous avons parlé des dossiers qu'il détruisait, ceux qui concernaient le meurtre à la malle – celui qui n'a pas été résolu?"

Hathaway et Charlie hochèrent la tête. Charlie s'alluma une cigarette en même temps.

"Eh bien, beaucoup ont échappé à la destruction, grâce à un petit arrangement avec le sergent Finch." Dennis Hathaway fit un geste en direction de Reilly. "Je vous présente monsieur Reilly, archiviste de cette commune, affecté aux meurtres à la malle de Brighton."

Reilly baissa la tête et fit un salut.

"Cela veut dire que Philip Simpson était le tueur à la malle?" demanda Hathaway.

Son père grimaça.

"Bien sûr que non, espèce de crétin. Mais il y a dans les dossiers des témoignages qui peuvent lui nuire. Pas directement en lien avec le meurtre, mais à propos de la corruption dans la police. Lui et son copain Victor Tempest – deux flics pourris parmi tant d'autres." Il lança un regard glacial à Charlie. "Particulièrement le témoignage d'un médecin avorteur de la haute société basé à Hove. Un certain docteur Massiah."

Hathaway reconnu le nom. Le vieil Égyptien qui s'était occupé de Dawn.

"Il a été suffisamment aimable pour mettre par écrit ses souvenirs de cette époque dorée", ajouta Reilly. "Avant de prendre sa retraite dans les Caraïbes."

Charlie semblait mal à l'aise.

"Et les frères Boroni ? On les bute ?"

Reilly et Dennis Hathaway échangèrent des regards.

"Tu entends qui exactement par « on » ?" lui demanda Reilly.

Charlie recracha la fumée de sa cigarette et jeta un coup d'œil vers Hathaway.

"Moi et John. Il est temps qu'on se mette du sang sur les mains. Pas vrai, Johnny ?"

Hathaway et Charlie couraient à toute vitesse le long du Palace Pier, leurs pieds martelaient le bois humide. Hathaway avait l'air froid et déterminé, Charlie était mû par la rage. Charlie courait devant. Ils zigzaguaient entre les joueurs déjà écartés et dispersés par les deux hommes qu'ils poursuivaient.

Quel merdier. Tout en courant, Hathaway écoutait les haut-parleurs suspendus le long de la jetée. Ils diffusaient les commentaires de la finale de la Coupe du Monde. Quand il entendit que Helmut Haller venait de donner l'avantage à l'Allemagne de l'Ouest moins de vingt minutes après le début du match, il eut envie de descendre quelqu'un. Il avait le flingue pour ça.

Hathaway entra en collision avec un essaim de filles qui mangeaient des barbes à papa en papotant et partit dans le décor. Charlie leur passa à côté au moment où l'Allemagne de l'Ouest venait de reprendre la balle. Il agitait son revolver. Les filles crièrent.

Hathaway se remit debout et vit les frères Boroni disparaître dans le Palais du Plaisir. Charlie, à moins de vingt mètres derrière eux, fonçait comme si sa vie était en jeu. Hathaway avait le souffle coupé par le choc avec le groupe de filles et il trotta péniblement vers le Palais du Plaisir. Il s'appuya contre le mur en bois et vit les Boroni surgir par une porte latérale.

Ils jetèrent des regards paniqués autour d'eux et détalèrent en direction du train fantôme. Ils grimpèrent dans le dernier wagon au moment où celui-ci s'ébranlait. Les portes de la cabane de foire s'ouvrirent avec fracas et le wagon disparut à l'intérieur en brinquebalant.

Charlie rejoignit Hathaway.

"Il faut qu'on entre là-dedans. Il y a une porte à l'arrière."

Charlie et Hathaway gagnèrent l'arrière de la baraque. Ils ouvrirent une porte métallique et se glissèrent à l'intérieur.

L'endroit était sombre et bruyant. Des ricanements, des cris et des rugissements amplifiés. Des flashs de lumière éclairaient brièvement des personnages repoussants.

Charlie et Hathaway attendirent que le train se rapproche.

"On se retrouve de l'autre côté", lui lança Charlie en s'évanouissant dans l'obscurité.

Hathaway se tenait à côté d'un Dracula qui leva sa cape et se mit à grogner à l'approche du train. Hathaway entendit les cris des passagers. Il y eut deux éclairs, puis deux autres. De nouveau des cris. Hathaway serra son revolver dans sa poche. Il resta là un instant puis fit demi-tour et s'en alla.

Une fois dehors, Charlie et Hathaway se forcèrent à marcher lentement, les mains dans les poches, cramponnés à leurs revolvers. Hathaway jeta un coup d'œil à Charlie. Son visage était inexpressif. Charlie s'arrêta et leva la tête en souriant vers l'un des haut-parleurs. Geoff Hurst venait d'égaliser.

"Étrange assassinat d'exploitants de la jetée. Poursuivis par des clowns puis abattus dans le train fantôme."

Dennis Hathaway jeta le journal sur son bureau et regarda Hathaway et Charlie.

"Les seuls clowns que je connaisse, ce sont vous deux. Vous avez quelque chose à me dire ?"

Ils secouèrent la tête.

“J’espère que vous étiez chez vous, à regarder Geoff Hurst faire son coup du chapeau*.

— Charlie était chez moi. On a bu quelques bières.”

Posté devant la fenêtre, Reilly les observait tranquillement.

“Ceux qui ont fait ça ont eu une bonne idée avec ce déguisement de clown. Pas moyen d’être reconnus.

— Ils ont dû transpirer comme des cochons”, ajouta Dennis Hathaway. “Les perruques et le maquillage.

— Espérons pour eux qu’ils ont fait gaffe à l’endroit où ils ont trouvé les costumes de clowns. Sans parler des flingues.

— Tu as raison, Sean.” Dennis Hathaway ne quittait pas des yeux son fils et Charlie. “Par exemple, si vous deviez faire un truc pareil. Même si je sais que ce n’est pas vous puisque je vous avais spécifiquement demandé d’abandonner toute idée de descendre les frères Boroni. Mais, histoire de parler, si c’était le cas, où auriez-vous dégotté les costumes ?

— Et les flingues”, ajouta Reilly.

“Merci, Sean”, continua Dennis Hathaway. “Et les flingues.”

Charlie s’éclaircit la gorge.

“Les flingues ? À Londres, j’imagine. Du côté de Fulham Way, peut-être ? Des amis sûrs de Jimmy White ?

— Jimmy White”, dit Dennis Hathaway. “Pauvre gars. Il s’est rendu parce qu’il s’est retrouvé en cavale sans le sou et qu’il espérait pouvoir passer un marché. Ces bâtards lui ont collé dix-huit ans. Un autre voleur du train postal qui mord la poussière.

— Buster et Bruce sont encore libres”, intervint Reilly.

* Marquer trois buts lors d’un match.

“Vous savez où ils se trouvent?” Hathaway ouvrait la bouche pour la première fois depuis le début de la discussion.

“À Mexico, d’après ce que j’ai entendu.

— Eux aussi, ils vont finir par bouffer tout leur fric”, dit Dennis Hathaway. “Et les costumes de clowns ?

— Achetés comptant, ensuite on les mélange”, expliqua Charlie en haussant les épaules. “Ce n’est pas un problème.

— Et vous en auriez fait quoi, après ?” demanda Reilly.

“Papa dit toujours que c’est pour cela que Dieu a créé la mer”, dit Hathaway. “Elle garde ses secrets.”

Dennis Hathaway gloussa.

“Putain, habillés en clowns. Et les poursuivre sur la jetée. J’aurais aimé voir ça. C’est hilarant.” Il se tourna vers Reilly. “Où en sommes-nous avec cette petite salope à face de fouine, Potts ?

— J’ai lancé la machine.”

Dennis Hathaway opina du chef et se tourna vers les deux garçons.

“OK, les deux pistoleros. J’ai des trucs à vous montrer.”

Dennis Hathaway pointa la main en direction du bateau à moteur qui oscillait au rythme de la houle le long du quai du West Pier.

“Voilà une petite embarcation bien pratique. Il faut quatre heures pour atteindre la France. Vous savez que monsieur Wilson, dans son infinie sagesse, a fixé une limite à la quantité d’argent que vous pouvez sortir du pays ? C’est votre argent, mais il ne veut pas que vous le dépensiez à l’étranger. Cette limite est de cinquante livres, ce qui, franchement, ne suffirait pas à payer les Campari sodas de la mère de Johnny pendant un week-end, sans parler de quinze jours de vacances à Ibiza.”

À nouveau, il montra le bateau.

“On passe donc l’argent là-dedans. Et on revient avec des diamants. On a un accord avec deux boutiques dans les Laines.

— La traversée a lieu tous les combien?” demanda Hathaway.

“Une fois par semaine. On change les jours et les heures de départ et parfois on retrouve un bateau de pêche français à mi-chemin et on fait l’échange en mer. Mais cela peut être délicat si la mer est démontée. Une fois ou deux on a directement déchargé sur cette plage.

— Et les douanes ne se doutent de rien?

— Les douanes ont déjà suffisamment à faire avec les aéroports et les ferrys à Newhaven. Ils ne peuvent pas contrôler des centaines de kilomètres de côtes. C’est une bonne astuce de faire ça ici, sur la plage. Il s’y passe tellement de choses que ça ne se remarque pas.”

Hathaway regarda le bateau à moteur, verni et parfaitement entretenu. Il jeta un coup d’œil en direction de Charlie.

“Et tu veux que l’un de nous supervise l’opération?”

Son père acquiesça.

“Ça ne sera pas moi”, répondit Charlie. “Merci beaucoup, monsieur H., mais j’ai le mal de mer.

— Je m’en occupe”, dit Hathaway.

Le soir même, les Avalons jouaient au Snowdrop à Lewes. Tous les membres du groupe, à l’exception de Charlie, s’étaient entassés dans l’Austin Healey d’Hathaway. Charlie préférait sa moto. Hathaway conduisait en silence. Il essayait encore de digérer ce que Charlie et lui avaient fait. Charlie, en réalité. Charlie avait insisté pour qu’ils aillent de l’avant et tuent les Boroni, bien que son père n’ait pas approuvé l’idée. Il avait les flingues. Il avait les costumes de clowns. Il les avait abattus tous les deux.

Hathaway savait qu'il avait ses propres zones obscures, des endroits qu'il gardait cachés aux yeux des autres, mais il avait été choqué – et un peu effrayé – de voir l'enthousiasme de Charlie quand il avait tué. À présent, il savait que Charlie était capable de tout.

Les garçons discutaient dans la voiture et Hathaway les écoutait d'une oreille distraite. Il aimait jouer dans le groupe, mais c'était dans son boulot qu'il prenait son pied. Il attendait avec impatience son premier voyage à Dieppe.

Une passerelle enjambait la route. Des vaches, dont la silhouette se découpait sur le ciel bleu, passaient dessus en procession.

"Ouah, regardez ça", s'exclama Dan en riant. "Surréaliste.

— C'est pour ça que je ne veux pas de décapotable", dit Billy en s'enfonçant dans son siège. "S'il y en a une qui te tombe dessus, t'es foutu."

Dan le regarda, l'air incrédule.

"Quoi ? Tu crois qu'une vache va te tomber dessus ?"

Tous se mirent à ricaner.

"Pas seulement une vache", ajouta Billy.

"Tu veux dire une vache et autre chose ? Une girafe peut-être ?

— Ce n'est pas ce que je veux dire…"

Hathaway avait ri tout le long de la conversation avant de décrocher à nouveau. De penser à ses zones d'ombre.

Après le concert – qui avait été l'occasion pour Bill de sortir le sitar qu'il venait d'acheter – ils s'installèrent autour d'un verre. Hathaway se rendait compte à quel point lui et Charlie s'étaient détachés des autres membres du groupe. Bill et Dan, en particulier, s'investissaient de plus en plus dans la musique. Alan, le roadie-dealer, était assis avec eux, muet, rappelant à Hathaway la manière dont le groupe touchait à chaque versant de sa double vie.

“La musique folk a vraiment le vent en poupe”, disait Billy.

“La musique folk ?” dit Charlie, incrédule. Il montra ses cheveux. “C’est déjà assez pénible de devoir ressembler à une tarlouze de Liverpool. Maintenant tu voudrais que je me transforme en putain de Peter, Paul and Mary ?

— En fait, c’est pire que cela”, répondit Dan en riant. “Les groupes folk n’ont même pas de batteurs.”

Tout le monde se mit à rire, sauf Charlie qui semblait furieux.

“Quoi… vous essayez de me virer ?

— Non !”, lança Billy. “Mais il faut qu’on soit en phase avec ce qui se passe. Dylan. Simon et Garfunkel. Leur nouvel album est magnifique. Il y a des chansons que l’on pourrait reprendre…

— Magnifique ?” dit Charlie en riant. “Depuis quand le rock est-il magnifique ? On fait danser les gens ; on ne fait pas dans le magnifique.

— Le magnifique aide à tomber les filles”, reprit Dan.

“Je n’ai aucun problème pour choper des filles”, rétorqua Charlie.

Hathaway lui lança un bref regard.

“Il faut qu’on évolue avec notre temps”, dit-il après une pause.

“Et les temps changent*”, dirent ensemble Dan et Billy avant d’éclater de rire.

Sound of Silence démarra sur le juke-box.

“J’adore cette chanson de Simon et Garfunkel”, dit Billy.

Charlie prit un air renfrogné.

“Je n’aime pas ce que je viens d’entendre.

— Non, sans blague. C’est un super, super morceau. On pourrait faire trois ou quatre chansons du nouvel album. *Sounds of Silence*…

* Allusion à la chanson de Bob Dylan *The Times They Are a-Changin’* sur l’album éponyme.

— Hors de question que je joue du Simon et Garfunkel" dit Charlie en sortant un paquet de cigarettes de sa poche.

"Il faut que nous écrivions nos propres morceaux comme le fait Paul Simon", avança Dan. "C'est là qu'il y a de l'argent à se faire.

— Et qui va s'en charger ?" demanda Hathaway. "Pas moi en tout cas.

— J'ai commencé à bosser sur quelques trucs", dit Billy. "Je me demandais si on aurait pu essayer d'en faire quelque chose."

Ils se calèrent tous dans leurs sièges et le regardèrent.

"Un talent caché", railla Charlie.

"Un talent fou", ajouta Hathaway.

Quelques jours plus tard, Hathaway tomba par hasard sur Charlie dans un nouveau club des Laines. Charlie était manifestement plus sûr de lui et les drogues augmentaient encore son agressivité. Il était accompagné d'une nouvelle petite amie du nom de Laura. Hathaway se trouvait dans une alcôve avec une fille de la jetée. L'endroit était bondé mais il restait un tabouret libre au bar. Quand Laura s'y assit, sa minijupe remonta et l'homme qui se trouvait sur le tabouret à côté ne put s'empêcher de regarder ses cuisses.

"La place est prise", dit-il en continuant à fixer ses jambes.

Charlie le décolla de son tabouret.

"Mais le tien est libre, non ?" lui lança-t-il avant de le balancer à terre.

L'homme leva les yeux vers Charlie.

"Dégage d'ici", lui ordonna Charlie.

"Je reviens tout de suite", dit Hathaway. Il s'assura que Charlie l'avait vu approcher dans le miroir accroché derrière le bar.

"Alors les tourtereaux, ça boume ?"

Laura regardait droit devant elle et Charlie serrait sa pinte des deux mains. Ses pupilles étaient énormes.

"Mon petit Johnny, quelle agréable surprise."

Hathaway capta le regard du barman. Il n'était pas intervenu mais il l'avait mauvaise. Hathaway comprit qu'il se demandait s'il ne devait pas appeler la police. Hathaway sortit un billet de dix livres de sa poche et le fit glisser sur le bar. Le barman le prit, fit un signe de tête et s'éloigna.

"Papa voudrait que l'on se lance dans le management de groupes pop", annonça Hathaway. "Il pense qu'il y a beaucoup d'argent à se faire.

— Ça ou autre chose", répondit Charlie en fixant son reflet dans le miroir.

Hathaway exécuta un petit roulement de tambour sur le bar.

"Super."

Charlie se lança dans le management comme s'il avait toujours été fait pour ça. Il signa immédiatement deux douzaines de groupes. Il avait un style bien à lui. Il avait suspendu un affairiste par les pieds du haut du quatrième étage parce qu'il avait essayé de lui piquer un de ses groupes. Il avait écrasé un cigare allumé sur le front d'un autre de ses concurrents.

"Putain, Charlie", dit Hathaway.

"Les gens à qui j'ai fichu la trouille vont devoir surveiller leurs arrières jusqu'à la fin de leur vie", lança Charlie.

Dennis Hathaway était impressionné. Il évoqua ses souvenirs, au bout de la jetée.

"Je connais un type, né à Manchester en 1926. Son père confectionnait des imperméables. À l'âge de quatorze ans, pendant la guerre, il chantait à la synagogue de son quartier et essayait de se lancer dans le spectacle. Il était nul. Il a évité la guerre – une maladie mystérieuse qui l'a cloué à l'hôpital jusqu'à ce que la guerre soit terminée et soudain : guérison miraculeuse. Il est devenu un acteur impressionniste – Jimmy Cagney et tout le bazar. Il est passé au London Palladium. Max Miller disait qu'il ne valait pas un clou. Peut-être qu'il s'en est rendu compte. En tout cas, il s'est lancé dans le management, la promotion. Il travaillait depuis la cabine téléphonique de son quartier.

"On a fait des affaires avec lui. Il avait sa Rolls Royce et des bijoux voyants. Il s'occupe des Small Faces. Il donne de l'argent à Radio Caroline pour faire passer les morceaux de ses groupes. Il verse un salaire aux Small Faces et il les a installés dans une maison à Londres, avec Jaguar et chauffeur et toutes les fringues qu'ils veulent. Mais pas de véritable argent."

Il regarda Charlie.

"En revanche, pour ce que j'en sais, il n'a jamais déclenché d'incendie."

Charlie semblait fier de lui derrière ses lunettes de soleil. Hathaway fronça les sourcils.

"Un incendie ?

— D'après ce que j'ai compris, quand une certaine maison de disques a refusé de libérer de son contrat l'un des nouveaux groupes de Charlie, leurs bureaux sont partis en fumée.

— Ce que je vois", dit Charlie d'une voix traînante, "c'est que le groupe a été dégagé de son contrat deux jours après.

— Et le comptable ?", demanda Reilly.

Charlie tendit les mains, la paume tournée vers le haut.

"Je voulais m'assurer qu'il ne puisse pas avoir d'enfant. Alors j'ai sorti mes outils et je lui ai abîmé le pénis. J'aurais pu lui abîmer la tête, mais je ne l'ai pas fait. Je voulais seulement récupérer notre putain de fric.

— Comment ?" intervint Hathaway, à la fois dégoûté et fasciné.

“Charlie employait un comptable qu’il soupçonnait de nous avoir trompés”, expliqua Reilly. “Il est allé le cueillir chez lui, il l’a embarqué quelque part – je ne sais pas vraiment où – et s’est occupé de lui.”

Dennis Hathaway observait Charlie avec un mélange de fascination et de respect. Hathaway avait simplement la trouille.

8

*SEASON OF THE WITCH**
LA SAISON DE LA SORCIÈRE

1967

“Depuis quand as-tu rejoint les foutus Grenadier Guards ?”

Dennis Hathaway était sur son bateau, en bras de chemise. Il observa attentivement l’uniforme victorien de son fils puis les médailles qui pendaient sur sa poitrine.

“Et on dirait que tu n’as pas chômé pendant la guerre.

— Je l’ai trouvé à Carnaby Street”, expliqua Hathaway.

“Et les médailles ? En combattant contre les touristes ?

— J’ai tout trouvé là-bas.”

Hathaway et Charlie étaient allés faire une virée à Carnaby Street sous le soleil estival. Ils avaient fumé de la drogue dans le train et déambulé dans Londres, étourdis – par le cannabis et par la vie qui y régnait. Carnaby Street bourdonnait, les enceintes de chaque magasin crachaient *Sgt. Pepper's,* l’encens et la marijuana embaumaient l’air, les trottoirs étaient envahis de types branchés et de filles ressemblant à des poupées.

“C’est ici”, avait dit Charlie. “Nous sommes au centre de l’univers.

* Chanson de Donovan, sortie aux États-Unis en 1966 et au Royaume-Uni en 1967.

— Je croyais que c'était Worthing", avait répondu Hathaway.

"Tu as l'air d'un débile", commenta Dennis Hathaway. "Tu sais ça ?"

Dennis Hathaway ne quittait pas son fils du regard, plissant les yeux face au soleil. Il avait une tache blanche sur le front. De la crème solaire qu'il n'avait pas étalée correctement. Derrière lui, le soleil faisait scintiller la mer.

"C'est la mode, papa", dit Hathaway, encore un peu défoncé par le joint qu'il avait fumé après son petit-déjeuner.

"D'avoir l'air d'un débile ? Et c'est quoi ces trucs que tu as aux pieds ?

— Des plimsolls.

— Très utile pour les marches forcées.

— Ça l'est sur les bateaux en tout cas." Il s'accrocha à l'échelle. "Je viens à bord, Cap'taine Œil de lynx."

Quand il fut sur le pont, Dennis Hathaway s'approcha de lui.

"Je m'inquiète pour toi, fils. J'espère que tu ne touches pas à notre produit.

— Tu sais bien que non."

Dennis Hathaway renifla.

"Ouais, en tout cas tu dégages une odeur pas nette, illégale.

— C'est du patchouli, papa.

— Du patchouli ? Qu'est-ce que c'est que ça, bordel ?

— Elaine me l'a offert."

Dennis Hathaway pencha la tête comme s'il se concentrait pour écouter quelque chose.

"Elaine ? Je ne la connais pas celle-là. C'est ta nouvelle moule, c'est ça ?

— Elle est spéciale, papa.

— Vraiment, sergent ducon ? Vraiment ? J'ai des nouvelles pour toi. Suis-moi."

Reilly était installé derrière la petite table du carré. Il cligna des yeux quand il vit Hathaway.

“John n’a pas beaucoup de temps à nous consacrer, Sean”, annonça Dennis Hathaway. “Il doit repartir combattre les Zoulous.”

Dennis et son fils prirent place à la table.

“On a un problème à Milldean”, expliqua Dennis Hathaway. “Gerald Cuthbert essaie de prendre le contrôle. Il est soutenu par les jumeaux, bien sûr. En plus de cela, il essaie aussi de mettre le nez dans nos autres activités, plus à l’ouest. Il sait que Worthing est notre territoire, mais il y a placé des hommes à lui.

— Je n’ai rien vu”, dit Hathaway en plissant le front. “Je l’aurais remarqué.

— C’est ce que j’aurais espéré”, reprit son père avec calme. “La dernière fois que tu as été à Worthing, c’était quand ?

— De mon plein gré ?

— Pas la peine d’en dire plus. Charlie s’en occupe, non ?

— En effet.”

Hathaway vit son père échanger un regard avec Reilly.

“Bien, on lui en touchera un mot”, dit Dennis Hathaway.

“Je peux m’en occuper…

— C’est ton ami.

— Je peux m’en occuper.”

Après un instant, son père hocha la tête.

“Et à propos de Cuthbert ?” demanda Hathaway.

Reilly toussa.

“On s’en occupe.

— Bon, la réunion est terminée ?”, avança Hathaway.

“Pas encore. Le chef de la police nous a convoqués à une rencontre.

— Quel genre ?

— Le genre qui n’a jamais eu lieu. Sur le Palace Pier. La semaine prochaine. Il veut que la paix et l’harmonie règnent dans cette ville.

— Et c'est aussi ce que nous voulons ?" l'interrogea Hathaway.

Son père se frotta la joue.

"Bien sûr, une fois que nous la contrôlerons."

Hathaway avait rencontré Elaine lors d'une lecture de poésie au Ship, dans le cadre du premier festival des arts de Brighton. Yehudi Menuhin y jouait du violon. Flora Robson jouait dans *Un homme pour l'éternité* au Théâtre Royal. Les Pink Floyd se produisaient dans la salle de bal du West Pier. Et il y avait de la poésie. De la poésie concrète, quoi que cela puisse être. Et *The Scaffold* avec le frère de Paul McCartney. Billy avait très envie de les voir. Charlie s'était désisté mais le reste des Avalons y alla à cause du lien avec les Beatles.

Le spectacle se déroulait dans une vieille pièce lambrissée de chêne à l'arrière de The Ship. Il n'y avait pas de chaises. Tout le monde était assis par terre. Même avec les coussins disposés un peu partout c'était inconfortable. Hathaway remarqua une fille assise juste derrière lui et pas seulement en raison du parfum exotique qu'elle dégageait.

"C'est bon pour toi ?" demanda-t-il en se tournant à demi, essayant de ne pas regarder sous sa jupe. Elle avait de belles jambes et un sourire espiègle.

"Qu'est-ce qui est bon pour moi ?"

Il rougit.

"Je veux dire, tu vois bien ?

— Toi ? Je te vois parfaitement. Et toi ? Tu en as vu assez ?"

Elle avait vu le bref coup d'œil qu'il avait jeté entre ses jambes.

"Pas vraiment, non", répondit-il.

Ils passèrent la nuit ensemble et, à l'aube, elle insista pour aller marcher pieds nus sur la plage. Sur le sable, Hathaway pouvait comprendre. Mais à Brighton, il n'y avait que des galets et des cailloux. Il grimaçait à chaque pas.

Elle étudiait la littérature américaine à l'université du Sussex. Elle lui parlait de gens qu'il ne connaissait pas. Bellow et Updike, et ceux qu'elle appelait les « hipsters » : Kerouac, Burroughs, Tom Robbins, Thomas Pynchon. Et un autre type du nom de Noam Chomsky. Hathaway était totalement dépassé mais elle ne le traitait pas avec condescendance et ce qu'elle racontait l'intéressait.

Ils se virent tous les soirs pendant une semaine. Elle avait un appétit féroce. Il ne savait pas ce qu'elle lui trouvait, même s'il savait que, grâce à Barbara, il était bon au lit. Il pensait qu'il s'agissait peut-être aussi d'un truc de classe sociale. Elle était de la classe moyenne. Elle aimait s'encanailler. Une fois, elle s'était amusée à l'appeler Mellors*. Sur le coup, il n'avait pas compris.

Lors de leur première nuit, il l'avait interrogée sur son parfum entêtant.

“C'est du patchouli.

— Qu'est-ce que c'est que le patchouli ?

— Un parfum à base de musc. Les parfums sont faits soit à partir de fleurs soit à partir de musc. Le musc sent la merde, principalement.

— Charmant.

— Tu sais, James Joyce reniflait bien les selles de vélo.

— Je te crois sur parole”, répondit Hathaway, sans savoir qui était James Joyce.

“Le musc et l'ambre gris sont des parfums ignobles, d'où le lien avec les excréments. Au XVIIIe siècle, lorsque les femmes de l'aristocratie devaient passer pour pudiques, les parfumeurs ont élaboré des senteurs florales plus douces. Puis, cela changea à nouveau pendant la Révolution française. Est-ce que je t'ennuie ?

* Nom du garde-chasse amant de Lady Chatterley.

— Non, pourquoi ?" dit Hathaway d'une voix étouffée.

"Tu as l'air bien plus intéressé par mon téton gauche.

— Un homme peut faire deux choses à la fois."

Elaine se mit à rire.

"Pas selon mon expérience."

Hathaway leva la tête.

"Continue.

— Sous la Terreur, le parfum que tu portais indiquait ton allégeance. Si ton mouchoir embaumait un parfum royal – lilas ou eau de la reine – tu risquais la guillotine. Le Directoire, le Consulat et l'Empire marquèrent le retour des parfums puissants à base animale. Joséphine aimait le musc, l'ambre gris et la civette.

— Comment sais-tu tout cela ?

— Je suis à l'université du Sussex. C'est le genre d'histoire qu'ils enseignent."

La fois suivante où Hathaway vit son père, celui-ci tenait audience dans l'arrière-salle du Bath Arms.

"Et je vous répète, môssieur Reilly, que je veux que l'on trouve ces ordures. Je veux qu'on leur donne une leçon."

Un écolier avait été violé puis étranglé sur Roedean Way.

"Et la police ?" demanda Reilly.

"Je ne crois pas qu'il restera grand-chose pour la police.

— Depuis quand faisons-nous son travail ?" reprit Reilly.

"Depuis que les gens nous paient pour les protéger. Ils paient pour avoir une protection, nous la leur fournissons."

Reilly esquissa un sourire.

"Je n'avais pas compris que nous remplissions réellement ces obligations.

— Je pensais qu'il s'agissait de protection contre nous", dit Charlie en riant.

Le regard de Dennis Hathaway alla de l'un à l'autre.

"Eh bien, vous avez tous les deux tort. Vous pensez qu'on prend tout et qu'on ne donne rien ? Ces gens comptent sur nous. Des pédophiles tuent un gosse, un écolier avec toute sa vie devant lui. Sur mon territoire. Sur mon territoire ! Quelqu'un se fout de ma gueule. Et je ne le tolérerai pas. Pas une seconde. Je veux donc que l'on retrouve ces types, qu'on les amène à la jetée et ils vont voir ce qu'ils vont voir.

— Qu'est-ce qu'on y gagne ?" insista Reilly.

"On entretient notre réputation. Je te l'ai dit – personne ne se foutra de nous sur notre territoire. Si nous ne conservons pas le contrôle, c'est l'anarchie et nous ne voulons pas revenir à cette époque. On a fait une guerre pour ça."

Reilly haussa un sourcil.

"Pas vraiment.

— Môssieur Reilly, vous commencez à me courir. Nous avons mené une guerre pour que les Anglais de souche conservent leur liberté, et nous avons même rendu la leur aux bouffeurs de grenouilles et à quelques Orientaux qui en valaient la peine par la même occasion. Inutile de nous remercier les gars.

— Comme vous voudrez, môssieur Hathaway", dit Reilly en se penchant pour donner une tape amicale sur le bras de Dennis Hathaway.

"Bon, alors tu me règles ce foutu truc, OK ?

— Pas de problème." Reilly se leva.

"Je peux faire quelque chose ?" demanda Hathaway.

— Je ne sais pas. Peut-être ?" Son père le regarda. "Fais circuler l'information dans ton milieu rock'n'roll que nous sommes à la recherche d'informations. Et qu'on paye."

Hathaway hocha la tête.

"OK, papa.

— Tu comprends bien, fiston, que tout ceci concerne le code de l'honneur ?

— C'est-à-dire ?

— Nous nous occupons de notre mieux de ceux qui paient. Nous réservons la violence à ceux de notre milieu. Et aux enfoirés du genre de ceux qui font ces saloperies sur notre territoire. Nous ne nous en prenons pas aux civils si nous pouvons l'éviter.

— Je sais, papa."

Pendant les jours qui suivirent, environ une douzaine de pédophiles furent ramenés à la jetée et reçurent des corrections plus ou moins sévères dans la pièce située derrière le bureau. Aucun n'avoua le crime, tous balancèrent des noms. Il y avait en permanence des seaux d'eau à portée de main pour laver le sang et l'envoyer à la mer. Une demi-douzaine d'autres types allèrent se livrer spontanément à la police pour avouer d'autres crimes.

Hathaway s'absenta pour effectuer un passage en contrebande vers Dieppe et Honfleur. Le jour de son retour, le soleil brillait et la brise était fraîche. Il escalada l'échelle de l'embarcation agitée par les flots et s'arrêta au stand de tir pour échanger quelques mots avec Tommy et Mickey.

"Papa est dans son bureau ?" finit-il par demander.

Mickey fit oui de la tête.

"Je te préviens, il en a gros sur la patate, fais gaffe." "Le retour du fils prodigue", s'exclama Dennis Hathaway quand il leva les yeux de son bureau et vit son fils. "Comment étaient les filles de Dieppe ? On dit que ce sont les plus belles de France.

— J'ai une petite amie, papa.

— Tu es trop jeune pour vivre comme un moine.

— J'en suis loin.

— Ouais, enfin.

— Quoi de neuf ?

— On tient bon, John, on tient bon.

— Des nouvelles des types qui ont tué le gamin ?

— Disons que « le doigt se déplace, écrit et, ayant écrit, passe à autre chose ».

— Tu es allé faire un tour au *Rubáiyát*, papa – Maman t'a pourtant mis en garde."

Son père se mit à rire.

"Petit coquin. Je parie que tu ne connais même pas la suite."

Hathaway s'assit sur la chaise placée de l'autre côté du bureau de son père.

"En fait, je la connais. Je l'ai apprise pour ce genre d'occasion.

— Alors, je t'écoute.

— « Ni ta piété ni ton esprit tu ne tromperas pour une demi-ligne effacée… »

— « Ni tes larmes n'en effaceront un seul mot ». Ou, pour le dire comme à Brighton – quand le vin est tiré, il faut le boire.

— Et à qui est le vin qui a été tiré ?

— La seule chose dont tu dois te préoccuper, c'est ta piété, jeune moine – ne gâche pas les meilleures années de ta vie en t'attachant à une seule fille.

— La vie ne se résume pas à coucher avec tout un tas de filles" dit Hathaway au moment où Reilly entrait dans le bureau.

"Écoutez ça, monsieur Reilly. Un jeune philosophe.

— Il est amoureux. Qu'il en profite."

Hathaway rougit.

"Je n'irais pas jusque-là…"

Son père le fixa avec intensité.

"Alors, quand vas-tu nous la présenter ?

— Tu en as envie ?

— Je sais que ta mère en a envie – pour voir si elle la trouve convenable. Même si les mères ne les trouvent jamais vraiment convenables."

Pour Hathaway, le rendez-vous avec le chef de la police sur le Palace Pier fut une expérience étrange. Il savait que son père avait des informations sur Philip Simpson grâce aux dossiers sur le meurtre à la malle de Brighton. Simpson le savait également et, bien qu'il soit tout puissant, cela l'obligeait à ménager Dennis Hathaway. Reilly et Charlie étaient présents. Reilly était vêtu d'une saharienne. Charlie ressemblait à un gangster de feuilleton télévisé avec son énorme cravate, ses larges revers et sa veste évasée.

Hathaway fut surpris d'y trouver Gerald Cuthbert. Lui et ses trois hommes de main arboraient encore le style vestimentaire des frères Krays* – des vestes près du corps à un bouton avec des revers étroits.

Apparemment, personne n'était armé, même si le costume civil croisé que portait le sergent Finch présentait des bosses bizarres. Hathaway savait que Charlie avait son cran d'arrêt et que, imaginait-il, Cuthbert et ses hommes portaient certainement des couteaux ou des coups-de-poing américains, ou les deux. Il y avait aussi deux types de la criminelle vêtus de jeans et de vestes en tweed.

Deux hommes arrivèrent en retard. Élancés, style italien, costumes bien coupés. Luigi et Francis, cousins des frères Boroni assassinés. Quand tous furent assis à se dévisager, le regard dur, Philip Simpson commença.

"Il faut que nous maintenions une certaine harmonie en ville", dit-il. "Il y a des choses sur lesquelles je peux fermer les yeux, mais il y en a d'autres que je ne peux pas tolérer. Et, par-dessus tout, je ne veux pas de meurtres, comme l'incident de l'année dernière avec Tony et Raymond Boroni.

— Et pour lesquels personne n'a été traduit en justice", dit Luigi Boroni en fusillant Dennis Hathaway du regard.

* Célèbres gangsters londoniens.

“L’enquête continue”, répondit Simpson. “L’affaire n’est pas abandonnée.

— Pourquoi ne questionnez-vous pas certaines des personnes assises autour de cette table ?” insista Luigi.

“Pourquoi vous n’allez pas vous faire foutre ?” intervint Dennis Hathaway.

Il y eut un blanc et, soudain, les Boroni, Reilly et Dennis Hathaway se retrouvèrent debout.

“Messieurs ! Messieurs !”

Simpson s’était levé lui aussi et les hommes de la criminelle s’étaient avancés, prêts à intervenir pour éviter que cela dégénère.

Dennis Hathaway garda les yeux braqués sur Luigi mais désigna Cuthbert, resté assis, qui agitait nerveusement un pied.

“Tout d’abord, Philip, je veux savoir ce que cette raclure fait ici. C’est un requin qui profite du travail des autres, un charognard qui se nourrit de nos restes. Il ne respecte pas les lignes de démarcation que nous avons établies par le passé. Il a besoin d’être remis à sa place avec fermeté. Et si vous ne le faites pas, je m’en occuperai.”

Un des types de la criminelle se plaça devant Cuthbert qui venait de se lever.

“Et en ce qui concerne les Boroni”, poursuivit Dennis Hathaway, “je ne sais pas qui a tué leurs cousins. Tout ce que je sais c’est que deux clowns ont tué deux autres clowns. Ils s’étaient acoquinés avec les jumeaux. N’importe qui aurait pu les tuer – leurs amis tout autant que leurs ennemis.” Il pointa son doigt vers Luigi. “Tout ce que j’attends de ces types, c’est l’assurance que ce qui se déroule à Brighton se passe entre gens de Brighton et qu’ils n’y impliquent pas d’étrangers.

— Je suis d’accord avec ça”, opina Simpson en élevant la voix. “Il y a assez d’activité pour que chacun y trouve son compte. Nous n’avons pas besoin d’étrangers. Nous n’en voulons pas. Et je ne les tolérerai pas.

— Sans vouloir vous manquer de respect, chef', cria Cuthbert en essayant de se débarrasser du policier de la criminelle pour agripper Dennis Hathaway. "Ce que vous voulez et ce que vous ne voulez pas ne pèse pas grand-chose face à ces types de Londres. Ils ont affronté la police de Londres et ils ont gagné. S'ils ont envie de s'installer par ici, je ne vois pas bien comment vous allez les en empêcher."

Simpson le fixa droit dans les yeux.

"Ça, c'est mon affaire."

Hathaway éprouvait toujours des difficultés à basculer de son travail quotidien à la vie du groupe. Il se sentait de plus en plus éloigné des Avalons. Mais il essayait également de ne pas penser aux activités plus brutales dans lesquelles il était impliqué. Il ne parvenait pas à oublier le moment où il s'était retourné, pendant que Charlie et lui s'éloignaient du Palace Pier dans leurs costumes de clowns abîmés et trempés de sueur, et qu'il avait vu les frères Boroni émerger de la baraque du train fantôme, avachis sur leurs sièges, couverts de sang. Puis les cris.

Il avait cru un instant que cette réunion sur le Palace Pier allait se terminer de la même manière mais, au bout du compte, la bouilloire n'avait pas débordé.

"Eh bien, quelle perte de temps !", lança Charlie tandis que les quatre hommes du West Pier rentraient en longeant le Palace Pier.

"Au contraire", dit Dennis Hathaway, "c'était extrêmement intéressant. Regardez un peu qui nous avons en face – des truands de seconde zone.

— Et les jumeaux", ajouta Hathaway.

Son père s'était contenté de sourire.

Le soir, les Avalons jouaient sur le West Pier en première partie du Pink Floyd. Elaine devait être dans le public avec quelques-uns de ses amis étudiants.

Tony et Charlie arrivèrent ensemble. Billy et Dan débarquèrent à sept heures pile, en vestes militaires et en jeans.

Pour une fois, les Avalons avaient leurs propres loges, mais ils se rendirent tous sur la jetée et s'accoudèrent à la balustrade pour partager un joint.

"Alors, comment allez-vous, messieurs ?" lança Hathaway.

"Franchement, John, pas génialement bien", dit Dan.

Hathaway pencha la tête.

"Ah ?

— Nous sommes un peu inquiets de ce qui se passe avec le groupe", ajouta Billy.

"Ça se passe super bien, non ?", dit Hathaway en passant le joint.

"Sur scène, oui, mais en dehors, non..." reprit Dan, laissant sa phrase en suspens.

"En dehors ?" demanda Hathaway. "Qu'est-ce qu'il y a en dehors ?

– Écoute, ce que vous faites, Charlie et toi, ça vous regarde", dit Billy. "Nous, nous voulons juste faire partie d'un groupe de rock qui marche.

— Et nous pensons", poursuivit Dan, "que ce que vous faites met notre succès en péril."

Hathaway avait l'air perplexe.

"Qu'est-ce qu'on fait exactement ?"

Dan secoua la tête.

"Allez, John. Ne nous prends pas pour des imbéciles. Vous vendez de la drogue avec notre roadie, Alan. Et vous êtes tous les deux très pris par le management d'autres groupes. On a à peine le temps de répéter et il y a beaucoup de morceaux que l'on voudrait reprendre.

— On veut que vous arrêtiez de vendre de la came à nos concerts", ajouta Billy.

Hathaway les regarda, l'un après l'autre.

"Ça ne va pas être si simple", dit Hathaway.

Ils attendirent qu'il poursuive.

"Ce que je veux dire, c'est qu'il y a d'autres personnes impliquées. Elles ne seraient pas très contentes si on laissait tomber.

— Elles ne pourraient pas trouver d'autres types pour faire ce que vous faites ?

— Comme je l'ai déjà dit, ce n'est pas aussi simple."

Hathaway sembla réfléchir. En désignant le joint dans la main de Dan, il dit :

"Écoutez, je sais que vous fumez de la drogue. Et vous ne voyez pas de mal à ça. Nous pensons tous que cela devrait être légal, mais en attendant, Charlie et moi nous fournissons un service.

— Mais c'est illégal. Vous risquez de finir en prison. Et on pourrait nous accuser d'être complices.

— Il n'y a pas l'ombre d'un risque que l'une ou l'autre de ces choses arrive", affirma Hathaway.

"Oh – vraiment.

— Sans blague. La police est dans le coup.

— Arrête tes conneries. Tous les flics ?

— Ceux qui comptent. Écoutez, faites-moi confiance. La combine est solide."

Dan et Billy se regardèrent. Billy enchaîna.

"OK, mais il y a autre chose. La direction que prend le groupe. Bill et moi nous voulons faire du folk en acoustique.

"Du folk ?", cracha Charlie, du dégoût dans la voix.

Hathaway posa la main sur le bras de Charlie. Il savait que Bill et Dan répétaient beaucoup ensemble. Bill avait appris la guitare à Dan.

"OK, voilà ce que je vous propose. Pourquoi vous ne monteriez pas un duo folk et un club folk ?"

Les trois autres le regardèrent, surpris.

"Tu veux que le groupe se sépare ?" demanda Charlie.

"Tu nous vires ?" dit Billy.

"Comment va-t-on faire pour monter un club folk ?" demanda Dan.

Hathaway saisit la remarque de Dan au vol.

"Comme vous le savez, la boîte de mon père s'est diversifiée dans la pop. Management de groupes, tournées – et gestion de clubs. On a envie de lancer un club folk.

— Je n'étais pas au courant", dit Charlie.

"Je ne pensais pas que tu serais intéressé par un club folk, Charlie, et tu as déjà suffisamment à faire avec les groupes que tu manages", expliqua Hathaway. "De toute façon, Dan, nous n'imaginons pas que vous puissiez le gérer, mais toi et Bill vous pourriez l'animer."

Bill et Dan se regardèrent en hochant la tête.

"On pourrait faire ça.

— Alors, c'est la fin des Avalons ?" demanda Charlie.

"Pas nécessairement", répondit Hathaway. "Il n'y a pas de raison qui vous empêcherait de mener les deux de front, non ?"

Billy secoua la tête.

"Non, bien sûr."

Hathaway se tourna vers Charlie.

"Ça te va ?"

Pendant un moment, Charlie resta silencieux. Puis :

"Tant que c'est moi qui m'occupe de ces deux-là."

Bill et Dan se mirent à rire, sans être franchement rassurés.

Hathaway conduisit Elaine à Cuckmere Haven. Après avoir marché le long de la plage de galets en contrebas de Beachy Head, au pied de la falaise de craie blanche, éblouissante sous la lumière du soleil, ils achetèrent dans un café des *fish & chips* emballés dans du papier journal et s'assirent sur un banc tourné vers la mer.

Bien qu'Elaine soit à l'université, elle voulait devenir actrice. Elle voulait aussi aller en Inde.

"Et toi, que veux-tu faire de ta vie, John ?", lui demanda-t-elle. "Tu ne veux tout de même pas rester à Brighton pour toujours.

— Non, bien sûr." Il fit un geste vers la gauche. "J'aime bien Eastbourne* aussi."

Elle lui donna un léger coup de poing dans le bras.

"Il y a un nouveau film qui s'appelle *Blow Up* ; je pense que cela devrait te plaire", dit-il. "Il y a ce type qui joue dedans, David Hemmings – je l'ai rencontré l'année dernière à Brighton quand il tournait dans un film sur un groupe pop. Tu aurais envie d'y aller ?"

Elle sourit et aspira sur la paille de sa bouteille de soda.

"Ainsi cessa la discussion à propos du futur de John.

— Et toi ?" demanda-t-il avec un peu de chaleur dans la voix.

"Tu le sais déjà. L'Inde pendant six mois, et après actrice." Elle se blottit contre lui. "Accompagne-moi en Inde. On passerait un super moment."

Hathaway l'embrassa sur le front.

"Si ce n'est que je ne suis pas un étudiant libre comme l'air. Je suis un travailleur. Je ne peux pas laisser tomber mon boulot et partir vers l'est.

— Bien sûr que si, tu peux ; il faut juste le vouloir."

Elle plongea la main dans son énorme sac et en sortit un cahier épais de format A4. Elle le posa à côté d'elle et continua à fouiller.

"Qu'est-ce que c'est ?", demanda-t-il.

"Mon journal, tome trois.

— Ça doit être un journal sérieux.

— Oh oui. Tu as entendu parler d'Anaïs Nin ?

— C'est un restaurant indien ?

— Ah, ah. C'est mon inspiration. Ah, voilà." Elle extirpa de son sac un paquet enveloppé de papier brun et entouré d'un ruban rouge.

"Un petit cadeau pour toi."

Hathaway était touché. Il n'avait encore jamais reçu de cadeau d'une fille.

* Ville située à l'est de Brighton.

"John Donne", lut-il sur la couverture du premier livre.

"La plus belle poésie amoureuse au monde – mais ne tombe pas dans le romantisme. Je voulais juste instiller un peu de beauté dans ton âme cynique.

— Romantisme déconseillé. Compris."

Il inspecta l'autre livre.

"Qu'est-ce que c'est ?", demanda-t-il.

La couverture était rouge vif et le livre était un peu plus grand que le livre de prières qu'on leur distribuait à l'école.

"Ce sont les *Citations* du président Mao Zedong", dit Elaine. "Ça te donnera matière à réflexion."

Elle le regarda avec sérieux ce qui lui donna encore plus envie de lui faire l'amour qu'à l'accoutumée. Une fille avec une bouche sensuelle qui essayait d'avoir l'air sérieux lui faisait toujours cet effet.

Hathaway regarda le livre.

"C'est ce Chintok qui passe son temps à envoyer des escadrons de la mort pour tuer James Bond et qui finance des dingues comme Blofeld ?" demanda Hathaway. "C'est un rouge, n'est-ce pas ?

– Le communisme est plus complexe que ça. À l'université, il y a des trotskistes et des marxistes-léninistes. Mao est le marxiste-léniniste le plus strict au monde, ce qui fait que maintenant beaucoup de gens se disent maoïstes."

Hathaway feuilleta les pages. Elaine lui sourit.

"Où l'as-tu trouvé ?" demanda Hathaway.

"Ils sont gratuits pour ceux qui le veulent." Elle sourit à nouveau. "Quatre-vingt-dix millions d'exemplaires imprimés dans le monde.

— Mais tu me dis toujours que je suis un sale capitaliste.

— Tu peux changer."

Hathaway pensa aux affaires dans lesquelles il trempait.

"Je me demande", dit-il.

Quand ils revinrent sur le parking, un véhicule de police était stationné à côté de son Austin Healey. Le sergent Finch était appuyé contre le capot, le visage tourné vers le soleil. Il fit un pas en avant quand il aperçut Hathaway qui approchait.

"Désolé d'interrompre votre journée, John, mais le chef voudrait avoir une discussion avec vous."

Elaine, les yeux écarquillés, le regarda avant de se tourner vers Hathaway.

"Suis-je en état d'arrestation ?

— D'arrestation ?" demanda Elaine. "Pourquoi ?

— Non, non", fit le sergent Finch, risquant un sourire. "Il apprécierait d'échanger quelques mots avec vous. Si vous êtes trop occupé, je suis sûr qu'il comprendra."

Hathaway hocha la tête.

"OK."

Elaine avait recouvré ses esprits.

"OK ? Non ce n'est pas OK. C'est de l'abus d'autorité.

— Elaine.

— Pourquoi diable veulent-ils te parler ?

— Elaine.

— Laisse-moi appeler l'avocat de mon père…

— Le chef de la police est un ami de la famille."

Elaine recula sous l'effet de la surprise.

"Ta famille est amie avec un flic ? C'est la meilleure."

"Johnny. Désolé de gâcher ta journée. Tu présenteras mes excuses à ta petite amie. Une superbe jeune fille à tous points de vue. Mais je voulais avoir un petit entretien avec toi. Assieds-toi.

— Chef", dit Hathaway en prenant le siège qu'on lui offrait.

"S'il te plaît, Johnny, appelle-moi Philip. Pas de formalités entre nous. J'ai dîné chez toi. Enfin, chez ton père."

Hathaway acquiesça puis attendit.

“Tu es au courant ? Officiellement, la police de Brighton n’existe plus. Maintenant c’est la police du Sud.

— C’est pour cela que vous vouliez me voir ?

— Non. En fait, c’est au sujet de ton père. Je voulais avoir une discussion calme.

— Ne devriez-vous pas vous adresser à lui directement ?

— Eh bien, comme tu le sais, ce n’est pas facile de lui parler quand il a une idée derrière la tête.”

Hathaway fronça les sourcils.

“Il a une idée derrière la tête ?

— C’est de cela dont je veux te parler. Vois-tu, je pensais que nous avions un accord en ce qui concerne la ville. Je pensais que notre rencontre au Palace Pier avait mis les choses au clair à ce sujet. Je vous laisse une certaine marge de manœuvre et vous respectez la loi dans d’autres domaines.

— Je croyais que c’était ce que nous faisions.

— Vraiment ?” Simpson joignit ses mains. “Ton père semble décidé à s’accaparer tout le gâteau. J’ai appris qu’il venait de prendre le contrôle des bagagistes à l’aéroport pour faciliter ses activités de contrebande.

— Chef…

— Philip…

— Je ne comprends vraiment pas pourquoi vous me parlez de ça. Je suis dans le business de la musique. Je manage quelques groupes, je leur trouve des concerts.

— Et tu t’occupes des activités auxiliaires.

— Je n’ai pas fait d’études… Auxiliaires ?

— Les petits extras. Nous sommes au courant pour ton activité légale – qui n’est pas complètement légale d’ailleurs – le milieu de la pop, ça ressemble au Far West. Quoi qu’il en soit, nous savons qu’il ne s’agit que d’une couverture pour ton trafic de drogue, tes rackets.”

Hathaway réfléchit un instant.

"Où voulez-vous en venir, Philip ?"

Hathaway essayait de paraître calme, mais il savait que la situation le dépassait.

"L'accord était que les bordels, les avortements et la protection étaient de mon ressort."

Hathaway rougit.

"Je ne trempe pas dans les bordels."

Philip Simpson ajusta son sous-main.

"Pas toi – ton père. Seigneur, je me fiche de la contrebande tant que je ramasse ma dîme, mais il ne peut pas toucher à tout. Il veut être le patron de Brighton, c'est ça ?"

Simpson était rouge de colère. Hathaway essaya de rester impassible.

"Tu lui diras que c'est moi qui joue ce rôle.

— Pourquoi vous ne lui dites pas vous-même ?" demanda Hathaway en se levant brusquement. "Vous n'en avez pas le courage ?"

Le chef de la police se leva à son tour, de plus en plus rouge. Il se pencha en avant, les poings plantés sur son bureau.

"Écoute, bonhomme, ne confonds pas ma convivialité avec de la faiblesse. Je demande gentiment, mais on peut procéder autrement. N'oublie pas qui détient le vrai pouvoir et qui dispose d'une putain d'armée personnelle. Si je décide d'utiliser ce pouvoir…

— Ça n'a pas trop réussi à votre prédécesseur, non ?" l'interrompit Hathaway. Il sourit, narquois, même s'il savait que c'était malvenu.

Le chef de la police tendit le bras et pressa le bouton de l'interphone.

"Venez."

Hathaway se tourna vers la porte.

"Oh – quoi maintenant ? On passe à l'intimidation ?"

Le chef de la police observa la porte qui s'ouvrait. Un policier en uniforme apparut.

“Vous vous connaissez, bien sûr.”

À la suite du policier, Barbara entra dans la pièce d’un pas hésitant.

9

*I'M A BELIEVER**
JE SUIS UN CROYANT

1967

Hathaway retrouva son père à l'Hippodrome.

"On a bingo dans une demi-heure" lui dit son père. "J'espère que ta mère sera en état." Il regarda autour de lui.

"Regarde cet endroit – magnifique. C'était un cirque au départ, tu sais. Construit par Frank Matcham. J'y ai vu des spectacles superbes pendant des années. Maintenant c'est une putain de salle de bingo." Il secoua la tête. "Le progrès.

— Papa, il faut que je te parle.

— Qu'est-ce que c'est que ça ?" Dennis Hathaway se saisit du livre à la couverture rouge qu'Hathaway venait de poser sur la table.

"Les Citations de Mo Saitout", dit le père d'Hathaway. "Seigneur – tu vas te mettre à donner toute ta fortune aux pauvres ?"

Hathaway serra les lèvres.

"Je crois que c'était Jésus, papa."

Dennis Hathaway se leva, les épaules en avant. Le petit livre disparaissait dans ses mains énormes.

* Chanson composée par Neil Diamond. Interprétée par The Monkees en 1966. Numéro un des charts US la même année.

"Je suppose que c'est une autre sottise venant de tes petits copains privilégiés de l'université, hein ?
— C'est Elaine qui me l'a donné, oui."
Dennis Hathaway pouffa de rire.
"Que ce soit clair, j'aime bien Elaine. C'est une belle fille et j'aime sa manière d'être, mais, Seigneur, elle a parfois des idées loufoques."
Hathaway trépignait. Il n'était pas venu pour parler d'Elaine, mais il dit tout de même :
"Elle veut que nous allions faire un voyage en Inde, visiter quelques ashrams.
— C'est des cocos, ces ashrams ?"
Hathaway sourit et fut soulagé de voir son père en faire autant.
"Ce sont des endroits, papa, pas des gens. Des lieux de retraite spirituelle. Les Beatles y sont allés, Twiggy aussi.
— Oh, bien, très profond et inutile, alors, clairement.
— C'est utile", murmura Hathaway.
Le sourire de son père s'effaça.
"Je pense ce que je viens de dire : inutile. Nous sommes sur cette planète pour prendre soin de nous et de nos proches. Les autres n'ont qu'à faire la même chose. Tu crois que ton Mao se préoccupe des autres ? Il est au sommet de la pyramide, mon gars, et il a l'intention d'y rester. C'est marrant de voir comme tous ces pays communistes, où tout le monde est égal, ont tous un dictateur à leur tête. Croûte-chef, Castrato, Mo Saitout…"
Hathaway se souvint d'une des phrases d'Elaine.
"Ça s'appelle la dictature du prolétariat, papa."
Son père resta silencieux un moment.
"Ah bon ?"
Hathaway luttait pour retrouver les mots d'Elaine.
"C'est une phase par laquelle doivent passer toutes les sociétés communistes…"
Son père pouffa de nouveau.
"Les prolos n'ont jamais rien imposé à qui que ce soit.

C'est pour ça que ce sont des prolos. Tu n'as pas été élevé pour devenir un prolo ; tu as été élevé pour être quelqu'un qui gouverne.

— Mais qui gouverne quoi ? Papa, il y a quelque chose dont je dois te parler.

— Quoi – ta copine est en cloque ?

— À propos des affaires de la famille.

— De quoi s'agit-il ?

— Je viens de voir Barbara."

Son père se cala contre le dossier de sa chaise. Son regard se détourna vers l'homme qui se tenait derrière le bar.

"Sors-nous une bouteille de whisky et deux verres, tu veux bien, Des ?"

Des hocha la tête.

"Pas pour moi", dit Hathaway.

"Si, pour toi aussi. Nous sommes dans un club – enfin, un ancien club. Dans un club on boit un verre digne de ce nom."

Hathaway haussa les épaules et se pencha en avant.

"Papa, c'est au sujet de…"

Le père d'Hathaway leva la main.

"Pas tant que les boissons ne sont pas là, fiston. Question de protocole."

Ils attendirent que Des ait apporté le whisky et les deux verres remplis de glace. Dennis se laissa aller dans sa chaise en inspectant la pièce du regard.

"Canadian Club – très bien. Merci, Des.

— Avec plaisir, monsieur H."

Hathaway observa Des regagner tranquillement le bar puis se tourna vers son père qui était en train de leur verser deux solides doses.

"Santé, fiston."

Son père prit une gorgée. Hathaway trempa les lèvres. Le whisky le brûlait toujours autant.

"Parle-moi des bordels", demanda Hathaway.

“Quels bordels ?
— Tes bordels.
— Tu veux dire nos bordels. C’est une longue histoire.
— Et les prostitués mineurs.”
Dennis Hathaway posa son verre.
“Qu’est-ce que Barbara t’a raconté ? Et d’ailleurs, que fait-elle dans le coin ?”

Barbara lui avait semblé plus maigre, plus âgée. Bien plus âgée. Usée.
“Bonjour, John”, avait-elle dit. Sa voix était restée la même.
Hathaway s’était senti rougir. Comme il se tenait debout, mal à l’aise, elle s’était approchée et l’avait embrassé sur la bouche. Ses lèvres étaient sèches et son haleine aigre. Hathaway l’avait dévisagée puis s’était tourné vers Simpson.
“C’est vraiment de l’intimidation, chef.”
Simpson avait souri.
“Pas du tout. C’est ce que, en Amérique, on appelle un retour à la réalité.
— Quelle réalité ?
— Ton père exploite des femmes, des jeunes garçons et des jeunes filles pour la prostitution à Brighton.”
Hathaway avait regardé Barbara. Il était surpris de sentir son cœur battre à un rythme anormal.
“Ça n’est pas bien”, avait-il dit. “Je n’étais pas au courant pour les adolescents.
— On se fout de ce qui est bien”, avait répondu Simpson. “Tout ce qui me préoccupe c’est que ton père empiète sur mes plates-bandes. C’est moi qui contrôle la prostitution infantile. En réalité, je contrôle tous les bordels.” Il s’était approché de Barbara et lui avait pris le menton dans le creux de sa main. “Et c’est là où intervient notre Barbara.
— Ne la touchez pas.”

Simpson avait laissé tomber sa main et s'était reculé en souriant.

"Doucement, John. Barbara, parle donc à cette âme innocente des bordels dont tu t'occupes pour le compte de son père et de ses associés à Anvers et à La Haye. Et de la petite affaire d'import-export que tu supervises."

Hathaway s'était tourné vers Barbara. Il ne parvenait pas à lire son visage. Son expression était à la fois froide et douloureuse.

"Raconte-moi.

— J'envoie des enfants y travailler pour ton père, en provenance du continent et de là-bas vers le continent."

Hathaway l'avait dévisagée pendant un long moment.

"Tu te moques de moi, n'est-ce pas ?"

Simpson s'était éclairci la gorge.

"Je crains que non, John. Barbara est une mère maquerelle – et, en fait, une pute, bien que ce soit un détail.

— Tu es une prostituée ? Papa m'avait dit…

— Tu n'étais pas au courant, Johnny ?" avait lancé Simpson. Il avait fait mine de réprimer un bâillement. "Mon petit chéri.

— Je ne l'étais pas quand…

— Pourquoi est-elle ici ?

— Eh bien, elle est ici car elle a besoin de se faire traiter pour un cancer, mais je crains que cela ne l'empêche pas d'aller pourrir en prison pendant un long moment, à moins que ton père ne me laisse une part du gâteau. Et je suis certain que tu ne veux pas avoir ça sur la conscience."

Hathaway les avait regardés, l'un après l'autre. Son cœur battait la chamade.

"Je vous recontacte", avait-il dit en sortant de la pièce.

"Elle est ici pour se faire traiter pour un cancer", expliqua Hathaway. "Et Philip Simpson menace de la jeter en prison à moins que tu ne cesses ces activités."

Il raconta son entrevue avec Simpson. Quand il eut terminé, son père dit :

“Tu as entendu parler de la loi de l’offre et de la demande.

— Ce qui veut dire ?

— Ce qui veut dire que nous sommes dans le business de l’offre. Nous fournissons ce que les gens veulent. Et il se trouve que les hommes veulent des femmes. Ça te surprend ?

— Les gamins, papa. Je te parlais des adolescents.

— Eh bien, théoriquement, c’est une niche, mais tu serais surpris de savoir le nombre d’hommes qui les aiment jeunes. Garçons et filles. Et pas seulement ceux de plus de douze ans. Des enfants.

— C’est dégueulasse. Tu peux m’expliquer pourquoi tu fais tout un foin à propos du gamin qui a été assassiné par un pervers alors qu’en même temps tu en fournis à d’autres pervers ?

— C’est compliqué – d’abord il s’agissait d’un viol et d’un meurtre. Mais je mets la limite à ceux qui ont moins de douze ans. Et, corrige-moi si je me trompe, mais parmi tes groupes pop, il n’y en a pas qui ont des groupies autour de cet âge ? Tu crois qu’ils y réfléchissent à deux fois avant de se les taper ?” Le père d’Hathaway but une autre gorgée. “Non ?

— Je n’ai jamais…

— Je me fous de savoir si tu l’as fait ou pas. Ce que je fais te dégoûte peut-être, mais je ne le ferais pas s’il n’y avait pas un marché. L’offre et la demande.”

Hathaway se laissa aller en arrière.

“OK. C’est donc ça le business familial.” Il regarda en l’air puis au loin. Il finit son verre d’une gorgée. “Et Barbara ?

— Je suis désolé d’apprendre qu’elle est malade. J’aurais aimé qu’elle me le dise. Pour ce qui est de la prison, j’en discuterai avec Simpson. Tu as l’intention de la revoir ?

— Probablement pas."

Simpson n'avait pas essayé d'empêcher Hathaway de partir, mais Barbara l'avait suivi.

"Johnny !" avait-elle appelé, d'un couloir à l'autre tandis qu'il pressait le pas sans se retourner. "Tel père, tel fils – tu n'es qu'un sale bâtard, comme ton père", avait-elle hurlé, la voix brisée. C'était la dernière chose qu'il avait entendue.

Il jeta un coup d'œil à son père.

"Méphistophélès", lança une voix depuis le bar. Reilly s'y était installé, la main tendue. Des y déposa un verre et Reilly s'avança vers eux d'un pas nonchalant. Il saisit une chaise et, du même mouvement fluide, s'assit et attrapa la bouteille.

"Qui ça ?", demanda Hathaway.

"Tu ne sais pas que Sean est un érudit, Johnny ? C'est le cas. Alors, c'est qui ce Méphisto machin ?

— Méphistophélès. Il a tenté le docteur Faust en lui promettant tout ce qu'il désirait en échange de son âme.

— Oh, oui – Liz Taylor a joué Hélène de Troie sur scène il y a un an ou deux, je ne sais plus où. Il y avait du monde au balcon. J'aurais bien aimé voir ça." Il regarda son fils. "Sans vouloir offenser ta mère."

Hathaway ignora sa remarque.

"Et donc ?" dit-il à Reilly.

"Ton père t'offre tout ce que tu désires en échange de ton âme.

— Pas vraiment", dit Hathaway. "Nous ne parlions pas de cela."

Reilly se tourna vers Dennis Hathaway.

"Mais c'est ce dont nous allions parler. Et Sean est un poète", dit le père d'Hathaway. "Il a ces drôles d'idées. C'est un littéraire."

Hathaway regarda Reilly.

"Vous voulez dire que je devrais ignorer le fait que la famille exploite des enfants.

— Exploite des enfants ?" Le père d'Hathaway secoua la tête. "Je te l'ai dit. Nous fournissons un service. Chaque aspect de notre business – tout ce que nous faisons – consiste à fournir un service."

Le regard d'Hathaway alla de son père à Reilly. Reilly lui adressa un petit sourire et se versa un verre de Canadian Club.

"Je crois que c'est ce que l'on appelle le point de non-retour, Johnny. Pour toi, en tout cas. Tu peux décider de te détourner des affaires de la famille ou d'y adhérer. Dans leur ensemble.

— Je ne rajeunis pas", reprit Dennis Hathaway. "J'aimerais passer la main l'année prochaine. Comme tu le sais, ta mère ne va pas bien. J'aimerais prendre ma retraite avec elle, en Espagne. Tu sais que nous y avons quelques biens."

Hathaway tendit le bras pour attraper la bouteille. Il regarda son père. Il regarda Reilly. Il se versa un verre. Il resservit son père. Reilly fit non de la tête quand Hathaway essaya de lui verser un verre.

Hathaway se rassit. Il se tourna vers Des derrière le bar, qui faisait semblant de ne rien entendre. D'un geste, il embrassa l'auditorium de style victorien.

"Pas terrible comme sommet de la montagne d'où dominer le monde.

— Alors, comme cela, tu connais le docteur Faust", dit Reilly.

Hathaway le regarda.

"Je connais la Bible", répondit-il. Il fit un geste en direction de son père. "Catéchisme obligatoire.

— Tout peut être à toi", dit Dennis Hathaway. "Tu peux être le prince de la ville."

Hathaway baissa les yeux vers ses mains. Il les referma l'une sur l'autre.

"Le roi", dit-il simplement.

"Qu'est-ce que c'est que ces tenues, bordel? C'est de nouveau la prohibition ou quoi?" Quelques jours après leur entrevue, Dennis Hathaway regardait de la tête aux pieds, l'air effaré, Charlie et Hathaway habillés comme des gangsters des années 1930 en costumes rayés à larges revers et à pantalons amples. "Je vois Bonnie, mais lequel est Clyde?

— C'est la mode, papa", se défendit Hathaway.

"Ouais, je sais ça. J'ai vu le film. C'est pour cela que toutes les poules se baladent en béret et en minijupe. J'ai vu ce Warren Beatty quand il était à Londres il y a quelque temps. Apparemment, il nique tout ce qui bouge. Il était avec cette fille de Hove, Julie Christie. J'étais au pub le World's End, au bout de King's Road, en compagnie de Bindon, quand il a fait son truc de l'hélicoptère. Beatty a failli s'étouffer avec son jus d'orange.

— Bindon?", dit Hathaway.

— John Bindon, un bandit à la petite semaine avec une bite énorme. Il fait le figurant dans un tas de films. Il joue des voyous en général. Il a la gueule pour ça. Il la fait tournoyer comme l'hélice d'un hélico. Bindon baise toutes les stars de cinéma. C'est peut-être qu'un figurant, mais il s'en tape des tonnes, si tu vois ce que je veux dire.

— Et Julie Christie est de Hove?

— Là, tu as raté ta chance, John. Elle faisait partie de la troupe du théâtre du Palace Pier après s'être fait virer de St Leonards.

— Quand?

— À la fin des années 1950.

— Papa, j'avais treize ans."

Son père leva un sourcil.

"Ben quoi? Quand j'avais treize ans...

— Dennis", dit Reilly calmement.

"Ouais, bon. Je te raconterai ça une autre fois." Dennis Hathaway fit un geste à l'attention de Charlie et d'Hathaway.

“Asseyez-vous. J’ai des nouvelles. Toutes chaudes sorties des presses. Philip Simpson démissionnera l’année prochaine. Il a Scotland Yard au cul.”

Hathaway opina du chef.

“C’est tout ?” dit son père en se calant dans sa chaise. “Ça ne vous réjouit pas plus que ça ?

— Il est encore vexé à cause de Julie Christie”, plaisanta Charlie. “Qu’est-ce que ça va changer pour nous ?”

Dennis Hathaway adressa un sourire entendu à Charlie ce qui excita la jalousie d’Hathaway.

“À ton avis, Charlie ?

— La nature a horreur du vide”, lança Hathaway avant que Charlie n’ait le temps de répondre. Son père le regarda et éclata de rire. “Je dis toujours que tu lis trop. Mais tu as raison, tu as raison. Bon, écoutez, si vous prenez ça au sérieux, nous devons le faire ensemble.” Il pointa Hathaway du doigt. “Et si nous le faisons ensemble, tu dois laisser tomber l’idée d’aller voyager en Inde pieds nus et de distribuer ton argent.”

Charlie pouffa de rire. Dennis Hathaway se tourna vers lui. “En plus, nous n’allons pas être les seuls à avoir cette idée. Il faut qu’on s’accroche à ce que l’on a déjà et que l’on se bouge rapidement pour choper le reste.

— On s’en prend à Gerald Cuthbert ?” demanda Charlie.

Dennis Hathaway secoua la tête.

“Pas ouvertement. Il est trop proche des jumeaux. Mais Simpson à l’air de penser qu’ils sont sur le déclin. Pour l’instant, on essaie de prendre la main à la place de Cuthbert mais on ne s’attaque pas à lui de front.”

Charlie et Hathaway acquiescèrent.

“Me suis-je bien fait comprendre ?” interrogea Dennis Hathaway.

“Pas de problème, papa.

— Charlie ?

— Comme vous voulez, monsieur.”

Dennis Hathaway soutint son regard.

“Je ne veux pas entendre parler de clowns fous furieux à Milldean.”

Hathaway et Charlie se rendirent au club folk vers la fin de la soirée prendre quelques verres après la fermeture. Ils étaient bien trop habillés et laissèrent leurs vestes dans la voiture d’Hathaway. Ils entrèrent dans le club en gilets, les manches retroussées, avec leurs pantalons de gangsters. Ils avaient malgré tout l’air d’étranges personnages sortis des années 1930 en train de boire un verre. Le juke-box jouait du Bob Dylan. Les hommes étaient mal peignés et portaient la barbe. Les femmes avaient de longues tresses et portaient le dirndl, la tenue traditionnelle autrichienne.

Bill et Dan avaient revêtu des chemises de grands-pères et des gilets usés. Ils avaient tous les deux des moustaches qui les faisaient ressembler à des phoques. Bill était devenu végétarien et vivait dans le quartier de Lewes. En s’approchant d’eux, Hathaway et Charlie virent que Dan avait l’œil enflé, le début d’un œil au beurre noir.

“Que s’est-il passé ?” demanda Hathaway.

“Une petite prise de bec”, répondit Billy en tirant sur sa moustache. “Dan s’est retrouvé pris dedans.

— Des folkeux qui se battent”, ricana Charlie. “Je croyais que vous étiez tous paix et amour. Antibourgeois et compagnie, comme Pete Seeger.”

Tout en faisant pencher la tête de Dan pour inspecter son œil, Hathaway sourit, l’air narquois.

“Encore une fois, Charlie n’est plus dans le coup. Vous savez, monsieur, les choses changent.”

Charlie fit mine de ne pas avoir entendu.

“Qu’est-ce qu’ils ont fait ? Ils t’ont frappé avec leurs luths ? Ou leurs sandales ?

— C’était une espèce de connard”, expliqua Dan. “Il était sur scène et son manager a essayé de filer sans le payer. Il le voit se barrer, arrête de chanter, se met à gueuler « Hé, il a mon putain de fric », laisse tomber sa guitare et lui court après dans l'allée centrale.

"Il l'attrape, le retourne comme une crêpe pour faire tomber l'argent de ses poches, lui colle deux baffes pour avoir essayé de l'arnaquer et repart vers la scène. J'étais descendu pour arrêter la bagarre et il me frappe en passant, remonte sur scène et finit de chanter *Spencer the Rover*."

Charlie éclata de rire.

"Où va le monde si même un foutu folkeux peut te mettre une rouste, Danny ?

— Me battre ne fait pas partie de mes compétences.

— La baise non plus. Alors dis-moi, qu'est-ce qui te reste ?

— Fous-lui la paix, Charlie", dit Hathaway. "Ton œil doit te faire un mal de chien."

Charlie passa son bras autour des épaules de Dan qui essaya de se dégager.

"Désolé mon pote. Je te fais marcher."

Hathaway jeta un coup d'œil vers la porte qui venait de s'ouvrir et fut surpris de voir Sean Reilly entrer. Il fut encore plus surpris de constater qu'il portait un jean et une chemise au col ouvert. Reilly lui adressa un signe de tête et alla s'installer à l'autre bout du bar.

"Excusez-moi un instant", dit Hathaway. Il s'éloigna.

"Sean ?", demanda-t-il.

"John. Pourrais-je te parler en privé ?

— Papa va bien ?

— Oui, il va bien.

— Il a quelque chose pour moi ?"

Reilly secoua la tête.

"Non. C'est entre nous deux. Je me demandais si je pouvais passer chez toi ?

— Ce soir ?"

Reilly haussa les épaules. "Si ce n'est pas trop tard. Je sais que tu es un oiseau de nuit. Sinon, demain."

Hathaway ne laissa pas paraître son trouble. Ou, en vérité, sa méfiance.

"Pas de problème", répondit-il. "Vers une heure ?"

Reilly hocha la tête.

"Merci, John.

— Ne me dites pas que vous aussi vous êtes un foutu folkeux, monsieur Reilly", dit Charlie en lui mettant une claque dans le dos après les avoir rejoints au bout du bar.

"Sean. Je suis plutôt amateur de blues. Son House, Blind Mamie Forehand, Big Mama Thornton – ce genre de chose.

— Vous me parleriez chinois, ça reviendrait au même", dit Charlie en se penchant vers lui.

Reilly sourit et leva son verre.

"À la musique, sous toutes ses formes."

À une heure du matin, Hathaway conduisit Reilly jusqu'à son balcon. Les lumières des jetées et du front de mer étaient éteintes, mais la lune était pleine, projetant sa lumière froide sur le décor désert.

"Vous avez sérieusement excité ma curiosité, Sean", dit Hathaway. Il désigna l'attaché-case que Reilly avait apporté avec lui. "Particulièrement avec ça."

Reilly baissa les yeux vers la mallette.

"Oh, ça." Il y plongea la main et en sortit une pile de livres peu épais. "J'ai constaté que tu avais du goût pour la lecture, John", expliqua-t-il.

"C'est grâce à Elaine. Elle étudie la littérature américaine. Et vous vouliez me voir au milieu de la nuit pour me prêter des livres ?"

Reilly sourit.

"Cela fait des jours que je les trimballe. Je me suis dit que j'allais profiter de l'occasion. La littérature américaine, hein ? Elle trouve qu'il n'y a pas assez de bons livres dans son propre pays ? Enfin, les Ricains ont toujours été bons pour finir ce que les autres ont commencé.

— Elle dit qu'ils ont colonisé notre imagination.

— Ah bon ? C'est une belle formule."

Reilly tendit les livres à Hathaway.

"Je ne pense pas qu'elle soit d'elle. Ça doit sortir d'un de ses cours."

Il regarda la couverture du premier livre de la pile.

"*Gatsby le magnifique*.

— Celui-là, on le doit aux Américains. Un petit bijou. Si elle étudie la littérature américaine, tu l'impressionneras en le laissant traîner chez toi, l'air de rien."

Hathaway fronça les sourcils.

"Je n'ai pas besoin de l'impressionner, Sean.

— J'en suis sûr, mais dis-toi que ça ne peut pas faire de mal. Tu accumuleras des bons points pour le futur, quand ton stock aura commencé à diminuer. Et je suis sûr que certains de ses amis amateurs de littérature auront tous quelque chose à en dire."

Hathaway sourit et passa en revue les autres livres.

"J'ai pris la liberté de considérer que la meilleure littérature anglaise est en fait irlandaise, ce qui, j'en ai conscience, est très irlandais comme point de vue. *Ulysse* est une montagne que tu devras escalader lentement, quand tu te seras entraîné un peu. Tiens, voilà de quoi te faire les jambes.

— *Portrait de l'artiste en jeune homme* de James Joyce. Vous saviez que c'était un renifleur de selles de vélo ?"

Reilly le regarda sans comprendre.

"Apparemment", ajouta Hathaway.

"Tu vois, je les ai tous choisis pour leur brièveté, la capacité de concentration des jeunes d'aujourd'hui étant ce qu'elle est.

— Flann O'Brien ?" dit Hathaway en lui montrant le livre suivant.

— Un pur génie comique mais qui, en plus, comprend mieux le monde que n'importe quel politicien ou n'importe quel prêtre.

— *Swim-Two-Birds* – drôle de titre.

— Drôle de livre. Et le dernier est un don de Dieu. W.B. Yeats. Lis-lui son *Aedh wishes for the Cloths of Heaven* et tu feras d'elle ce que tu voudras – bien que je sois sûr que c'est déjà le cas."

Hathaway sourit et hocha la tête.

"Merci, Sean. Mais je ne comprends pas vraiment…"

Sean prit un verre et leva les yeux vers la lune.

"Je n'en suis pas sûr moi-même. C'est juste que… Ton père n'est pas un homme très sensible.

— Nous sommes d'accord.

— Quel âge as-tu maintenant ?

— Vingt-deux.

— Eh bien, tu es apte à comprendre. À ton âge, la plupart des hommes de la génération de ton père s'entretuaient. Mais, bon, le business familial…

— Quoi ?"

Les yeux de Reilly se mirent à briller.

"Il tue ton âme à petit feu", dit-il doucement. "Avant d'entrer dans ce milieu, j'étais une autre personne. Peut-être qu'un jour, je retrouverai un peu de celui que j'étais." Il fit la moue. "Mais c'est probablement trop tard."

Hathaway posa les livres par terre à côté de lui.

"Je les lirai, je vous le promets." Un sourire forcé se dessina sur ses lèvres. "Ne serait-ce que pour impressionner les amis snobinards d'Elaine.

— Ce que je veux te dire, John, c'est que je ne plaisantais pas vraiment quand j'ai évoqué le pacte de Méphistophélès. Une fois que tu es engagé dans les affaires de la famille, tu ne peux pas faire marche arrière." Il regarda Hathaway avec intensité. "Mais peut-être est-il déjà trop tard."

Hathaway l'observait par-dessus son verre.

"Tu ne parles pas beaucoup de ta sœur en ce moment.

— Dawn ? Dawn vit sa vie, comme elle l'a toujours fait.

— D'après ce que j'ai entendu, elle ne refuserait pas un peu de soutien de la part de son frère.

— Ce n'était qu'un avortement, bon Dieu", répondit Hathaway. "Des tas de femmes vivent ça tous les jours."

Reilly le dévisagea un long moment puis baissa les yeux.

"Et Barbara ? Les femmes ont aussi des cancers tous les jours ?

— Probablement. C'est la véritable raison de votre venue ? C'est elle qui vous envoie ?"

Reilly fit non de la tête.

"Elle a plus de classe que ça.

— Classe ? Diriger des bordels miteux en Hollande ?

— Ils sont assez classe justement. La clientèle est composée de juges et de politiciens importants."

Reilly s'avança et posa la main sur le bras d'Hathaway.

"Tu ne lui dois rien ?

— Le prix de quelques coups tirés ensemble ?" répondit Hathaway.

Reilly ôta sa main et se recala dans son siège. Il leva de nouveau le regard vers le ciel. Une mouette volait silencieusement, presque invisible dans la clarté lunaire.

"Peut-être est-ce déjà trop tard pour toi. C'est Charlie ou toi qui a tué les frères Boroni ?"

Hathaway remplit leurs verres.

"Santé", dit Reilly en trinquant avec Hathaway, sans le quitter des yeux.

"Charlie", confessa Hathaway.

Reilly fit un petit signe de tête.

"Mais vous étiez tous les deux armés ?"

Ce fut au tour d'Hathaway de hocher la tête.

"Vous vous en êtes débarrassés ?

"De celui de Charlie. Le mien n'a pas servi.

— Fais-le disparaître. Certains disent qu'un flingue n'est qu'un outil. Et, bien sûr, c'est le cas. Mais c'est aussi un séducteur. Un flingue veut être utilisé. Et, tôt ou tard, quiconque en possède un finit par l'utiliser.

— Qu'est-ce que je pourrais faire si je ne rentre pas dans le business familial ?

— Tu as rencontré cette jeune fille brillante, Elaine. Imagine ton futur avec elle.

— Dans un ashram en Inde ? Cela sauvera mon âme ?"

Reilly émit un rire presque inaudible.

"Ton père n'est pas vraiment Méphistophélès. Ton âme est encore sauve.

— Et la vôtre, Sean ?"

Reilly contempla le fond de son verre.

"Non. Il n'y a plus d'espoir pour moi. Je suis bon pour les feux de l'enfer." Il montra les livres. "Les livres nourrissent mon esprit. La musique également. Mais rien ne peut sauver mon âme. Elle est perdue et damnée depuis longtemps." Il se leva. "Ouvre un de ces livres de temps en temps. Ne serait-ce que pour lire autre chose que les romans à sensation que ton père et toi appréciez tant."

Hathaway, toujours assis, hocha la tête, l'air absent. Songeant à ce que ni Sean ni aucun autre être vivant ne savait : que son âme avait été damnée bien des années auparavant et qu'il n'y avait rien qu'il puisse faire pour la sauver.

10

*HAPPINESS IS A WARM GUN**
LE BONHEUR, C'EST UN FLINGUE ENCORE CHAUD

1968

Un vent vif soufflait le long de la promenade. Les robes longues des femmes rassemblées devant l'entrée du West Pier se gonflaient et s'agitaient. La brise arracha quelques chapeaux qui allèrent s'échouer dans la mer. Les soldats en bandes molletières, coiffés de leurs casques, traînaient par groupes, fumant et flirtant avec une bande de suffragettes.

Un petit homme grassouillet doté de longues rouflaquettes se tenait à côté d'une caméra et parlait avec sérieux au technicien qui regardait dans l'objectif. Il portait des mocassins blancs, une casquette plate et un manteau en pvc noir et luisant. On pouvait lire sur l'arche au-dessus de l'entrée de la jetée "Première Guerre mondiale" en lettres de néon. Un panneau en dessous précisait : "Des chansons, des batailles et quelques blagues".

Les Avalons, vêtus d'uniformes américains, étaient agglutinés les uns contre les autres à côté d'un groupe d'étudiants en vêtements d'époque qui les acclamèrent quand ils marchèrent le long de la jetée et entrèrent dans le théâtre. Un panneau de résultats de cricket avait été installé à mi-chemin sur la jetée pour afficher

* The Beatles, 1968.

les résultats de la guerre – les vies perdues et le terrain conquis.

Charlie se grattait sous son casque.

"Ce putain de truc me colle des démangeaisons sur le crâne.

— Vous avez vu le film antimilitariste dans lequel John Lennon a joué ?", demanda Billy.

Tous firent non de la tête.

"C'était bien", dit Billy en regardant par terre.

"Alors, voici Big X", dit Dan en regardant en direction de Richard Attenborough dans son manteau en PVC. "Il a joué dans *Brighton Rock* quand il avait notre âge. Il était excellent", dit Hathaway. "Il te foutait vraiment les jetons."

Tout en parlant, il tordait le cou pour essayer d'apercevoir Elaine parmi les autres figurants. Son père faisait tout son possible pour lui obtenir un rôle parlant, mais en attendant, elle jouait l'une des douzaines de suffragettes de Vanessa Redgrave.

"Oh, oh, oh, quelle jolie guerre", chantonna Dan.

Environ un mois plus tôt, Hathaway était allé rendre visite à Elaine sur le campus, affublé de son nouveau look inspiré de Steve McQueen dans *L'Affaire Thomas Crown*. Inévitablement, la porte de sa chambre était ouverte et, tout aussi inévitablement, un groupe de gens étaient rassemblés, écoutant l'album blanc des Beatles.

Dans son costume trois-pièces à chevrons, Hathaway commença à chercher Elaine. Tout le monde portait des tee-shirts, pieds nus, les jambes croisées, certains étaient étalés sur les coussins qui jonchaient le sol. Quelques joints tournaient de manière désordonnée. Un garçon avec un bouc et une longue écharpe en tissu autour du crâne en proposa un à Hathaway.

Hathaway refusa d'un signe de tête. Il se sentait comme Thomas Crown débarquant dans un épisode de *The Monkees**.

"Elaine est là ?

— Sommes-nous réellement là ?" répondit l'homme d'une voix pâteuse. "Nous ne sommes que les produits de ton imagination, mec.

— Ouais, c'est ça." Hathaway haussa la voix. "Est-ce que quelqu'un sait où se trouve Elaine ?"

Silence. Hathaway répéta la question. Derrière lui, quelqu'un répondit, d'une voix lente, en mangeant ses mots :

"Qui est Elaine ? Et vous, bordel, vous êtes qui, monsieur costume trois-pièces ?

— Steve McQueen dans ce film – enfin, il aimerait bien.

— Qui est quelqu'un ?" demanda le type qui lui avait proposé un joint. Hathaway était à deux doigts de l'envoyer balader. Toute cette bande de camés, en fait. Toutefois, cela lui parut mesquin car c'était probablement un de ses hommes qui leur avait vendu la drogue.

"C'est la chambre d'Elaine", dit-il en tirant sur le bas de son gilet. "Elle vit ici.

— Oh, cette Elaine.

— Oui, cette Elaine."

Un des types balaya la pièce du regard, écarta largement les bras et les agita mollement.

"Elle n'est pas ici."

Hathaway se mordit la lèvre.

Il trouva Elaine assise sur la pente raide plantée de gazon derrière l'entrée de la résidence.

"Beau temps", dit-il, le nez tourné vers le ciel bleu tacheté de vapeur blanche.

* Série télévisée où jouait The Monkees, groupe de pop célèbre à l'époque.

“Salut, vous.”

Elle se releva et prit son visage entre ses mains. Il glissa ses bras autour de sa taille et la souleva du sol.

“J’ai de bonnes nouvelles pour toi”, lui annonça Hathaway.

Elle fit courir ses doigts sur les bords de ses revers et lui adressa un regard interrogateur.

“Tu viens avec moi à l’ashram ?”

Son haleine avait un parfum de mandarine et sa peau sentait le patchouli.

“Tu as une audition pour un rôle dans le film qu’ils tournent sur la jetée.

— Ça tombe mal. Il se passe plein de choses.

— Qu’est-ce que tu veux dire ?

— Benny a brûlé le drapeau américain devant le bâtiment du conseil de l’université et Dave a balancé un pot de peinture sur le type de l’ambassade américaine.

— Pourquoi ?

— Pourquoi ? Parce que ceux qui soutiennent la politique américaine au Vietnam ont sur les mains le sang de milliers de personnes. Le drapeau américain a été brûlé parce que, chaque jour, le napalm que larguent les avions des États-Unis brûle à mort les populations vietnamiennes ou leur inflige les plus horribles blessures.

— OK. Merci pour l’explication. Et que va-t-il arriver à Benny et à Dave ?

— Ils vont se faire virer. Une suspension temporaire.”

Hathaway s’efforça d’afficher un air grave.

“Ça ne rigole pas, en effet. Mais, écoute, c’est un film contre la guerre. *Ah ! Dieu que la guerre est jolie*.

— J’ai vu la pièce ! C’est une comédie musicale – Je l’ai vue au Wyndham. Joan Littlewood l’avait montée quelques années plus tôt dans l’East End.

— Eh bien, ils tournent sur le front de mer, de Madeira Drive jusqu’au West Pier. Ils sont en train de planter seize mille croix dans les Downs, sur Ovendean Way.

— Comment as-tu pu m'obtenir une audition ?"

Hathaway avait chaud dans son costume trois-pièces, mais il aimait bien se tenir collé à elle.

"Ils tournent beaucoup de scènes sur le West Pier. En fait, à cause du tournage, la jetée est fermée d'avril à août. Ce qui va avoir un impact sur les affaires de papa. Et papa leur fournit également les services de sécurité. Alors, il a son mot à dire. Cela dit, je ne te promets rien. Au pire, ils cherchent des tas de gens pour faire de la figuration. Tous les Avalons vont essayer de se retrouver dans le coup."

Elle leva les yeux vers lui. Il essaya de deviner quelles pensées pouvaient bien lui traverser l'esprit mais il n'y parvint pas.

"Ton père a le bras aussi long que ça ?"

Hathaway haussa les épaules.

"On verra bien."

Elle inclina la tête.

"OK", dit-elle.

Il se dégagea et plongea la main dans une des poches de sa veste.

"Je sais que tu as des vacances honteusement longues, alors je me demandais si, avant cela, pendant tes congés de Pâques, tu aurais eu envie de partir pendant une quinzaine de jours.

— Bien sûr", répondit-elle en saisissant les billets d'avion qu'il lui tendait. Ses yeux s'arrondirent en lisant la destination. "La Grèce !" dit-elle en essayant de ne pas crier.

Hathaway avait beaucoup réfléchi à ce que lui avait dit Reilly cette nuit-là sur le balcon. Il avait pensé à l'excitation que lui apportait le fait d'être impliqué dans le business familial et essayé de le comparer à la vie qu'il s'imaginait avec Elaine. Il avait lu *Gatsby le magnifique* et avait apprécié – mais c'était le fait que Gatsby soit un contrebandier prospère qui l'avait séduit. Et il avait songé à la violence qu'il était prêt à mettre en œuvre. À celle qu'il serait obligé d'exercer.

Il avait essayé de se préoccuper un peu plus de sa sœur – et de sa mère – mais son ancienne vie, celle qu'il avait connue chez ses parents, lui donnait l'impression d'appartenir à quelqu'un d'autre. Quand il se rendit à l'hôpital pour voir Barbara, son traitement était terminé et elle était partie. Elle avait quitté l'Europe. Selon Reilly, son père lui avait donné une – généreuse – somme d'argent pour qu'elle disparaisse de la circulation. Personne ne savait où elle était allée.

Il n'était jamais parti en voyage avec une fille – ni n'avait passé autant de temps d'affilée avec quiconque. La Grèce était une sorte d'expérience, pour voir s'il pourrait mener une vie normale. Un ami d'Elaine, Gregory, manqua de faire capoter son projet avant même qu'il n'ait commencé.

"La Grèce est un pays à éviter", dit-il. Il avait un look de Jésus avec des bottes montantes marron. "C'est une junte militaire qui est au pouvoir. Il n'y a pas de démocratie."

Hathaway répliqua en invoquant le fait de "soutenir les gens avec ses drachmes" et Elaine abonda dans son sens. La perspective de passer deux semaines dans un pays superbe sous un soleil éclatant y avait certainement été pour quelque chose. Barnie, l'ami apolitique d'Elaine, un poète, conseilla à Hathaway d'acheter un exemplaire du livre intitulé *Le Mage*.

"Une lecture indispensable pour celui qui va découvrir les îles", dit-il en hochant la tête avec sagesse.

Hathaway avait une valise ; elle avait un sac à dos. Le premier soir, ils dînèrent dans le quartier de Pláka à Athènes. Hathaway avec prudence ; Elaine avec enthousiasme. Ils passèrent la nuit dans un hôtel de la place Omónia, cerné par le vacarme incessant des rues. Des sifflements perçants ; le grincement des embrayages ; une cacophonie endiablée de Klaxon de voitures et de scooters. Les gaz d'échappement passaient par la fenêtre avant de s'engouffrer dans le système d'air conditionné.

Hathaway n'avait pas imaginé que la Grèce fut à ce point "orientale".

Le matin suivant, ils avaient pris le train pour Le Pirée et embarqué sur un ferry à destination de l'île de Spetses. Pendant dix jours, ils allèrent d'île en île : bains de soleil, baignade, buvant de l'ouzo et du retsina, faisant l'amour. Le dernier week-end, ils se rendirent sur l'île d'Hydra.

En descendant du bateau sur le quai étroit, la première personne qu'ils virent sur le port, assis devant un restaurant, fut Leonard Cohen, cerné par un essaim de filles magnifiques. Cohen repéra Elaine, sans soutien-gorge dans son tee-shirt blanc moulant et sa minijupe en jean, et la suivit du regard tandis qu'elle passait devant lui.

Elaine faisait mine de ne pas y prêter attention, mais Hathaway se rendit compte que cela l'excitait. Cela ne le dérangeait pas que le chanteur ait jeté un coup d'œil à sa petite amie – cela faisait partie des usages dans le milieu de la musique – mais le fait d'avoir à surveiller tous les gars du coin commença rapidement à lui taper sur les nerfs.

Ils passèrent la journée suivante sur un bout de plage, Elaine seins nus (évidemment). Hathaway approchait de la fin du livre. Il l'avait commencé dans l'avion et avait été littéralement absorbé. Un vieux type du nom de Conchis orchestrait toute une série d'événements qui influençaient le personnage principal et Hathaway voulait savoir pourquoi. Il n'appréciait pas particulièrement le personnage principal qui était un petit con snobinard, mais l'histoire le captivait.

Elaine suggéra, l'air de rien, qu'ils aillent dîner au restaurant du port ce soir-là. Elle essaya de dissimuler sa déception lorsqu'elle constata que Cohen n'y était pas.

En revanche, ils y trouvèrent Cat Stevens. Il tournait le dos à la pièce, probablement pour ne pas attirer l'attention. Hathaway se rendit aux toilettes et remarqua sa présence à son retour.

Dans l'intervalle de temps qu'il lui avait fallu pour faire l'aller-retour, deux Grecs avaient entrepris de faire la conversation à Elaine. Ils restèrent un instant après qu'Hathaway soit revenu mais son attitude vis-à-vis d'eux ne laissait pas de place au doute. Ils finirent par s'éloigner d'un pas nonchalant, lançant des regards méprisants à Hathaway tout en faisant des commentaires en grec.

"Connards", siffla Hathaway.

"C'est juste des types", dit Elaine.

Hathaway prit un air renfrogné.

Il finit *Le Mage* sur la plage le matin suivant et balança le livre contre un rocher, dépité.

"Qu'est-ce qu'il y a ?", dit Elaine en levant les yeux de son exemplaire fatigué d'avoir été lu et relu de la trilogie du *Seigneur des Anneaux*.

"L'enfoiré", dit Hathaway. "Putain, je n'y crois pas.

— Quoi ?", insista-t-elle en riant.

"Est-ce que les livres ne sont pas censés, une fois à la fin, expliquer ce qui est arrivé au long de l'histoire ?

— Pas toujours.

— Je ne parle pas des livres que tu étudies, je pense aux livres courants. Aux histoires. Ce John Fowles n'a fait que m'embobiner. C'est comme une histoire drôle sans queue ni tête dont il manquerait la chute.

— Tu as apprécié de te laisser embarquer ?" lui demanda-t-elle.

— Ouais – mais aussi parce que je voulais savoir pourquoi tout cela arrivait."

Elle sourit.

"On peut toujours rêver.

— À la fin, le type est dans un parc, assis sur un banc et il attend quelqu'un qui doit lui expliquer pourquoi il a dû vivre ce qu'il a vécu pendant presque tout le bouquin – certes, sur une magnifique île grecque aux côtés de jumelles splendides, mais même. Et personne ne vient. Et la dernière phrase de ce putain de bouquin…

— Calme-toi, John – on t'entend jusqu'au Pirée.

— La dernière phrase de ce putain de bouquin", dit-il en essayant de se contenir, "est en grec, bordel !"

Elle se mit à rire et se laissa rouler dans sa direction. Ils allèrent se baigner. Il chercha un rocher sans oursins contre lequel il pressa Elaine et commença à lui faire l'amour. Soudain, elle se mit à hurler après avoir posé sur un oursin le pied avec lequel elle se maintenait en équilibre.

Cela aurait pu être amusant si le bas de son maillot n'était pas parti à la dérive et si, alors qu'il la sortait de l'eau, un des Grecs du restaurant ne s'était pas approché.

Hathaway ne le remarqua pas immédiatement. Il était occupé à examiner la plante du pied d'Elaine. Il avait repéré le point noir dans l'épaisseur de chair juste derrière son gros orteil, là où l'épine s'était brisée, quand il perçut un mouvement du coin de l'œil. Le Grec se tenait à côté d'eux et reluquait Elaine, entièrement nue.

Hathaway le fusilla du regard et lança une serviette à Elaine.

"Nous ne sommes pas seuls", dit-il.

Elle tourna la tête.

"Qu'est-ce que ça peut faire ? C'est Yannis – on a fait sa connaissance hier soir.

— Tu as fait sa connaissance hier soir", marmonna Hathaway en essayant de saisir l'épine avec ses ongles. Elaine se mit à glapir.

Yannis quitta le chemin et s'approcha encore tout en disant quelque chose en grec.

"Tout va bien, merci", lui lança Hathaway tout en ajoutant pour lui-même : "Alors va te faire foutre.

— Tu dois faire de l'eau dessus", dit Yannis en arrivant

sur le bout de plage, les yeux toujours braqués sur la poitrine nue d'Elaine.

"Comment ?" dit Hathaway.

"Pipi ? Faire pipi.

— Qui ?

— Toi." Yannis adressa un sourire à Elaine. "Ou je fais si tu veux."

Il s'attrapa l'entrejambe, laissant sa main dessus, un sourire de plus en plus large aux lèvres.

"Sérieusement ?

— Les produits chimiques. L'épine sort."

Le regard d'Hathaway allait de Yannis à Elaine.

"Bon, tu as l'intention de faire quelque chose ?" dit-elle entre ses dents serrées.

"Pas tant qu'il est là.

— Seigneur, ce n'est pas le moment de te préoccuper de la taille de ta bite.

— Ça ne me préoccupe pas", rétorqua Hathaway. "Je veux juste que ce mec aille se faire foutre."

Le sourire de Yannis disparut.

"Tu dis faire foutre ?

— Pour l'amour de Dieu, est-ce que quelqu'un veut bien me pisser sur le pied ?

— Pisse dessus toi-même, toi qui es si maligne", dit Hathaway en pointant le menton et en s'avançant vers Yannis.

Yannis était en tongs ; Hathaway pieds nus. Hathaway le mit à terre d'un coup de pied circulaire qui cueillit le Grec sur le côté du crâne, juste au-dessus de l'oreille gauche.

Yannis tomba lourdement. Hathaway entendit le son creux de sa tête heurtant les rochers. Il s'approcha et se saisit d'une pierre qu'il leva pour l'écraser sur le visage de Yannis. Elaine hurla son nom.

Son père s'était débrouillé pour obtenir un rôle parlé dans *Ah ! Dieu que la guerre est jolie*, mais Hathaway n'était pas sûr qu'elle l'accepterait car, depuis la Grèce, elle ne lui adressait plus la parole. Il ne la voyait nulle part dans la foule et au bout d'un moment, lui et les Avalons rejoignirent la procession sur la jetée. Ils firent une, deux, trois prises avant qu'Attenborough se considère satisfait. Cela avait pris cinq heures.

"Eh bien, si c'est cela de faire un film, sans moi", dit Charlie. "Je m'amuse plus en regardant l'herbe pousser."

Hathaway s'éloigna, toujours en uniforme, vers le bureau de son père. À mi-chemin, il l'aperçut qui arrivait à sa rencontre, accompagné de Victor Tempest, d'Elizabeth, l'épouse de Tempest, et, vêtue d'une jupe extrêmement courte, de la femme du chef de la police.

"Alors, comment se passe la guerre ?" lui cria son père avant qu'ils ne se soient rejoints et serré la main.

"Pas encore d'action", répondit Hathaway, en adressant son plus beau sourire aux deux femmes et en essayant de ne pas trop laisser traîner ses yeux sur les jambes nues qui s'offraient à son regard.

"John", dit Tempest. "Tu devrais aller saluer le scénariste du film – j'imagine que tu lis toujours des romans d'espionnage ?

— En effet, monsieur Tempest – je veux dire, monsieur Watts – je ne sais trop comment je dois vous appeler.

— Victor Tempest n'est que mon nom de plume. Pourquoi ne m'appelles-tu pas Donald ?

— Très bien, Donald. Je ne suis pas sûr que ce soit mon genre de film, en fait.

— Belle distribution en tout cas", commenta Donald Watts. "Ils font ça pour un cachet ridicule. Johnny Mills m'a raconté qu'il avait réussi à embarquer Attenborough dans l'aventure. Dickie souhaitait faire un film sur Gandhi, mais il a dit qu'il voulait bien participer à celui-ci. Il a appelé Olivier – vous savez qu'il vit à Royal

Crescent ? Il n'est pas en grande forme, mais il a accepté de le faire pour des clopinettes, et tout le monde a suivi.

— Je vois", dit Hathaway. "Mais quel est le rapport avec les romans d'espionnage ?

— Tu as lu *Ipcress, danger immédiat* ?

— Bien sûr. Len Deighton. Très bon bouquin.

— Eh bien, c'est lui qui a écrit le scénario du film."

Hathaway fut impressionné.

"Je le chercherai.

— N'hésite pas. Si je suis dans les parages, je te présenterai."

Tempest se tourna vers le père d'Hathaway.

"Nous ferions mieux de partir, Dennis. Content de vous avoir vu.

— Je vous laisse y aller – j'ai un ou deux mots à dire à mon fils.

— Et il faut que j'aille aux toilettes", dit Elizabeth Watts. "Je vous dis au revoir – ne m'attendez pas."

Alors qu'elle disparaissait dans les toilettes les plus proches et que son père le conduisait vers son bureau, Hathaway aperçut, dans un miroir, Tempest et l'épouse du chef de la police appuyés contre le côté d'un stand. Pensant sans doute que personne ne les voyait, Tempest avait glissé sa main par-derrière sous sa minijupe et remontait le long de ses cuisses.

Hathaway écoutait à peine quand son père lui annonça :

"Philip Simpson a démissionné et les jumeaux ont été arrêtés."

Hathaway hocha la tête, l'air absent. Il pensait à la main de Tempest entre ces cuisses blanches.

"C'est tout ?" dit son père en se laissant aller contre le dossier de sa chaise. "Ça ne t'excite pas plus que ça ?"

Hathaway redescendit sur terre.

“Cela veut dire que nous pouvons lâcher les chiens.”

Dennis Hathaway éclata de rire et serra le bras de son fils.

“Bientôt, fiston, bientôt.”

11

*ALBATROSS**

1969

Quand Bruce Reynolds, le dernier protagoniste de l'attaque du train postal à avoir été arrêté, fut condamné, en janvier 1969, à vingt-cinq ans de prison, Hathaway attendait toujours de voir son père prendre le contrôle de Brighton. Philip Simpson n'était plus chef de la police, mais on le croisait encore en ville et sur le champ de courses. Il était devenu père pour la première fois un an plus tôt et son cancer s'était déclaré au même moment. Il ressemblait à un squelette. L'empire des jumeaux s'était effondré. Cuthbert, quant à lui, était toujours une nuisance et Dennis Hathaway semblait ne rien vouloir faire pour régler le problème.

Hathaway et Charlie en avaient discuté de nombreuses fois et il avait dissuadé Charlie de ressortir les costumes de clowns.

Il était question de fermer le West Pier qui pourrissait. Hathaway aurait pu faire un trou dans le plancher du bureau d'un simple coup de pied. Charlie ne s'en était pas privé. Son père utilisait dorénavant le bureau du quartier de Laines.

Hathaway et Elaine s'étaient rabibochés. Ils se voyaient surtout pour coucher ensemble. Elle avait vu

* Instrumental de Fleetwood Mac, 1969.

de quoi il était capable et cela la dégoûtait même si, à la manière dont ils faisaient l'amour à présent, il se rendait compte que son côté brutal l'attirait.

Elle ne s'imaginait toutefois pas jusqu'où cela allait.

Elaine passait ses examens de fin d'année tout en jouant de petits rôles dans des films se passant à Brighton et dans des programmes pour la télévision. Sa seule réplique dans *Ah! Dieu que la guerre est jolie* lui avait permis d'obtenir sa carte du syndicat des acteurs. Malheureusement, lorsque le film était sorti, elle avait été coupée au montage. On la voyait un peu à l'écran – ainsi que Charlie dans une autre scène. Hathaway ne s'y était pas vu.

Elaine avait joué l'amie d'un fugitif dans un épisode de *Public Eye*, une série télé sur un repris de justice vieillissant installé comme détective privé à Brighton. Elle avait été prise au milieu d'une fusillade dans une salle de jeu du Palace Pier dans *Strip Poker*. Elle avait également tenu le rôle d'une go-go dancer aux côtés de l'actrice Susan George dans un film intitulé *Die Screaming, Marianne*, tourné dans l'une des boîtes de nuit de Dennis Hathaway et à la gare de Brighton.

Hathaway passait la voir sur le plateau. Quand Elaine n'était pas dans les parages, il essayait de séduire Susan George – la fille la plus sexy qu'il ait jamais vue, encore plus sexy que Judy Geeson – mais il ne l'intéressait pas.

Bill Boal, un innocent accusé dans l'attaque du train postal, mourut en prison pendant qu'Elaine tournait *Melinda* au Royal Pavilion.

Hathaway se rendit sur le plateau puis fit un compte rendu à Charlie en fumant quelques joints dans le jardin d'un pub situé dans les Downs près de l'hippodrome de Plumpton.

“Cette Barbra Streisand – nom de Dieu, quelle paire de nichons.

— Qu'est-ce qu'elle fait?” demanda Charlie.

“Elle tourne un film avec Irene Handl.”

Charlie se mit à rire.
“Ouh, c’est la gloire, alors.
— Elaine joue le rôle d’une de ses bonnes.
— Tu sais qu’en fait je n’ai jamais rencontré Elaine ?
— Si, tu l’as déjà rencontrée, mais tu étais trop défoncé pour t’en souvenir. Elle organise une fête pour la fin de ses examens – tu n’as qu’à venir.
— Franchement ? Moi, dans une pièce pleine d’étudiants ? Ils vont me prendre pour leur grand-père.
— Mais non. Ça sera le plan habituel – musique, drogues, boisson, probablement du sexe.
— Pour toi, c’est plus que probable, non ? C’est la fête d’Elaine.
— Rien n’est garanti – et je te préviens, Charlie, ils sont bizarres.
— Bizarres dans quel genre ?
— Ils essaient de te prendre la tête – jusqu’à avoir envie de les frapper – mais tu n’as pas le droit de les frapper, Charlie. C’est absolument hors de question.
— Ils te prennent la tête ? C’est-à-dire ?” demanda Charlie.
— Eh bien, par exemple, il y a ce type, Duncan, qui court après Elaine, un vrai branleur, il me sort avec son sourire dédaigneux, « Dis-moi, John, à ton avis, quelle est la couleur de l’amour ? » Franchement, qu’est-ce que c’est que cette putain de question ? Et puis il te sort un truc du genre « Quel est le numéro du désir ? »
— Et on ne peut pas lui casser la gueule ?
— Non.”
Charlie soupira.
“Merci pour l’invitation.”

“Sans déconner, Charlie – qu’est-ce que c’est que ces fringues ?
— Quoi – le chapeau ? C’est un panama.
— Pas seulement le chapeau, même s’il est bien naze.

— Mon manteau de bandit de grand chemin ?

— Non, mec, pas le manteau. Bien qu'on soit en été et qu'il te faudrait plutôt un tricorne pour aller avec. Je te parle de ton costume. Ce vert vomi et le machin bleu en dessous.

— C'est un tissu cachemire. En polyester. Que veux-tu que je te dise de plus ?

— Eh bien, d'abord, pourquoi une ceinture argentée ?

— Ça va avec le costume."

Hathaway regarda les chaussures de Charlie.

"Chaussures vernies. Pas mal."

Charlie jeta un coup d'œil aux mocassins vernis d'Hathaway.

"Pareil pour les tiennes."

Hathaway portait un caftan qui laissait apparaître le bas des jambes de son pantalon. Charlie montra du doigt son col roulé.

"Je parie que tu crèves de chaud dans ce truc.

— C'est le prix à payer pour être à la mode", répondit Hathaway.

Quand Hathaway et Charlie arrivèrent à la fête, Duncan et son ami James, tout aussi prétentieux que lui, étaient en grande conversation avec deux filles, vautrés sur des poufs en forme de poire. Elaine les accueillit très chaleureusement – de toute évidence, elle avait déjà pas mal fumé. Elle prit Charlie dans ses bras et l'embrassa sur la bouche.

Tandis qu'elle les conduisait jusqu'à sa chambre, Charlie murmura à Hathaway, en lui donnant un coup de coude dans le bras :

"Elle m'a fourré sa langue dans la bouche, tu sais."

Les Moody Blues tournaient sur la platine, avec une pile d'autres albums sur le chargeur. Elaine s'affala sur le pouf entre le lit et le vieux canapé. Charlie se laissa tomber sur le lit, Hathaway sur le canapé. Elaine passa un énorme joint à Hathaway. *Nights in White Satin* se termina et la sensation de rêverie qui s'en dégageait fut remplacée, après un claquement et le bruit du vinyle tombant sur du vinyle, par le chant lugubre de Leonard Cohen. Suzanne l'emmenait près de la rivière et au même instant, tout en tirant une bouffée généreuse sur son joint, Hathaway se rappela Hydra.

"Tu as des frères ou des sœurs, Charlie ?" demanda Elaine. Elle était assise sur le pouf, penchée vers Charlie qui, toujours allongé sur le lit, se soutenait la tête d'une main. Bob Dylan chantait une histoire de bouffon demandant à un voleur où se trouvait la sortie.

"Pas qui soient en vie", répondit Charlie. Hathaway se tourna vers eux.

"Que veux-tu dire ?" insista Elaine rêveusement.

Charlie prit une autre bouffée et passa le joint à Elaine. "J'avais un frère, plus jeune que moi. Il est mort."

Elaine regarda le joint, regarda Charlie. Essaya de se concentrer.

"Je suis désolée. C'est arrivé il y a longtemps ?

— Qu'est-ce que ça change ?" dit Charlie en se cabrant.

"Elle n'a pas dit que ça changeait quelque chose", intervint Hathaway en se hissant sur un coude.

Charlie le regarda de travers.

"Il est mort il y a une dizaine d'années. Il avait neuf ans."

Elaine recracha la fumée en toussotant.

"Seigneur. Je suis désolée. Que s'est-il passé ?"

Hathaway regarda Charlie qui baissa les yeux.

"Il a…"

Elaine le fixait. Hathaway pouvait voir ses pupilles dilatées par l'effet de la drogue et des lumières tamisées. On y était.

"Il a brûlé vif", dit Hathaway. Charlie prit son temps avant de relever la tête et de regarder Hathaway qui, à son tour, baissa les yeux. Elaine s'était mise à genoux, à côté de Charlie, tendant la main pour lui serrer le bras.

"Je ne peux même pas m'imaginer.

— J'y arrive très bien", répondit Charlie. "À chaque fois."

Il se tourna vers Hathaway, le regard voilé.

"Je ne me souviens pas t'en avoir parlé.

— C'était dans tous les journaux. Bill, Dan et moi, nous savions que c'était ton frère. Mais comme tu ne l'as jamais évoqué, on t'a fichu la paix."

Les yeux d'Elaine se remplirent de larmes.

"Comment est-ce arrivé ?"

Charlie fit un geste en direction d'Hathaway.

"Tu as l'air de bien connaître l'histoire, Johnny – pourquoi tu ne la lui racontes pas ?"

Le regard d'Hathaway alla de Charlie à Elaine – elle ne quittait pas Charlie des yeux.

Hathaway entama d'une voix neutre :

"Le frère de Charlie – Roy – était avec lui à Lewes. Ils montaient la garde devant un feu de joie. Avant le 5 novembre, les gamins essaient d'enflammer les feux de joie pour déconner, alors il faut les surveiller. Charlie et son copain – j'ai oublié son nom…

— Kevin", dit Charlie après un silence, tout en se tournant vers Hathaway. Elaine ne quittait pas Charlie des yeux. "Tu l'as rencontré au Snowdrop.

— Kevin et Charlie se les gelaient. Ils sont allés dans un café, un peu plus loin dans la rue, pour prendre un thé à l'abri du vent. Ils ont laissé Roy monter la garde.

— Il n'avait pas froid lui aussi ?" demanda Elaine.

"Il n'a pas eu froid longtemps", dit Charlie.

Elaine se redressa et passa ses bras autour de lui.

"Oh, Seigneur, c'est vraiment stupide de ma part. Je suis désolée." Elle l'embrassa sur le visage, encore, et encore.

Hathaway les regardait. Par-dessus l'épaule d'Elaine, Charlie ne le quittait pas des yeux. Hathaway tira une autre bouffée. Elaine tourna la tête vers lui.

"Il y a une espèce d'espace à l'intérieur de tous les feux de joie", expliqua Hathaway. "Un endroit secret. Roy se trouvait à l'intérieur du feu de joie."

Hathaway tendit le joint. Charlie le récupéra et l'examina attentivement.

"Quelqu'un a mis le feu", dit-il.

Hathaway se sentit partir. Il entendit Elaine pleurer. Il ferma les yeux.

Hathaway était allongé sur le dos, engourdi par la drogue. Bon sang, elle était puissante. Il cuisait sur place mais ne parvenait pas à trouver l'énergie pour ôter son col roulé. Il avait l'impression de flotter dans la pièce. Il roula sur le côté. Elaine et Charlie étaient enlacés sur le lit, leurs visages collés, la main de Charlie passée sous sa jupe, Elaine roulait doucement des hanches.

Hathaway les regarda, l'esprit embrumé. Un moment s'écoula. Puis, il parvint à dire :

"Hé", dit-il. "Hé, Charlie."

Charlie, vaseux, se dégagea suffisamment pour regarder Hathaway.

"Qu'est-ce que tu fous ?" lui demanda Hathaway.

Pendant quelques secondes, Charlie sembla désemparé. Elaine ne leur prêtait pas attention, frottant sa jambe contre le corps de Charlie.

"À ton avis ?" finit par répondre Charlie, la voix pâteuse.

Hathaway continuait à planer. Il les regarda à nouveau.

"Elaine ? Elaine ?"

Elaine bascula la tête en arrière. Ses yeux étaient saturés de drogue et de désir.

"C'est bon, Johnny", dit-elle, enrouée.

Elle haleta quand Charlie acheva de relever sa jupe jusqu'à sa taille. Sa culotte était descendue, tendue en travers de ses cuisses. Charlie lui adressa un clin d'œil lubrique.

"Hé, Johnny", dit-il lentement. "Quel est le numéro de la jalousie ?"

Hathaway eut l'impression de faire un doigt d'honneur à Charlie.

"Va te faire foutre", dit-il. Tout au moins, il pensa l'avoir dit.

Charlie sourit, moqueur.

"Quel est le numéro de l'amour ?"

Hathaway, étourdi, commença à se relever. Il s'emmêla dans son caftan.

"Fais gaffe, Charlie…

— Quelle est la couleur du désespoir ?" continua Charlie.

Quand Hathaway reprit ses esprits, il était seul dans la pièce. Il était allongé par terre, à côté du lit. Il roula sur le côté et vomit sur le tapis.

Il se mit debout. Sa tête semblait sur le point d'éclater. Il se débarrassa du caftan et le laissa tomber sur le sol. Il sortit de la chambre en titubant et franchit une mer de corps entremêlés. Il s'accrocha désespérément à la rampe pour descendre les quatre volées de marches. Qu'est-ce qu'il avait pris, bordel ?

Charlie avec Elaine. Il n'y croyait pas. Elle lui avait déjà dit ce qu'elle pensait de l'amour libre et de pouvoir faire ce qu'elle voulait, et il s'était toujours demandé si elle couchait avec les abrutis avec qui elle sortait et avec les acteurs sur les tournages. Mais Charlie ?

Il retrouva sa voiture et conduisit prudemment jusqu'à son appartement. Il s'attendait vaguement à trouver Elaine devant l'immeuble. Elle n'était pas là. Il ne savait pas s'il devait être soulagé ou déçu. Il mit de la glace dans un verre et se versa un Cinzano. Il y ajouta de la limonade. Il alluma la chaîne stéréo. Il y avait déjà un disque sur la platine. Hendrix. Ça ferait l'affaire.

Il s'approcha de la longue fenêtre qui donnait sur le front de mer, se laissa tomber dans une chaise et cala ses pieds contre le mur. Il sirota son verre en observant la promenade et les locaux de son père au bout du West Pier. Il y avait de la lumière là-bas. Quelqu'un devait passer un sale quart d'heure.

Il prit une bonne gorgée et fit tourner le liquide dans sa bouche avant de l'avaler. Il se demandait quoi faire à propos d'Elaine et de Charlie. D'un côté, lui aussi était pour l'amour libre. D'un autre…

Il se réveilla à l'aube, le cou raide d'avoir dormi dans la chaise et la bouche desséchée. Son verre s'était renversé et le contenu avait taché le tapis. Le saphir butait contre l'étiquette du disque. Il le souleva et le remit au début du disque. *The Star Spangled Banner*, en concert et à plein volume. Le son n'était pas génial – l'album était un pirate – mais Hathaway l'aimait bien. Le téléphone sonna.

Il décrocha, tenant son verre vide de l'autre main. Son père.

“Amène-toi.”

Quand Hathaway arriva au bout de la jetée, il vit, à travers la fenêtre, Charlie qui se tenait debout à côté du bureau de son père. Il s'arrêta un instant pour l'observer. Son sang se mit à bouillir.

Il entra en trombe et fonça droit vers Charlie.

“Espèce de salaud”, dit-il en essayant de lui donner un coup de poing.

Le coup n'atteignit jamais sa cible : Hathaway se sentit tiré en arrière. On lui fit faire un demi-tour et il se retrouva collé au fond d'une chaise. Celle-ci était munie de roulettes et partit droit dans le mur qui stoppa sa course. Sean Reilly se tenait devant lui.

Son père était resté assis, derrière son bureau.

“Quel est le problème, fiston ?” demanda-t-il.

“Cet enfoiré a sauté ma copine.”

Charlie haussa les épaules.

“C'est les années 1960, mec. Détends-toi un peu.

— Pour le moment", ajouta Dennis Hathaway, "cette histoire est hors sujet.

— Pas pour moi.

— Bien, nous avons une urgence. Et elle s'appelle Cuthbert."

Hathaway se souvint des lumières qu'il avait aperçues la veille.

"Tu l'as amené ici hier?"

Il remarqua pour la première fois à quel point son père avait l'air épuisé par sa nuit blanche.

"En plus d'être un emmerdeur, il menace de balancer des infos.

— À quel sujet?"

Dennis Hathaway se leva et fit signe à son fils de le suivre dans la réserve.

"À quel sujet?

— À ton avis? À propos de l'attaque du train postal, bien sûr."

Hathaway fixa son père. Il avait fini par comprendre qu'ils étaient plus ou moins mouillés dans l'attaque, mais il ne savait pas de quelle manière.

Cuthbert était avachi sur la corde qui le retenait prisonnier dans un fauteuil roulant. Ses pieds et le bas de ses jambes étaient pris dans du ciment, à l'intérieur d'un récipient en métal qui tenait en équilibre sur le repose-pieds. Son visage était en sang et son nez était écrasé contre sa joue, à un angle bizarre. Dennis Hathaway marcha jusqu'à lui et lui envoya un coup de pied au visage. Hathaway était sûr d'avoir entendu craquer la pommette de Cuthbert.

Dennis Hathaway se mit à chantonner tout en tournant autour de Cuthbert.

"Il y a un trou dans mon seau, chère Liza, chère Liza*…"

* *There's a hole in my bucket, dear Liza, dear Liza…* Comptine pour enfants.

Il frappa Cuthbert sur le côté du crâne avec un morceau de bois et continua son manège.

“Il y a un trou dans mon seau, chère Liza.” Un coup. “Un trou du cul.”

Cuthbert respirait encore, du mieux qu’il pouvait, mais Hathaway vit qu’il avait les gencives en sang et la langue enflée. Ses yeux semblaient sans vie.

“Papa, pourquoi ?

— Parce que c’est une pourriture.”

Son père continuait à tourner et à frapper, à tourner et à frapper. Tommy arriva par l’arrière de la pièce. Il chuchota quelque chose à Reilly. Reilly s’avança et toucha le coude de Dennis Hathaway.

“Oui ?

— Il y a un problème.”

Il chuchota dans l’oreille de Dennis Hathaway. Hathaway vit son père jeter un coup d’œil dans sa direction.

“OK, débarrassons-nous de cet enfoiré.”

Il se plaça derrière Cuthbert et libéra le frein du fauteuil roulant. Reilly ouvrit les portes au bout de la pièce et Dennis Hathaway poussa Cuthbert. Reilly l’aida à le détacher et à basculer la chaise.

Cuthbert, encore vivant mais réduit à l’état de poids mort, tomba vers l’avant. Ses pieds, pris dans le bac, le bloquèrent sur place. Reilly et Dennis Hathaway se penchèrent et firent basculer le bac. Le poids de Cuthbert emporta le bac jusqu’au pas de la porte et il passa pardessus. Il heurta l’eau avec fracas puis disparut sous la surface.

Dennis Hathaway se retourna pour regarder son fils. Hathaway déglutit.

“Point final”, dit-il.

Son père secoua la tête.

“Maintenant, nous avons un plus gros problème.

— Lequel ?

— Ta petite amie."

Hathaway plissa le front jusqu'à ce qu'il regagne le bureau et aperçoive Elaine, tremblante, assise dans un coin.

Elle était venue sur la jetée à la recherche d'Hathaway pour s'excuser à cause de la soirée de la veille. Elle avait entendu quelqu'un chanter dans la cabane située derrière le stand de tir. Elle avait glissé un regard par la fenêtre. La vitre était embuée mais elle avait aperçu un homme ligoté sur une chaise. Elle avait remarqué qu'il avait les pieds dans une vieille bassine à linge. Elle avait retenu son souffle quand elle s'était rendu compte que l'homme avait été sévèrement battu. Un autre homme lui tournait autour avec un morceau de bois à la main. En chantant. Elle s'était étouffée quand elle avait réalisé qu'il s'agissait du père de John. Quand elle s'était retournée, un homme au nez aplati – Tommy – se tenait derrière elle.

"Vous n'avez pas le droit d'être là, mademoiselle.

— Elle a vu, mon petit Johnny. Elle a vu."

Ils étaient tous revenus dans la remise. Charlie, Reilly, Tommy, Hathaway et son père. Les portes étaient encore ouvertes et le soleil dessinait un immense rectangle de lumière sur le sol en bois marqué par l'usure. Jusqu'au bac et aux pieds d'Elaine. Hathaway vit Tommy commencer à verser le liquide gris et épais dans le bac en fonte, autour des pieds et des jambes nues d'Elaine.

Le regard d'Hathaway allait successivement de son père à sa petite amie. Les yeux d'Elaine étaient à ce point écarquillés qu'il crut un instant qu'ils allaient lui jaillir du crâne. Il s'avança vers elle mais Reilly s'interposa.

Hathaway tourna la tête vers l'arrière. Son père haussa les épaules.

"Tu ne peux rien pour elle, John."

Hathaway rejoignit son père.

"Qu'est-ce que tu fais ?

— Tu sais ce que je fais. Quand le ciment aura pris on la jettera à la mer et nous n'aurons pas à nous inquiéter qu'elle parle.

— De quoi va-t-elle pouvoir parler ?

— Elle nous a vus nous occuper de Cuthbert, John. Il n'y a pas à discuter." Il posa la main sur le bras d'Hathaway. "Maintenant, tu laisses tomber.

— Qu'est-ce qu'elle a vu réellement ?" insista Hathaway.

Son père s'impatientait.

"Ne sois pas con, mon garçon. Elle nous l'a dit. Elle a vu comment, parfois, nous menons nos affaires. Maintenant, elle a le pouvoir de me détruire. De nous détruire. Nous ne pouvons pas nous le permettre.

— Papa, tu ne peux pas la tuer à cause de ça.

— Ah bon ? Et pourquoi donc ?

— Papa, je l'aime."

Son père se métamorphosa. Son visage vira au rouge et une veine se mit à saillir sur son cou.

"Ne me sers pas du papa, foutu fils indigne. Tu l'aimes. Sortez les putains de violons. Conduis-toi en homme pour changer. Il faut que ça soit fait, point final.

— Papa…

— Qu'est-ce que je viens de dire, bordel ? Tu voulais cette vie. Tu m'as supplié pour l'avoir. Ou était-ce juste pour les belles voitures et les fringues ? Nous avons passé un accord. Tu t'es engagé. Tu veux te montrer digne d'être mon fils ?" Sur la pointe des pieds, il planta son visage dans celui d'Hathaway. "Tu veux être mon fils ? Alors, tue-la toi-même.

— Tuer Cuthbert, je comprends. Il est comme nous. Mais elle est innocente, elle n'a rien à voir là-dedans. Ce n'est pas juste.

— Juste ? Qu'est-ce qu'on en a à foutre de la justice ? Si tu voulais qu'elle reste innocente, il fallait garder ta bite dans ta poche. Tu l'as compromise le jour où tu l'as sautée." Il se frotta les yeux puis fixa son fils d'un air mauvais. "Elle nous a vus. Fin de l'histoire."

Elaine pleurait en se balançant d'un côté à l'autre.

"Je n'en parlerai à personne, je vous le promets…"

Dennis Hathaway pivota dans sa direction.

"Tu me prends pour un imbécile, espèce de petite conne ? Bien sûr que tu promets. Ils promettent tous. Mais tu penses que je crois un seul instant que quand tu auras quitté les lieux tu ne vendras pas la mèche ? Une fille bien élevée comme toi, qui respecte la loi ?" Il regarda ses jambes qui se tortillaient dans le bac de ciment. Sa jupe s'était relevée. Elle ne portait pas de sous-vêtements. "Chérie, j'ai déjà vu une chatte. Montre-moi un truc avec un âne et je serais peut-être impressionné. Maintenant, arrête de gigoter les pieds.

— Elle ne respecte pas la loi", dit Hathaway, désespéré.

Son père se tourna vers lui.

"Pourquoi ? Parce qu'elle a une grande gueule ? Parce qu'elle participe à des manifs contre la guerre et fume de la marijuana ? Arrête tes conneries." Il posa les mains sur les bras d'Hathaway. "Écoute. Il faut que ce soit fait. Il n'y a pas d'échappatoire. Alors la question est : qui va le faire ? Tu ne veux pas qu'elle aille à la flotte vivante, n'est-ce pas ? Alors quelqu'un doit la buter. Personnellement, je pense que, pour tout un tas de raisons, cela devrait être toi. Premièrement, parce que tu ne peux pas te contenter de profiter de nos affaires, il faut que tu donnes, toi aussi. Deuxièmement, parce que je pense que les sentiments que tu as pour elle te permettraient de faire ça avec une certaine… une certaine… comment dire ça, Charlie ?

— Compassion ?

— Compassion. C'est ça. Chouette mot. Merci, Charlie.

— De rien."

Hathaway rit sèchement, un soupçon d'hystérie dans la voix. Il regarda le visage défait et suppliant d'Elaine.

"Tu penses que tuer quelqu'un qu'on aime c'est faire preuve de compassion ?

– On blesse toujours ceux que l'on aime, mon petit Johnny – on apprend ça dans les chansons. Il y a du vrai dans la musique populaire.

— Elle ne parlera pas. Je te donne ma parole. Confie-la-moi. On partira en Inde tous les deux.

— Tu n'iras nulle part. J'ai besoin de toi ici, même si tu es devenu une gonzesse. On a passé un accord. Tu vas hériter.

— Je ne veux pas hériter.

— Ah bon ?" Dennis Hathaway s'installa à califourchon sur une chaise à côté de la table. "Vraiment ? Alors tu m'as menti. Ce n'est pas l'impression que tu m'as donnée ces dernières années. Au contraire."

Elaine était secouée de sanglots, tout son corps tremblait. Le ciment durcissait autour de ses jambes. Dennis Hathaway vit que son fils les observait.

"Elle a de belles jambes, John. Tu as eu de la chance de pouvoir t'y glisser. Mais tout a un prix."

Le regard d'Hathaway alla d'Elaine à son père puis fit le tour de la pièce. Tous les autres étaient impassibles. Seul Charlie détournait le regard.

"Je ne peux pas la tuer et je ne peux pas laisser quelqu'un d'autre la tuer", dit-il d'un ton catégorique.

Dennis Hathaway se leva.

"Je ne pense pas que tu veuilles t'aventurer sur ce terrain, Johnny. Que tu sois un lâche est une chose, mais cela implique que tu n'as pas ton mot à dire quant à savoir qui fera ce que tu n'es pas capable de faire.

— John, s'il te plaît...", gémit Elaine. De la morve claire coulait de son nez et lui couvrait la bouche. Elle fixait Hathaway. Implorante.

"Que quelqu'un la mouche." Dennis Hathaway la regarda et secoua la tête. "La dignité, chérie, il n'y a que ça qui compte."

Pendant que Reilly sortait un mouchoir bleu de sa poche et essuyait presque tendrement la lèvre supérieure et le tour de la bouche d'Elaine, Dennis Hathaway posa les yeux sur son fils. Reilly plia le mouchoir et lui tamponna le dessous des yeux.

Hathaway le regardait, puis il se tourna vers Charlie, raide comme un piquet contre le mur. Pouvait-il compter sur l'aide de Charlie pour prendre le dessus sur ceux qui se trouvaient dans la pièce et sauver Elaine ? Au moment même où il y pensa, l'idée lui parut ridicule. Il ne s'imaginait pas se battre contre son père, et encore moins Charlie l'aider.

Son esprit tournait à cent à l'heure. Il voulait la vie que son père lui offrait. Il voulait être un nom à Brighton. Il aimait Elaine. Il voulait coucher avec toutes les autres femmes de Brighton. Il voulait partir en Inde avec elle. Mais la chose qu'il ne voulait pas faire, c'était tuer cette fille qu'il connaissait si intimement et qui le connaissait tout autant.

"Je ne le ferai pas."

Son père posa ses mains sur ses genoux et observa son fils avec intensité pendant ce qui sembla durer une éternité. Il se leva à nouveau.

"Eh bien, quelqu'un doit le faire. Et toi, Charlie ? Tu veux de cette vie plus que Johnny. Tu es son ami. Aide-moi. Aide-le. Prends sa place."

Charlie jeta un coup d'œil rapide à Hathaway puis à son père.

"Prendre sa place ?" Il détourna le regard. "Ce n'est pas mon truc. N'importe quoi d'autre – vous savez que je peux faire n'importe quoi d'autre…

— Ce n'est le truc de personne", siffla Dennis Hathaway. "À moins, bien sûr, que tu sois un putain de pervers. Et je n'emploie pas de pervers. Ça fait juste partie du business. C'est quelque chose qui doit être fait."

Charlie regarda Elaine, tassée sur sa chaise ; silencieuse et calme. Il fit un geste vers Dennis Hathaway.

“Je ne peux pas, monsieur Hathaway. Je la connais bien.
— Je sais que tu la connais. Tu te l’es tapée.
— Non…
— Mais si, bordel”, ricana-t-il. “La nuit dernière, un petit coup vite fait dans le dos de Johnny. Si j’avais ton âge, je serais tenté. C’est une jolie fille. Avoir ces jambes autour de tes hanches…
— Vous pouvez me sauter comme vous voulez et autant que vous voulez.”

Elaine s’était redressée, les yeux braqués sur Dennis Hathaway. Elle inclina la tête vers Tommy.

“Je sucerai celui-là. Vos hommes peuvent me sauter…”, sa bravade tourna court et elle se remit à sangloter. “Mais s’il vous plaît, ne me tuez pas.”

Le dégoût se lisait sur le visage de Dennis Hathaway.

“Seigneur, que quelqu’un abrège ses souffrances.” Il la regarda. “Chérie, j’aimerais bien te sauter. Mais je suis un homme marié et heureux et, même si je fais beaucoup de choses, j’ai mes limites. Comme de ne pas me taper la copine de mon fils, quand bien même il me déçoit. Je suis sûr qu’il y a une règle à ce sujet.” Il jeta un coup d’œil au bac de ciment. “En plus, le ciment est pris. Comment ferais-je pour t’écarter suffisamment les jambes ?”

Hathaway vit son père échanger un regard avec Tommy. Son père secoua la tête et alla jusqu’à une table dans un des coins de la pièce.

Quand il revint et se dirigea vers Charlie, il avait un revolver dans la main gauche et un garrot dans la droite. Il les tendit à Charlie.

“Alors, tu ne veux pas le faire ? Tu n’en es pas capable ?
— Il n’y a rien dont je ne sois pas capable.
— Une double négation. Je pensais que ta génération était mieux éduquée que ça.”

Charlie choisit la main gauche, marcha jusqu’à Elaine, lui ramena la tête en arrière et lui tira à bout portant dans le visage.

“Putain”, dit Dennis Hathaway, une main levée pour protéger son visage des giclées de cerveau et de sang. “J’espérais qu’il utiliserait le garrot. Maintenant il va falloir tout nettoyer.”

Hathaway baissa les yeux.

“Je vais le faire.”

12

*THE MAN WHO SOLD THE WORLD**
L'HOMME QUI VENDIT LE MONDE

1970

Un revolver est un séducteur. Un revolver veut être utilisé. Il existe pour être utilisé. Et, tôt ou tard, quiconque en possède un aura envie de l'utiliser.

Le père d'Hathaway disparut en 1970. Il partit sans son épouse. Hathaway ne fut pas surpris de voir à quel point elle fut anéantie, mais la rapidité de sa déchéance, une fois qu'elle commença à boire, le choqua. À peine un an plus tard, pendant l'été de 1971, son suicide le bouleversa.

En février 1970, Dennis Hathaway emmena son fils et Charlie en Espagne, pour affaires. Évidemment, Reilly était du voyage. C'était la première fois qu'Hathaway voyait l'hacienda familiale, nichée dans les montagnes proches de Grenade. C'était une jolie maison mais les environs ressemblaient à un chantier de construction. En fait, il s'agissait d'un chantier de construction.

Dennis Hathaway se faisait aménager une piscine à l'intérieur d'un long bâtiment en pierre locale. Le plafond serait escamotable, comme dans un film de James Bond.

"Plutôt comme dans *Thunderbirds*", avait dit son père en s'esclaffant. "Fais attention où tu mets les pieds. Le

* David Bowie, 1970.

ciment n'est pas sec. Je ne veux pas me retrouver avec les empreintes de tes godillots autour de la piscine.

— Ça va être carrelé, non?

— Bien sûr – mais ce n'est pas une raison."

Le père d'Hathaway était de bonne humeur. Ils venaient juste de conclure un marché à Marbella pour faire venir de grosses quantités de haschich du Maroc et les faire transporter jusqu'en Angleterre par la route, à travers l'Espagne et la France, puis en bateau à partir d'un petit port près de Deauville pour terminer leur périple sur le West Pier.

Comme d'habitude, Charlie était prudent quand il accompagnait Hathaway. Ils avaient une relation de travail, certes, mais il savait qu'Hathaway ne lui avait jamais pardonné d'avoir abattu Elaine.

Il avait en partie raison. Hathaway était dans une situation qu'aucune personne qu'il connaissait ne pouvait comprendre. Que ressentait-il à propos de la mort d'Elaine? S'il était honnête avec lui-même, sans tenir compte du reste, il parvenait à s'y faire. Mais il n'y avait pas que cela.

Son père lui expliquait ses projets. Hathaway écoutait d'une oreille distraite.

Il avait ses propres projets.

Ils avaient passé la journée à boire abondamment. Sur la terrasse qui s'ouvrait sur le ciel tacheté et les lumières qui scintillaient dans la vallée en contrebas, Hathaway regarda son père avaler une autre gorgée de cognac.

"Les braqueurs du train postal ne se sont jamais dénoncés les uns les autres", dit-il. "Pas un seul. Et les témoins ne savaient rien. Tout ce qu'ils ont vu c'est une bande de types avec des cagoules et des bleus de travail. Comment auraient-ils pu identifier qui que ce soit? Putain, ils ne savaient même pas combien il y avait de voleurs. Personne ne le savait.

— Mais toi tu le sais, papa", dit Hathaway.

Dennis Hathaway fit une drôle de grimace.

“Qu’est-ce qui te fait penser ça, fils ?

— Quelque chose que tu as dit il y a un moment de cela. Et j’ai entendu dire que deux d’entre eux n’avaient jamais été inquiétés.

— Tu es sûr de ce que tu avances ?” demanda son père.

Hathaway opina lentement du chef, ralenti par l’alcool. Dennis Hathaway renifla.

“Tu te souviens quand ta mère et moi nous sommes venus en Espagne pour notre deuxième lune de miel. Quand on t’avait laissé seul pour ton anniversaire ?”

Hathaway se souvenait.

“Je me rappelle surtout de votre retour”, répondit-il en pensant à Barbara.

Sa remarque glissa sur son père.

“Eh bien, je pensais qu’il était préférable pour moi de quitter le pays à ce moment précis.”

Hathaway réfléchit.

“C’était à la période de l’attaque. Je me souviens avoir suivi l’affaire dans les journaux.

— C’était deux jours après cette putain d’attaque. On était censés se terrer à la ferme pendant deux semaines, mais on a compris que l’un des gars du coin avait des soupçons et il a donc fallu échafauder d’autres plans. On a partagé l’argent. Il y en avait un sacré paquet. Que des billets de cinq et de un. On n’a même pas pris les billets de dix shillings. Enfin, à part Bruce, mais il était comme ça.

— Donc tu faisais vraiment partie de la bande de l’attaque du train postal ?

— Pas de quoi en faire un plat.

— Et tu as embarqué ton magot en Espagne.

— Non, pas tout. Tu as idée du volume que représentent cent vingt-cinq mille livres en billets de un et de cinq ?”

Hathaway secoua la tête.

“Un putain de gros tas.
— Tu as fait quoi, alors ?
— Tu te souviens de ma belle Oxford Morris ?”
Hathaway acquiesça.

“Il y avait un faux réservoir et un double fond sous la banquette arrière. C’est un contrebandier boche qui m’avait filé le truc. Ça a bien marché pendant deux ou trois ans. Le reste – eh bien, tu es au courant pour le reste – c’est toi qui t’es occupé de le faire sortir, de le faire changer en diamants, d’acheter des propriétés et ainsi de suite.”

Hathaway hocha à nouveau la tête.

“Où caches-tu les papiers qui concernent tout cela ?”

Son père le regarda de côté.

“Pourquoi veux-tu savoir un truc pareil ?
— Parce que je me rappelle t’avoir entendu me dire que moins il y avait de papiers, mieux c’était. Les biens immobiliers ça crée un paquet de documents, non ?
— Pas si tu paies en liquide, fiston.”

Hathaway tourna les yeux vers Reilly. Il était au bout de la terrasse, debout, le dos tourné, et observait les sommets enneigés des montagnes.

Hathaway abattit d’abord son père. Il n’en avait pas l’intention mais c’est ainsi que les choses tournèrent.

Hathaway s’était déplacé derrière Charlie mais son père avait aperçu le pistolet automatique qu’il venait de sortir de sous sa chemise et il avait bondi dans sa direction.

Son père ne dit pas un mot. En y repensant plus tard, Hathaway avait la ferme impression qu’il avait essayé de sauver Charlie. En réalité, il avait préféré Charlie à son propre fils. Cela n’avait pas changé grand-chose.

Son père s’était précipité hors de sa chaise, un bras tendu pour tenter d’agripper le pistolet, la tête baissée. Hathaway avait tiré au milieu de sa calvitie, en plein crâne. On aurait dit une cible.

Son père s'était effondré en avant, à genoux sur les dalles de marbre, la tête posée dessus, comme en prière.

Charlie, se tournant à moitié pour regarder par-dessus son épaule, tomba en arrière en faisant basculer sa chaise, les jambes prises dedans.

Il vit le pistolet dans la main d'Hathaway et commença à reculer en rampant sur le dos et en envoyant des coups de pied dans la chaise. Hathaway pointa le pistolet dans sa direction sans vraiment viser.

"N'essaie pas", chuchota Hathaway. Il jeta un coup d'œil vers Reilly qui admirait encore les montagnes.

Hathaway se rendait compte que le pistolet n'avait émis quasiment aucun son. Plus tard, il réaliserait qu'il avait tué son propre père.

Charlie était figé.

"On a vécu de bons moments, Charlie.

— C'est vrai", dit Charlie, enroué.

"Mais tu as tué la fille que j'aimais.

— Je suis désolé, mais cela devait être fait.

— Oh, Charlie. Ne te fatigue pas. J'ai fait bien pire."

Hathaway visa le front de Charlie.

"Adieu, Charlie."

DEUXIÈME PARTIE

AUJOURD'HUI

13

Il se tenait debout à l'arrière du bateau et observait l'hélice qui brassait l'eau verte. Il était accompagné de quatre hommes qui l'avaient aidé à s'emparer du bateau. Ils avaient abattu l'équipage immédiatement. Les propriétaires étaient ligotés dans leur cabine. Il torturerait l'homme et violerait la femme. Il ne savait pas ce qui lui procurerait le plus de plaisir.

Une fois qu'il en eut assez d'elle, il la livra à ses hommes. Quand ils la jetèrent par-dessus bord, dans les eaux agitées du golfe de Gascogne, elle n'était plus bonne à grand-chose. Quelque part au large de Vigo, ils balancèrent sa tête.

La lumière de l'aube s'infiltrait dans la nuit. John Hathaway, roi de la pègre de Brighton, s'éveilla en sueur. Il se glissa hors du lit sans déranger la fille. Un miroir zébré de poudre blanche était posé sur la table de nuit à côté d'elle. Il se rendit sur le balcon et son regard se posa sur les restes de la carcasse du West Pier. L'air était calme.

Un long navire se déplaçait sur l'horizon, des lumières rouges clignotaient à la poupe et à la proue. Derrière, le ciel blanchissait rapidement. Ses yeux coururent sur l'étendue d'eau qui séparait le bateau de l'extrémité de la jetée.

La jetée donnait l'impression de tomber en miettes, mais le fer et l'acier ne s'émiettent pas. Le bois, assurément.

Attaqué par les vents salés et l'eau de mer, il se déformait, pourrissait et tombait en poussière. Une nouvelle couche de peinture tous les six mois était le seul moyen de conserver un aspect à peu près correct au stand de tir et à la salle de jeu situés au bout de la jetée.

Jusqu'à ses quinze ans, Hathaway gagnait son argent de poche en haut d'une échelle, à repeindre l'extérieur des attractions que son père possédait à cet endroit. Il repeignait également le bureau de son père, une cabane en bois pleine de courants d'air avec des trous dans le plancher suffisamment grands pour qu'on voie la mer s'agiter en dessous. Il sentait encore l'odeur entêtante des radiateurs au fuel et des réchauds qui brûlaient en permanence pour chasser le froid.

Les poteaux, l'échafaudage, la structure en fer de la jetée – ils n'avaient pas pourri. Ils avaient rouillé, s'étaient tordus et pliés. Les boulons avaient cédé. La jetée s'était décharnée, pas émiettée. Un jour, elle s'effondrerait dans la mer. La mer qui, comme le disait son père, savait garder les secrets.

Hathaway but un verre d'eau à petites gorgées et détourna son regard des ruines de la jetée. Il pensait à l'autre théorie sur la mer : elle finissait toujours par rejeter ses secrets.

En général quand on s'y attendait le moins. Il savait grâce à son expérience personnelle que la plupart du temps, les choses arrivent quand on s'y attend le moins. Il avait appris que la préparation pouvait être à la fois essentielle et inutile. Le cours des vies était modifié par l'inattendu. Toujours.

Il frissonna. Il avait encore fait ce rêve pendant la nuit. Il se noyait, là-bas, dans l'eau froide, s'enfonçait vers ses profondeurs effrayantes. Entraîné vers le fond, puis empêtré dans des arbres. Mais ce n'était pas des arbres. Une forêt de cadavres. Leurs bras ondulaient, leurs corps se déhanchaient sous l'effet de la marée. Des hommes dans des costumes en décomposition ou nus. L'un d'eux, réduit à l'état de squelette, avec un chapeau *pork pie* enfoncé sur le crâne.

Certains étaient décharnés, d'autres gras. Certains étaient bâillonnés, la bouche couverte d'adhésif. Les poissons les grignotaient, des vers marins se tortillaient dans leurs orbites vides. Tous, chacun d'entre eux, avaient les pieds pris dans du ciment, dans des bassines en fer.

Hathaway ne savait pas combien d'hommes son père avait emmenés dans son bateau à moteur pour les jeter à la mer. Il ne connaissait pas la proportion de ceux qui étaient encore vivants et de ceux qui étaient déjà morts. Celle dont il ne rêvait jamais, celle qu'il ne voyait jamais, était celle qui avait été jetée du haut du West Pier, le visage emporté par le revolver de Charlie.

Le téléphone mobile d'Hathaway sonna. Il vérifia le numéro et répondit.

"Il est bien tôt, Ben.

— Désolé, monsieur Hathaway. Je me suis dit que vous souhaiteriez être au courant. Stewart Nealson est mort. Et d'une sale manière."

Cela recommençait.

La scène du crime se situait à Ditchling Beacon sur la limite nord des South Downs. Quand l'inspecteur Sarah Gilchrist arriva sur le parking du National Trust, elle vit Ronnie Dickinson, l'officier de police local, assis sur un bout de clôture à une cinquantaine de mètres. Il donnait l'impression qu'un fort coup de vent aurait suffi à l'emporter au loin. Reg Williamson, son partenaire occasionnel et, dorénavant, son supérieur, engoncé dans son costume, se tenait à côté de lui. Les deux hommes fumaient.

Le vent s'engouffra dans son manteau quand elle sortit de sa voiture. Un attroupement s'était formé sur le parking. Certaines personnes étaient accompagnées de leur chien. Elle regarda en direction de Ditchling, un assemblage de toits au milieu des champs, à une trentaine de mètres en contrebas.

Gilchrist fendit la foule et se dirigea vers les deux policiers. Arrivée à quelques mètres de la clôture, elle vit derrière eux, plus loin sur le chemin crayeux, des officiers de la police scientifique en combinaison blanche qui s'affairaient autour d'une forme suspendue à un cadre en bois.

"Que se passe-t-il ?" demanda-t-elle. Williamson lui proposa une cigarette. Elle refusa d'un signe de tête. "Deux ans, deux mois, trois jours", dit-elle. "Arrière, Satan."

Ronnie semblait épuisé et malade. Ses mains tremblaient.

"C'est vous qui l'avez trouvé ?" l'interrogea-t-elle.

"J'ai été appelé. Par quelqu'un qui promenait son chien. Tranquille, dans son petit monde. Il ne voulait pas faire cette balade – c'est le chien de sa femme."

Sa voix s'éteignit.

"J'ai jamais vu un truc pareil", dit Williamson en regardant par-dessus son épaule. "Même pas à la téloche.

— Que lui est-il arrivé ?

— Il a été empalé", répondit Williamson. "On lui a enfoncé un pieu dans le cul et il est ressorti à l'autre bout."

Gilchrist serra les dents.

"Par la tête ?

— Non, l'épaule.

— À travers tout le corps ?" poursuivit Gilchrist, en essayant d'imaginer la chose. Elle frissonna. "Il a dû mourir assez vite quand le cœur a été transpercé.

— Le promeneur ne s'est pas approché suffisamment pour voir ce qui s'était passé", dit Ronnie. "Il a cru qu'il avait été crucifié, vu la manière dont il est suspendu. C'est tout comme. Il ne faut pas que cela se sache.

— La crucifixion, ce n'est pas déjà suffisant ?" demanda Gilchrist.

“Si, mais assassiner quelqu’un de cette manière – vous imaginez les titres ? « Vlad l’empaleur hante les Downs ».”

Gilchrist observait les hommes en combinaisons qui décrochaient le corps.

“Il était sûrement visible à des kilomètres à la ronde, perché comme il est”, dit-elle.

“Ce doit être l’effet recherché”, ajouta Williamson.

“Et qui est Vlad l’empaleur ?

— La légende le rattache à Dracula”, répondit Williamson. “C’est un prince roumain du Moyen Âge qui a combattu les Turcs. Son supplice favori consistait à placer les prisonniers au bout d’un pieu pointu. Le poids du corps faisait le reste.”

Gilchrist grimaça.

“Seigneur. On sait qui est la victime ?

— Je ne me suis pas suffisamment approché pour le savoir”, expliqua Ronnie. “Je me suis dit que c’était plus important de maintenir les gens à l’écart.

— Vous avez bien fait.” Gilchrist fronça les sourcils. “Qu’est-ce qui fait qu’on passe d’empaler les gens à boire leur sang en leur mordant le cou ?”

Williamson haussa les épaules.

“Personnellement, je suis plutôt amateur de science-fiction.”

Il regarda derrière Gilchrist.

“Les voilà.” Elle se retourna et vit les journalistes qui s’approchaient. “Les chacals.”

Cet après-midi-là, le front de mer de Brighton fut soumis à rude épreuve. Une tempête se leva et les plages furent envahies par la marée haute qui s’abattait sur les clubs et les bars de la promenade inférieure qui allait du Palace Pier à Portslade, avant de remonter sur Kings Road. Quand le soir arriva, la partie basse de la ville était noyée sous le brouillard. Les bancs de brume venant du large enveloppaient les bars et les restaurants du front de mer et avançaient le long d'Old Steine et de Middle Street, avant de s'évanouir sur les pentes abruptes montant vers Seven Dials et l'arrière de la ville.

L'ex-chef de la police Bob Watts était debout sur les marches du Grand Hotel et observait la mer qui surgissait du brouillard et avançait jusqu'au milieu de la route.

Naturellement, Kings Road était calme et presque déserte. En dépit de l'agitation et du vacarme de la mer, Watts eu l'impression d'entendre le bourdonnement aigu d'un bateau à moteur. Le bruit lui parvenait par intermittence, interrompu par le vent. Il commença à tourner sur lui-même. Il aperçut de faibles flashs lumineux dans le brouillard. Ils apparaissaient soudainement avant de disparaître. De nouveau, il crut entendre le bateau. Il entra dans l'hôtel.

Une fois dans le bar au décor chargé, il se fit servir un gin tonic et s'installa à une table un peu à l'écart. Il avait rendez-vous avec Laurence Kingston, le président du syndicat du West Pier, l'organisme qui levait des fonds pour restaurer la jetée. La reconstruire en réalité. Watts avait été nommé membre du comité quand il était encore chef de la police et c'était l'un des rares organismes à ne pas lui avoir demandé de démissionner après sa chute. Le syndicat venait juste de recevoir une promesse de don de vingt millions de livres de la part de la fondation de la loterie nationale. Des promesses de dons privés avaient également été faites, à hauteur de plusieurs millions.

De manière totalement inattendue, Kingston avait appelé Watts et lui avait demandé une entrevue privée pour parler de la collecte de fonds. Il avait sous-entendu qu'il y avait un problème.

Kingston, plutôt du genre maniaque, était ponctuel mais, un quart d'heure après l'heure à laquelle ils avaient convenu de se retrouver, il n'était toujours pas là. Watts se dit que le brouillard devait sans doute y être pour quelque chose.

Il pensait à son épouse, Molly, dont il était séparé depuis que son aventure d'une nuit avec l'inspectrice Sarah Gilchrist avait été exposée au grand jour, suite au massacre de Milldean*. Il espérait qu'ils trouveraient un moyen de se remettre ensemble, mais pour l'instant, leur relation était à l'arrêt et elle s'était installée chez sa sœur à Vancouver. Cela faisait partie de sa cure de désintoxication – elle buvait beaucoup avant leur séparation et avait arrêté peu de temps après. Watts se sentait coupable de l'avoir fait tomber dans la boisson et il était impressionné par sa volonté de s'en sortir.

Il lui avait promis qu'il garderait un œil attentif sur leur fils, Tom, et leur fille, Catherine, pendant qu'elle serait à l'étranger. Non pas que cela leur importe. Ils étaient tous les deux à la fac et avaient ouvertement critiqué son comportement. Catherine devait venir le week-end suivant mais il n'était même pas sûr de la voir. Un DJ à la mode installé à Brighton donnait sa fête annuelle sur la plage. La fois précédente, toute la ville avait été bloquée par la circulation et des milliers de personnes s'étaient rendues à la fête.

Un homme s'assit dans un canapé à proximité. Grand, large d'épaules, les cheveux coupés court. Une petite soixantaine, estima Watts. Quelqu'un lui avait amoché le visage, probablement avec un cutter.

La lèvre supérieure de l'homme faisait un pli là où elle avait été fendue en deux puis recousue. Sa narine droite avait subi le même sort et une balafre, que l'on aurait pu confondre avec une ride si elle n'avait pas été aussi proéminente, courait le long de sa mâchoire. De profil, Watts pu se rendre compte qu'il avait eu le nez cassé.

* Voir *Promenade du crime*.

Dépassant de la manche de sa chemise, un tatouage lui couvrait le dos de la main et le poignet.

L'homme porta un téléphone mobile à son oreille et commença à murmurer. Watts but une gorgée de son verre et balaya la pièce du regard. Tout était calme, il y avait là quelques touristes, étrangers et britanniques. Certains juraient avec l'élégance du décor.

Son père, Victor Tempest, ex-auteur de thrillers à succès, lui avait raconté que quand il vivait dans le Sussex, ce bar était son préféré. Il aimait observer les gangsters de Londres venus y brandir leur argent. Watts préférait les endroits plus informels.

De l'autre côté de la pièce, il reconnut un homme à l'attitude hautaine, affublé d'une petite moustache. Il le regarda quelques secondes de trop.

L'homme le regarda à son tour et ses yeux s'arrondirent. Il se leva et le rejoignit.

“Monsieur l'ex-chef de la police”, dit l'homme debout face à lui. “Quel plaisir de vous voir.

— Tiens, tiens – Winston Hart, président de l'autorité policière.

— Vous devez être soulagé que toute cette affaire soit bouclée.

— Milldean ? Vous voulez dire glissée sous le tapis ?

— Toujours à la ramener, hein ?” dit Hart.

“Toujours un crétin prétentieux à ce que je vois”, répliqua Watts.

Hart tira sur sa moustache.

“Que faites-vous en ce moment ?” demanda-t-il.

“Je suis plutôt occupé”, répondit Watts.

“Sur le circuit des conférenciers spécialistes de l'accomplissement de soi ?”

Watts se mit à rire.

“Je n'avais jamais réalisé que vous aviez le sens de l'humour, Hart. Comment va votre fils ?”

Hart rougit. Son fils illégitime, Gary Parker, avait

assassiné puis démembré son colocataire. Il était à présent enfermé dans un établissement spécialisé.

Le téléphone de Watts, posé sur la table à côté de son verre, sonna. Watts prit l'appel.

"Excusez-moi", dit-il. "Ravi de vous avoir vu."

Hart retourna à sa table. Watts s'attendait à avoir Laurence Kingston au bout du fil, s'excusant pour son retard. C'était Jimmy Tingley, son ami et redoutable compagnon d'armes.

"Je viens juste d'apprendre que Stewart Nealson avait été assassiné.

— Désolé de l'apprendre. Qui est Stewart Nealson ?

— Tu te rappelles du mouchard que nous avons rencontré au Cricketers avec sa compagne, Edna la picole ?

— Le comptable des gangs de Brighton ?

— Celui-là même.

— Et il a été assassiné ?

— D'une sale manière, apparemment. Je n'ai pas les détails, mais il a été retrouvé près de Ditchling Beacon."

Tout en écoutant Tingley, Watts jeta un coup d'œil vers le canapé. L'homme à la cicatrice n'était plus là.

14

Anna, comme d'habitude, se rendit tout d'abord dans la cuisine. Elle fut surprise de trouver la radio déjà allumée mais elle était en retard ce matin. Le poste était réglé sur la station locale, Southern Shores. Une odeur de gaz flottait dans l'air. Elle vérifia la gazinière. Tout était coupé. Elle ouvrit une fenêtre pour que l'odeur se dissipe.

Tout en remplissant le lave-vaisselle, elle écoutait les nouvelles. Depuis qu'elle était arrivée en Angleterre, elle trouvait que l'écoute de la radio l'aidait à améliorer son anglais. Beaucoup d'expressions familières lui échappaient encore, mais elle en saisissait chaque jour un peu plus.

"Un homme, assassiné dans d'horribles circonstances, a été retrouvé hier matin à Ditchling Beacon par un homme qui promenait son chien. La police n'a pas encore divulgué l'identité de la victime ni les détails exacts de sa mort, mais il semblerait qu'il ait été crucifié."

Crucifié ? Avait-elle bien entendu ? Comme notre Seigneur Jésus-Christ ? Anna frissonna et acheva de remplir le lave-vaisselle. Elle laissa la porte de la machine ouverte et se rendit dans le salon où, elle en était sûre, elle trouverait des verres à vin. Monsieur Kingston aimait recevoir et ses amis semblaient tous apprécier le vin.

"Le conseil municipal vient d'annoncer les détails de l'organisation de la fête de samedi sur la plage..."

Le téléphone se mit à sonner. Anna hurla.

Laurence Kingston était allongé à côté de son chauffage au gaz, impeccablement vêtu d'une veste de smoking et d'une cravate. Sa bouche était ouverte. Sa langue, tordue selon un angle bizarre, pendait sur sa joue en une grimace obscène.

Kate Simpson tenait son téléphone coincé entre son oreille et son épaule tout en tapant "Flash dernière minute" dans le système. Elle vit à travers la vitre que, dans le studio, Steve, l'animateur de la matinale, avait réagi. Le téléphone sonnait sans que Laurence Kingston, président du syndicat du West Pier, ne décroche.

"Flash info", annonça Steve. "De mauvaises nouvelles pour le West Pier. Si vous vous êtes rendu sur la promenade ce matin, vous avez pu voir que la tempête d'hier a provoqué l'effondrement de la partie centrale et endommagé les autres parties de la jetée déjà bien abîmée. Une bien mauvaise nouvelle pour le syndicat du West Pier qui vient tout juste de recevoir des fonds pour rendre à la jetée son lustre d'antan. Nous espérons avoir une réaction du président du syndicat, Laurence Kingston, dans notre prochain bulletin d'informations.

— Pas si je n'arrive pas à le joindre, c'est sûr", marmonna Kate.

Cela faisait une demi-heure qu'elle essayait d'avoir Kingston mais elle n'avait que le numéro de sa ligne fixe. Kingston devait déjà être sur les lieux pour évaluer les dégâts.

"Rien à faire, Steve", annonça-t-elle dans son casque. "En plus nous n'avons pas son numéro de mobile.

— C'est une info importante, Katie – trouve-le."

Trouve-le. Kate lança une recherche sur le syndicat du West Pier et trouva une liste des membres du comité. Un des noms lui était familier. Elle appela l'ex-chef de la police, Bob Watts.

Sarah Gilchrist consultait le rapport d'autopsie de Stewart Nealson, l'homme trouvé à Ditchling Beacon. Reg Williamson regardait par la fenêtre en penchant la tête pour avoir une meilleure vue sur le front de mer.

"Il ne reste pas grand-chose du West Pier après la tempête d'hier", dit-il.

"Il a survécu pendant quelques heures – vous vous rendez compte ?

— La victime de Vlad ?

— Reg !

— Une fois que la nouvelle sera connue, vous savez bien que c'est comme cela qu'on va l'appeler.

— Le pieu a été introduit de manière à éviter les organes vitaux. Le cœur, le foie, les reins.

— Vous pensez que c'est le hasard, Sarah ?

— L'autre possibilité c'est que ces types savaient ce qu'ils faisaient. Et c'est inquiétant.

— Ils étaient plusieurs selon vous ?

— Qu'en pensez-vous ? Le cadre ? Le maintenir au sol – je ne crois pas qu'une personne seule ait pu faire le boulot. Et creuser un trou de cette profondeur dans le silex a dû être particulièrement difficile.

— La police scientifique nous a fourni d'autres éléments ?

— Ils sont encore sur place. Ce n'est pas le genre de terrain où on trouve des indices alors ne vous attendez pas à des miracles."

Le téléphone de Gilchrist sonna.

"C'est Bob Watts."

Elle rougit.

"Salut. C'est un appel à caractère personnel ?

— Hélas, non", soupira-t-il. "Deux choses. Tu as cinq minutes ?

— Eh bien…

— Je ne serai pas long. Kate vient de m'appeler pour avoir le numéro de mobile de Laurence Kingston. La radio veut une déclaration au sujet des dégâts sur le West Pier. Le problème, c'est que Kingston m'a posé un lapin hier soir, ce qui ne lui ressemble pas, et je n'ai pas réussi à le joindre depuis.

— Laurence Kingston", répéta Gilchrist en faisant signe à Williamson de noter le nom.

"Et la deuxième chose ?

— J'étais du côté du West Pier avant l'heure de mon rendez-vous avec Kingston et j'ai vu des flashs lumineux dans le brouillard. J'ai peut-être même entendu le bruit d'un bateau à moteur."

Gilchrist fronça les sourcils.

"Où veux-tu en venir ?

— Eh bien, en y repensant, je crois que la jetée a été incendiée.

— Incendiée ?"

Tout en tapant sur son clavier, Williamson se retourna un instant. Il revint ensuite à son écran et prit quelques notes.

"Ça ne serait pas la première fois", remarqua Watts.

Durant les deux années précédentes, le West Pier avait déjà été incendié deux fois.

Williamson tendit à Gilchrist le papier sur lequel il venait d'écrire.

"OK, je transmets", dit Gilchrist à Watts. Elle parcourut le mot de Williamson. "Et je crains fort que Kingston ne réponde pas au téléphone. Je suis désolé, Bob. Sa femme de ménage l'a découvert ce matin. Il s'est suicidé."

Kate Simpson attendait que Kingston la rappelle. Steve dévidait son habituel flot de banalités matinales. Elle jeta un coup d'œil au journal du matin et le nom de son père lui sauta au visage. Le conseiller gouvernemental William Simpson en charge de nouvelles responsabilités. Elle écarta le journal. Elle s'efforçait de ne pas songer au fait que son père, d'une manière ou d'une autre, était impliqué dans le massacre de Milldean. Elle avait appris, au cours de l'enquête, bien plus de choses sur son père qu'une fille ne devait savoir.

Elle avait du mal à le digérer.

Steve l'appela sur l'intercom.

"Tu as vu ces e-mails au sujet du West Pier ?"

Kate consulta son écran.

"Des gens rapportent avoir vu des flashs lumineux dans le brouillard. Il se pourrait que la jetée ait de nouveau été incendiée."

John Hathaway était assis sur le pont de son bateau et profitait du soleil de la fin d'après-midi. Le bateau était sa retraite secrète, même si quiconque voulant vraiment le trouver n'aurait eu aucune difficulté à le faire puisqu'il était la plupart du temps amarré à une centaine de mètres de son bar dans la marina de Brighton.

Il prenait en général la précaution, minime, de ne jamais sortir sur le pont avant de s'être éloigné d'au moins un mile de la côte. Il savait que c'était stupide, parce que n'importe qui pouvait l'avoir vu monter à bord.

Il observa les hommes installés en demi-cercle face à lui. Tous des types intelligents. Il n'embauchait pas seulement du muscle, comme ces crétins qui faisaient de la gonflette dans les clubs de gym du coin et qui passaient leurs nuits à l'entrée des pubs et des boîtes de nuit.

Ses hommes étaient d'anciens militaires et avaient tous un minimum de jugeote.

"Stewart Nealson est mort", commença-t-il. "Torturé et tué d'une façon particulièrement ignoble. Vous ne le connaissiez pas tous. Pour ceux qui sont dans ce cas, sachez qu'il s'agissait de notre comptable et du comptable de quelques autres gentlemen qui exercent dans le même domaine d'activité que nous. Sa mort compromet notre plan – et je pense qu'il a été tué parce que quelqu'un se doute que nous préparons quelque chose.

— Putain", lança Gavin. C'était un rouquin et le soleil faisait ressortir ses taches de rousseur. "C'est pour cela qu'il a été torturé.

— C'est possible.

— Comment ont-ils pu soupçonner quelque chose ?"

Hathaway haussa les épaules.

"Stew était discret, mais il peut avoir dit quelque chose qui a mis la puce à l'oreille de quelqu'un.

— Mais vous n'annulez pas ?

— Bien sûr que non." Hathaway avait entendu les premières nouvelles sur les nouveaux dégâts subis par le West Pier. "En fait, je suis même plus déterminé que jamais. Mais il va falloir que nous nous préparions un peu plus, au cas où.

— Le plan de base reste le même ?

— Absolument. Je veux les frapper là où ça fait vraiment mal. Leur donner une putain de foutue leçon."

Bob Watts était en rendez-vous avec la vice-présidente du syndicat du West Pier. Theresa Henderson avait les cheveux imprégnés de gel et portait un tailleur-pantalon rouge. Watts trouvait qu'elle ressemblait à une Hillary Clinton en plus féminine. Il ne savait pas exactement comment elle gagnait sa vie, mais il savait qu'elle possédait beaucoup d'argent. Elle se pencha en avant et un sourire fendit ses lèvres écarlates.

"Bob, nous aurions besoin d'un coup de main informel dans le cas présent."

Watts regarda Henderson avec méfiance. Il l'aimait bien mais il ne lui faisait pas confiance.

"À quel sujet ?

— Les dégâts sur le West Pier."

Watts attendit. Elle referma ses mains l'une sur l'autre.

"La compagnie d'assurances va nous faire vivre un véritable cauchemar avec la jetée. Nous devons savoir ce qui s'est passé."

Watts regarda par la fenêtre. Ils étaient installés au Ship autour d'un café. Au dehors, les gens se hâtaient au milieu des bourrasques.

"Je me prends à croire que vous savez que la jetée a été incendiée", dit Henderson.

Il l'observa avec attention. Il n'avait jamais compris pourquoi les gens mettaient du gel ou de la laque. Il s'imagina un instant essayant de passer la main dans ses cheveux. Ses doigts s'embourberaient au bout d'un centimètre à peine.

"J'en suis convaincu", répondit-il. "Sans quoi, un feu au milieu d'une tempête n'a pas lieu d'être. Nous savons tous les deux que les exploitants du Palace Pier ne sont pas très heureux à l'idée de la concurrence que créerait l'exploitation du West Pier. Tout le monde pense qu'ils l'ont déjà incendié deux fois. Qui d'autre cela pourrait-il être ?

— La situation pourrait s'avérer plus compliquée que cela", expliqua Henderson.

"C'est-à-dire ?

— C'est vous le policier. Vous ne pensez pas probable que cela soit lié à la mort de notre président ? C'est une drôle de coïncidence qu'il soit mort le matin même.

— Les coïncidences existent mais j'entends ce que vous me dites. Lié de quelle manière, cependant ? Qu'est-ce que vous ne me dites pas ?

— Nous pensons qu'il se passait peut-être quelque chose de frauduleux.

— Avec Laurence ? Vous savez qu'il avait demandé à me rencontrer la nuit de la tempête mais qu'il ne s'est pas présenté.

— Je ne le savais pas", affirma Henderson en se redressant. "Mais, en effet, nous pensons qu'il s'agissait de Laurence.

— « Nous » étant ?

— Alec Henry et moi."

Alec Henry était le trésorier du syndicat du West Pier. Watts fixa Henderson. Elle grimaça.

"Nous parlons de vingt millions de livres. J'imagine que cela peut tenter n'importe qui.

— Savez-vous ce qu'il a fait ?

— Pas exactement. Nous savons juste qu'il se passe quelque chose d'anormal avec les subventions destinées à l'aménagement.

— C'est-à-dire ?

— Une fraude massive. Le problème étant que si cela se sait, tout le projet sera compromis.

— Vous voulez que j'étouffe l'affaire ? Ce n'est pas vraiment ma spécialité."

Henderson le regarda pendant un long moment. Watts s'imaginait qu'elle devait penser que, d'une manière ou d'une autre, il avait étouffé ce qui s'était passé à Milldean. Il resta silencieux.

Henderson se pencha vers lui. "Est-ce que le nom de John Hathaway vous dit quelque chose ?"

Watts opina du chef.

"Que savez-vous à son sujet ?

— C'est quelqu'un de très influent à Brighton. Très certainement un criminel d'envergure, bien qu'il n'ait jamais vu l'intérieur d'une cellule de prison. Il est impliqué ?

— Son nom est sorti plusieurs fois."

Watts regarda de nouveau par la fenêtre.

"OK. Je vais faire mon enquête."

À l'aube, les garde-côtes découvrirent le bateau couvert de traces de sang en train de dériver, à portée de vue des jetées de Brighton. Gilchrist vit l'annonce apparaître sur son écran. Elle cria à l'attention de Reg Williamson :

"Écoutez ça. Les garde-côtes ont arraisonné un bateau qui dérivait au large de Brighton et que la tempête d'hier avait rapproché de la côte. Un yacht de luxe immatriculé à Ravenne. Le bateau était désert à l'exception du cadavre de son propriétaire, un industriel italien, attaché à la barre à roue." Elle continua à lire. "Beurk.

— Quoi ?

— Il était nu. Et même pire que ça.

— Pire comment ?" demanda Williamson.

"Il a été écorché vif.

— Seigneur. Est-ce que quelqu'un nous a renvoyés au Moyen Âge sans que je sois au courant ? Un type se fait empaler, un autre écorcher vif." Il réfléchit un instant. "Ça m'embête de poser la question, mais est-ce qu'ils ont retrouvé la peau ?

— Ce n'est pas précisé. Il y avait du sang partout. Sa femme, une ex-actrice de vingt ans sa cadette, et l'équipage sont portés disparus.

— Et les auteurs du crime ?

— L'annexe du bateau est manquante. J'imagine qu'ils ont dû débarquer quelque part.

— À Brighton, vous croyez ?

— Qui sait ? Vous ne pensez pas que deux crimes aussi barbares sont forcément liés ?"

Williamson prit une cigarette.

"J'ai la désagréable impression que c'est le cas."

15

Jimmy Tingley était au téléphone avec Bob Watts.

“Je suis dans un train”, lui annonça Watts, avant de le regretter.

Il regardait par la vitre pendant que le train passait le viaduc situé aux environs de Haywards Heath. Il adorait la vue qu’il offrait sur l’Ardingly College et sa chapelle gothique. Il essaya de se détendre le cou, pris dans le col raide de sa chemise. Il pensait au West Pier, mais il était habillé pour un entretien. Son compte en banque commençait à atteindre un seuil critique et il lui fallait trouver un travail décent.

“Nealson est mort d’une manière inoubliable”, remarqua Tingley.

Le train s’engouffra dans une trouée encaissée. Watts se vit plisser le front dans la vitre du train. “Allô ?”

Il attendit tout en parcourant la première page du *Guardian*. Le deuxième titre à la une annonçait la publication imminente du rapport sur le massacre de Milldean, au cours duquel quatre civils avaient été tués par des officiers de police armés. Son téléphone sonna de nouveau.

“On approche d’une série de tunnels”, dit-il. “Il se peut que ça coupe. Tu disais inoubliable ?

— Pour toi et moi.”

Watts fronça les sourcils.

“Qu’est-ce que tu veux dire ?

— Je veux dire”, poursuivit Tingley. Le signal fut coupé.

Toutefois, Watts avait clairement entendu « Vlad l'empaleur ».

Watts regarda son téléphone. Puis sa main qui tremblait.

Après son rendez-vous, Watts appela Tingley.

"Comment ça s'est passé ?" demanda Tingley.

"Inutile. Qui voudrait d'un flic en disgrâce ?

— Désolé.

— Tu as prononcé le nom de Vlad ?

— En effet.

— On peut se voir ?

— Où ça ?

— Au Cricketers ?

— Non – j'ai déménagé. On se retrouve au Bath Arms.

— Ouh, quel changement !

— C'est à deux cents mètres de l'autre. Et il y a le wifi en accès libre.

— Doucement, j'ai du mal à suivre, Jimmy. Un nouveau pub et une nouvelle technologie ? Si ça continue, tu vas te mettre à boire un truc normal."

Watts appela Sarah Gilchrist.

"Je dois retrouver Jimmy au Bath Arms. Tu veux nous rejoindre ?

— Je ne voudrais pas paraître blessante, Bob, mais certains d'entre nous travaillent pour gagner leur vie.

— C'est du travail. Nous pouvons t'aider sur l'enquête à propos de Stewart Nealson."

Tingley avait l'air bien amoché.

"Ça va ?" lui demanda Watts en s'asseyant à côté de lui. Tingley avait un ordinateur portable posé sur la table devant lui. La lueur qui émanait de l'écran exagérait sa pâleur et accentuait le noir qui lui cernait les yeux.

"J'ai perdu ma concentration – c'est de ma faute.

— Où est-ce arrivé ?" dit Watts. Tingley louait ses

services comme mercenaire et le gouvernement l'envoyait dans tous les points chauds du globe.

Tingley prit son verre.

"Rhum-poivre. L'amour de ma vie."

Tingley, toujours aussi discret.

"Alors, c'est quoi cet intérêt soudain pour la technologie ?" plaisanta Watts.

"S'informer. C'est le nerf de la guerre. Tu le sais bien,

— Et tu es à la recherche de quelle information ?

— Vlad l'empaleur. J'ai pas mal repensé à ce truc. Les deux morts dans le lit, tu sais ?"

Watts hocha la tête. L'opération de police qui avait extrêmement mal tourné dans la banlieue de Milldean à Brighton et qui avait mis un terme à la carrière de Watts. Une intervention armée dans une maison pour arrêter un gangster considéré comme dangereux. Au cours de l'opération, quatre civils non armés avaient été abattus. Les analyses ADN avaient révélé que deux d'entre eux – un homme et une femme trouvés dans le même lit – étaient originaires des Balkans.

"Et maintenant, la mafia serbe vient les venger.

— Tu penses que Vlad est vraiment dans les parages ?" demanda Watts.

Tingley regarda droit devant lui.

"Seigneur, j'espère bien."

Le Bath Arms se trouvait à l'angle de deux ruelles. L'un des côtés faisait face à une bijouterie et l'autre à une église convertie en pub. Watts et Tingley virent Gilchrist, dans ses vêtements civils, passer devant l'ancienne église au milieu de tout un tas de gens. Jean, tee-shirt blanc et veste en cuir : son uniforme lorsqu'elle n'était pas en service. Elle entra dans le pub, leur fit signe puis tourna les talons et ressortit.

"Une seconde", leur lança-t-elle par-dessus son épaule. Elle s'approcha de deux types. L'un d'eux fit la grimace, l'autre eut un sourire crispé puis ils s'éloignèrent tous les deux.

“Des pickpockets”, expliqua-t-elle en s’installant à leur table. “Tout ce monde dehors, ça leur facilite la vie.

— Tu es très investie dans la prévention”, dit Watts.

Elle sourit.

“Je ne voulais pas déranger notre rencontre en les embarquant. Ils reviendront quand nous serons partis, et d’ici là ils se seront contentés de changer de boutique en allant vers les North Laines.”

Watts observa ses mains. Son poing droit était fermement serré.

“Mon père avait pour habitude de venir ici dans les années 1930”, raconta-t-il. “Il vendait des informations aux journaux sur le meurtre à la malle de Brighton.”

Son père, Donald, écrivain de thrillers à succès sous le pseudonyme de Victor Tempest, avait été bobby dans les rues de Brighton au début des années 1930. Watts essaya de se l’imaginer jeune homme, accoudé au bar.

“Bon, à propos de Stewart Nealson”, dit Gilchrist. “Il était encore vivant quand on l’a trouvé. Ils ont pris grand soin d’éviter les organes vitaux – le pieu n’en a touché aucun.

— Il est resté empalé combien de temps ?”, demanda Watts.

“Toute la nuit.

— Pauvre gars.

— Et vous savez le pire ?

— Pire que ça ?”

Elle hocha la tête.

“Qu’est-ce que c’est ?

— Pour pouvoir l’exécuter de cette manière, cela veut dire qu’ils l’ont déjà fait auparavant.”

Tingley et Watts échangèrent un regard.

“Ça ne nous rajeunit pas”, dit Watts.

“C’est sûr.”

Le regard de Gilchrist allait de l’un à l’autre.

“Qu’est-ce que vous savez à propos de tout ça ?

— Tu te souviens m'avoir dit qu'il y avait une théorie selon laquelle les deux corps retrouvés au lit après le massacre de Milldean étaient albanais", dit Watts.

Elle acquiesça.

"Il n'y a aucune chance pour que ce soient des Serbes ?"

Elle haussa les épaules.

"Vous allez vous décider à me dire ce que vous savez et que je ne sais pas, tous les deux ?"

Watts fit un signe à Tingley.

"Vlad l'empaleur, le personnage historique, celui du XVe siècle, était roumain. Transylvanien en réalité. Il régnait sur la Valachie. On suppose qu'il est à l'origine du mythe de Dracula.

— C'est ce que j'ai entendu dire. C'était un vampire. Comment se fait-il que vous ayez mis le doigt aussi rapidement sur le surnom de ce type ?"

Tingley ignora la question.

"En fait, le vrai Vlad est surtout connu pour avoir résisté à l'expansion de l'Empire ottoman. Et pour la cruauté de ses châtiments. Pour sa défense, l'époque était plutôt cruelle. Son frère aîné avait eu les yeux brûlés au fer rouge et avait été enterré vivant. Quand Vlad accéda au pouvoir, il fit brûler des gens vivants, un bon paquet furent décapités – mais, surtout, il en a fait empaler des centaines.

— Je ne vois pas le rapport avec Dracula.

— Son nom de famille était Dracul.

— OK. Et maintenant vous pensez qu'il écume les South Downs. Vous êtes sûr que vous n'avez pas passé trop de temps à Lewes ?

— Jimmy et moi avons servi dans les Balkans pendant les années 1990", expliqua Watts. "J'étais avec les forces de maintien de la paix de l'ONU ; Jimmy, lui, faisait… eh bien, ce qu'il fait d'habitude. C'est là que nous avons rencontré pour la première fois un autre Vlad, de son vrai nom Miladin Radislav."

Watts était en garnison à Travnik, un village situé au sommet d'une colline au nord de Višegrad en Bosnie. Il avait été stupéfié par la beauté sauvage de cette région montagneuse, où les villages étaient accrochés aux pics rocheux et aux flancs abrupts des vallées. La rivière Drina semblait surgir de la roche. Travnik était une ville de vergers de prunes et leur odeur embaumait l'air.

"Il y avait un pont célèbre – et magnifique – qui enjambait la Drina à Višegrad, construit plusieurs siècles auparavant par les Turcs qui avaient employé des chrétiens réduits en esclavage lorsque l'Empire ottoman dominait la région. Depuis cette époque, les musulmans, les catholiques, les orthodoxes et quelques juifs y cohabitaient dans une relative harmonie.

"Tout bascula avec la guerre civile. Au printemps 1992. Višegrad était un enjeu stratégique. Le pont de la Drina était sur la route qui menait de Sarajevo à Belgrade. Il y avait également un barrage hydroélectrique qui fournissait l'électricité à la région et empêchait la Drina de submerger les villes et les villages plus bas dans la vallée.

"Plus de la moitié des vingt mille habitants de la ville étaient des Bosniaques – des musulmans bosniaques. Un tiers était des Serbes. Le reste était un mélange de différentes ethnies. Quand la Serbie commença à devenir gourmande et à constituer la JNA – l'armée populaire yougoslave, en grande partie serbe – elle bombarda les quartiers bosniaques et les villages bosniaques aux alentours. Quelques Bosniaques réagirent en prenant en otage des gros bonnets serbes ainsi que le contrôle du barrage. La JNA envoya des commandos qui libérèrent les otages et reprirent le barrage.

"La JNA occupa la ville pendant un mois environ. Quand elle partit, elle confia le contrôle de la ville aux Serbes du coin.

— C'est là que ça a commencé", enchaîna Tingley. "Les Serbes locaux, police et paramilitaires, décidèrent d'éliminer tous les Bosniaques. Les paramilitaires étaient connus sous les noms d'Aigles blancs et de Vengeurs – ils étaient liés au parti radical serbe ultranationaliste de Vojislav Šešel. Ils voulaient venger des humiliations qui remontaient à des siècles.

— Ils avaient l'intention de tuer plus de dix mille personnes ?" Gilchrist était livide.

"Ils l'auraient probablement fait s'ils avaient pu. Ils ont attaqué tous les villages bosniaques proches et tué tous ceux qu'ils y trouvaient. Chaque jour, ils regroupaient des hommes, des femmes et des enfants bosniaques sur le pont – ce magnifique pont – et ils les abattaient avant de balancer leurs corps dans la rivière. Ils pillaient et détruisaient leurs maisons. Ils ont fait sauter les deux mosquées de la ville.

"Les femmes étaient systématiquement violées. Ils ont emprisonné le reste des Bosniaques dans divers camps de détention. Les plus malchanceux se sont retrouvés dans un camp de concentration où ils étaient battus, torturés et soumis au travail forcé. Tous étaient violés, bien sûr.

— C'est ignoble", murmura Gilchrist, la mâchoire crispée.

"Ils rassemblaient les Bosniaques dans quelques maisons et jetaient des grenades à travers les fenêtres. Parfois, ils les brûlaient vifs. Les pires atrocités ont été commises par ce type, Radislav. Il était barbier à Višegrad. C'était l'un de ces psychopathes qui se révèlent en temps de guerre. Il est devenu incontrôlable. Il a torturé et violé des enfants des deux sexes. Il assassinait avec férocité et jubilation."

La voix de Watts était atone.

"Ses hommes traînaient les gens dans les rues après les avoir attachés aux pare-chocs arrière de leurs voitures. Ils leur arrachaient les reins. Ils en ont conduits par camions entiers jusqu'à la Drina où ils les abattaient ou les poignardaient avant de les pousser dans la rivière.

Pour s'entraîner au tir, ils jetaient des enfants du haut du pont et essayaient de les tuer avant qu'ils ne touchent la surface de l'eau.

— Mais pourquoi l'a-t-on appelé Vlad ?

— Cela date d'après l'arrivée de l'ONU", expliqua Watts. "Ils s'étaient retirés dans les montagnes, lui et ses hommes, en emportant leur butin avec eux."

Un mois plus tard, Watts avait été informé que la meute de Radislav était retournée dans son village. Watts reçut l'ordre de rejoindre Višegrad aussi vite que possible. Les hommes de Radislav étaient allés bien au-delà du viol et des passages à tabac cette fois-ci. Il fallait le voir pour le croire.

Watts et son escadron descendirent de la montagne à bord de quatre véhicules. C'était un jour venteux et les nuages filaient entre les sommets des montagnes. Au bord de la route, encore en bon état, ils croisèrent des maisons bombardées et incendiées. Par deux fois, ils durent éviter des cratères laissés par les bombes.

Ils approchèrent de la ville par l'autre côté de la rivière, en serpentant au milieu des collines. L'eau émeraude passait en rugissant entre les arches du vieux pont. L'attention des soldats fut attirée par ce qui ressemblait à une douzaine de statues, alignées sur un parapet à près de trois mètres au-dessus du point le plus élevé du pont.

Tandis que les véhicules s'approchaient de la rivière, ils virent que les statues étaient installées sur des cadres en bois brut. Une fois sur le pont, leur progression fut stoppée par une masse de gens qui regardaient les statues, horrifiés. Les femmes hurlaient et se lamentaient, les hommes déchiraient leurs vêtements. Une poignée de Casques bleus avaient établi un cordon devant les statues. Tingley se tenait à côté d'eux.

Watts quitta son véhicule et franchit la foule, accompagné de son escadron. Les statues étaient en fait des hommes, alignés et suspendus sur de longs pieux. Un caporal se détacha du cordon. Il avait le visage cramoisi.

"Des Serbes de Bosnie sont descendus des montagnes pendant la nuit et ont fait une rafle dans le village. Ce sont les jeunes musulmans qu'ils ont trouvés là.

— Pourquoi ont-ils l'air aussi raides ?" lui demanda Watts.

"Ils ont été empalés", répondit le caporal. "Pendant la nuit." Il déglutit. "Deux d'entre eux étaient encore vivants ce matin."

Watts leva les yeux vers le ciel puis vers les montagnes. Il regarda Tingley. Tingley secoua la tête.

"C'est ce jour-là qu'il hérita du nom de Vlad l'empaleur", poursuivit Tingley. "Les gars n'étaient pas très au fait de la géographie. Mais Radislav n'avait pas trouvé son inspiration chez Vlad. Il voulait venger la mort d'un chrétien de son village qui avait été empalé par les musulmans locaux cinq cents ans auparavant.

— Seigneur", soupira Gilchrist.

"Radislav est reparti dans les montagnes", dit Tingley. "Je l'ai pourchassé, mais je ne l'ai jamais attrapé.

— Les garde-côtes ont découvert un bateau couvert de sang avec à bord un cadavre horriblement mutilé", dit Gilchrist. "Un industriel italien. Il semble que le bateau a été abordé dans l'Adriatique. C'était Radislav, n'est-ce pas ?"

Tingley et Watts échangèrent des regards.

"Probablement", répondit Tingley.

Gilchrist frissonna.

"Et il ne fait que commencer", renchérit Watts. "Je ne pense pas que la police soit capable d'affronter quelqu'un comme lui."

Tingley toucha son visage tuméfié et grimaça.

"Oui, il va falloir que quelqu'un s'en occupe."

Gilchrist dévisagea les deux hommes.

"Une minute – ne commencez pas à vous monter la

tête, messieurs les justiciers. Nous n'avons pas besoin de votre concours. Laissez ça à la police."

Elle commença à se lever.

"Il faut que je rapporte cette information et que j'alerte d'autres services.

— Il y a autre chose dont je voulais te parler", dit Watts.

Gilchrist s'arrêta dans son élan.

"C'est peu de chose comparé à toutes ces horreurs, mais on m'a demandé d'enquêter sur la mort du président du syndicat du West Pier.

— Parfait. Pas de problème, Bob, mais comment vas-tu faire ?

— Je vais me renseigner à droite à gauche.

— Tu sais que je ne peux pas t'aider. Je suis flic à plein temps. Je ne peux pas me mêler d'enquêtes privées. En plus, je vais avoir largement de quoi m'occuper avec ce Radislav.

— Ce n'est pas exactement ce que j'avais en tête.

— Ah ? De quoi s'agit-il, alors ?"

16

Kate Simpson, journaliste à la radio locale, essayait de ne pas attirer l'attention sur le fait qu'elle était la fille de William Simpson, *spin doctor* du précédent gouvernement. L'implication de son père dans des événements douteux survenus à Brighton l'avait submergée de honte et accru la répulsion qu'elle éprouvait à son égard, particulièrement depuis qu'elle s'était liée d'amitié avec Bob Watts, ex-chef de la police et ancien meilleur ami de son père.

Elle faisait profil bas et menait sa carrière avec discrétion tout en espérant que, cette fois-ci, les agissements de son père ne lui causeraient pas de tort.

Elle avait adhéré à un club de plongée qui organisait des sorties dans la baie de Brighton et aux alentours, à la recherche d'épaves de bateaux de pêche. Elle adorait ça, même si les plongées n'avaient lieu que lorsque le temps était dégagé pour être sûr d'y voir quelque chose. Phil, le type qui s'occupait du club, un ancien de la Navy, gagnait bien sa vie comme plongeur professionnel. Et il avait un petit faible pour elle.

Il l'appela un soir, alors qu'elle s'entraînait à préparer un dîner prévu pour le week-end. Plus particulièrement, elle contemplait le désastre qu'elle venait d'accomplir en essayant de farcir un blanc de poulet pour la première fois de sa vie.

“On m'a demandé de constituer une équipe pour évaluer les dégâts que l'incendie a causés sous le West Pier.

Voir s'il n'y a pas de risque que ça continue à s'écrouler. Je me demandais si tu aurais voulu te joindre à nous ?"

Kate était une plongeuse compétente. Elle avait obtenu ses certificats à l'université et s'était passionnée pour ce sport. Elle était un peu rouillée quand elle avait rejoint le club, mais elle s'y était remise rapidement. La tempête avait dû soulever un paquet de saloperies qui mettraient des semaines à se redéposer au fond. La visibilité allait être mauvaise et si la jetée était endommagée sous la surface, la plongée pouvait être dangereuse.

"Je suis qualifiée pour ce genre de plongée ?" demanda-t-elle.

"Eh bien, je pensais que tu aurais pu rester hors de l'eau le temps que j'aille vérifier la jetée avec d'autres plongeurs pros. Si tout est OK tu pourras nous rejoindre et jeter un coup d'œil.

— Il y aura quelque chose à voir ?

— Il y a toujours quelque chose à voir. Ça t'intéresse ?

— OK, ça marche."

La plongée était prévue pour le samedi matin. Quand Kate arriva sur le port, elle fut surprise de trouver Watts parmi les membres de l'équipe. Il lui sourit et la serra dans ses bras.

Leur amitié était compliquée par le fait que Kate était la fille d'un homme qu'il détestait. Son ancien ami, William Simpson. Watts était convaincu que Simpson, un membre important de l'équipe gouvernementale, était impliqué dans l'organisation du massacre de Milldean mais il n'avait pas été en mesure de le prouver. Kate, de son côté, avait ses propres problèmes avec son père.

En plus de cela, l'année précédente, Kate et Watts avaient mené des recherches sur les meurtres à la malle de 1934. Elle avait découvert, au milieu de vieux dossiers de police, un journal anonyme qui, apparemment, avait été tenu par le père de Watts, Donald Watts, alias Victor Tempest.

“Vous êtes plein de surprises”, lui lança-t-elle. “Je ne savais pas que vous faisiez de la plongée.

— Pareil pour toi. Et, en vérité, je n’en fais pas. J’accompagne l’équipe. Le syndicat du West Pier m’a demandé d’évaluer les dégâts. Je suis le client.” Il hésita un instant. “Cela pourrait être dangereux là-dessous, Kate. Tu es sûre que tu…

— Tout se passera bien”, dit un homme grand et svelte aux cheveux coupés court avec un regard d’un bleu éclatant. Il se pencha en avant, planta une bise sur la joue de Kate et serra la main de Watts.

“Bob.

— Phil. Je sais qu’elle est entre de bonnes mains.

— En plus, elle sait ce qu’elle fait.

— Je suis juste à côté, vous savez”, dit Kate en plaisantant à moitié.

Watts rougit.

“Excuse-moi, Kate.” Il jeta un coup d’œil en direction de la demi-douzaine de personnes rassemblées autour du bateau. “Vous êtes prêts à partir ?

— Nous sommes prêts”, confirma Phil.

Le bateau pouvait naviguer à grande vitesse, mais Phil démarra tranquillement, barrant d’abord en direction du large avant de virer vers le West Pier. Il largua l’ancre à une cinquantaine de mètres de l’extrémité en ruines de la jetée. La mer était agitée et le bateau tanguait fortement.

“Aujourd’hui, on va se concentrer sur cette partie. Kate, tu nous rejoindras quand on aura bouclé l’exploration préliminaire.”

Les plongeurs étaient équipés de caméras numériques. Pendant les deux heures qui suivirent, ils plongèrent par roulement de quinze minutes. La visibilité était meilleure que prévue. Kate descendit deux ou trois fois. Watts était installé devant les moniteurs à bord du bateau. Une liaison audio lui permettait de communiquer avec les plongeurs.

La caméra de Phil était braquée vers le fond, à côté d'un gros poteau couvert de rouille. Watts se concentra sur le moniteur où s'affichait ce qui ressemblait à une paire de tiges métalliques surgissant du sol marin. Des particules tourbillonnaient autour de l'objectif comme dans une tempête de neige.

Phil s'approcha et creusa au pied. D'autres particules vinrent obstruer l'image. Quand la vue commença à s'éclaircir, Watts vit que Phil tenait quelque chose à bout de bras devant la caméra.

Watts s'approcha de l'écran pour tenter de discerner ce dont il s'agissait. Kate regardait par-dessus son épaule. Phil leur présentait un crâne humain.

"La victime du meurtre à la malle de Brighton", dit Kate. Bien qu'il ait été rapporté que la tête de la victime avait été aperçue à Black Rock, cela n'avait pas été confirmé. À l'époque, l'absence de tête sur le cadavre avait empêché la police d'identifier la victime et, par conséquent, de résoudre l'affaire.

Phil émergea cinq minutes plus tard.

"Il y a d'autres os ?" lui demanda Watts.

"Je pense que ces deux tiges sont en fait des tibias. J'ai trouvé un pied également. J'ai tout laissé en l'état.

— Il y a une épave ou quelque chose de ce genre dans le coin ?"

Phil fit non de la tête.

"Vous avez une idée de l'âge de tout ça ?

— À ce stade, non bien sûr, mais probablement pas plus d'une centaine d'années.

— Qu'est-ce qui te fait dire ça ?"

Phil se tourna vers Kate.

"Il y a là-dessous les restes d'une vieille bassine en étain. C'est là que se trouvent le pied et les tibias, pris à l'époque dans ce qui devait être du ciment.

— Je ne comprends pas", s'étonna Kate. "Ses jambes ont été retrouvées à King's Cross.

— Je crois que c'est ce que les gangsters de Chicago appelaient des chaussures en ciment. Pendant la prohibition, ils se débarrassaient de leurs rivaux en leur coulant les pieds dans du ciment à prise rapide et les balançaient dans le lac Michigan. On espérerait qu'ils les abattaient d'abord, mais je suis sûr que certains d'entre eux ont fait le plongeon encore vivants.
— Seigneur", dit Kate.
"On ferait mieux d'avertir la police", intervint Watts. "Phil, il se peut que vous veniez de découvrir une scène de crime."

Le lendemain, Bob Watts reçut un appel de Sheena Hewitt, son successeur au poste de chef de la police du Sud.
"Bob. Sheena à l'appareil. Je me demandais si tu apprécierais de faire un petit travail pour nous ?
— Je ne suis plus flic, Sheena.
— On peut arranger quelque chose.
— Tu veux que j'enquête sur le massacre de Milldean ?
— Je te serais reconnaissante de bien vouloir te sortir ça de la tête une bonne fois pour toutes. Cette affaire est morte et enterrée.
— Pas par moi.
— Nous sommes passés à autre chose et tu devrais en faire autant.
— Est-ce que mon travail te plaît ?
— Bob.
— OK, désolé. De quel travail s'agit-il ?
— J'imagine que tu te trouvais sur la scène de crime qui a été découverte à proximité de la jetée de Brighton hier ?
— Je suis membre du comité du West Pier.
— Je sais – et tu fais la liaison entre le syndicat, la compagnie d'assurances et la police au sujet de l'incendie.
— En effet.

— Bien, à propos de ces restes. Celui qui se trouve là-dessous y est depuis un bon moment. Si nous nous intéressons à ce cas, ce sera dans le cadre des affaires classées sans suite. Et je n'ai pas suffisamment de personnel pour examiner ce genre d'affaire…

— Donc, tu te demandes si j'accepterais de m'en occuper. J'aimerais beaucoup.

— Vraiment ?" s'exclama Hewitt, surprise.

"Juste pour établir des connexions, Sheena."

La rencontre avec Edna la picole, la compagne du mouchard, s'avéra pénible. Son véritable nom était Dana. Assise sur le canapé, tremblante, elle ressemblait à la mort elle-même. Tingley, qui, pour Watts, était le moins démonstratif des hommes, passa son bras autour de ses épaules et la tint contre lui pendant qu'elle sanglotait. Elle était bien plus grande que Tingley, ce qui rendait la situation grotesque mais Watts n'en fut pas moins ému.

Elle et Nealson vivaient sur Preston Park dans une grande maison édouardienne semi-mitoyenne. Elle avait mis du temps à leur ouvrir la porte mais les avait fait entrer assez rapidement.

"Vous m'accordez quelques instants ?" leur avait-elle demandé après les avoir conduits dans un salon encombré.

Elle s'absenta dix minutes. Watts et Tingley s'assirent sur un long canapé et inspectèrent la pièce du regard. Des miettes sur le sol, des magazines épars, des verres vides dans tous les coins.

Quand elle revint dans la pièce, son visage couvert de maquillage, aux yeux cernés de rouge était un désastre épouvantable. Elle s'aperçut que Watts examinait les lieux.

"La femme de ménage a pris son année sabbatique", plaisanta-t-elle. Elle avait un verre à la main rempli presque à ras bord d'un liquide clair. Watts supposa que c'était de la vodka.

"Comme vous devez vous en douter, je suis une accro", lança-t-elle.

"Vous tenez le choc ?" demanda Watts.

— Est-ce le cas ? Je n'en sais rien. C'est un fardeau que je porte. Pour tout ce qui demande un effort, plus particulièrement émotionnel, ça me tombe dessus."

Elle but une petite gorgée. Watts savait que les alcooliques démarraient lentement. Il avait appris cela en observant Molly.

"Avez-vous une idée de qui aurait pu vouloir faire du mal à votre mari ?

— Ce n'était pas mon mari. Je ne l'aurais jamais épousé. J'ai encore un peu d'amour-propre."

Elle triturait l'accoudoir de la chaise avec l'un de ses longs ongles rouges.

"Depuis combien de temps étiez-vous ensemble ?" demanda Tingley.

"Dix ans. Il prenait soin de moi. Il savait que je ne l'aimais pas. Je n'arrive à aimer personne. Mais il prenait soin de moi. Il n'obtenait pas grand-chose en retour. Je n'arrive même plus à faire une pipe correcte."

Watts baissa les yeux.

"Comment vous êtes-vous connus ?" demanda-t-il.

"J'ai oublié." Avec précaution, elle posa son verre sur la table basse et se pencha en avant. "Tout est dans une espèce de brouillard. Ma mémoire est pour ainsi dire fichue. Les conversations que j'ai eues, les dispositions que j'ai prises – laissez tomber. Et donc, votre question suivante sera : à quoi suis-je bonne ? C'est une question que je me pose en permanence.

— Dana…

— J'ai une amie, une gouine, qui débute pratiquement toutes ses phrases par « En tant que lesbienne ». Bordel, contente-toi d'assumer. Et puis, je me dis que je suis pareille. En tant qu'alcoolique... Dieu que c'est ennuyeux." Elle se tourna vers Tingley comme s'il venait de dire quelque chose. "Est-ce que je suis de mœurs légères ? Je me suis fait sauter pour une bouteille de vodka. Facile pour une femme. J'ai juste à laisser faire.

— Est-ce que Stewart avait des ennemis ?" insista Watts.

Elle ignora la question.

"Ça me désole pour les mecs bourrés. Ils sont excités, mais ne peuvent assurer." Elle lâcha un rire. "Hé ! Je suis une poétesse et je ne le sais même pas.

— Des ennemis ?" insista Watts.

Elle se tourna enfin vers lui et toucha ses lèvres maquillées de rouge du bout du doigt.

"Bien sûr il avait des ennemis – il était entouré d'ennemis – il vivait en territoire ennemi. Dans un environnement hostile." Elle prit une autre gorgée, tira sur sa jupe. Elle avait encore de belles jambes.

"Vous avez un enfant ?" demanda Watts.

"Plusieurs. Ils vivent avec leur père. Il s'est remarié – ils habitent dans une bonne maison." Elle fit une grimace bizarre. "Je ne les vois pas.

— Y a-t-il quelqu'un qui mériterait notre attention ?" dit Watts.

Elle lui jeta un coup d'œil.

"Vous savez à quel point je déteste me réveiller le matin en me sentant aussi mal ? Chaque jour, je me dis « C'est aujourd'hui ». J'arrête. Je me force à prendre un bon petit-déjeuner – des aliments sains, vous voyez ? Et puis, à onze heures, il y a cette petite chose qui me démange. Et je me dis, OK, aujourd'hui je vais y aller doucement. Et puis quelqu'un débarque et m'annonce que Stewart a été assassiné..."

Watts et Tingley la regardèrent boire une autre gorgée. Watts se pencha vers elle.

"Avez-vous des noms à nous donner ?"

Dana eut l'air dérouté. La boisson devait commencer à faire effet.

"Des hommes avec qui j'ai couché ? Je ne m'en souviens pas. Je ne suis pas comme cette Tracy Emin*, vous savez. Ce sont tous les mêmes. Dégueulasses."

Watts regarda Tingley, mais Tingley était concentré sur Dana.

"Mais pas Stewart…", dit Tingley.

"Pourquoi donc ? Pourquoi était-il avec moi ? Il ne pensait qu'à ça. Il ne présentait aucun intérêt pour une femme ayant déjà eu deux enfants. Il ne comprenait rien." Elle balaya la pièce du regard, les yeux dans le vague. "Mais il était gentil avec moi." Elle renifla. "Qu'est-ce que je vais faire maintenant ?

— Est-ce que vous avez un nom ?" répéta Watts.

De nouveau, elle sembla perdue.

"Je connais beaucoup de noms. Que diriez-vous de John Hathaway ?"

Encore une fois, Tingley et Watts échangèrent un regard.

"Vous connaissez John Hathaway ?

— Le Roi de Brighton ? Bien sûr que je connais Johnny. Je suis une de ses anciennes conquêtes. J'avais dix-huit ans. C'est peut-être même lui qui m'a donnée à Stewart. Je n'en suis pas sûre. Ma mémoire est morte – je vous l'ai dit ?

— Stewart travaillait pour un grand nombre de criminels, n'est-ce pas ?" dit Watts.

"Comptable pour les truands, c'était le boulot de Stewart.

— Vous pensez que l'un d'eux ait pu faire ça ? Du fait que… ?"

* Artiste britannique dont une des œuvres *(Everyone I Have Ever Slept With 1963-1995)* présente le nom de toutes les personnes avec qui elle a dormi.

Watts marqua une pause. Dana le dévisageait avec intensité, pour la première fois.

"Du fait que Stewart était une balance ? Ça m'étonnerait – Stewart n'était pas une vraie balance, vous savez."

Watts se laissa aller contre le dossier du canapé.

"Que voulez-vous dire ?"

Dana le regarda avec un sourire en coin.

"Je veux dire que ce gros malin de bâtard savait ce que manigançait Stewart." Elle appuya sa main sur le côté de sa tête. "C'est même probablement lui qui le manipulait.

— Cuthbert ?" dit Watts, bien qu'il connaisse la réponse.

Cuthbert était une brute de petite envergure du quartier de Milldean auquel lui et Tingley s'étaient heurtés à plusieurs reprises.

"Cuthbert ?" répondit Dana d'une voix dégoulinante de mépris. "On peut dire beaucoup de choses de lui, mais pas qu'il est malin. Fourbe peut-être. Non, je pense à Johnny. Johnny Hathaway."

Watts réfléchit.

"Il donnait des infos précises à Stewart pour qu'il les communique à la police."

Dana tendit la main vers son verre. Elle le manqua.

"Et les types dans votre genre."

Tingley s'avança, attrapa son verre et lui tendit.

"Pourtant, c'est Stewart qui nous a menés à Hathaway", dit Watts, comme pour lui-même. "Pourquoi Hathaway ferait-il cela ?"

Dana soupira et but une longue gorgée, finissant presque son verre.

"Ça ne vous a menés à rien mais ça vous a impliqués, n'est-ce pas ?" dit-elle en bafouillant pour la première fois.

"Impliqué dans quoi ?" lui demanda Watts en se penchant à nouveau vers elle. Tingley lui fit signe de se calmer. Il prit la main de Dana dans la sienne. Elle baissa les yeux sur celle de Tingley comme s'il s'agissait d'une chose extraterrestre.

"Vous savez qu'il y a une espèce de dispute en ville à propos de savoir qui est le chef à Brighton?" questionna-t-elle. Ses yeux allaient de la main de Tingley à son visage.

"Vous voulez dire entre les différentes familles?"

Tingley lui relâcha la main. Elle lui sourit. Un sourire franc qui indiquait qu'elle était saoule.

"Peut-être que Johnny a compris que vous étiez une paire de francs-tireurs."

Watts répéta la question de Tingley.

"Entre les différentes familles?"

Dana vida son verre. Son regard allait de l'un à l'autre.

"Quelqu'un essaie de prendre le contrôle. Quelqu'un de nouveau.

— Il est du coin?"

Elle secoua la tête.

"Je ne crois pas."

Elle agita son pied.

"Écoutez, Stewart me disait parfois des trucs, des bribes, jamais un tableau complet. Mais je l'ai entendu discuter au téléphone. Il était prudent. Mais j'entendais des trucs."

Elle regarda son verre. Tingley le lui prit des mains et alla dans la cuisine. Il revint avec le verre plein et le posa sur la table devant elle. Elle le regarda.

"Un vrai gentleman. Quand votre ami partira, vous pouvez rester."

Tingley sourit.

"Cette personne extérieure", dit-il. "Vous avez entendu des noms?"

Elle entama le nouveau verre.

"Pas que je me souvienne." Elle fit mine de reposer le verre avant de le porter à nouveau à ses lèvres. "Je ne me souviens pas de grand-chose en fait. Il servait d'intermédiaire pour organiser une rencontre entre quelqu'un d'ici et des gens de l'étranger. Ça avait quelque chose à voir avec ces personnes tuées par la police à Milldean." Elle regarda Watts. "C'était vous, non ? Vous devriez savoir."

Watts observa ses mains.

"Si seulement je savais."

John Hathaway avait un problème avec les gens du Palace Pier. La famille Boroni avait disparu depuis longtemps et, pendant plusieurs décennies, l'entreprise avait fonctionné en respectant la légalité. Hathaway s'en était accommodé. Il avait cessé de s'intéresser aux jetées quand le West Pier avait fermé pour de bon en 1975.

Récemment, cependant, il s'était investi dans le projet de rénovation du West Pier. Et, par conséquent, les nouveaux propriétaires du Palace Pier lui cherchaient des noises. Des broutilles, mais exaspérantes. Stewart Nealson était censé découvrir qui était derrière les nouveaux propriétaires mais ses recherches ne l'avaient mené nulle part et il était mort dans des conditions atroces. Hathaway réfléchit un instant. Peut-être, justement, avait-il trouvé quelque chose.

Et puis, voilà qu'ils avaient incendié le West Pier. Hathaway ne doutait pas un seul instant que les mystérieux nouveaux propriétaires du Palace Pier étaient derrière cette histoire. À présent, l'heure de la revanche avait sonné.

Hathaway était sur son bateau, les pieds posés sur la rambarde du pont arrière, il observait le port. Son téléphone sonna. Il se pencha sur le côté pour l'attraper.

"Ouais ?

— On a le feu vert ?

— Oui. On va les niquer pendant la fête sur la plage. Tu te souviens la dernière fois que DJ Tête-de-nœud à fait son truc ? La plage était entièrement envahie de monde. Les gens pissaient sur place parce qu'ils ne pouvaient pas bouger. Toute la ville était bloquée, des Downs jusqu'à Worthing à l'ouest et Eastbourne à l'est. Personne ne pouvait approcher de London Road.

— Justement, excusez-moi de vous demander ça, mais comment va-t-on se tirer ?

— Par la mer, imbécile. Exactement comme les types qui ont foutu le feu au West Pier. En fait, personne ne pourra nous arrêter.

— On y va armés ?"

Hathaway ne prit même pas la peine de répondre.

Le bateau arriva par l'est. Hathaway observait la scène depuis la fenêtre de sa chambre au Blake's Hotel. La foule passait en grappes devant l'entrée du Palace Pier et se dirigeait vers la musique. La promenade était couverte d'une masse compacte de gens.

Il entendait nettement la sono. Sur la plage, cela devait être insupportable.

Il vit le bateau ralentir tandis que le conducteur diminuait les gaz. Quand le bateau vira en direction du bout de la jetée, il créa une longue vague dans son sillage.

Il vit l'amarre qui rejoignait l'un des piliers. Une fois attaché, le bateau se mit à danser au rythme de la houle. Hathaway régla ses jumelles et les braqua sur le haut de la jetée. Elle était envahie de gens qui regardaient vers l'ouest, vers la musique.

Hathaway se concentra sur une porte située à l'arrière d'un bâtiment à l'air massif sur la jetée. Au bout de quelques instants elle s'ouvrit et quatre types vêtus de pantalons et de vestes en jean en surgirent. Tous cagoulés.

Chacun d'eux portait un sac à dos. Sans se retourner, ils avancèrent jusqu'au bout de la jetée et se penchèrent pour repérer le bateau. L'un après l'autre, ils enjambèrent la rambarde et descendirent le long d'une échelle rouillée.

Le premier sauta avec aisance sur le pont. Le second marqua une pause pendant que le bateau descendait avec la houle. D'une main, il dégagea son sac à dos et le laissa tomber dans le bateau avant de sauter. Enfin, le troisième et le quatrième embarquèrent.

Le conducteur détacha l'amarre. Le bateau s'éloigna de la jetée en pétaradant, cap au large. Il accosterait à Varengeville-sur-Mer trois heures plus tard.

Hathaway sourit et se tourna vers la fille assise dans son lit. Elle vit l'expression de son visage.

"C'est parti ?

— Oh, oui", répondit-il en avançant vers elle.

17

Watts et Tingley se rendirent à l'hôtel particulier d'Hathaway sur Tongdean Drive.

Un homme noir vêtu d'un costume gris impeccablement taillé les accueillit.

"Nous venons voir monsieur Hathaway", dit Watts.

L'homme l'inspecta de haut en bas et hocha la tête. Puis il regarda Tingley et sourit.

"Salut, Tingles*."

Tingley lui tendit la main.

"David. Tu as l'air en forme.

— Toi aussi", répondit David en lui serrant la main.

"Tu t'en es sorti en un seul morceau, alors", constata Tingley.

David lança un coup d'œil vers Watts.

"Bob est un bon ami à moi", expliqua Tingley.

Watts tendit sa main.

"Bob Watts."

David la saisit.

"Si Tingley répond de vous…

— Plutôt deux fois qu'une. Il s'agit de l'ex-chef de la police…"

David garda la main de Watts dans la sienne.

"Celui qui s'est fait casser pour avoir soutenu ses hommes ?

* *Tingles* : frissons.

— Et ses femmes", ajouta Tingley.

David posa son autre main sur celle de Watts.

"Ravi de rencontrer un policier qui sait quel est son véritable rôle."

Watts lâcha la main de David.

Hathaway apparut dans l'embrasure de la porte, derrière David. Il vit Tingley, l'homme élégant et mince qu'il avait rencontré quelques mois plus tôt et qu'il avait choisi d'apprécier. Il reconnut le grand type blond, large d'épaules, avec le nez cassé, comme étant l'ex-chef de la police Bob Watts. Il l'avait vu dans les journaux.

"Si vous en avez fini avec les déclarations d'amour, Dave, peut-être pouvez-vous faire entrer vos amis – là où votre patron attend patiemment. De préférence avant la fin de l'année."

David se tourna et sourit.

"Pardon, monsieur H. Monsieur Tingley et monsieur Watts.

— Eh bien, je suis capable de m'en rendre compte par moi-même, n'est-ce pas ?" Il regarda Watts. "Je me demande pourquoi je me fatigue. On essaie d'améliorer les statistiques du chômage, et voilà comment on est récompensé.

— Si David est caractéristique des gens que vous employez", remarqua Tingley tout en regardant Watts, "alors vous embauchez les meilleurs."

Hathaway posa le bras sur l'épaule de David et adressa un clin d'œil à Watts.

"David ? Ce n'est qu'un stagiaire. Mais il commence à prendre le pli.

— Merci, monsieur H.", dit David.

"Très bien, déguerpissez et allez astiquer vos médailles ou quoi que ce soit qui occupe vos journées pour le salaire extravagant que je vous verse. Entrez, messieurs, je vous en prie. Monsieur Tingley – ce n'est pas un plaisir sans mélange que de vous voir à nouveau, mais bon… Quant à vous, ex-chef de la police Bob Watts, je ne vous connais que de réputation – en revanche j'ai connu votre père. Comment va ce vieux coquin ?"

Watts fut surpris par l'évocation de son père.

"Il va bien, merci – comment se fait-il que vous le connaissiez ?

— Eh bien, Bob – cela vous va si nous nous appelons par nos prénoms ?" Watts acquiesça. "Eh bien, Bob, c'est une histoire un peu tordue mais, qui sait ? Si notre rencontre se prolonge, peut-être aurai-je le temps de vous la raconter."

Hathaway les fit monter sur une mezzanine dont l'un des murs était une baie vitrée. Il appuya sur un bouton pour l'ouvrir. Il les conduisit sur une vaste terrasse complètement vitrée. Un autre bouton et le verre disparut. Une demi-douzaine d'imposants fauteuils en osier étaient dispersés sur la terrasse.

"Asseyez-vous, asseyez-vous. Je m'apprêtais à boire un mojito – mes filles font d'excellents mojitos – et je vous invite à vous joindre à moi.

— Je ne sais pas ce que c'est, mais je veux bien essayer", accepta Watts. Tingley hocha la tête. Hathaway leva trois doigts et les agita en direction d'une superbe fille à la peau olivâtre qui se tenait près d'une porte.

"À l'évidence, vous n'avez pas d'enfants qui écument les bars à cocktails", plaisanta Hathaway.

"Peut-être bien", répondit Watts.

"Vous voulez dire que vous avez des enfants ou bien qu'ils écument les bars à cocktails ?" Hathaway afficha un sourire parfait aux dents blanches et impeccables. "Ça n'a pas d'importance – dans un cas comme dans l'autre, votre réponse est révélatrice.

— Quel âge ont vos enfants ?" demanda Watts.

Hathaway fit une tête bizarre.

"Je n'en ai pas – mais j'ai une grande famille."

Hathaway trinqua avec Watts et Tingley.

"Aux coalitions – puissent-elles toujours échouer.

— Vous n'aimez pas les coalitions ?" dit Tingley.

"Le pire des deux mondes réuni, et ensuite l'un des membres prend le dessus.

— À la vérité", lança Watts.

Hathaway rit.

"Ouais. Très juste."

Quand ils eurent tous entamé leurs cocktails, Hathaway se tourna vers Tingley.

"J'imagine que David et vous avez été frères d'armes à un moment donné.

— Plus d'une fois", répondit Tingley.

"J'ai toujours éprouvé une grande admiration pour les soldats", continua Hathaway. "Même si je dois ajouter que je n'ai jamais eu le désir de m'engager et que j'ai été pistonné pour le service militaire. Cependant, en grandissant, j'ai été proche d'un ex-commando qui travaillait pour mon père. Il est devenu une sorte de mentor."

Hathaway leva son verre.

"À sa santé."

Watts et Tingley levèrent leurs verres.

"Comment s'appelle-t-il ?" dit Watts.

Au même instant, Tingley demanda :

"Est-il mort ?

— Il s'appelle Sean Reilly, Bob. Et il est tout ce qu'il y a de vivant, James. Par la suite, il a travaillé avec moi quelques années et puis il a fini par prendre sa retraite. En Normandie. Sa santé n'est pas brillante mais il est encore vif. J'ai une maison à Varengeville-sur-Mer, un petit village à côté de Dieppe. Il vit là-bas. Un endroit charmant. Au cas où vous seriez un dingue du jardinage, c'est Gertrude Jekyll qui a conçu le jardin comme un à-côté pendant qu'elle aménageait le parc d'un château local. Son nom ne vous dit rien, Bob ? C'est votre femme qui jardine, hein ? Ou vous pensez à Jekyll and Hyde ? Et Lutyens, l'architecte qui a rénové le château ? Ça ne vous dit rien ? Il a créé New Delhi. Bob, vous êtes bien allé à l'école, bon sang ?"

Watts sourit.

"Quoi qu'il en soit, votre père est toujours en pleine forme ? Heureux de l'apprendre. Il doit être devenu un magnifique vieillard. En revanche, Jimmy, je n'ai jamais eu le plaisir de rencontrer votre père.

— Moi non plus", répondit Tingley. Watts lui jeta un coup d'œil.

"Oui, enfin dans ton cas, il s'agirait plutôt de pères-e-s", précisa Watts.

Hathaway vida son verre.

"Le West Pier", lança Watts.

"Oui ?

— C'est la troisième fois qu'on l'incendie.

— Et pour quelle raison me parlez-vous de cela, exactement ?"

Watts se pencha en avant.

"Monsieur Hathaway, allons…

— John. Mon prénom est John. Je croyais que nous utilisions nos prénoms.

— Rien ne se passe dans cette ville sans que vous ne le sachiez ni ne l'autorisiez. Le syndicat pour l'exploitation de la jetée avait récolté les fonds pour la remettre en route et vous n'étiez pas d'accord car cela aurait eu un impact négatif sur vos affaires."

Hathaway tourna la tête et laissa vagabonder son regard vers le jardin.

"Vous voulez une confession ?" dit-il lorsque Watts se tut. "Parce qu'autrement, je ne comprends pas bien quel est le but de ce discours.

— En vérité, nous avons besoin d'aide pour autre chose. Au moment où la jetée a été incendiée, Laurence Kingston, le président du syndicat pour le développement du West Pier, s'est suicidé. Médicaments et alcool.

Il est mort en s'étouffant avec son vomi. Drôle de coïncidence, vous ne trouvez pas ?

— À présent, vous voulez mon avis sur le synchronisme ?

— Connaissiez-vous monsieur Kingston ?

— Je ne fréquente pas des masses de tantes, mais il se trouve que je le connaissais. Ce n'est pas un crime en soi, même à l'époque où l'homosexualité était illégale. Puis-je au moins vous dire, Bob, que vos suppositions, en ce qui me concerne et mon rapport avec les deux jetées, sont choquantes ?

"Si vous étiez un minimum au courant de mon histoire personnelle et de celle de ma famille, vous sauriez que le West Pier est étroitement lié à nos vies. Je ne le ferais pas plus incendier que – eh bien – qu'autre chose. Jeune, j'ai passé toutes mes vacances de Pâques à repeindre un bout du West Pier pour le protéger des intempéries.

— Dans les années 1960, quand votre père contrôlait Brighton ?"

Sans quitter le jardin des yeux, Hathaway secoua la tête.

"C'était la police qui contrôlait Brighton, le chef de la police de la ville. Puis, quand – à cause de lui – le gouvernement décida de supprimer les chefs de police des villes et de créer des forces de police régionales, ce fut le premier chef de la police du Sud, Philip Simpson. Le père de William."

Hathaway vit Watts et Tingley échanger un regard.

"Eh bien ? Vous n'aviez pas compris que je connaissais aussi William Simpson et son père ? À l'époque, je connaissais tout le monde.

— Mais vous n'étiez qu'un gosse", dit Tingley.

"C'est gentil à vous de dire ça, mais en réalité j'avais passé la majorité sexuelle et je m'initiais aux affaires.

— Aux affaires ?

— Celles de mon père.

— Et en quoi consistaient-elles ?" demanda Watts.

Hathaway se cala dans son siège.

"Ne faites pas semblant de ne pas savoir, monsieur l'ex-chef de la police. Cela ne vous va pas." Il désigna les mains de Watts. "Je vois bien les cicatrices sur vos jointures. Vous aussi, vous vous êtes retrouvé le dos au mur à un moment de votre vie."

Watts leva ses mains et les examina pendant un instant. Il les laissa retomber sur ses cuisses.

"Vous ne m'avez toujours pas dit comment vous aviez connu mon père", dit-il.

Hathaway sourit, affichant sa dentition parfaite.

"Oh, c'est assez simple à expliquer. Il avait l'habitude de venir à la maison avec son ami, le susmentionné Philip Simpson, chef de la police."

Watts sembla troublé.

"Pourquoi ?" demanda-t-il.

"Pourquoi ? Voyons. Mon père connaissait le chef de la police, votre père connaissait le chef de la police, mon père donnait beaucoup de fêtes. Ça ne me paraît pas bizarre – cela vous semble bizarre, Jimmy ? Il est venu de nombreuses fois chez nous. Victor Tempest, auteur de thrillers. Nous lisions ses livres, mon père et moi. Il nous en a dédicacés quelques-uns – je dois les avoir quelque part par là. Brighton était une petite ville à cette époque. En fait, c'est toujours le cas. Même si Larry Olivier n'a jamais daigné quitter son manoir régence pour venir à la maison, mais c'était plus une histoire de classes.

— Ainsi, votre père connaissait mon père ?" insista Watts.

"Plutôt bien. Pas de l'époque où il était dans la police – dans les années 1930, votre père était flic, avec Philip Simpson et Charlie Ridge, n'est-ce pas ? Bien que Charlie ait dû avoir un rang supérieur. C'est étonnant de penser qu'il est entré dans la police en 1926.

— Et Ridge et Philip Simpson étaient tous les deux corrompus ?" dit Watts.

Hathaway hocha la tête.

“Choquant, n’est-ce pas?” Il vit le visage de Watts. “Oh, je devine ce que vous pensez. Étaient-ils corrompus dès le début de leur carrière? Et, si c’était le cas, et que votre père était copain avec eux…” Hathaway haussa les épaules. “Il vaut mieux que vous demandiez à votre père. Je me souviens qu’il y a eu un certain branlebas vers la fin de 1963 ou en 1964 au sujet d’un paquet de dossiers des années 1930 qui avaient disparu ou été détruits – particulièrement de l’année 1934 quand a eu lieu le meurtre à la malle de Brighton. Est-ce que votre père a enquêté sur les meurtres à la malle?”

Watts opina du chef.

“Oups”, lança Hathaway. Il tendit la main et donna une tape amicale sur le bras de Watts.

“Je me souviens quand vous êtes né. D’ailleurs, je me souviens aussi quand votre ami William Simpson est né. La même année, si ma mémoire est bonne. Mais sa naissance, ça a vraiment été quelque chose. Ma mère et mon père parlaient de l’Immaculée Conception quand ils l’évoquaient.”

Watts inclina la tête.

“Oh, non pas que la femme de Philip Simpson fût vierge.” Une lueur lubrique traversa le regard d’Hathaway. “Loin de là.”

Il observa Watts.

“Le bon vieux temps, hein?”

Watts était morose. “Je pense qu’à Brighton, tout est lié avec tout. La corruption dans les années 1960 nous ramène aux meurtres à la malle des années 1930 et à aujourd’hui. Et Hathaway, qui n’était qu’une figure périphérique, se retrouve à présent au centre du tableau.

— Je le sens bien”, dit Tingley.

Watts réfléchit un instant.

“Tu le sens bien comme dans « je pense qu’il a

quelque chose à voir avec le truc de Milldean » ou comme dans « je l'aime bien » ?

— Le second."

Watts hocha lentement la tête.

"Ça va poser un problème ?" demanda-t-il.

"Non, bien sûr. Mais il y a une différence entre Cuthbert et lui… ce type a un certain sens moral."

Watts éclata de rire.

"Un bandit honnête – tout va bien, alors.

— Je dois retrouver Dave ce soir, pour boire un verre. Tu veux te joindre à nous ?"

Watts haussa les épaules. Les soirées étaient les moments où la solitude lui pesait le plus.

"Bien sûr."

Watts passa d'abord rendre visite à Gilchrist au commissariat. Cela lui fit une drôle d'impression de pénétrer à nouveau dans ce bâtiment qu'il avait dirigé. Elle le rejoignit dans une des salles de réunion qui donnaient sur la plage.

"Nous avons identifié le squelette", lui annonça-t-elle.

Watts la regarda avec surprise.

"Déjà. C'est carrément impressionnant."

Elle haussa les épaules.

"Nous avons eu de la chance. Nous pensions que nous allions être obligés d'en passer par l'ADN héréditaire, mais son père était dans une des bases de données et il y avait aussi un signalement de personne disparue.

— De 1934 ? Je pensais que tout avait été détruit."

Gilchrist sembla perplexe quelques instants.

"Bob, ce n'est pas la tête de la victime du meurtre à la malle, bien qu'il s'agisse d'une femme. Elle a disparu en 1969. Il n'y a pas eu de recherches approfondies parce que l'on pensait qu'elle était partie en Inde rejoindre un ashram quelconque, ou qu'elle s'était retrouvée embarquée dans une secte.

— Il y a des déclarations de cette époque ? D'amis ou de la famille ? Des relations ?

— Côté famille, c'est une voie sans issue. Le père est mort et la mère souffre d'Alzheimer. L'université nous a passé la liste de sa classe et nous avons contacté l'association des anciens élèves. On vérifie les listes électorales également, au cas où.

— Qui était-ce ?

— Une étudiante de l'université du Sussex, une hippie apparemment. Elle s'appelait Elaine Trumpler."

Le soir, Watts et Tingley retrouvèrent David au bar du Jubilee Hotel sur Jubilee Square. La lumière y était tamisée et le décor fait de plastique blanc. David était installé dans un box derrière lequel trônait un énorme aquarium. Des poissons aux couleurs vives nageaient nonchalamment ou filaient dans son dos. Il était en conversation sur son téléphone mobile mais il interrompit la communication lorsqu'il les vit.

"Je vais chercher à boire", dit Watts à Tingley. "Il a de l'avance sur toi."

Watts pointa du doigt le verre de David et l'ex-soldat hocha la tête. Quelques instants plus tard, quand Watts s'installa à la table et posa le verre de Tingley devant lui, David se mit à rire.

"Tu bois toujours ce truc de pédé ?"

D'un geste, Tingley balaya les alentours.

"Ouais, j'ai tendance à oublier dans quelle ville nous sommes. Tchin-tchin, Tingles, et santé à vous, Bob."

Ils burent. Après sa gorgée de rhum-poivre, Tingley fit ostensiblement claquer ses lèvres.

"J'ai prévenu le patron que je venais vous voir", dit David. "Je ne voulais pas qu'il y ait de malentendu.

— Pas de problème – nous n'avions pas l'intention de t'interroger, juste d'avoir ton point de vue sur tout ça.

— Il m'a dit de vous dire tout ce que vous vouliez savoir.

— Vous savez qu'il s'agit d'un criminel de premier plan", expliqua Watts. "En vous impliquant dans ses activités, vous prenez le risque de faire de la prison.

— Je sais que le maintien de l'ordre était votre métier, Bob – ce qui est légal, et ce qui ne l'est pas – mais notre gouvernement nous a envoyés, Tingles et moi, sur tant d'opérations où les lignes étaient floues. Dans cette zone d'ombre, il y a des chances pour que nous ayons prêté main-forte à des régimes qui ont ensuite violé leur propre pays. Nous avons dû travailler pour certains des pires bandits de la planète, mais on les laisse tranquilles parce qu'ils détiennent le pouvoir. Des terroristes qui sont devenus présidents. Des criminels de guerre avec un prix Nobel de la paix en poche. Alors vous savez, les crimes de monsieur Hathaway, quels qu'ils aient pu être – car je suis convaincu qu'ils appartiennent au passé – font pâle figure. Comment dit-on déjà ? « Derrière chaque grande fortune, il y a un grand crime ».

— Vous avez répété cette tirade ?" lui demanda Watts, un sourire aux lèvres.

"Un peu. Comment avez-vous trouvé ça ?

— Bien", intervint Tingley. "Suffisant en tout cas pour te convaincre toi-même ?"

David le regarda droit dans les yeux.

"Je travaille pour lui, non ?

— Comment est-il ?" demanda Watts. "Je n'ai que son rapport de police comme info et, franchement, quasiment tout ce qui s'y trouve n'est que conjecture.

— Comment est-il ? Je crois que c'est un homme de parole. Un dur à cuire – mentalement et physiquement. Il connaît le combat de rue. Je l'ai vu s'entraîner avec quelques-uns des gars et il sait des trucs qu'on ne trouve pas dans les manuels.

— Il est expert en aïkido et en karaté", dit Watts.

"Non, pas ces conneries. Les coups en traître. Ce

qu'on nous a appris, à Tingles et moi – à vous aussi peut-être – vous avez une dégaine de militaire.

— Tu penses qu'il a appris ça avec Sean Reilly quand il était encore par là ?" demanda Tingley.

"Obi-Wan Kenobi ? Peut-être." Il vit l'expression de leurs visages. "Hathaway vénère cet ex-commando. Il en parle bien plus souvent que de son propre père.

— Et tu es certain qu'à présent Hathaway n'est impliqué dans rien d'illégal ?

— Je ne peux en être certain, bien sûr, mais il n'y a pas de labo d'héroïne dans la cave ou de bordel dans la serre, si c'est ce que tu veux dire. Et les rendez-vous auxquels je l'accompagne se font avec des hommes d'affaires tout ce qu'il y a d'honnêtes – dans la mesure où un homme d'affaires peut l'être. Je suis sûr que tu ne considérerais pas Laurence Kingston comme un personnage malfaisant.

— Laurence Kingston ?" s'exclama Watts.

"Le dernier rendez-vous où j'ai conduit monsieur H. se tenait chez lui, à Hove.

— Quand était-ce ?

— La semaine dernière – jeudi, je crois.

— Vous êtes sûr que c'était lui ?

— Comment dire ? C'est difficile de ne pas reconnaître monsieur Kingston.

— Vous savez qu'il s'est suicidé, l'autre soir ?"

David regarda Watts.

"Je n'étais pas au courant."

Au bout d'un moment, Watts demanda :

"C'est tout ? Ça ne vous trouble pas plus que ça ?

— Bob…", dit Tingley. David leva la main.

"Arrêtez vos conneries", jeta-t-il l'air dégoûté. "Je ne connaissais pas monsieur Kingston. Et je n'approuve pas vraiment le suicide – bien que dans certaines situations, cela se discute – je n'ai donc aucune raison d'éprouver quoi que ce soit pour cet homme. J'ai de nombreux amis, certains très proches, qui sont morts violemment.

Je leur réserve mon chagrin, si vous n'y voyez pas d'inconvénient.

— Je suis désolé", s'excusa Watts. "C'était grossier de ma part.

— Oui, en effet", répondit David.

"Vous savez aussi que la jetée a été incendiée", poursuivit Watts.

"J'ai compris que vous pensiez que monsieur H. était responsable – ce serait étrange de la part de quelqu'un qui a l'intention d'investir. Mais bon, ce que j'en dis. Je ne suis qu'un troufion, pas un ancien flic de haut niveau. Ce dont je suis sûr, c'est que monsieur H. était bien énervé quand il a appris la nouvelle de l'incendie.

— Et vous maintenez qu'il est réglo ?

— Pourquoi ne le serait-il pas ? Il a gagné son fric – pourquoi prendre le risque de faire le truand. Bob, vous savez mieux que moi comment tout cela fonctionne. Il possède des restaurants, des boîtes de nuit, une chaîne de pressings, des immeubles de bureaux et deux ou trois hôtels de luxe. C'est un homme d'affaires honnête."

Watts sourit.

"Si c'est le cas, pourquoi a-t-il besoin de vous et d'autres types dans votre genre ?

— Tout le monde a besoin de protection. Et, malheureusement, par le passé, monsieur H. a fait des affaires avec des personnages peu fréquentables qui veulent le faire replonger dans la fange. Il doit se protéger.

— Combien d'hommes tels que vous emploie-t-il ?

— Une douzaine autour de la maison, qui tournent par équipe. Je ne pourrais pas évaluer combien il y en a pour ses autres affaires, d'autant plus – j'ai oublié de le mentionner – qu'il dirige une société de gardiennage. Elle opère tout le long de la côte sud."

Il y eut une pause pendant laquelle ils burent en silence.

"J'imagine que vous êtes au courant pour son comptable, Stewart Nealson ?" demanda David.

“Nous en avons entendu parler”, répondit Tingley.

David regarda ses mains.

“Alors ça y est, ça commence.”

18

Watts retrouva son père dans un pub de la station de métro de Kew, à deux ou trois kilomètres de sa maison de Barnes. Donald Watts, alias Victor Tempest, auteur de thrillers à succès, don Juan, mari, salaud patenté. À travers une baie vitrée, ils pouvaient voir le quai où la foule attendait les rames qui prenaient leur temps pour arriver.

Son père semblait plus frêle que lorsqu'il l'avait vu la dernière fois, six mois plus tôt. Mais pour quatre-vingt-dix-sept ans, il était encore en forme.

"Alors, tu as trouvé du boulot?", dit Donald Watts.

"En quelque sorte."

Son père le regarda. Un de ses yeux pleurait. Il sortit un mouchoir de sa poche et le tamponna. Watts but un peu de vin. Il était bouchonné mais il prit une deuxième gorgée.

"Cela concerne Brighton dans les années 1960, papa. Les restes d'un squelette ont été retrouvés à proximité du West Pier. Je me demandais si tu te souvenais de quelque chose datant de cette époque.

— C'était une période assez folle. Chemises cachemire. Les hommes portaient des foulards en soie noués autour du cou. Des cravates hyperlarges. Ou est-ce que c'était dans les années 1970?

— Tu entretenais de bonnes relations avec Philip Simpson, le chef de la police corrompu?

— Nous étions tous les deux policiers dans les années 1930.

— Il a détruit les dossiers du meurtre à la malle. Tu ne trouves pas cela étrange ?

— Oh, tu t'intéresses à nouveau au meurtre à la malle. Qu'est-ce que ces restes ont à voir avec cette affaire ?

— Rien, probablement. C'était une digression. D'après l'examen du crâne, il s'agit d'une femme dont le visage a été défoncé. J'étais juste intrigué par la destruction des dossiers.

— Quelle année ?

— 1964." Donald Watts hocha la tête.

"La règle de trente ans. C'était la procédure standard.

— Il semblerait que c'est pour ainsi dire la toute première chose qu'il ait faite. Une affaire non résolue."

Le père de Watts haussa ses épaules osseuses. De nouveau, il s'essuya l'œil.

"Connaissais-tu Charles Ridge ?" lui demanda Watts.

"Bien sûr – c'était un autre flic. Cela faisait dix ans qu'il était dans la maison quand je me suis engagé. Il a gravi les échelons. Nous faisions partie du même cercle social dans les années 1950 et au début des années 1960.

— Et vous êtes restés amis avec Philip Simpson. Je ne me souviens pas l'avoir rencontré.

— Il est mort d'un cancer – en 1969, je crois. Tu n'étais qu'un enfant, tout comme William.

— Les restes du squelette étaient pris dans un bloc de ciment. À la mode du Chicago de la prohibition – les pieds dans une bassine pleine de béton.

— Des chaussures en ciment, hein ? Et tu penses que c'est moi qui ai fait cela ?

— Non, bien sûr. Nous essayons de comprendre comment cela se passait à Brighton dans les années 1960. Tu connaissais Dennis Hathaway. Tu te rendais à ses fêtes. Y as-tu rencontré une jeune femme du nom d'Elaine Trumpler ?

— Jamais. Dennis Hathaway. De chouettes fêtes. Et il aimait bien mes bouquins.

— Tu sais que c'était un gangster.

— Je sais qu'il voulait prendre la succession de Charlie Ridge, l'ex-chef de la police, et de sa joyeuse bande – tu savais cela ?"

Watts opina du chef.

"Charlie était dans la police depuis 1926 – il s'était engagé à l'époque de la grève générale. Philip Simpson est arrivé ensuite.

— Tu savais qu'ils étaient véreux ?

— À cette époque, la plupart des flics l'étaient.

— Et toi ?

— Pas particulièrement. Tu sais quel a été mon crime.

— Vendre des infos aux journaux."

Donald Watts haussa les épaules.

"Cela n'allait pas plus loin. Quelques dessous-de-table. Ça faisait partie du système. Charlie a affiné la chose. Il a pris le contrôle de toute cette foutue ville. Les avorteurs, un pourcentage sur les bordels et les salles de jeux.

— À partir de quand ?"

Donald Watts fixa son fils. Il sourit. On aurait dit un renard.

"Tu es malin, mon garçon."

Il y avait un avorteur basé à Hove qui officiait pour la haute société et que l'on avait suspecté d'avoir commis le meurtre à la malle de Brighton. Le père de Watts y avait envoyé une petite amie à lui, d'origine française, et elle faisait partie de celles que l'on pensait pouvoir être la victime du meurtre.

"Tu veux savoir si le pharaon de mes deux, le docteur Massiah, était l'un d'eux ?

— Est-ce que Ridge le protégeait à cette époque ?

— En le maintenant à l'écart de l'enquête sur le meurtre à la malle ? Ça, on ne le saura jamais, hein ?

— Bordel, papa, ne recommence pas. Est-ce que tu savais ?

— J'avais des doutes.

— Et la destruction des dossiers du meurtre à la malle par Simpson ?

— Je t'ai déjà dit qu'il était tout à fait en droit de le faire – la règle des trente ans.

— Il y avait des milliers de déclarations. De nombreuses personnes ont été accusées.

— Qu'est-ce que tu veux savoir exactement ?

— Tout."

Le père de Watts but une longue gorgée de sa bière et observa une rame qui quittait le quai. "Je crois que tu penses que j'en sais plus que ce que je sais en réalité.

— Dis-moi déjà tout ce que tu sais, ça sera un début."

Donald Watts se gratta la joue.

"Ma mémoire n'est plus ce qu'elle était. Peut-être vaudrait-il mieux que tu lises le reste de mon journal."

Bien que Donald Watts ait admis avoir rédigé le journal dont Kate Simpson avait retrouvé des fragments, il n'avait jamais mentionné l'existence d'une suite.

"Espèce d'emmerdeur", lui lança son fils.

Gilchrist rencontra Watts sur le front de mer.

"Nous avons retrouvé une de ses copines de fac avec laquelle elle a également partagé un appartement pendant quelque temps. Claire Mellon. Tu veux m'accompagner ?"

Watts accepta. Elle les conduisit jusqu'à Beachy Head. Ils discutèrent assez peu pendant le trajet. Elle trouva cela plutôt gênant mais il sembla ne rien remarquer.

"Je suis déjà venue ici", dit Gilchrist en regardant la pente qui menait au rebord de la falaise et la maison en surplomb. "La femme qui a perdu son chat.

— Celui dans la voiture incendiée ?" demanda Watts.

"Exactement."

Pendant l'enquête sur le massacre de Milldean, ils avaient fait le lien entre une voiture qui avait été utilisée pour se débarrasser d'un corps à Seven Sisters et une épave carbonisée retrouvée à Ditchling Beacon grâce aux restes d'un chat qui avait disparu à Beachy Head.

La maison juchée au sommet de la falaise était un ancien phare que l'on avait reculé de deux cents mètres quelques années auparavant à cause de l'érosion. Une femme mince, se tenant bien droit, leur ouvrit la porte. Gilchrist se rappela à quel point la grâce de cette femme l'avait fait se sentir quelconque.

"Bonjour – nous nous sommes déjà rencontrées", dit Gilchrist.

"J'espère que vous n'avez rien d'autre à me raconter à propos de mon chat?"

La femme sourit. Elle les conduisit jusqu'à son salon immaculé, aussi élégante et distinguée que lors de la première visite de Gilchrist. Watts jeta un coup d'œil à la ronde.

"Charmant", dit-il.

"C'est également ce que pensait *Grand Designs**, même si Kevin s'inquiétait pour notre budget."

Gilchrist et Watts eurent l'air de ne pas comprendre.

"L'émission de télévision? Ce n'est pas grave.

— Nous venons vous parler d'Elaine Trumpler.

— Oui, Elaine." Elle les invita à prendre place sur le canapé blanc. "Un caractère sauvage s'il en fut. Voulez-vous du thé vert ou, étant donné les circonstances, un peu d'herbe?" Elle vit leurs regards. "Je plaisante – désolée. Que voulez-vous savoir à son sujet?

— Quand l'avez-vous vue pour la dernière fois?

— J'y ai réfléchi après votre appel. Pendant l'année 1969. Nous nous sommes perdues de vue quand nous

* Émission télévisée britannique diffusée par Channel 4 présentant des projets architecturaux originaux.

avons cessé de vivre ensemble et aussi parce qu'elle a tourné pendant un long moment. Et puis, bien sûr, il y a eu son petit copain de la ville. Ensuite, elle est partie en Inde.

— Holà ! Cela fait beaucoup d'informations à la fois. Elle tournait ?

— Elle a joué dans plusieurs films tournés à Brighton. *Ah ! Dieu que la guerre est jolie*, *Melinda*."

Watts et Gilchrist étaient interloqués.

"Ces films ont connu un certain succès à l'époque. Le premier, réalisé par sir Richard Attenborough, le second par Vincente Minnelli. Sur le West Pier et le front de mer. Bref, elle était figurante, avec parfois quelques répliques. Elle voulait devenir actrice.

— Avez-vous fait de la figuration vous aussi ?

— Pendant deux ou trois jours. Je jouais l'une des suffragettes de Vanessa Redgrave. Mais mon truc, c'était la danse et je devais me rendre à Londres pour des auditions. Je n'ai donc pas pu en faire plus.

— Et son petit copain de la ville ?

— Elle était très secrète à son sujet. Je l'ai pourtant rencontré deux ou trois fois. Beau gosse mais du genre propre sur lui. Je l'ai connu au début de leur relation. Ils sont restés ensemble pendant deux ans. On a pensé qu'ils étaient partis en Inde ensemble.

— Même s'il était propre sur lui ?

— Bon, ce n'était pas Peter Fonda ou Dennis Hopper, mais tout le monde allait en Inde. Mia Farrow y est allée à cette époque, alors qu'elle était mariée avec Frank Sinatra. Nous parlions tous d'aller en Inde et nous étions pourtant presque tous des enfants bien élevés issus de la classe moyenne.

— Vous ne vous êtes pas inquiétée pour elle ?

— À l'époque ? Je ne m'en rappelle pas bien. Nous nous considérions tous sans racines. Des gens disparaissaient tout le temps, alors ce n'était pas inquiétant."

Elle inclina la tête. “Je devrais m’inquiéter à présent? Je suis tête en l’air – je me rends compte que je ne vous ai pas demandé pourquoi vous vouliez m’interroger à son sujet.”

Gilchrist lui parla de la découverte des restes. Claire Mellon se couvrit la bouche avec la main.

“C’est horrible. Pauvre, pauvre Elaine. Comment est-ce arrivé?

— C’est ce que nous essayons de découvrir. A-t-elle fait un semblant d’adieux?

— Pas que je me souvienne, mais tout était cool à ce moment-là, vous savez. Nous acceptions ce que faisaient les gens. Pour être honnête, c’est en grande partie parce que nous ne comprenions pas vraiment ce qui se passait que l’on se donnait un air cool.” Elle haussa les épaules. “Nous n’étions que des mômes – bien moins matures que ceux d’aujourd’hui.”

Mellon leur donna les noms d’autres étudiants qui étaient proches de Trumpler. Gilchrist les inscrivit dans son calepin.

“Et ce garçon de la ville – vous rappelez-vous son nom?

— Non. En revanche, je me souviens du nom de son groupe. The Avalons.

— Pourquoi vous en souvenez-vous?

— La légende du roi Arthur, vous connaissez? Et je me souviens qu’Elaine m’avait raconté que le bassiste avait travaillé dans un magasin de meubles et que c’était aussi le nom de leur ensemble de salon qui se vendait le mieux. Ça nous avait bien fait rire.

— Et vous ne vous souvenez pas de son prénom?

— Non, désolée. Mais je le croise parfois dans Brighton.

— Pardon?

— Je l’ai vu deux ou trois fois dans ce bar sur le port – celui avec la déco asiatique.

— Le Buddha ?

— Oui, je crois que c'est ce nom-là. Je suis quasiment sûre que c'était lui. Plus âgé, bien sûr, mais n'est-ce pas notre lot à tous ?

— Vous ne lui avez pas parlé ?

— Pour lui dire quoi ? Elaine et moi n'étions pas si proches. Ma vie a pris une tout autre direction, et il ne m'intéresse absolument pas. Que dire d'autre ? Plus on vieillit, plus on essaie d'oublier certaines choses – vous n'êtes pas d'accord, monsieur l'ex-chef de la police ?"

De retour dans la voiture, Watts se frotta les mains.

"On devrait trouver de vieilles coupures de journaux aux archives locales de la bibliothèque qui nous diront qui faisait partie des Avalons", dit-il. "Je vais y aller. J'essaierais aussi de trouver des infos sur le West Pier."

Gilchrist le déposa à proximité du Royal Pavilion. Tout en traversant les jardins qui menaient au musée, il pensa à ses parents qui vivaient à Brighton à cette époque. Watts était né là, en 1968.

Il remonta la galerie, esquivant un groupe d'écoliers qui filaient d'objet en objet et griffonnaient sur leurs blocs-notes. Watts se rendit à l'étage et pénétra dans le département d'histoire locale.

Gilchrist venait à peine de rejoindre son bureau quand Claire Mellon appela.

"Bonjour, c'est la femme au chat.

— La femme au chat ?" dit-elle en se laissant tomber sur sa chaise.

"Claire Mellon de Beachy Head.

— Ah, oui, pardon. En quoi puis-je vous être utile ?

— Après votre départ je me suis souvenue que je possède quelque chose ayant appartenu à Elaine. Elle l'a oublié dans mon appartement après une nuit assez agitée et je l'ai gardé. Les années ont passé mais je n'ai jamais pu me résoudre à m'en débarrasser au cas où elle réapparaîtrait. Je l'ai retrouvé dans le grenier. Est-ce que cela vous intéresserait ?

— De quoi s'agit-il ?

— De son journal intime."

Gilchrist soupira.

"J'arrive."

Une demi-heure plus tard, Watts appela Gilchrist sur son portable tandis qu'il passait devant la statue de Max Miller à côté du Pavilion Theatre. Elle ne décrocha pas et elle n'avait pas de messagerie. Il arriva au bout de la rue. Il avait faim. Carluccio's se trouvait sur sa gauche, mais il y avait une petite bodega à côté du Coach and Horses qu'il appréciait tout particulièrement. Une famille espagnole l'avait ouverte deux ans plus tôt et y vendait des produits provenant de ses propriétés en Espagne. On pouvait aussi y boire un verre de vin et déguster quelques tapas. L'endroit était minuscule et l'espace suffisait tout juste pour les six tables qu'ils y avaient disposées.

Une fois installé avec un verre de *tempranillo* et deux petites assiettes de *manchego* et de ragoût de chorizo, il essaya de joindre Gilchrist. Elle répondit.

"Tu ne devineras jamais ce que j'ai découvert ?" dit-il.

"Toi d'abord", répondit-elle.

"Tu as trouvé quelque chose toi aussi ?"

Elle arriva vingt minutes plus tard. Il avait entre-temps commandé de la paella, de la *frittata* et un peu plus de vin. Gilchrist avait le journal avec elle.

"Il est complet", dit-elle. "La dernière entrée est datée de Pâques 1968. Elle s'apprête à partir en vacances en Grèce avec son petit ami. Il doit y avoir un autre journal avec la suite.

— Elle donne le nom du type ?

— Non", répondit Gilchrist en se léchant les doigts. "Mais elle dit qu'elle est allée voir le groupe la veille.

— Ce n'est pas grave. J'ai trouvé des articles sur le groupe. Il y a même une photo.

— Il y a les noms des membres du groupe ?

— Oui.

— Et ?

— Est-ce que le nom de John Hathaway te dit quelque chose ?

— LE John Hathaway ?"

Elle avala une autre bouchée de *frittata*.

"C'est trop bon. Je meurs de faim.

— J'ai remarqué."

Il poussa l'assiette vers elle.

"Vas-y, moi je me suis déjà gavé.

— Tu penses qu'il l'a tuée ?" lui demanda-t-elle entre deux bouchées.

"Son père était propriétaire de cette partie du West Pier", répondit Watts.

"Là où on a retrouvé les ossements. Ça ne sent pas bon pour le petit Johnny. Mais est-il connu en tant qu'assassin ?

— On sait qu'il est au-dessus des lois. Mais tous ceux de sa génération se sont sali les mains à un moment ou à un autre. Tous.

— Je me souviens avoir déjà consulté son dossier. Il n'a jamais été condamné.

— Non, ni fait de prison. C'est inhabituel. Mais il a les mains sales. Nous le savons. C'est peut-être juste ce qu'il vous fallait.

— J'ai suffisamment à faire sans courir après un gros bonnet.

— J'irai le voir avec Tingley", dit Watts. "Une virée entre mecs."

19

Accompagné de Tingley, Watts se rendit au Buddha, le bar d'Hathaway situé sur le port. La journée était caniculaire. Hathaway les accueillit dans son bureau au premier étage et les conduisit sur une terrasse privée. Ils s'assirent à l'abri d'un auvent. Devant eux, la mer qui scintillait et les bateaux blancs et immaculés les aveuglaient.

"Je choperais un sacré mal de tête à regarder ça tous les jours", plaisanta Tingley. "L'un de ces bateaux est à vous ?"

Hathaway sourit et consulta sa montre.

"Le mien doit tout juste quitter la France. Je l'ai prêté à un ami. Ce port ne s'est pas fait en un jour, vous savez. Douze ans de commissions. Le site changeait en permanence. Il y a eu des référendums, des propositions de lois. En 1970, la première version se résumait à une petite rade. Depuis, il n'a pas cessé de se développer. J'y possède quatre mouillages. Et mon bateau, bien sûr.

— John", dit Watts. "Comme nous en sommes à utiliser les prénoms, parlez-moi d'Elaine.

— Quelle Elaine ?" Du bout du doigt, Hathaway remonta ses lunettes de soleil sur l'arête de son nez. "Il y a eu beaucoup d'Elaine.

— Celle que nous venons de retrouver au fond de l'eau, sous le West Pier."

Hathaway fit mine d'applaudir.

"J'admire votre sensibilité. On sent les années d'expérience au service de la clientèle.

— Et donc – que pouvez-vous nous dire ?"

Le visage d'Hathaway demeura impassible.

"Comme je ne vois pas de qui vous parlez, je vais vous reposer la question. Quelle Elaine ?"

Watts pivota légèrement sur son siège pour regarder Hathaway droit dans les yeux.

"Elaine Trumpler. Je crois que vous la connaissiez. Quand vous jouiez dans un groupe pop. Je ne savais pas que vous aviez ce talent."

Hathaway fit un geste du bras vers la douzaine de guitares exposées dans un coin du bar.

"Quel détective vous faites ! Je comprends pourquoi votre carrière dans la police a été écourtée."

Watts sourit.

"Je suis lent, mais au bout du compte j'arrive à mes fins. Alors, mademoiselle Trumpler ?

— Oui, je la connaissais. Nous avons eu une aventure. J'étais dans un groupe – j'ai fait beaucoup de choses.

— Quand l'avez-vous vue pour la dernière fois ?

— Vous plaisantez, bien sûr. Je ne peux pas m'en souvenir.

— Essayez.

— Eh bien, elle a eu un petit rôle dans ce film tourné sur la jetée. Je me souviens de ça.

— Vous étiez encore ensemble ?

— Non ; elle couchait avec je ne sais plus quel acteur à ce moment-là. Plusieurs même, je pense. Ensuite, j'ai entendu dire qu'elle était partie en Inde.

— Vous avez entendu dire ?

— Nous ne nous parlions pas vraiment. Au départ, elle souhaitait que je l'accompagne, mais je ne pouvais pas et, de toute façon, elle est partie avec un de ces acteurs."

Il secoua la tête.

"Ça va ?"

Hathaway avait l'air d'avoir le souffle coupé.

“Oui. C’est drôle comme les vieux souvenirs vous rattrapent.

— Alors, vous teniez à elle ?

— Je suppose que c’est le cas.

— Vous ne vous êtes jamais marié. Vous n’avez pas eu d’enfants.

— Nous sommes à Brighton, mon petit. On n’y fait rien comme ailleurs.

— C’est tout de même troublant.

— Vous pensez que la peine de cœur que j’ai éprouvée en perdant cette poulette a définitivement ruiné ma vie affective ?” Il tendit le bras et se saisit d’une petite cloche qu’il secoua. “Où est donc Sigmund Freud quand on a besoin de lui ?”

Un grand type blond sortit en trombe sur le balcon.

“Tout va bien”, dit Hathaway. “C’était juste un exercice d’alerte.”

L’homme blond sembla perplexe. Hathaway lui fit signe de s’en aller et se tourna vers Watts et Tingley.

“Ainsi, Elaine a réapparu sous le West Pier ? Ça me peine de l’apprendre.

— Vous ne sauriez pas pourquoi ?

— Pourquoi cela me peine ? Parce que je tenais à elle.

— Non, pourquoi elle se trouve là.”

Hathaway joignit les extrémités de ses doigts.

“Elle tournait un film à cet endroit. Peut-être devriez-vous vous adresser aux membres de l’équipe de tournage – ou à je ne sais lequel des acteurs qui la sautaient.

— Je pense que vous mélangez les années, John. Elle tournait là, mais en 1968. Elle a disparu en 1969.

— Vraiment ?

— Vraiment. Votre père avait des bâtiments à l’extrémité de la jetée.

— Une salle de jeux et un stand de tir, oui.”

Watts grimaça. Hathaway le regardait fixement.

“Pensez-vous que nous pouvons considérer que nous sommes entre adultes, monsieur Hathaway ?

— John. Je pensais que nous nous étions mis d'accord sur les prénoms.

— John. Vous comprenez très bien ce que nous vous demandons. Est-ce que cela a quelque chose à voir avec votre père ?

— Absolument rien.

— C'est justement là où nous avons un problème. Votre père était un gangster connu. On retrouve Elaine dans un seau de ciment, ce qui exclut le suicide ou le crime passionnel.

— Mon père n'était pas un gangster.”

Watts éclata de rire.

“OK. À l'évidence, nous ne sommes pas entre adultes. Peut-être est-ce parce que nous évoquons votre père et que cela vous infantilise. Voulez-vous appeler votre nounou blonde pour qu'elle vous donne votre petit pot ?”

Pendant un long moment, Hathaway jaugea Watts du regard. Watts était prêt pour la bataille. Hathaway devait le sentir.

“C'était il y a longtemps, John. Votre père est mort. Nous voulons juste pouvoir tourner la page au sujet d'Elaine.

— Tourner la page ? Si seulement la vie était aussi simple.

— Elle peut l'être”, dit Watts.

“Vraiment ? Comment est-elle votre vie depuis que ces gens ont été abattus à Milldean ?”

Watts s'apprêta à répondre puis se ravisa.

“Tout fout le camp”, soupira Hathaway. “Cela remonte à loin. Il y a eu un moment, un bref moment, où cette ville aurait pu être quelque chose. Elle aurait pu être l'une des villes les plus formidables au monde. Mais non, la petitesse d'esprit et la vanité locale l'ont emporté. Je suis d'une famille du cru mais je déteste le fait que cette ville soit gérée par les familles du coin. Seigneur, nous avons un président du conseil si con que quelqu'un doit lui faire un résumé des dossiers pour qu'il comprenne de quoi il s'agit.

— Une rumeur circule prétendant que vous seriez derrière l'incendie du West Pier.

— Vraiment ? Et il y a une rumeur selon laquelle Sarah Gilchrist et vous continuez à baiser comme des lapins. Un commentaire ?"

Watts rougit.

"C'est faux.

— Eh oui, nous y voilà. Les rumeurs. Que peut-on y faire ? Comme je vous le disais, tout fout le camp. Le projet Geary pour le Lord Alfred Centre est abandonné – et il y a un certain nombre de bandits, anciens et actuels, qui sont soulagés que l'on n'aille pas creuser dans ce coin-là. Le Brighton Centre, cette espèce d'horreur des années 1970 – si je devais incendier quelque chose, il serait le premier sur ma liste – ne sera finalement pas rénové. Et le West Pier, bien sûr.

— Nous essayons juste de découvrir la vérité au sujet d'Elaine."

Hathaway se pencha vers lui.

"Je sais que vous n'allez pas me croire, mais je suis un sentimental. Je suis un homme sensible. Pendant toutes ces années, j'ai beaucoup pensé à Elaine. Pendant tout ce temps, je l'ai imaginée, en bonne santé dans un ashram ou installée en Australie ou aux États-Unis, avec une famille à elle."

Il se frotta le visage.

"Et la voilà dans l'océan, sous le West Pier, dans un bloc de ciment."

Tingley et Watts échangèrent un regard.

"C'est une mer, pas un océan", dit Watts. "Et je ne suis pas sûr que l'endroit où l'on a retrouvé ses restes puisse être considéré comme la mer tant cela se situe près du rivage. Cela ressemble plus au rez-de-chaussée de ce qui appartenait à votre père. En tout cas, nous vous remercions pour le temps que vous nous avez consacré. Vous êtes bouleversé. Peut-être vaut-il mieux que nous repassions à un autre moment pour parler de son journal intime."

Hathaway releva la tête.

"Son journal intime ?

— Oui. Nous ne vous l'avons pas dit ? Il s'arrête, apparemment, juste le jour de sa mort. Elle avait un don pour l'écriture. Lyrique. Mais également détaillé. Très détaillé.

— Comment l'avez-vous obtenu ?

— C'est une drôle d'histoire. Vous pensiez probablement avoir nettoyé son logement après l'avoir assassinée."

Hathaway se leva.

"Je ne l'ai pas tuée.

— Vraiment ? Vous ne vous êtes pas vengé quand elle est allée batifoler avec ces acteurs ? Cela n'a pas froissé votre virilité ?

— Ce n'est pas mon genre.

— Elle vivait dans un appartement qui appartenait à votre père, non ?

— Je ne m'en souviens pas.

— Mais si, vous vous en souvenez. 40, Kemp Street. À côté de la maison où Mancini a assassiné sa maîtresse dans les années 1930, bien que l'on ait renuméroté la rue pour que cessent les pèlerinages de pervers qui venaient admirer la maison. Le second meurtre à la malle. Ça avait fait du bruit à l'époque. Il l'a tuée et s'en est sorti. Remarquable. Il a confessé son crime dans un journal au début des années 1960. Vous devriez vous en rappeler.

— En effet, je m'en souviens. Et mon père se souvenait qu'il avait un spectacle de music-hall d'assez mauvais goût. Il faisait semblant de tuer des femmes – il les sciait en deux, ce genre de chose. Il partageait l'affiche avec Max Miller. Vous êtes trop jeune pour vous souvenir de Max Miller.

— J'ai vu sa statue en ville.

— Mon père l'adorait. Il était dévasté quand Miller est mort. Il pouvait réciter son spectacle presque mot pour mot. Il l'imitait plutôt bien d'ailleurs. « J'étais sur ce rebord étroit. Très étroit. Et, arrivant en face de moi, il y avait cette fille magnifique. Superbe. Tellement superbe, vous dirais-je, que je ne savais pas si je devais lui barrer le passage ou me branler. »"

Tingley sourit.

"Eh bien, vous avez l'esprit mal tourné, monsieur.

— Vous n'êtes pas un mauvais imitateur non plus", dit Watts.

"Vous auriez dû m'entendre faire Peter Sellers imitant Laurence Olivier en train de déclamer *A Hard Day's Night*."

Watts fronça les sourcils.

"Il fallait être là. Je veux dire, dans les années 1960.

— Je croyais que si on se souvenait des années 1960, c'est qu'on ne les avait pas vraiment connues ?" s'étonna Watts.

"C'est ce que je veux dire, Bob, c'est ce que je veux dire. Vous me posez toutes ces questions, mais comment voulez-vous que je me souvienne ?

— Vous ne vous en sortez pas trop mal", constata Tingley. "Nous savons où vivait Elaine car c'était une jeune femme à l'esprit civique. Elle s'est inscrite pour voter quand elle a eu vingt et un ans. Son nom figure sur le registre électoral de la propriété. En revanche, nous ne vous avons pas trouvé. Vous n'étiez pas intéressé par la politique ? Ou souhaitiez-vous ne pas vous faire remarquer ?"

Hathaway semblait absent.

"Je me souviens du journal. Elle le trimballait partout avec elle. Toujours en train d'écrire dedans. Elle était obsédée par Anaïs Nin."

Hathaway vit qu'ils ne comprenaient pas l'allusion.

"Moi non plus, je n'avais pas idée de qui il s'agissait. C'était l'épouse d'un homme d'affaires parisien. Elle voulait être écrivain. Elle traînait avec Henry Miller – l'écrivain cochon, vous voyez ? Son amant, apparemment. Son mari était plein aux as. Elle profitait de son argent et couchait à droite à gauche. Sympathique. Elle écrivait aussi du porno – du porno de femme. Et elle tenait ce journal. Il y en avait des volumes entiers – des millions de mots. Elle disait tout d'elle et de ce qu'elle faisait à Paris. Elaine étudiait la littérature américaine et je crois que trois de ces volumes faisaient partie de sa liste de lecture. Enfin, bref, Elaine a commencé à tenir son journal dans ce grand cahier. Plutôt une série de grands cahiers. Comment l'avez-vous récupéré ?

— La femme au chat est venue à notre secours", répondit Watts avec un petit sourire.

Le regard d'Hathaway allait de l'un à l'autre.

"Je n'ai aucune idée de ce que cela signifie. J'imagine cependant que c'est à cause du journal que vous avez atterri ici.

— En fait, non. C'est à cause du groupe dont vous faisiez partie – l'ensemble de salon."

Hathaway éclata de rire.

"Je vous emmerde, vous et vos grands airs", lança-t-il naturellement. "Qui vous a raconté ça ? C'est la vérité. C'est Billy, notre bassiste, qui a trouvé ce nom. Il a attendu des années avant de nous dire d'où cela venait. Nous étions vraiment furax, surtout parce que, à cette époque, tous ces trucs d'Avalon et du Graal étaient dans l'esprit du temps.

— L'esprit du temps ?

— Je connais quelques expressions compliquées, Bob. On n'arrive pas là où je suis si l'on n'a rien dans le crâne.

— Il semblerait que votre groupe était assez bon.

— Le plus amusant, c'est que c'est vrai.

— Pourquoi est-ce amusant ?

— Ça n'a pas d'importance.

— Allez, John. Racontez, nous nous entendons si bien."

Hathaway désigna une des guitares accrochées au mur. "C'est ma toute première. Une Rosetti. Elle a un son de merde maintenant, mais à l'époque… en fait, elle avait déjà un son de merde. Ensuite, mon père m'a acheté une Fender Stratocaster."

Il hocha la tête.

"Mon père. Pendant longtemps j'ai ignoré que si nous décrochions des concerts c'était uniquement parce qu'il faisait pression sur les patrons de pubs et de clubs. Si je gagnais de l'argent par moi-même, cela lui évitait d'avoir à m'en donner. Donc, nous pensions que nous étions bons alors que nous étions nuls. Mais à force, nous nous sommes améliorés. Dan avait une bonne voix. Charlie, le batteur, en dépit de toutes les blagues que l'on peut faire sur les batteurs, n'a jamais foiré une rythmique, quelle que soit la quantité de drogue qu'il ait pu absorber. Billy jouait de la basse avec fluidité. Et puis Tony nous a rejoints à la guitare rythmique. Il pouvait jouer n'importe quoi.

— Et vous ?

— Moi ?" Hathaway semblait nostalgique. "J'arrivais à sortir un morceau.

— Que s'est-il passé, alors ? Vous avez disparu de la scène musicale à peu près au moment où Elaine disparaissait pour de bon.

— Ce n'est pas lié.

— Non ?"

Hathaway s'assit au bord de sa chaise.

"Non. Le groupe s'est séparé en raison de – comment dit-on cela ? – de divergences créatives. Cinq types avec des egos énormes – c'est déjà surprenant que nous soyons restés ensemble aussi longtemps.

— Que sont devenus les autres ?

— Vous ne le savez pas ?”

Watts fit non de la tête.

“Billy s’est avéré être une tante et il a déménagé à San Francisco pour vivre avec ses semblables” Hathaway capta le regard de Tingley. “Je sais. S’il était resté à Brighton encore quelques années il aurait pu économiser le voyage en avion. Il s’est impliqué dans le militantisme gay avec ce mec, Harvey Milk. Il est mort de la peste homo.” Hathaway leva les yeux vers le plafond. “Sa vie a été un sacré voyage à notre Billy. C’était le plus silencieux d’entre nous.” Hathaway se tapota le crâne. “Mais il s’en passait là-haut.

— Et les autres ?

— Dan est resté dans le milieu de la musique et s’en est pas mal sorti. Il avait une bonne voix et il a commencé à écrire des chansons. Il a fini aux États-Unis. Il traînait avec les British – Graham Nash, Terry Reid – cette équipe. On connaissait Graham de l’époque où il jouait dans The Hollies – on avait fait leur première partie une ou deux fois. Un gars sympa. Il est devenu pote avec la bourgeoise de Graham, Joni Mitchell, et avec Stephen Stills, Dave Crosby, Neil Young. Il a sorti deux ou trois albums qui ont bien marché, beaucoup de sessions en studio à faire des chœurs. Plus tard, il a joué au foot avec l’équipe de Rod Stewart.

— Et maintenant ?

— Il est devenu producteur de disques et puis Al Stewart – aucun rapport avec Rod, c’est le gars qui a sorti l’album *Year of the Cat* – lui a donné le conseil de se lancer dans le business du vin. Al possédait des vignes – Dan s’est donc acheté une entreprise vinicole dans la Napa Valley. Il s’y est mis pile au bon moment. Et ça a bien marché. Nous sommes toujours en contact. Il m’envoie une caisse de merlot assez spécial pour Noël. Je vous en ferai goûter un verre la prochaine fois que vous passerez à la maison – puisque vous semblez prendre l'habitude de me rendre visite.

— Et Tony ?

— Il a rejoint le groupe sur le tard, alors il ne faisait pas vraiment partie de la bande. Je crois qu'il est retourné à son premier métier : boucher." Il écarta les mains. "Voilà, vous savez tout.

— Vous n'oubliez pas Charlie, le batteur ?"

Hathaway tourna la tête vers ses guitares.

"Charlie a suivi sa propre route. Nous nous sommes perdus de vue.

— Les drogues ?

— Ouais, quelque chose de ce genre." Hathaway se racla la gorge. "Je vous ai dit tout ce que je savais à propos du bon vieux temps." Il regarda Watts. "Et si vous avez le journal d'Elaine, vous y trouverez tout ce qu'il y a d'autre à savoir sur moi."

Watts se leva sans cesser de le regarder dans les yeux.

"En fait, John", dit Watts. "Je suis désolé de vous décevoir, mais elle ne parle absolument pas de vous."

Hathaway eut un sourire étrange.

"Vraiment ? Eh bien, vous voyez. Je vous avais dit que notre aventure était à la fois quelque chose et rien du tout."

Une fois dehors, Tingley se tourna vers Watts.

"Je ne pense pas qu'il était déçu. Au contraire."

Sheena Hewitt retrouva Bob Watts dans un restaurant situé sous les arches à proximité du West Pier. C'était un de ses endroits favoris. Elle appréciait la *world cuisine*. Leur table se trouvait sur une mezzanine, juste à côté d'une fenêtre semi-circulaire donnant sur la plage de galets et les restes de la jetée.

Le visage d'Hewitt, encadré par ses longs cheveux blonds, était défait. Elle avait l'air épuisée. Watts avait lui aussi les traits tirés mais son regard étincelait d'un bleu incroyable. Hewitt fit tinter son verre de prosecco contre celui de Watts.

“Aux résultats”, dit-elle.

Il hocha la tête et posa son verre.

“Alors, vous avez quelque chose pour moi ?” demanda-t-elle.

“Cela ne fait que deux jours, Sheena. Mais en fait oui, nous avons avancé sur Elaine Trumpler. John Hathaway ou son père se retrouvent dans le tableau.

— Elaine Trumpler ?

— Les ossements sous le West Pier.”

À son tour, Hewitt posa son verre.

“Désolé Bob. La semaine a été rude. Ce type sur les Downs. Cette fichue fête sur la plage. Laurence Kingston. Le West Pier…

— Rien de neuf sur Kingston ou le West Pier, je le crains. Mais Trumpler était la petite amie d’Hathaway. Elle vivait dans l’un des appartements du père d’Hathaway. Si vous voulez vous en prendre à Hathaway, c’est peut-être le moyen de le faire tomber. Je ne pense pas qu’il soit derrière l’incendie de la jetée.

— Et comment allons-nous faire pour prouver un crime vieux de quarante ans ?

— Ça, ce n’est pas de ma compétence”, dit Watts. “Et vous, vous avez quelque chose pour moi ?

— Rien en ce qui concerne la jetée. Les expertises laissent penser qu’il s’agit probablement d’un incendie volontaire, mais la plupart des preuves sont au fond de la mer. Kingston est mort d’avoir absorbé un mélange de médicaments et d’alcool. Il s’est étouffé avec son propre vomi. On a retrouvé deux verres dans la pièce où il est mort. Il a certainement reçu quelqu’un ce soir-là.

— Bizarre – il était censé être avec moi – mais c’est une excellente nouvelle.

— Sauf que la femme de ménage les a passés au lave-vaisselle. La police scientifique a prélevé des échantillons pour l'analyse ADN, mais Kingston était un fêtard impénitent – il y avait du monde chez lui en permanence.

— Cela pourrait être un suicide, mais il y a aussi un sérieux soupçon de fraude. Sheena ?"

Hewitt contemplait par la fenêtre le spectacle des gens qui s'amusaient sur la plage. Il vit son reflet dans la vitre. Il commençait à avoir les joues tombantes. Il allait devoir surveiller ça. Elle le regarda.

"L'autre chose qui a gâché ma semaine, c'est le rapport officiel sur le massacre de Milldean."

Watts se recula dans son siège et la fixa avec intensité.

"On ne te reproche aucune erreur au niveau opérationnel, mais tu es critiqué pour la manière dont tu as agi après l'incident."

Watts secoua la tête.

"Ce n'est pas très étonnant. Quand doit-il être publié ?"

Hewitt souleva son verre puis le reposa.

"Il ne le sera pas. Je voulais te donner la primeur. La presse en parlera demain matin. Je crains que tu ne te retrouves à nouveau sous les feux des projecteurs."

Watts serra la mâchoire.

"Il ne sera pas publié ? Sheena, tu sais bien que cela va encore donner l'impression que la police dissimule quelque chose."

Sheena fouilla dans son sac et en sortit un paquet de cigarettes. Elle le posa sur la table, à côté de son couteau.

"Peut-être bien, mais la décision a été unanime. Je ne suis pas toute seule sur l'affaire. Le ministère de l'Intérieur…"

Watts vida son verre.

"Et moi qui pensais que c'était un rendez-vous amical."

Hewitt sortit une cigarette de son paquet et la fit rouler entre ses doigts. Elle se concentra sur un de ses ongles où un éclat de vernis avait sauté. Être flic et rester présentable n'allait pas forcément bien ensemble.

"Bob, je ne peux pas me permettre de laisser le passé nous monter l'un contre l'autre, particulièrement en ce moment. Il se passe quelque chose de très inquiétant à Brighton. De nouvelles rivalités naissent dans le monde criminel. Il y a une rumeur selon laquelle le Palace Pier aurait été dévalisé pendant la fête sur la plage. Les voleurs se seraient enfuis par la mer. Les exploitants du Palace Pier affirment que rien n'a eu lieu, mais il y a des témoins qui disent avoir vu des hommes masqués entrer par effraction dans les bureaux sur la jetée.

— Et les caméras de surveillance ?

— Elles ne fonctionnaient pas ce jour-là. Apparemment."

Ils échangèrent un regard. Bien qu'elle ait toujours eu l'ambition de monter en grade, Hewitt n'en avait pas moins apprécié d'être l'adjoint de Watts. Ensemble, ils avaient fait du bon travail. Et à présent elle comprenait à quel point la fonction de chef de la police était un cadeau empoisonné.

"À mon avis, il y a de fortes chances qu'Hathaway soit impliqué", dit Watts. "Est-ce que Gilchrist t'a passé l'info à propos de Miladin Radislav – Vlad l'empaleur ?"

Hewitt replaça la cigarette dans son paquet et but une gorgée.

"Oui, elle l'a fait. Nous sommes en contact avec l'unité anticriminelle internationale de Londres et Interpol, qui essaient de le repérer. Tu penses qu'il en a après Hathaway ?

— Stewart Nealson était lié avec beaucoup des familles criminelles de Brighton mais celle d'Hathaway est la plus importante. Ça me paraît probable."

Hewitt se rendit compte que le serveur leur tournait autour. Elle jeta un coup d'œil au menu.

"Alors, Bob, tu as un creux ?"

Watts fit la grimace.

"Il s'amenuise rapidement."

Ils commandèrent des salades. Hewitt abandonna l'idée d'aller fumer une cigarette à l'extérieur et remit le paquet dans son sac à main. Sa petite victoire de la journée.

"Une part importante de l'activité criminelle de l'Europe de l'Est s'est développée dans les Balkans", dit-elle à Watts. "Ça a commencé avec les cigarettes – en détournant par le Monténégro les cartouches détaxées destinées au marché saharien, pour les livrer à la mafia italienne. Ensuite, il y a eu les drogues et les femmes. L'héroïne d'Afghanistan. Aujourd'hui, s'y est ajouté le trafic d'êtres humains et d'organes – foies et reins."

Watts opinait du chef.

"J'étais dans les Balkans quand tout cela a démarré. Ces criminels étaient soutenus par leurs gouvernements et les paramilitaires – d'ailleurs il s'agissait souvent des mêmes. Pendant la guerre civile, la Croatie et la Bosnie n'avaient pas le droit d'acheter des armes sur le marché légal et c'était un moyen de récolter de l'argent pour en acheter illégalement. Lorsque j'étais au Kosovo, les routes du trafic traversaient directement les lignes de front. Le Kosovo servait de plaque tournante pour la distribution de l'héroïne turque."

Hewitt avait oublié le passé militaire de Watts.

"Je suis larguée sur ce sujet – bien que cela ne devrait pas être le cas", avoua-t-elle. "J'ai entendu dire que ces gangs transcendent les frontières ethniques et raciales. Des Turcs, des Serbes, des Macédoniens qui travaillent ensemble avec un seul but : le fric. Comme une ONU du crime."

Watts hocha de nouveau la tête.

"Et Radislav en fait partie."

Hewitt plongea la main dans son sac.

"On est sérieusement dans la merde", dit-elle. Elle avait son paquet de cigarettes à la main. "Tu as du feu ?"

20

Quand Dave fit entrer Watts et Tingley dans la grande demeure de Tongdean Drive, ils aperçurent une femme qui rôdait en bas des escaliers. Elle les regarda, inexpressive, puis entra dans la cuisine et ferma la porte derrière elle.

“Qui est-ce ?” demanda Tingley en murmurant pendant que Dave les faisait monter sur la mezzanine. “Une nouvelle maîtresse ?

— Il y a peu de chances”, répondit Dave. “Il les aime jeunes. Peut-être sa mère.”

Elle ressemblait à une junkie en cure de désintoxication. Sans doute belle autrefois, à présent filiforme et ridée, vêtue d’une robe informe. Tingley avait cru voir d’anciennes traces de piqûres sur ses bras.

Quand les trois hommes s’avancèrent, Hathaway resta assis.

“Encore vous – vous me faites l’impression d’un vieux pet qui rôde. Qu’est-ce que vous voulez encore ?

— Savez-vous quelque chose à propos du génocide de Višegrad ?” demanda Tingley.

“J’ai comme l’impression que ça ne va pas tarder”, dit Hathaway. “Voulez-vous une bière ? En revanche, j’ai des principes. Je la bois dans un verre. Comme mon vin.”

Tingley lui raconta à peu près la même histoire que celle qu’il avait exposée à Gilchrist. Pendant qu’il parlait, Hathaway l’observait attentivement.

"Les Serbes ont pratiqué « l'éliticide », tuant systématiquement les leaders politiques et économiques. Ensuite, ils s'en prenaient au reste de la hiérarchie, en descendant vers la base, tuant et violant à volonté. Et le nettoyage ethnique a bien fonctionné. Aujourd'hui, Višegrad est une ville serbe. Il n'y a presque plus un seul Bosniaque qui y vive.

— C'est terrible", conclut Hathaway quand Tingley eut achevé son récit. "Mais ces gens ont été jugés lors de procès pour crimes de guerre.

— Certains seulement. À La Haye, huit personnes ont été accusées de crimes de guerre et emprisonnées. Certains meneurs se sont échappés – parmi eux, les deux plus grands criminels de guerre serbes – Radovan Karadžić et le général Ratko Mladić. Tout comme un certain Miladin Radislav. Il a employé le butin pris à ses victimes pour construire un empire criminel. Après la guerre, il s'est installé dans un nid d'aigle fortifié en pleine montagne. Trafiquant d'esclaves et baron de la drogue.

— Son nom ne me dit rien", dit Hathaway.

"Il est plus connu sous son surnom. Vlad l'empaleur."

Le regard d'Hathaway sembla se perdre au loin.

"La mort de Nealson, hein ? Vous pensez que ce Radislav est ici.

— Je pense", gronda Tingley, "qu'il a franchi les mers pour apporter la peste et la pestilence.

— Très poétique.

— Je pensais à Nosferatu. Dracula, vous voyez ? Venu de Transylvanie à bord d'un bateau frappé par la peste. L'équipage massacré. Le capitaine ligoté à la roue du gouvernail ?

— Vous en faites un personnage cauchemardesque. Mais ce n'est qu'un gangster. J'en ai croisé toute ma vie durant. Il ne me fait pas peur.

— Et pourtant, il devrait. Ce n'est pas un simple gangster. Lui et ses hommes ont été endurcis par la guerre.

Ce sont des tueurs surentraînés. Et, grâce à la guerre, il fait partie d'un syndicat du crime pan-balkanique. Cela signifie qu'il dispose d'un capital humain et financier sans limites. S'ils veulent s'emparer de Brighton, ils le feront. S'ils vous veulent mort, vous êtes mort."

Hathaway se mordit la lèvre.

"Et vous pensez que je suis plus faible qu'eux ?

— Je pense que vous avez vingt ans de plus qu'eux. Et, même s'il est largement faussé, vous avez une sorte de code moral.

— Savez-vous pourquoi ils sont là ?" demanda Hathaway.

"Spécifiquement ? Non."

Hathaway se leva et avança jusqu'à un bureau adossé au mur. Il prit un petit livre à la couverture rouge et plastifiée et le reposa.

"Vous connaissez Mahomet ?" dit-il.

"De quel Mahomet voulez-vous parler ?

— DU Mahomet.

— Où voulez-vous en venir ? Il était originaire des Balkans ?

— Il est mort en 632 et en vingt ans, ses fidèles ont conquis la moitié de la Méditerranée. L'Afrique du Nord est tombée en deux ans, puis ils ont soumis l'Espagne, l'Italie et la Sardaigne. Savez-vous comment ?"

Watts se tourna vers Tingley.

"On dirait que c'est à notre tour de prendre une leçon d'histoire.

— Les alliances. Toujours les alliances. Ils débarquaient dans des régions en plein chaos, passaient des accords avec ceux qui étaient en train de perdre pour ensuite asseoir leur domination. Les conquistadors espagnols ont procédé de la même manière en Amérique du Sud.

— Vous pensez que quelqu'un a fait venir ces types des Balkans. Qui ?

— Ceux avec qui leur ami était venu parlementer à Milldean?" dit Hathaway. "Peut-être la personne qui, aujourd'hui, contrôle le Palace Pier?

— Qu'est-ce que le Palace Pier a à voir là-dedans?

— Quelqu'un essaie de prendre le contrôle de Brighton. C'est pour cela qu'ils ont mis le feu au West Pier."

Watts s'adossa à sa chaise.

"Selon certaines rumeurs, vos hommes ont cambriolé le Palace Pier le week-end dernier."

Hathaway pivota vers eux, un demi-sourire aux lèvres.

"De toute façon", intervint Tingley, "cela n'a pas d'importance. Pas plus que de savoir pourquoi ces types sont là. Ils sont venus se venger mais à présent, ils veulent prendre le contrôle, comme ils l'ont fait en France, en Italie et en Allemagne. Et ils y parviendront.

— Il faudra qu'ils me passent sur le corps.

— Je suis persuadé que c'est bien leur intention. Ils veulent vous tuer. Et ils réussiront.

— Conneries. Si vous pensez que je vais laisser une bande de malfrats des Balkans s'emparer de ma ville – ma ville ! – vous débloquez.

— Allez, ne faites pas votre Bob Hoskins avec nous. C'est fini. Acceptez le changement et essayez de sauver votre peau. S'il est encore temps.

— Bob Hoskins ? Cet acteur pseudo cockney ? Je ne vois pas où vous voulez en venir.

— Vous finirez par comprendre.

— Dans *Racket*", expliqua Tingley. "Il pensait pouvoir s'emparer de l'IRA et il a fini à l'arrière d'une voiture, en route pour la mort.

— Je l'ai vu. Dans un cinéma de Worthing. On a vandalisé ma voiture ce soir-là. Peut-être était-ce un message."

Hathaway soupira.

"Donc, d'après vous, ces types sont ici et ils ont l'intention d'accaparer toutes les activités criminelles ?

— Pas seulement. Ils veulent tout ce qui vous appartient. Même vos affaires honnêtes. Et ils les auront. Ce sont des tueurs. Ils jouent à un autre niveau. Ce sont des vétérans. Des mercenaires. Ils massacrent et torturent. Ils sont bien plus barbares que vous ne pouvez l'imaginer."

Hathaway s'avança vers le balcon. Le dos tourné vers eux, il dit :

"Vous n'avez pas idée de ce que je peux imaginer. Pour faire peur aux enfants qui n'étaient pas sages, les Romains leur disaient : « Hannibal le barbare va venir ».

— Toujours votre éducation classique, John ?

— En fait, j'ai appris ça dans un film de Kevin Costner, *Postman*. Très sous-estimé.

— Ça m'a l'air passionnant", ironisa Watts.

"Oh, c'était un film à grand spectacle. L'histoire des services postaux est pleine d'aventures et de secrets.

— Je leur raconterai ça la prochaine fois que je passerai au centre de tri", dit Watts.

"Vous devriez lire *Vente à la criée du lot 49*."

Hathaway s'exprimait toujours par charades et cela exaspérait de plus en plus Watts.

"Je n'ai pas le temps de décortiquer ce titre, John.

— J'ai beaucoup lu pendant toutes ces années." Hathaway regarda ses mains. "Ça nourrit l'esprit.

— J'en suis convaincu. Nous devons réagir, John."

Hathaway l'ignora.

"Savez-vous combien de fois la Grande-Bretagne a été envahie ? Nous sommes sur notre île et nous pensons que cela nous protège, mais ce sont des conneries. Avant 1066 et tout le reste, nous étions envahis par le moindre petit emmerdeur qui passait par là. Au Moyen Âge, les Français ont incendié Brighton plus d'une fois.

"Avez-vous entendu parler des pirates barbaresques ? Des musulmans, encore eux, installés sur les côtes nord de l'Afrique. Au XVIe siècle, ils ont réduit des villages entiers en esclavage. Pendant des dizaines d'années, en Cornouailles et en Irlande, ces villages sont restés déserts.

— John. S'il vous plaît.

— Mais c'est une époque révolue. Plus aucun envahisseur étranger n'a posé le pied sur ces rivages depuis le XIXe siècle et, en ce qui me concerne, pas un seul enfoiré ne se le permettra. On utilisera leurs ramasseurs de coques et de fraises et on paiera le prix pour ces esclaves, mais on ne va pas les laisser se croire chez eux.

— Seigneur", soupira Watts. Il se leva brusquement, franchit la pièce en deux enjambées et se planta devant Hathaway. "Ils sont déjà chez eux. Les Russes, les triades, les yakuzas. Ce sont eux qui tiennent le terrain en Grande-Bretagne. Dans les Midlands, les Serbes sont les patrons du crime depuis la fin de la Seconde Guerre mondiale.

— Ils ne tiennent pas Brighton.

— Pour l'instant, roi Knut. Pour l'instant."

Hathaway tendit le cou en direction de Watts, collant presque son visage au sien.

"Très bien, si c'est tout ce que vous avez à me dire, vous pouvez partir. Je déteste le défaitisme. Je ne le supporte pas."

Watts le fixa du regard.

"Cela s'appelle du réalisme.

— Ouais. Vous savez pendant combien d'années j'ai entendu des gens étaler leur pessimisme en se racontant que c'était du réalisme ? Ça n'en est pas. C'est du pessimisme. Point. Fin de la discussion."

Tingley s'approcha d'eux.

"John, ils vont vous tuer."

Hathaway fit un quart de tour sur lui-même pour faire face à Watts et Tingley.

"Eh bien, dans ce cas, je serai le dernier roi de Brighton. Et après moi – ce sera le retour des ténèbres, du Moyen Âge.

— Oh, ce n'était pas une période aussi sombre qu'on le croit.

— Cette fois-ci, ça le sera. Mais pourquoi donc fourrez-vous votre nez là-dedans ? Je croyais que vous essayiez de découvrir qui avait tué Elaine Trumpler.

— Et ce qui est arrivé au West Pier", ajouta Watts. "Et à Laurence Kingston."

Hathaway fit un pas en arrière.

"Kingston ? Je croyais qu'il s'était suicidé ? Sans doute une crise de nerfs. C'était son genre.

— Il se peut qu'il ait été assassiné. Les gars de la police scientifique nous en diront plus.

— Qui donc aurait pu le tuer ?

— Nous pensions à vous. Vous vous êtes vus la semaine d'avant, non ?"

Hathaway regagna sa chaise.

"Il avait le bourdon. Il voulait se retirer d'un accord que nous étions en train de négocier.

— C'est un bon mobile.

— Un peu de sérieux, s'il vous plaît. Je l'ai convaincu de tenir bon." Il leva le regard vers ses deux interlocuteurs. "Mais vous ne pouvez pas être là-dessus. Il y a certainement une enquête de police en cours.

— J'ai été mandaté par le syndicat du West Pier pour m'intéresser à certains événements récents."

Hathaway sourit.

"Dans ce cas, dois-je commencer à vous appeler Marlowe, monsieur l'ex-chef de la police ?"

Tingley s'était approché du bureau. Il prit le petit livre rouge.

"Qu'est-ce que c'est que ça ? *Les Pensées de Mao Tsé-toung*." Il l'ouvrit. "Première édition, 1966. Ouah. Je parie que ça doit valoir une petite somme.

— Ils en ont imprimé quatre-vingt-dix millions, alors cela m'étonnerait.

— Je ne vous voyais pas maoïste, John.

— C'est un cadeau", expliqua Hathaway. "D'Elaine Trumpler. Elle avait inscrit quelque chose, vers le milieu du bouquin. Elle l'avait mis là pour savoir si je l'avais bel et bien lu. Je me suis dit que cela aurait pu vous intéresser pour votre enquête."

Tingley referma le livre et le reposa sur le bureau.

"Il va falloir que vous nous donniez plus que cela."

Hathaway plissa le front.

"Je n'ai pas à vous donner quoi que ce soit."

Une fois dans la voiture de Tingley, Watts dit :

"Il peut y arriver ?

— Pas la moindre chance. On ne peut pas arrêter ces types. La police devra trouver un arrangement avec eux, comme elle l'a déjà fait à Londres. J'ai vu la même chose se passer en Israël dans les années 1990. Des centaines de milliers de Juifs russes ont pris la citoyenneté israélienne. Parmi eux un paquet de criminels qui y voyaient un moyen facile d'accéder à l'Ouest. Ils ont apporté avec eux drogues et prostitution. Ils ont prospéré et les flics israéliens ont fait semblant de ne rien voir tant que la violence restait cantonnée à leurs communautés. Si les Israéliens n'arrivent pas à les maîtriser, nous n'avons aucune chance."

Quand les deux hommes furent partis, la femme qui s'était retirée dans la cuisine rejoignit Hathaway. Il était debout à côté de la fenêtre et regardait à l'extérieur. Il avait un mojito à la main et elle, un Coca light.

"Je tuerais pour toi", dit-elle d'un ton neutre.

Il ne répondit pas.

"Je tuerais pour toi", répéta-t-elle en lui touchant le côté du visage.

Hathaway fit demi-tour et leva son verre.

"Tu l'as déjà dit. J'espère que ce ne sera pas nécessaire. Mais je te remercie, Barbara, je te remercie."

Hathaway passa quelques coups de fil puis, en fin de journée, embarqua pour la France à bord de son bateau. Barbara partit avec lui. Elle l'observa pendant la traversée. Elle s'était remise sur pied chez lui. Détendue. Elle savait qu'il la surveillait pour la drogue, mais elle n'en avait pas pris. Elle se dit qu'il finirait par s'apercevoir qu'elle lui était entièrement dévouée.

Elle trouvait cela bizarre d'avoir couché avec le père et le fils. Bizarre mais sans importance, étant donné le nombre incalculable d'hommes avec lesquels elle avait couché, dans toutes les configurations possibles. Plus étrange encore, elle lui avait pardonné de l'avoir abandonnée. Elle en était arrivée à la conclusion que, tout compte fait, il l'avait traitée mieux que quiconque. Il était le seul à avoir tenu à elle, sincèrement, même si cela n'avait pas duré longtemps.

Il avait été étonné de la trouver sur le pas de sa porte, trois mois plus tôt. Étonné et cruel. Sa sœur était morte en lui laissant un peu d'argent et elle était revenue pour rencontrer l'avocat qui s'occupait de la succession.

Contrairement à ses habitudes, Hathaway avait répondu lui-même à la porte.

"Bonjour, jeune homme", avait-elle dit, prudemment.

Il avait mis un moment à la reconnaître. Elle avait perdu du poids avec les années. Elle lui rappela la dernière fois qu'il l'avait vue, courant après lui dans les couloirs du commissariat.

"Barbara. Cela faisait longtemps. Je pensais que tu étais morte.

— Tu n'as pas fait beaucoup d'efforts pour t'en assurer, n'est-ce pas ?" avait-elle répondu sans amertume.

Il avait fait un pas de côté pour la laisser entrer. Elle s'était arrêtée devant lui et l'avait regardé bien en face.

"J'ai encore du charme, non, tu ne trouves pas ?"

Elle avait souri, découvrant ses fausses dents, artificiellement blanches.

"Putain, qu'est-ce qui t'est arrivé?" avait-il dit. "Tu es un véritable désastre."

Elle s'était cabrée puis, en se penchant vers lui, avait sifflé :

"Tu veux dire avant ou après que ton père m'ait vendue à un bordel de La Haye? Avant ou après les doses d'héroïne dont ils m'ont farcie pour me rendre docile? Avant ou après les soirées où j'étais livrée à des hommes pour qu'ils fassent de moi ce qu'ils voulaient? Qu'est-ce qui m'est arrivé? D'abord ton père. Ensuite le cancer. Ils m'ont pris mes seins, mais m'ont laissée en vie."

Il n'avait pu s'empêcher d'avoir l'air dégoûté.

"Seigneur", avait-il dit avec aigreur.

Elle avait vu son expression.

"Ouais, tu as raison. Accuse la victime. Et si cela peut t'aider à mieux te sentir, tu as été mon premier client.

— Quoi?

— Tu crois que j'ai couché avec toi pour tes beaux yeux?"

Il avait baissé le regard.

"En fait, tu te fiches de savoir pourquoi j'ai couché avec toi. Tout ce qui t'importe, c'est que j'aie couché avec toi.

— Et donc, tu accuses mon père de tous les maux.

— C'est lui qui a fait de nous ce que nous sommes devenus.

— On forge son propre destin.

— Vraiment? Ainsi, si tu n'avais pas vu ton père battre quelqu'un à mort et commander le meurtre de ta petite amie, tu serais tout de même devenu un véritable salaud?

— Exactement. J'étais un salaud bien avant que tout cela n'arrive."

Elle avait haussé les épaules.

"Après tout, je m'en fiche. Ce que j'en dis ou rien…"

Elle avait serré ses mains l'une contre l'autre, faisant saillir les veines de son cou et de ses bras.

"Qu'est-ce que tu veux de moi ?" lui avait-il demandé. "De l'argent ? Un appartement ? Une baise, en souvenir du bon vieux temps ?

— J'ai eu mon compte de baise pour au moins trois vies entières, voire plus.

— Tant mieux, parce que c'était une blague. Je ne saute pas les personnes âgées."

Elle s'était écartée de lui.

"Seigneur", avait-il soupiré. Il avait posé la main sur son épaule. "Je suis simplement honnête. Je pensais que les femmes appréciaient l'honnêteté.

— Personnellement", avait-elle répondu d'une voix faible, "je pense que la vérité est surfaite.

— Je peux te donner de l'argent.

— J'ai besoin d'argent, mais pas du tien.

— De quoi alors ?

— Oh, de tant de choses." Sa voix était emplie de tristesse. "Tu ne te dis jamais que tu aurais aimé avoir un autre essai ? Pour mieux faire ? Pour faire différemment ?"

Hathaway l'avait regardée sans comprendre.

"Je ne parle pas de toi et moi. Je parle de la vie. Au moment où tu te rends compte que tu n'as droit qu'à un essai, c'est déjà trop tard. Toi, plus que n'importe qui, tu le sais bien.

— En ce qui me concerne, les choses auraient tourné de la même manière.

— Tu n'arrêtes pas de répéter cela." Elle triturait une croûte sur son bras nu. "Tu es trop dur avec toi-même.

— Tu crois ? Tu crois ? Tu n'as pas idée des saloperies que j'ai faites.

— Je crois que tes années d'adolescence t'ont profondément changé."

Il lui avait tapoté doucement le bras.

"Non, au contraire. Je me suis trouvé."

Elle s'était assise sur le canapé et avait levé les yeux vers lui.

“Cela veut-il dire que tu es heureux ?

— Et toi ? Tu as l’air tellement mal en point que j’ai du mal à imaginer qu’il y a de la joie dans ta vie.

— À dire vrai, Riley me harcèle.

— Riley ?

— Oui, il veut qu’on lui rende sa vie*.”

Il était resté silencieux un moment, puis il avait éclaté de rire.

“Installe-toi ici.

— Quoi ?

— Je ne veux pas dire dans mon lit. Je t’ai déjà dit ce que j’en pensais. Il y a beaucoup de chambres dans cette maison. Beaucoup de chambres vides. Choisis-en une et installe-toi.

— Et je fais quoi ? Le ménage ?

— Allez, pas de ça avec moi. Je t’aiderai à te remettre sur pied.” Il s’était placé derrière elle et avait fait glisser son index le long de son dos. “Barbara – je pense que tu ne te rends pas compte à quel point tu as été importante pour moi. Cela me fait du mal de te voir ainsi. Et je veux t’aider.”

Elle avait basculé la tête en arrière pour le regarder. Elle l’avait à peine entendu dire :

“Il y a peu de choses dans ma vie dont je me rappelle avec tendresse. La liste est brève. Et tu te trouves presque en tête.”

Elle avait fixé le plafond. Ils avaient fait semblant de ne pas remarquer les larmes qui coulaient sur ses joues.

* Référence au morceau de blues *Riley Wants His Life Back* de Rick Fines.

21

L'imposante maison qui appartenait à Hathaway, et où s'était retiré Sean Reilly, se situait à la périphérie de Varengeville-sur-Mer, non loin de l'endroit où reposait Georges Braque. La route s'arrêtait au bord de la falaise. Reilly vivait là sous la protection plutôt lâche de la famille de Marcel Magnon, l'un des anciens complices de Dennis Hathaway avec lequel il faisait de la contrebande, et qui, lui aussi, avait connu Reilly pendant la guerre.

Une fois que le bateau d'Hathaway fut amarré à Dieppe, ils montèrent à bord d'une voiture qui emprunta la route longeant le littoral. La marée était basse. Une vingtaine de personnes ramassaient des moules dans les bassins rocheux.

La maison était entourée de hauts murs surmontés de barbelés et des caméras de surveillance étaient disposées à intervalles réguliers. Hathaway sonna à l'interphone placé à côté du portail extérieur qui s'ouvrit lentement. Un homme avec une bosse sous sa veste les escorta jusqu'à la maison. Barbara resta dans l'entrée et Hathaway suivit le garde du corps.

Il conduisit Hathaway le long d'un couloir qui sentait la cire, les toilettes et le désinfectant industriel. L'odeur était encore plus intense dans le vaste salon converti en chambre d'hôpital.

Sean Reilly était installé dans un lit qui faisait face à une porte-fenêtre ouverte sur un jardin paysager. Il leva les yeux du livre qu'il était en train de lire. Il esquissa un sourire charmeur, découvrant ses fausses dents qui semblaient démesurées au milieu de son visage squelettique.

"John.

— Monsieur Reilly."

Reilly sourit de nouveau.

"Sean.

— Vous avez l'air en forme, Sean", dit Hathaway.

"J'ai l'air d'une merde – et, grâce à cette poche, je sens presque pareil. Aide-moi à me redresser, veux-tu ?"

Hathaway se pencha au-dessus du lit et appuya sur le bouton qui servait à en relever la tête. Un bourdonnement électrique se fit entendre et le haut du corps de Reilly se souleva.

"C'est bon ?

— Magnifique. Alors, quoi de neuf?"

Hathaway lui présenta une bouteille de single malt.

"Je suis sûr que vous n'y avez pas droit mais, si mes souvenirs sont bons, vos gardiens – et vos infirmières – voient les fleurs d'un mauvais œil et je ne crois pas que vous soyez amateur de sucreries.

— J'espère qu'il est irlandais."

Hathaway sourit.

"Bien sûr."

Reilly leva le bras avec difficulté.

"Tu trouveras deux verres à peu près convenables par là."

Hathaway avança jusqu'à une table installée à côté des fenêtres ouvertes et servit deux bonnes mesures du meilleur whisky irlandais qu'il avait pu dénicher.

Il tendit son verre à Reilly, rapprocha une chaise et s'assit à côté de lui.

"Alors, comment ça va ?

— J'ai beaucoup pensé au passé. À ce que j'ai fait. À ce que je n'ai pas fait.

— Des regrets ?"

Reilly grimaça.

“C’est inutile. Je me demande juste comment aurait été ma vie si elle avait été différente. D’autres vies possibles.

— La route que l’on n’a pas empruntée.”

Reilly sourit et, d’un mouvement de tête, désigna le livre qu’il était en train de lire.

“Je me plonge dans des choses qui me donnent à penser.

— Seigneur”, dit Hathaway. “Je faisais cela aussi, autrefois.

— C’est un bouquin à toi. Je l’ai trouvé qui traînait par là. J’espère que cela ne te dérange pas.

— *Traité du zen et de l’entretien des motocyclettes*. C’est un peu tard pour virer hippie, non ?

— Sais-tu que j’avais entamé des études de philosophie à Trinity ? Et puis la guerre est arrivée. J’ai quitté l’Irlande et je me suis enrôlé – ne me demande pas pourquoi, c’est une longue histoire. Une fois la guerre terminée, eh bien, les choses se sont enchaînées.

— Alors comme ça, vous avez failli devenir le nouveau Bertrand Russell ?

— Ou James Joyce. J’étais plutôt dispersé. Et ma vie a pris un autre chemin.” Il but une gorgée et ferma les yeux. Ses joues se colorèrent en quelques secondes. “Ah, c’est bon. Santé.

— Santé.

— Je n’avais jamais compris pourquoi dans les westerns les cow-boys qui arrivaient en ville, complètement déshydratés, allaient au saloon pour descendre des whiskies. Une bière n’aurait-elle pas été meilleure ?

— Pourquoi ?”

Reilly sourit à nouveau.

“En fait, le whisky est exactement la boisson qu’il faut à l’homme assoiffé dans le désert.”

Hathaway sourit, montra le livre du menton et cita de mémoire :

“La vérité frappe à la porte et vous répondez « Allez-vous-en, je cherche la vérité » et elle s’en va.

— Personnellement, j’ai toujours pensé que la vérité était surévaluée.” Il tendit son verre à Hathaway. Sa main tremblait. “Stephen Boyd a été le meilleur James Bond.”

Hathaway sembla interloqué.

“Qui ?

— Qui ?” Reilly éclata de rire. “Le premier.

— Ce n’était pas Sean Connery ?

— Sean Connery ? Le type qui a joué Taggart ? Il ne joue pas le rôle du barman dans *Emmerdale* maintenant ?”

Hathaway regarda le verre de Reilly.

“L’effet a été rapide, on dirait.

— Je te l’ai dit – j’ai pensé aux différents chemins qu’aurait pu prendre la vie. Mais pas uniquement la mienne. Michael Caine n’a pas eu le rôle dans *Zulu* et c’est l’acteur cockney qui jouait le soldat Hook qui a été remarqué. Il a joué ensuite dans *The Ipcress File.* C’est lui qui a eu la carrière de Caine.

— Et qu’est-il arrivé à Caine ?

— Il a fait *Steptoe and Son* et maintenant, il est marchand de quatre saisons dans *EastEnders**.

— Et vous ?”

Reilly prit une autre gorgée de whisky.

“Moi ? Peut-être Seamus Heaney. Ou Monet.

— L’action ne vous aurait pas manqué ?”

Reilly tourna la tête. Hathaway posa leurs verres sur une table installée à côté de sa vieille vitrine d’exposition. Il jeta un coup d’œil aux souvenirs de Reilly. Les revolvers, les couteaux, les médailles. Il se souvint de la première fois où il les avait vus, des années auparavant.

“Et de ton côté, quelles sont les nouvelles ?” finit-il par demander.

Hathaway se retourna.

* *Steptoe and Son* et *EastEnders* sont des séries télévisées britanniques.

“Il y a quelques types vraiment dangereux en ville.”

Reilly se racla la gorge et leva les yeux au plafond.

“Comme toujours. Rien de neuf.

— Non, pas les ordures habituelles. Ils arrivent de l’extérieur.

— Que veulent-ils ?

— Tuer”, répondit Hathaway. “Putain, *plus ça change**, pire c’est. On se débarrasse d’une bande d’enflures et il y en a d’autres qui débarquent.”

Hathaway se pencha vers Reilly.

“J’ai vu des tas de films qui parlaient de ça. Mais j’ai du mal à croire que ce soit en train de m’arriver. Je veux me sortir de ce milieu, mais ça semble impossible.

— C’est grâce à ton père que tu sais cela”, lui dit Reilly, les yeux humides.

Hathaway fixa le sol.

“Ouais.

— Qui sont ceux qui en ont après toi ?

— Des étrangers. Des Serbes. Des tarés. Des putains de bâtards. Le genre à brûler la maison de votre voisin simplement parce qu’il habite à côté de chez vous.

— Que veulent-ils ?

— À long terme ? Tout. À court terme ? Se venger de la mort de l’un des leurs et de sa petite amie enceinte pendant ce truc à Milldean.

— Le massacre ?

— Oui. Ils pensent que c’est leur gars qui était visé.

— Et c’était le cas ?”

Hathaway haussa les épaules.

“Ce n’est pas à moi de le dire. Mais ils sont là et ils ont commencé à foutre la merde.

— L’homme retrouvé à Ditchling Beacon ?”

Hathaway sourit.

* En français dans le texte.

“Je vois que vous vous tenez au courant des nouvelles de Brighton. C’est exact. Ils lui ont collé une brochette dans le cul. Elle est ressortie à côté de son oreille. Ils l’ont laissé là, à mourir lentement dans d’atroces souffrances. Franchement, où va le monde ?

— On a fait notre part de saloperies.”

Hathaway considéra l’ancien partenaire de son père et celui qui fut son propre mentor.

“C’est vrai”, dit-il. “C’est vrai.

— Que comptes-tu faire ?

— Vous pensez que je devrais faire quoi ? J’étais à deux doigts de m’en sortir et voilà que je suis à nouveau happé par ce merdier.

— Tu sais que tu dois prendre l’initiative, John. C’est le seul moyen. Il faut atomiser ces bâtards.

— Ça me fait replonger direct.

— Tu n’as pas le choix.

— Je ne sais pas.

— Tu peux y arriver, John. Je sais que tu en es capable. Je sais ce que tu as déjà fait.

— Je sais bien que vous savez”, dit Hathaway avant de capter quelque chose dans le ton de Reilly. “Nous n’en avons jamais vraiment parlé.

— Ton père était mon ami, mais il est devenu enragé. Il fallait que tu le fasses. Je n’ai pas aimé que tu le fasses, mais j’ai compris ce qui t’a poussé à le faire. Alors j’ai laissé filer.

— Et travaillé avec moi pendant les années qui ont suivi.”

Reilly tendit sa main, frêle et veinée de violet. Il la posa sur celle d’Hathaway.

“Nous vivons dans un monde étrange, toi et moi. Je ne crois pas que quiconque vivant en dehors de ce monde puisse comprendre. Je pense que tu as eu assez à faire avec ta propre culpabilité. Tu n’as pas eu une vie heureuse, John.”

Hathaway lui sourit.

"Sommes-nous censés en avoir une ?

— Ne laisse pas la culpabilité t'affaiblir. Tu peux t'occuper de ces blancs-becs des Balkans."

Hathaway soupira et contempla la main noueuse de Reilly.

"Si j'entame le combat, ils répliqueront avec toute leur puissance de feu. Vous vous retrouverez en première ligne. Je ne sais pas si je suis en mesure de vous protéger." Il désigna le couloir de l'autre côté de la porte. "Je suis venu avec Barbara. J'aimerais qu'elle reste ici. Je vous laisserai des hommes aussi. Des hommes sûrs.

— Barbara – c'est bien. Quant à moi ?" Reilly souleva ses épaules décharnées. "Je peux me défendre tout seul, ne t'inquiète pas." Il grimaça. "La seule chose que je ne peux pas faire, c'est changer ma propre poche à merde. Tu ne peux pas m'avoir Hattie Jacques* ?"

Hathaway laissa Barbara avec Reilly et dîna dans une salle privée d'un restaurant discret dans une petite rue de Dieppe. Ses hôtes étaient Marcel Magnon, un homme frêle à la voix fluette, et ses enfants, Patrice et Jeanne. Hathaway était en affaires avec eux depuis de nombreuses années et ils l'accueillirent chaleureusement.

À chacune de leurs rencontres, la première question que lui posait Marcel Magnon était immanquablement la même.

"Des nouvelles de ton père ?"

Et, comme à chaque fois, Hathaway secouait la tête négativement.

"Non, aucune, mais nous ne laissons pas tomber."

Magnon soupira et laissa son menton retomber sur sa poitrine.

* Comédienne anglaise qui jouait fréquemment des rôles d'infirmières.

Ils dégustaient ensemble une grande soupière de marmite dieppoise, la soupe de poissons locale, tout en y trempant leur pain pour l'imprégner du jus parfumé au vin blanc. Jeanne donnait à manger à son père qui suçait le pain du mieux qu'il pouvait. En général, jusqu'au fromage, ils discutaient de banalités. Puis :

"À présent, les Albanais contrôlent les principaux ports", expliqua Patrice. "Même Marseille.

— Et Dieppe ?"

Il secoua la tête.

"C'est trop petit, mais nous sommes obligés de les payer pour qu'ils nous fichent la paix.

— Nous sommes au courant de vos problèmes", dit Jeanne en coupant une fine tranche de fromage de chèvre à pâte sèche. "En revanche, je ne sais pas comment nous pourrions vous aider. Pour nous, la violence fait partie du passé.

— Je n'attends rien", répondit Hathaway en posant sa main sur celle de Jeanne. "Contentez-vous de garder un œil sur Sean, si vous le pouvez, et prévenez-le si des types malveillants le cherchent.

— Nous le ferons avec joie", dit Jeanne. Patrice acquiesça en hochant vigoureusement la tête.

"Je vais envoyer des hommes ici", annonça Hathaway. "Mais je compte sur vous pour me tenir au courant s'il se passe des choses nouvelles."

Jeanne contempla sa tranche de fromage puis fixa Hathaway avec intensité.

"Et toi ?

— Je maîtrise la situation.

— Tu pourrais te ranger", dit Patrice. "Tu as suffisamment d'argent."

Hathaway se saisit du plateau de fromage.

"Je ne suis pas comme ça."

Son téléphone vibra dans sa poche.

"Excusez-moi. J'attendais un appel."

Il sortit un stylo, un petit bloc-notes et écouta attentivement, l'oreille collée à son téléphone.

"Épelez-moi ça, s'il vous plaît", dit-il trois fois de suite. "Et Radislav ?"

Il mit fin à la conversation sans saluer son interlocuteur. Quelques instants plus tard, son téléphone émit quelques bips sonores et il fit défiler les photos qui venaient d'apparaître sur l'écran.

Il posa le téléphone sur la table et Jeanne examina la dernière photographie.

"Je connais ce visage. Ce type est déjà venu par ici."

Après avoir contacté Hathaway, l'homme appela Jimmy Tingley. Tous deux avaient servi dans les forces spéciales avant qu'il ne rejoigne l'unité anticriminelle internationale de Scotland Yard. Il donna les mêmes noms à Tingley et les adresses supposées de quatre gangsters en provenance des Balkans récemment arrivés dans le pays.

Quand il eut terminé, il proposa à Tingley de se retrouver pour boire un verre la prochaine fois qu'ils seraient tous les deux à Londres.

"Et au fait, Jimmy, ce ne sont que des renseignements, n'est-ce pas ? Tu n'as pas l'intention de faire quelque chose d'illégal ?"

Il y eut un silence puis Tingley murmura :

"Moi* ?"

* En français dans le texte.

22

Le bateau d'Hathaway avançait dans la lumière du crépuscule. Voir ainsi le soleil disparaître derrière l'horizon lui rappelait toujours les illustrations d'un livre qu'il possédait quand il était enfant. On y voyait le roi Arthur allongé dans une barque enchantée qui se dirigeait vers le soleil couchant.

Il passa quelques coups de fil pendant la traversée qui le ramenait vers l'Angleterre, réveillant la plupart de ceux qu'il appelait. Il donna deux instructions à Dave. La première était de transmettre un message et la seconde de récupérer un paquet.

"Exécute la première dans un lieu public – je n'ai pas envie que tu te fasses descendre.

— OK", répondit Dave.

"Fais gaffe avec le paquet également – prends quelques gars avec toi. Tu le livreras à notre entrepôt à côté de Shoreham. Dans le box 2020, cela devrait aller.

— Très bien, monsieur H."

Hathaway était assis sur son bateau, amarré à côté du brise-lames situé sur le bord extérieur du port quand les Serbes incendièrent son restaurant. Les pieds posés sur le bastingage, il regardait le soleil baigné d'or se lever. Il y eut un bruit d'explosion, assourdi, et des flammes orange surgirent de la façade du restaurant et léchèrent la surface de l'eau.

“Bordel !” lança-t-il en se mettant debout précipitamment. Les joggeurs et ceux qui promenaient leur chien s’immobilisèrent sur la promenade. Il eut l’impression d’entendre des cris puis les bruits secs des bouteilles d’alcool qui éclataient.

Dave émergea de la cabine.

“Vous voulez qu’on appareille, monsieur H., ou qu’on aille voir ?”

Hathaway lui fit signe de s’éloigner.

Il resta sur le bateau à contempler la colonne de fumée noire qui s’élevait dans le ciel jusqu’à masquer le soleil. Les secours arrivèrent. La police grouillait pendant que les pompiers tentaient de maîtriser l’incendie.

Son portable sonna et il se rendit compte qu’il avait raté plusieurs appels. Le numéro était masqué.

Il le colla à son oreille.

“Ce n’est que le début”, proféra une voix grave avec un léger accent.

“Vous vous trompez”, rétorqua Hathaway. “C’est la fin. Vous et vos congénères êtes foutus.

— Congénères ?

— Je vous ai avertis. Je vous ai dit de dégager de mon foutu pays. Je vous ai dit que j’allais vous tomber dessus. Vous n’avez pas eu le message ?”

L’homme gloussa. Il semblait ravi.

“Considérez que ce qui vient d’arriver à votre bar était ma réponse. Ne nous menacez pas, monsieur Hathaway. C’est stupide. Vous ne savez même pas qui nous sommes.

— Vraiment ? Vous êtes quatre. Je suppose que vous êtes Drago Kadire ? Qu’est-ce que c’est que ce nom, Drago ? Ça sonne comme un nettoyant pour les chiottes. J’espère qu’ils vous ont bien traité au Grand Hotel ? Avez-vous essayé leur thé de cinq heures ? Il est réputé.”

Son interlocuteur resta silencieux.

“La chambre où vous êtes – c’est celle que Norman Tebbit et sa femme occupaient quand ils ont été victimes d'un attentat à la bombe*. Elle a été rénovée depuis, bien sûr."

Hathaway serra son portable comme s'il essayait de le broyer.

"Maintenant, écoute-moi bien, Drago. Je n'ai rien à voir avec la mort de tes copains à Milldean. Laisse tomber et je te laisserai rentrer dans ton taudis des Balkans.

— Et si je ne le fais pas ?

— Eh bien, monsieur Kadire, quand tu entendras frapper à ta porte, ça ne sera pas le service d'étage."

Bien qu'il en soit propriétaire depuis des années, Hathaway ne s'était pour ainsi dire jamais rendu à son entrepôt de Shoreham. C'était une de ses affaires légales mais il s'était réservé deux douzaines de box au fond du bâtiment pour son usage personnel. Il y avait, par exemple, une armurerie, même s'il en possédait une autre, mieux fournie, dans sa maison en France.

Une entrée à l'arrière permettait à ses hommes d'aller et venir sans se faire remarquer par les gens qui, à l'avant, y stockaient leurs biens. L'avant était bruyant, tout y était en métal, même le sol des couloirs. Lorsque l'on marchait dessus, les pas résonnaient de manière insupportable.

À l'arrière, en revanche, il était recouvert de caoutchouc. Le box vers lequel il se dirigeait était même insonorisé. Et équipé d'un système d'aération.

Les chaussures d'Hathaway couinaient légèrement tandis qu'il longeait le couloir conduisant à la tache de lumière qui se répandait à l'extérieur du box 2020. Le box était vide à l'exception de Dave et de deux autres types à l'air patibulaire, appuyés contre le mur, et qui

* Attentat commis par l'IRA visant à tuer Margaret Thatcher où Norman Tebbit, membre du gouvernement, et sa femme furent blessés.

regardaient en direction d'une chaise fixée par terre au centre de la pièce. Tous étaient armés.

Sur la chaise, ligoté avec du ruban adhésif, se trouvait Stevie Cuthbert, vêtu d'un maillot de l'équipe d'Angleterre de football et d'un pantalon kaki en toile.

"Stevie, mon vieux pote", s'exclama Hathaway en entrant dans la pièce. Il referma sa main en tenailles autour de la mâchoire de Cuthbert et lui inclina la tête. "Mon Dieu, ce Jimmy Tingley t'a vraiment amoché le pif? L'air passe encore dans ce machin?"

Cuthbert se dégagea.

"Il a eu son compte, lui aussi", grogna-t-il.

Hathaway se rappela le léger hématome sur le visage de Tingley quand il l'avait revu pour la première fois.

"Loin de là, Stevie."

L'homme tira sur les liens qui le retenaient à la chaise.

"Seigneur, cette situation me ramène des années en arrière." Il se tourna vers Dave. "Suis-moi."

Une fois dans le couloir, Hathaway s'approcha de Dave et se mit à chuchoter.

"Tu dois prendre une décision. Jusque-là, je t'ai tenu éloigné des zones d'ombres, mais si tu as l'intention de t'impliquer dans ce qui va suivre, tu franchiras définitivement la ligne. Si tu veux t'en aller, je le comprendrai. Mais il faut que je le sache maintenant."

Dave le dévisagea. Il jeta un coup d'œil dans la pièce.

"Ces Serbes n'avaient vraiment pas l'air d'être des enfants de chœur.

— Mais tu as transmis mon message. Tu es un brave garçon."

Dave baissa les yeux.

"J'ai besoin d'une réponse. Et si c'est oui, il n'y aura pas de retour possible."

Hathaway attendit. Finalement, Dave redressa la tête, ramena les épaules en arrière et retourna dans le box 2020.

“Dis-moi, Cuthbert, tu n’as jamais su ce qui était arrivé à ton père ?”

Hathaway se tenait à la droite de Cuthbert, Dave était posté derrière son épaule gauche.

“Qu’est-ce que tu veux dire ?” demanda Cuthbert en tordant le cou pour regarder Hathaway. “Il est mort dans un accident de voiture, tu le sais aussi bien que moi.” Il fronça les sourcils. “Qu’est-ce que tu insinues, espèce de branleur ?”

Dave lui envoya une calotte sur le côté du crâne.

“Surveille ton langage.”

Cuthbert leva les yeux vers lui.

“Toi, tête de nœud, tu es mort.”

Dave le frappa à nouveau. Des taches de sang rouge vif apparurent sur son maillot de football. Cuthbert tourna la tête vers Hathaway.

“Tu ne crois pas qu’un type attaché à une chaise en train de proférer des menaces est le comble du ridicule ?” railla Hathaway. “En plus d’être pathétique ?

— Qu’est-ce que tu me veux ?

— Eh bien, au départ, il était question de ton activité d’usurier qui se fout de ma gueule et qui monte les uns contre les autres des gens qui devraient tous être de notre côté. Mais il y a du nouveau – pour être précis, quelqu’un a foutu le feu à mon club sur le port. Alors, maintenant, il s’agit de comprendre l’origine de ce bordel.

— Et pourquoi je serais au courant ?

— Oh, tu es au courant, *compadre*. Tu es dedans jusqu’à tes putains d’oreilles en chou-fleur. Ce que j’entends dire, c’est qu’il s’agit de Serbes et autres racailles des Balkans. Je sais qu’ils sont déjà ici, à trafiquer de la drogue et exploiter des filles à Londres et qu’ils gèrent le travail clandestin dans le pays, mais ceux dont je te parle sont là pour autre chose. Et je veux savoir quoi.

— Comment je le saurais ?

— Tu t’intéresses à l’histoire, Cuthbert ?

— Ça te paraît probable ?

— Non, en effet. OK. La plupart des grands changements surviennent à cause de petites disputes locales quand une putain de menace plane au-dessus de la tête de tout le monde. Et il y a toujours un idiot, qui voit les choses par le petit bout de la lorgnette, qui demande à cette putain de menace de lui venir en aide. Et une fois qu'ils sont dans la place, c'est fini – ils s'emparent de l'ensemble du pays.

— Tu m'as amené jusqu'ici pour me donner une leçon d'histoire ?

— Non, Stevie, je t'ai amené ici pour te démolir parce que tu es le dernier des cons, et c'est pour cette raison que je pense que tu as de fortes chances d'être le crétin qui a invité ces Serbes. Mais avant de te démolir, je veux savoir quel accord tu as passé avec eux. Et la faible chance qui te reste de quitter cette pièce de ton propre gré dépend entièrement de la pertinence de tes réponses.

— Tu es complètement dingue. Deux choses. Tu veux me démolir, alors pourquoi donc te dirais-je quoi que ce soit ? Deuxièmement, si tu me démolis, tu démarreras une guerre que tu ne peux pas gagner.

— Je suis déjà en guerre, et je veux savoir pourquoi.

— Parce que tu es fini. Tu es hors-jeu. Tu ne peux pas aller contre l'avenir. Tu as mentionné les Serbes. Ces types jouent dans une autre catégorie.

— Est-ce que tu les aides ?"

Cuthbert se mit à rire.

"Tu ne comprends pas. Ces types n'ont pas besoin de mon aide. Ils n'en veulent même pas. Je n'apparais pas sur leur radar. Pour eux, je ne suis rien. Ils me tueront, c'est certain, mais ils ne veulent pas ma mort autant qu'ils veulent la tienne. Tu veux parler d'histoire ? Ces types, c'est la horde mongole. Comparé à eux, Attila était un buveur de lait. Tu braques un flingue sur eux ? Ils te pointent un lance-roquettes dans la gueule."

Hathaway agrippa le maillot de Cuthbert, avec un peu de gras au passage.

“Tu portes un maillot anglais et tu me sors ces conneries !”

Il déchira l’avant du maillot et essaya de l’arracher du corps de Cuthbert, mais le tissu se coinça dans le ruban adhésif. Il le laissa en lambeaux, ouvert sur le ventre de Cuthbert qui débordait de sa ceinture. Sa poitrine était couverte de tatouages.

“Que veulent-ils ?

— Se venger.

— Pour Milldean ?

— Bien sûr.

— C’est pour cela qu’ils veulent ma mort ?

— Bien sûr.

— Mais je n’ai rien à voir dans ce truc.”

Cuthbert sourit.

“Ils sont convaincus du contraire.”

Hathaway se plaça devant Cuthbert

“Et pourquoi pensent-ils cela ?”

Cuthbert fit mine de hausser les épaules, mais ses liens lui laissaient trop peu de liberté de mouvement.

“Toi ?”

Cuthbert se contenta de le regarder.

“Qu’est-ce que ça peut faire ?” répondit-il. “Pandore est sortie de sa boîte.”

Hathaway l’observa avec mépris.

“Pandore n’a jamais été dans la boîte.”

Cuthbert eut l’air interloqué.

“Alors, qui y avait-il dans la boîte ?

— Comment le saurais-je ? Probablement le diable, monté sur un ressort.

— Dans ce cas, où était Pandore ?

— Comment le saurais-je, bordel ?

— Je veux dire, qu’est-ce qu’elle a à voir là-dedans ?”

Hathaway soupira.

“C’était sa putain de boîte. Bon, reprenons, j’étais en train de parler de ton père.”

Cuthbert le dévisagea.

“Cet accident de voiture.

— Eh bien ?

— Ce n’était pas un accident.”

Les yeux de Cuthbert se rétrécirent.

“Mais, en fait, ça n’a pas d’importance, parce que ton père n’était pas dans la voiture.”

Le visage de Cuthbert devint cramoisi.

“Seul son dentier y était, pour faciliter l’identification.

— Qui était dans la voiture ?

— Qu’est-ce que ça peut te foutre, espèce de crétin ?” lança Dave en le frappant à nouveau sur le côté du crâne.

“Parce qu’on a enterré ces putains de restes dans le tombeau familial et maintenant vous m’annoncez qu’on a une espèce de raclure au milieu des autres Cuthbert ?

— Crois-moi – qui que cela puisse être, il n’a pu que relever le niveau de ta lignée. Ton père était un emmerdeur, comme toi. Vous êtes une famille de hyènes. Mon père en avait marre de lui comme j’en ai marre de toi. Je m’étonne moi-même de t’avoir laissé vivre aussi longtemps.”

Cuthbert planta ses yeux dans ceux d’Hathaway. Son regard était vide.

“Enfin, bref, à l’évidence, ton père était grillé. Il s’agissait juste de savoir qui d’autre devait y passer. Mon père avait des scrupules. Je le poussais à tous vous liquider. À dératiser. Désinfecter Milldean. Mais toi, ta sœur et ton frère, vous n’étiez que des gosses. Et il a complètement sous-estimé à quel point votre mère était impliquée dans le business familial. Il pensait qu’en se débarrassant de ton père, tout serait réglé.”

Les yeux de Cuthbert brûlaient de haine.

“Au bout du compte, toi et ta famille de vermines vous allez enfin obtenir ce que vous méritiez. Juste pour que tu sois au courant : tout le monde va y passer.”

Hathaway se rendit compte que l'attention de Dave s'était portée sur lui quand il avait prononcé cette phrase. Il continua :

"Ta femme. Tes mômes – ils ont déjà un casier, non ? Ton frère et sa famille. Ta sœur – une raclure pareille, ce ne sera pas une grosse perte. Vous étiez des vermines. Vous êtes toujours des vermines. Et aucun d'entre vous ne mérite de souiller le futur."

Il adressa un signe de tête à Dave qui sembla indécis. Hathaway attendit. Cuthbert tourna la tête. Dave leva son arme et lui logea une balle dans la tempe. La tête de Cuthbert partit sur le côté avant de retomber brutalement en avant. Son corps avait basculé sur le côté de la chaise.

Dave contempla son ouvrage puis fixa le sol.

"J'espérais qu'il en dirait un peu plus", finit-il par dire.

Hathaway fit demi-tour et commença à s'éloigner.

"Personne n'en dit assez. Ou bien, ils parlent trop."

23

Tingley regarda avec méfiance les boissons que Watts venait d'apporter à leur table, dans le jardin du vieux pub niché sous les Downs.

“Qu'est-ce que c'est que ça?” demanda Tingley.

Watts souleva son verre et l'examina.

“Le dernier truc à la mode. Du cidre. C'est agréable.”

Tingley fit la moue. “Le cidre, c'est bon pour les adolescents, ou pour les vieux poivrots, qui se vautrent sur les bancs publics. Tu te ranges dans quelle catégorie?

— Il n'y a pas de banc dans les parages, désolé.”

Le téléphone de Tingley sonna. Il ne reconnut pas le numéro. Il fit un signe à Watts et répondit.

“Tingles, Dave à l'appareil. Ne dis rien, contente-toi d'écouter.”

Il semblait essoufflé.

“Je voulais te dire que ça a commencé. Le restaurant qu'Hathaway possède sur le port a été incendié et il m'a envoyé au Grand Hotel pour porter un message aux trois Serbes qui y sont installés.

— Est-ce que l'un d'eux s'appelle Radislav?

— Je t'ai dit d'écouter, point. Ensuite on a enlevé Cuthbert. J'ai pensé que ça te ferait plaisir de l'apprendre.

— Où est-il?”

Dave resta silencieux. Tingley l'entendait respirer.

“J'ai franchi la ligne. Je ne le regrette pas. Cuthbert était une ordure. Tu étais au courant de son activité d'usurier ? Une fois que les gens lui avaient emprunté de l'argent, il les tenait à vie. Il leur collait des taux d'intérêt pouvant aller jusqu'à deux mille pour cent." Le débit de Dave s'accélérait. "Il a prêté cinq cents livres à une infirmière pour qu'elle achète un ordinateur à sa fille. Sept ans plus tard, il en était à lui réclamer quatre-vingt-huit mille livres. Elle a eu deux attaques et une hémorragie cérébrale à cause du stress. C'était un bâtard."

Tingley vit Watts se lever de table et s'éloigner tout en récupérant son portable dans sa poche.

"Hathaway a dit qu'il avait l'intention d'éliminer toute la famille de Cuthbert. Et de faire porter le chapeau aux Serbes. Ça ne me semble pas utile, alors j'ai décidé de te prévenir."

Dave raccrocha avant que Tingley ait le temps de parler. Il posa son téléphone sur la table. Watts revint s'asseoir.

"C'était Dave. Les hostilités sont ouvertes. Le restaurant d'Hathaway, sur le port, a été incendié. Il y a eu du grabuge avec les gangsters des Balkans résidant au Grand Hotel et je crois bien que Cuthbert est mort."

Watts s'affaissa légèrement.

"C'était Gilchrist. Elle ne peut pas nous rejoindre. Elle s'est rendue au Grand Hotel. On y a relevé trois gangsters des Balkans, morts, après une bataille rangée au quatrième étage.

— Radislav est parmi eux ?

— Apparemment pas. Dave faisait partie des tireurs ?

— Je n'en sais rien. En revanche, je pense qu'il a tué Cuthbert."

Tingley finit de lui raconter ce que lui avait dit Dave. Avant qu'il ait terminé, Watts appelait déjà Hewitt pour faire mettre la famille de Cuthbert sous protection.

Watts remit son portable dans sa poche. Tingley et lui se regardèrent en silence.

Tingley n'avait jamais connu la paix. Il savait quelle impression il dégageait – calme et détaché. C'était une façade qu'il parvenait à maintenir grâce à une profonde maîtrise de soi. Il ne se rappelait pas de la dernière fois où il s'était senti vraiment détendu. Il ne se rappelait même pas la dernière fois où il aurait pu se permettre de l'être.

Gaza, le Liban, l'Iran pour les Israéliens. L'Irak, deux fois. Dans les années 1990, les Balkans, bien sûr, ce cloaque. Il revenait tout juste d'Afghanistan. Et maintenant ça. Les Balkans à domicile.

"À strictement parler, tout cela ne nous concerne pas", dit-il. "Tu te consacres à une affaire non résolue et tu fais la liaison entre différentes personnes sur le dossier du West Pier.

— C'est exact. Mais Stewart Nealson était un ami à toi, non ?

— Pas vraiment un ami…

— Et Radislav a échappé à la justice.

— Ce n'est pas le seul…"

Watts l'observa longuement et Tingley hocha la tête. Il sortit une liasse de papiers de la poche de sa veste.

"Radislav se trouve quelque part du côté de Birmingham. Il se planque avec ses hommes. Drago Kadire, un Albanais, et un autre gars important – Miklos Verbalin – formaient l'avant-garde envoyée à Brighton, au Grand Hotel. Verbalin fait partie des morts. Les deux autres sont certainement des hommes de main.

— Mais Kadire a réussi à filer avec quelques-uns de ses hommes."

Tingley acquiesça.

"Et Radislav va accourir.

— À qui vont-ils s'en prendre ?

— Hathaway – à qui d'autre ?

— Dave t'a dit où se trouvait Hathaway ?"

Tingley secoua la tête.

"Essayons de le savoir", dit Watts.

Hathaway décrocha après la première sonnerie.

"Bob Watts à l'appareil.

— Ça me fait plaisir de vous entendre, monsieur l'ex-chef de la police. Cependant, vous pourriez mieux tomber.

— Vous devez être débordé, n'est-ce pas ?

— C'est le lot de tous les chefs d'entreprise.

— J'ai appris pour votre restaurant. Je suis désolé.

— Oui, c'était assez déplacé. Un acte de malveillance.

— Comme de descendre trois des clients payants du Grand Hotel.

— Eh bien, à présent ils ont payé, c'est sûr.

— Vous savez que cela ne va rien résoudre ?

— Je pense le contraire.

— Vlad rôde encore."

Hathaway ne répondit pas.

"Qu'avez-vous fait à Cuthbert ?"

À nouveau le silence.

"À l'heure qu'il est, sa famille a été placée sous la protection de la police."

Hathaway soupira.

"Diable ! Dave semble avoir mal supporté la chose, pourtant je l'ai averti qu'une fois qu'il serait impliqué, il y serait jusqu'au cou.

— Vous n'allez pas lui faire de mal ?" demanda Watts. Tingley leva un sourcil interrogateur.

"Non, non. Je vais simplement le réaffecter.

— Il faut que l'on vous parle.

— On ne cesse de me dire ça, en ce moment. OK. Venez au port. Je suis sur mon bateau. J'ai peut-être quelque chose pour vous."

Sarah Gilchrist et Reg Williamson arrivèrent les premiers. Ils s'étaient déjà rendus à la demeure de Tongdean Drive dans l'espoir d'interroger Hathaway au sujet de l'incendie de son bar et de la fusillade du Grand.

Ils se trouvaient sur la promenade et observaient les restes calcinés du Buddha. Williamson avait jeté sa veste sur son épaule et son ventre tiraillait sa chemise fripée.

Il se tourna vers le port, la main en visière pour se protéger les yeux.

"Il est sur l'un de ces bateaux."

Ils s'engagèrent sur un ponton étroit en bois, croisant des bateaux de toutes formes et tailles. Tout au bout était amarré un yacht imposant doté de deux ponts et cerné par un troupeau de gorilles. Subtil. Tandis qu'ils approchaient, un Noir aux épaules puissamment baraquées leur barra le passage.

"Puis-je vous aider ?"

Williamson exhiba sa plaque.

"Nous cherchons monsieur Hathaway."

L'homme haussa les épaules.

"Je ne peux pas vous aider."

Williamson esquissa un sourire.

"Ça ne va pas le faire, mon pote. Soit nous montons à bord, soit il descend nous voir.

— C'est bon, Dave."

Williamson et Gilchrist levèrent les yeux. Le grand type à l'air séduisant qui se tenait sur le pont arrière leur adressa un sourire digne d'un présentateur télé et leur fit signe de monter à bord.

Les deux policiers étaient encore là quand Watts et Tingley arrivèrent. Dave vint prévenir Hathaway de leur arrivée alors qu'ils étaient à deux cents mètres du bateau.

"Merci, Dave. Tu peux t'éclipser."

Quand Tingley et Watts accédèrent au pont arrière, Watts sourit en voyant Gilchrist et Williamson. Hathaway s'excusa auprès des deux policiers et s'avança vers eux, main tendue. Vêtu d'un pantalon bleu marine en lin et d'une chemise en soie blanche, il semblait en forme et se déplaçait avec souplesse. Il avait également l'air étonnamment détendu, en dépit des événements récents.

"Messieurs, c'est un plaisir de vous revoir. Je viens juste d'être accusé de plusieurs meurtres par procuration. Bob, je crois que vous connaissez l'inspectrice Gilchrist

– plutôt bien, en fait. Connaissez-vous l'inspecteur principal Williamson ?

— Nous vous dérangeons", dit Tingley à Williamson.

"Monsieur Hathaway se montre assez peu coopératif", répondit Williamson en lui serrant la main. "Mais il m'a assuré qu'il avait une déclaration à nous faire quand nous serions tous rassemblés."

Gilchrist adressa un signe de tête à Watts et à Tingley.

"Eh bien, n'est-ce pas réjouissant ?" constata Hathaway. "Tournée générale ? Je sais bien que les policiers sont en service, mais nous sommes sur un bateau, vous pouvez donc faire semblant d'être dans les eaux internationales."

Tous prirent de la bière.

"Vous vous apprêtiez à avouer", dit Gilchrist. "Les Serbes, au Grand ?

— Vous êtes un sacré numéro, inspectrice Gilchrist. Non, en fait j'ai une histoire à vous raconter, que l'on pourrait qualifier de périphérique. Elle débute avec Elaine Trumpler.

— C'est de l'histoire ancienne", remarqua Gilchrist.

"Toutefois, si elle le connaissait, la police arrêterait le meurtrier.

— S'il est encore vivant", intervint Watts. "Vous voulez dire que c'est vous, et non pas votre père ?

— Pas si vite", l'arrêta Hathaway en levant la main.

"Votre père n'avait pas la réputation de tendre l'autre joue", poursuivit Watts. "C'était quelqu'un de violent. Ses concurrents disparaissaient sans laisser de traces.

— Je n'ai pas de commentaires à faire sur ses méthodes de travail.

— Vraiment ? Même si vous les perpétuez ? Où est Cuthbert ?"

Hathaway baissa les yeux et contempla ses mains posées sur ses genoux. Il pencha la tête sur le côté et observa les quatre personnes qui lui faisaient face.

“Et moi qui pensais que nous nous entendions bien.”

Il étendit les mains.

“Mon père était un psychopathe – je crois que de nos jours, vous employez le terme sociopathe. Pendant des années, je me suis demandé s'il s'agissait d'un trait génétique, si j'étais comme lui. Mais ce n'est pas le cas. Je le sais. Ma peur d'être porteur de ce gène est la raison pour laquelle je n'ai pas eu d'enfants.” Il tourna la tête en direction du port. “L'une des raisons.

— À votre avis, qui l'a descendu ?” demanda Tingley.

“Qui vous dit qu'il a été descendu ?” lui demanda Hathaway d'un ton menaçant.

“Il a disparu. Votre mère est morte de chagrin.” Tingley vit qu'Hathaway le fusillait du regard. “En tout cas, c'est ce que j'ai entendu dire.”

Hathaway pointa le doigt en direction de Tingley.

“Vous avez du culot, Jimmy, de me dire ce genre de choses en face. Mais je vais répondre à votre question. Je ne sais pas qui a descendu mon père, et après tout ce temps, je m'en fiche. Toutes ces conneries à propos du fait que la vengeance est un plat qui se mange froid ne sont, justement, que des conneries. Un plat qui est fait pour être servi chaud ne sera jamais aussi savoureux froid.

— Merci pour le conseil gastronomique”, ironisa Gilchrist.

Hathaway se tourna vers elle.

“Permettez-moi de vous exposer la philosophie de mon père. Il la tenait d'un sage persan. *Le doigt se déplace, écrit et, ayant écrit, passe à autre chose. Ni ta piété ni ton esprit tu ne tromperas pour une demi-ligne effacée, ni tes larmes n'en effaceront un seul mot.*”

Tous les quatre le regardaient sans comprendre. Il secoua la tête.

“Les gens n'ont plus de culture.” Il s'adressa à Watts. “Votre père saurait. Les *Rubáiyát* d'Omar Khayyám, écrits au XIe siècle et traduits par Edward Fitzgerald au XIXe. Très important pendant une bonne partie du XXe. Des préceptes de vie.

— Vous voulez dire que rien ne sert de regretter ce qui est fait ?" demanda Watts.

Hathaway le regarda d'un air étrange.

"J'ai pris un jour la décision de vivre dans le présent et le futur. De ne pas m'enliser dans le passé et la vengeance. C'est une perte de temps. Ce qui est fait est fait. Il faut passer à autre chose. *Carpe diem*.

— Vous avez bien profité de la vie depuis", ajouta Watts.

"C'est certain, monsieur l'ex-chef de la police. Toutefois, vous vous méprenez sur la traduction. C'est le cas de presque tout le monde. Horace employait en fait le mot « carpe » dans le sens de « profite, emploie » – en vérité, il signifie « cueille, récolte ». Et il s'agissait du début d'une phrase qui continuait ainsi *quam minimum credula postero* – « cueille le jour présent sans croire au lendemain ». L'ode évoque en fait l'incertitude du lendemain et invite à se concentrer sur l'instant – et à boire son vin.

— Les merveilles de l'éducation classique", dit Gilchrist avec une pointe d'admiration.

"Vous me surprenez sans cesse, John", ajouta Watts.

Hathaway secoua la tête.

"J'étais juste bon en latin à l'école.

— Mangeons et buvons, car demain nous mourrons", dit Williamson. "Cueillez dès à présent les roses de la vie."

Hathaway éclata de rire.

"Ou, comme l'aurait dit le vieil Omar : « Ici, à l'ombre des branchages, avec un peu de pain, une gourde de vin, un recueil de poèmes… »", il regarda Gilchrist, "et toi."

Gilchrist ne put s'empêcher de sourire.

"Tout cela est très sympathique, mais qui a tué Elaine Trumpler ?" lui demanda Watts.

“Est-ce que parmi vous, quelqu’un connaît un type du nom de Keith Jeffery ?” dit Hathaway. “Dans les années 1960.

— Un autre voyou ?

— Il s’agit de la personne qui a assassiné, ou fait assassiner Jimi Hendrix.

— Allons”, s’exclama Williamson. “Personne n’a tué Jimi Hendrix, à part Jimi Hendrix lui-même. Il s’est asphyxié avec son propre vomi après une overdose de drogue et d’alcool.”

Il sentit le regard de Gilchrist se poser sur lui.

“Tout le monde sait ça.

— Un peu comme Laurence Kingston, vous voulez dire ?” ajouta Hathaway.

Gilchrist se mit à rire. “Attendez – Elaine Trumpler, Jimi Hendrix et Laurence Kingston ? C’est ce Keith Jeffery qui les a tous tués ?”

Hathaway prit une gorgée de bière.

“Jeffery était le manager d’Hendrix. Il avait pris sur sa tête une assurance de deux millions de dollars. Pour lui, il avait plus de valeur mort que vivant.

— Hendrix était une star immense”, protesta Williamson. “Il aurait ramassé bien plus que deux millions.

— Il est devenu une star immense après sa mort. Et Keith n’était pas un grand amateur de musique. Il n’appréciait pas vraiment Hendrix. En 1967, il lui avait fait faire la première partie de The Monkees – l’ancêtre des boys bands, pourrait-on dire.

“Mais il avait investi beaucoup d’argent dans la construction des studios Electric Lady à New York. Le fisc britannique lui réclamait une fortune. Il devait payer quelques-uns des anciens managers d’Hendrix. Il dépensait beaucoup et ne récoltait pas grand-chose en retour. Et pour couronner le tout, Hendrix lui a annoncé qu’il voulait changer de manager.

— Et Jeffery l’a tué ?” demanda Tingley.

Hathaway opina du chef.

“Il a pris les deux millions de l’assurance, il s’est acheté une maison à Woodstock, il a pris le contrôle des studios de New York, et gagné une fortune avec l’héritage d’Hendrix. Ces types ont parfois plus de valeur morts que vivants.

— Il l’a tué ou il a commandité le meurtre ?” demanda Tingley.

“L’un ou l’autre. Il a affirmé qu’à ce moment-là, il se trouvait dans sa boîte de nuit de Majorque. Il n’aurait appris la nouvelle que quelques jours plus tard, quand la police lui a rendu visite. Mais c’était un truand originaire du Nord-Est de l’Angleterre qui n’avait pas peur de se salir les mains.

“Il a démarré avec un petit club qui ne marchait pas très bien dans sa région natale. Comme par hasard, il y a eu un incendie. Ensuite il a eu un café dans le centre, qui ne marchait pas très bien non plus. Là encore, incendie. Avec l’assurance des deux sinistres, il a ouvert un dancing. Il a engagé les Animals pour y jouer, ensuite il est devenu leur manager.

— J’ai entendu parler d’eux”, dit Gilchrist.

“Ouais. Eh bien épargnez-moi votre version de *House of the Rising Sun*. Ils ont eu quelques tubes. Ce n’était pas les Beatles ou Gerry and the Pacemakers, et ils n’étaient pas spécialement mignons, mais Eric Burdon avait une vraie voix.

— Et quel est le but de cette leçon d’histoire pop ?” l’interrogea Williamson.

“Les Animals se sont séparés en 1966. Divergences créatives. Malgré tous leurs tubes, ils étaient pour ainsi dire fauchés. Jeffery les avait persuadés de placer leur argent dans un compte offshore qu’il avait ouvert aux Bahamas. Il l’avait appelé Yameta. Eric Burdon l’avait surnommé le Triangle des Bermudes, parce que c’est là que tout leur argent a disparu.”

Williamson posa brutalement son verre sur la table basse devant lui.

"Je me répète – où voulez-vous en venir ?

— L'inspecteur principal a besoin d'un autre verre", lança Hathaway par-dessus son épaule. "Je veux en venir au fait que dans les années 1960, la scène pop ressemblait au putain de Far West. Vous avez peut-être entendu parler des truands qui se sont imposés par la force à Tin Pan Alley* dans les années 1950, mais, Seigneur, les années 1960. S'il n'y avait pas de loi à l'ouest du Pecos, là, il n'y avait pas de loi du tout. Il y avait tous ces managers qui s'en mettaient plein les poches sur le dos de ces abruties de rock stars trop occupées à se défoncer et à baiser pour s'inquiéter de leur argent."

Il leva la main pour calmer Williamson.

"OK, quelqu'un est entré par effraction dans la piaule d'Hendrix, il lui a fait absorber de force de l'alcool et des somnifères. L'autopsie a révélé qu'il avait une importante quantité de vin dans les poumons, mais très peu d'alcool dans le sang. Cela signifie que, contrairement à ce qui a été dit, il ne s'est pas saoulé à mort.

— Vous connaissiez Keith Jeffery ?" dit Watts.

"Je le connaissais. Je connaissais tous les gangsters à l'époque mais, bien sûr, j'avais une génération de retard.

— Vous avez été manager ?

— À l'aise.

— Vous les avez arnaqués ?"

Hathaway éclata de rire.

"Bien sûr. Ces types étaient des crétins. C'est tellement facile avec les crétins." Il serra ses mains l'une dans l'autre. "Mais ils s'en sont bien sortis eux aussi. Je n'étais pas un salaud complet.

— Ce sera votre épitaphe ?" demanda Gilchrist.

* Nom donné à Denmark Street (Londres) où étaient regroupés dans les années 1950 les éditeurs de musique et les compositeurs.

“Pas avant un bon moment”, répondit Hathaway en découvrant ses dents impeccables.

“Bon, vous allez en venir au fait ?” dit Tingley.

“Deux personnes ont été soupçonnées du meurtre d’Hendrix. L’une d’elles, Jeffery, avait un alibi. L’autre est un type avec qui il était en affaires. Deux ans plus tard, Jeffery meurt dans le crash de son jet privé et son acolyte prend le contrôle de son empire. Si vous voulez vous adonner à la théorie du complot, quand Hendrix est mort, il était en compagnie d’une camée allemande qui était sortie pour acheter des cigarettes. Vers le milieu des années 1990, elle s’est mise à déblatérer sur la manière dont Hendrix avait été assassiné. Et elle se suicide en 1996. Soi-disant.” Hathaway se tourna vers Williamson qui était en train de verser sa deuxième bière dans son verre. “A-t-on inspecté les poumons de Kingston ?”

À nouveau, Gilchrist éclata de rire.

“Sans blague. Vous êtes vraiment en train de nous dire que le type qui a tué Hendrix a également tué son manager et son ex-petite amie et, quinze ans plus tard, Laurence Kingston du syndicat du West Pier. Par hasard, ce n’est pas lui qui s’est fait JFK et le pape ?”

Elle regarda Watts et Tingley, cherchant leur approbation. Tous deux ne quittaient pas Hathaway des yeux. Celui-ci ramassa une enveloppe sur la table à côté de sa chaise et la tendit à Tingley.

“Lisez-la à voix haute, Jimmy”, dit Hathaway.

“Ce n’est pas daté”, annonça Tingley. “Il est écrit : « Salut Johnny. C’est l’heure. » Je n’arrive pas à déchiffrer la signature. Charlie quelque chose ?

— Charlie Laker” précisa Hathaway.

Watts revit l’un des articles qu’il avait retrouvés au département d’histoire locale de la bibliothèque. Il secoua la tête, incrédule.

“Charlie Laker. Le batteur des Avalons.”

Hathaway aurait dû tuer Charlie en 1970. Il en avait l'intention. Son revolver était braqué sur son crâne. Il s'apprêtait à lui tirer en plein visage comme Charlie l'avait fait à Elaine. Charlie était plutôt calme, étant données les circonstances.

Reilly s'était placé à côté de lui.

"John", avait-il dit doucement.

Hathaway avait baissé l'arme.

"Nous sommes quittes", avait-il dit à Charlie.

Charlie avait foutu le camp aux États-Unis. Il avait réussi dans le business de la musique. D'abord sous la coupe de Jeffery, puis tout seul. Il s'était acheté une maison voisine de celle de Cary Grant. Il avait également bien profité des années 1970, du punk et de la new wave US. Et puis, dans les années 1980, il avait disparu de la circulation.

Et il y avait autre chose. L'autre raison pour laquelle il lui avait laissé la vie sauve.

"Ta sœur et lui se sont remis ensemble", lui avait annoncé Reilly ce soir-là en Espagne. "Elle l'aime."

"Donc, à présent, vous êtes en train de nous dire que votre batteur, Charlie, a tué tous ces gens ET Elaine Trumpler ET Laurence Kingston ?" Gilchrist avait presque le souffle coupé tant elle était incrédule.

"Il s'était initié au business de la musique quand il était encore à Brighton. Il avait des pratiques plutôt rudes vis-à-vis des managers concurrents. Il est parti aux États-Unis, et il s'en est plutôt bien sorti.

— Et il a tué Elaine Trumpler ?" demanda Watts.

"Je l'ai vu le faire", dit Hathaway avec calme. "Il lui a tiré en plein visage.

— Pourquoi ?

— Mon père lui en a donné l'ordre et j'étais trop faible à l'époque pour l'en empêcher.

— Pourquoi lui a-t-il donné cet ordre ?

— Elle avait vu quelque chose qu'elle n'aurait pas dû voir."

Gilchrist réfléchit un instant.

"Il y a d'autres cadavres là-dessous ?"

Hathaway fit non de la tête.

"Un peut-être. Les autres étaient balancés en pleine mer."

Hathaway se mit debout et leva les yeux vers le ciel. Les autres échangèrent des regards.

"Je pense que Charlie est derrière tout cela, ce merdier qui est en train de s'abattre sur la ville. Il m'en veut à mort.

— En dehors du fait que vous l'ayez menacé de lui faire sauter la cervelle ?

— Il avait tué ma petite amie.

— Pour une autre raison alors ?

— Quelque chose qu'une seule autre personne savait. Ma sœur. J'imagine qu'elle lui a dit.

— Pourquoi lui a-t-elle dit ?

— Elle était sa femme."

Ils se turent quelques instants.

"Et vous pensez qu'il est derrière les gangsters des Balkans ?" demanda Tingley.

Hathaway hocha la tête.

"Je pense que c'est lui le propriétaire du Palace Pier.

— Donc, il veut se venger. Une vengeance si froide qu'elle en est presque congelée ?"

À nouveau, Hathaway hocha la tête. Il semblait avoir un peu perdu de sa superbe. Williamson sembla sortir d'une rêverie.

"Si Charlie est bel et bien de retour à Brighton – pourquoi maintenant ?

— Ma sœur est morte", expliqua Hathaway. "Je l'ai appris par un cousin. Elle et Charlie ont été mariés pendant quarante ans. Ils n'ont pas pu avoir d'enfants. Elle avait subi un avortement. Elle m'en a voulu, je ne sais pas bien pourquoi. J'ai remplacé mon père à ses yeux. Je ne l'ai pas revue pendant tout ce temps. J'imagine qu'il n'a rien tenté avant à cause d'elle. En plus, il a fait de la tôle pendant un moment. À San Quentin. Ça a dû ralentir ses projets."

Williamson renifla.

"D'après vous, Charlie Laker est à la manœuvre pour prendre le contrôle de la ville et, pour y parvenir, il a fait venir des gangsters des Balkans, fait détruire le West Pier et tué Laurence Kingston ?

— Oui."

Williamson se leva et Gilchrist suivit le mouvement.

"Je suppose que vous ne savez pas où nous pourrions le trouver ?"

Hathaway grimaça.

"Vous pensez que je n'ai pas cherché ? En tout cas, il ne doit pas être difficile à reconnaître. Il a eu de sérieux problèmes avec les hispaniques à San Quentin. Une histoire de territoire. Ils ont failli le tuer. Il a passé trois mois à l'infirmerie. Il s'est remis mais il en a gardé des blessures.

— Quel genre de blessures ?" demanda Tingley.

"Eh bien, il s'est salement fait entailler le visage."

Watts laissa échapper un soupir d'exaspération en se rappelant l'homme balafré qu'il avait aperçu au Grand Hotel la nuit où Laurence Kingston était mort.

Charlie Laker savait comment nourrir sa rancune. Il n'avait jamais pardonné aucun affront, si petit qu'il soit.

Il se tenait debout, à côté des éoliennes érigées au sommet des South Downs, au-dessus de Clayton, et observait la Mercedes noire qui se garait. Le vent tirait sur sa veste et plaquait son pantalon contre ses jambes.

Radislav, le tortionnaire serbe, et Drago Kadire, le sniper albanais, sortirent de l'arrière du véhicule. Ils se dirigèrent vers Charlie. Radislav, maigre, le visage gris, avançait tête baissée. Kadire, toujours en alerte, balayait les alentours du regard.

Charlie toucha la cicatrice grossière de sa lèvre supérieure.

“Je veux que vous le descendiez”, dit Charlie à Kadire sans attendre qu’ils l’aient rejoint.

Kadire leva les yeux vers les longs bras blancs de l’éolienne la plus proche.

“Je veux me le faire”, dit Radislav. “À ma manière.

— Je pense qu’il ne faut pas pécher par ambition”, répondit Charlie. “Je vous suis reconnaissant pour ce que vous avez déjà fait, mais je veux mettre un terme à tout cela.” Il se tourna vers Kadire. “Vous pourriez le faire depuis ici ?

— La distance n’est pas un problème”, répondit Kadire. “J’ai déjà abattu un général à plus d’un kilomètre et demi. Mais il y a des obstacles. Sa maison est cachée. Son bateau aussi.

— Alors, rapprochez-vous.”

Radislav tournait en rond.

“Et moi ? Je suis là depuis deux semaines pour rien ?”

Charlie le regarda montrer les dents. Il se mit à rire.

“Je suis sûr que nous allons vous trouver quelqu’un. Est-ce que vous tuez les flics ?”

24

Hathaway sortit sur la terrasse avec sa vieille guitare acoustique et s'assit sur le rebord d'une chaise en osier. Il tira sur les cordes en faisant courir les doigts abîmés de sa main gauche sur le manche. Il se les était brûlés, longtemps avant. Les marques étaient encore là, même s'il faisait de son mieux pour les dissimuler. Il y avait certaines positions d'accords qu'il ne parvenait plus à jouer. Ses doigts étaient devenus trop raides à cause des cicatrices.

À cette époque, Dawn avait essayé de s'occuper des brûlures avec du beurre pris dans la cuisine, ou de la neige dans le jardin. Avant que son amour ne se transforme en haine.

Dawn ne lui manquait pas vraiment. Quand elle avait décidé de partir avec Charlie, elle s'était définitivement éloignée de lui. Peut-être parce qu'il avait tué leur père. Il n'en savait rien.

Les lumières du jardin projetaient des formes étranges et des ombres profondes dans les broussailles. Sous son plafond de verre, la piscine était d'un vert opalescent.

Il perçut un mouvement dans les arbres, sur sa gauche. Une minuscule altération de la profondeur de l'ombre. Peut-être n'était-ce rien. Il continua à jouer, la tête penchée sur sa guitare. Il savait qu'il valait mieux qu'il n'essaie pas de chanter. Il repensait à John Martyn*, le soir où

* Guitariste et auteur-compositeur britannique.

il avait pourchassé son manager dans l'allée centrale et frappé Dan dans les côtes. Et à la fois où il l'avait revu, bouffi, une jambe en moins, se produisant à la salle de concert du Dome.

Les doigts de Martyn semblaient trop épais pour appuyer correctement sur les cordes de la guitare et sa voix n'était plus qu'un grognement. L'un de ses hommes, celui qui s'occupait de l'entrée des artistes, lui avait dit qu'à la fin de la soirée, le moignon de Martyn était en sang.

Il n'était pas allé le saluer en coulisses. Il vaut mieux laisser certaines choses là où elles sont.

Hathaway aimait bien son balcon. La verrière mate à l'épreuve des balles ne renvoyait pas la lumière, bien qu'elle soit impeccablement briquée. Il était difficile de se rendre compte qu'elle était là. Le sniper ne le savait pas.

Lorsque la première balle vint s'écraser sur le verre au-dessus de la tête d'Hathaway, il continua à jouer. Il y eut deux autres tentatives, coup sur coup. Hathaway put constater que le sniper était doué car les impacts étaient très proches les uns des autres.

Il posa sa guitare et revint dans la maison pour attendre qu'on lui amène le sniper. Il devait s'agir de l'Albanais, Drago Kadire. Il se dirigea vers le bar tout en faisant un signe de tête à Jimmy Tingley en passant.

"Rhum-poivre ?"

Kadire sortit de sa poche une photographie représentant le pont sur la Drina.

"Vous connaissez ce pont ?

— Je connais ce pont", répondit Tingley.

"Savez-vous que ce sont les Turcs qui l'ont construit ? Ils ont emmuré des jumeaux dans le pont pour apaiser l'esprit de la rivière. Stoja et Ostoja. Le maçon n'avait pu se résoudre à les tuer, alors il avait laissé une meurtrière par laquelle leur mère pouvait les nourrir. La construction du pont a duré sept ans. La mère vivait près de la rive et se vendait aux ouvriers pour obtenir la nourriture qui lui permettait de les nourrir. Pendant ces sept années, ils ont continué à grandir. Et l'endroit où ils se trouvaient est devenu trop petit pour les contenir. Et comme ils étaient recroquevillés là, à gémir, le maçon a fait ce qu'il aurait dû faire des années auparavant. Il les a emmurés complètement.

"Leur mère avait encore du lait. Elle n'avait pas cessé de les allaiter pendant tout ce temps. Pendant des siècles, le lait de la mère a continué de couler du pont – un suintement blanc qui sortait entre les pierres. On le récoltait et on le vendait aux mères qui n'avaient pas de lait. À présent, les colombes sauvages font leur nid dans la meurtrière."

Kadire contempla ses mains.

"Je suis né dans ce village.

— Vous étiez barbier comme votre ami Radislav ?

— Ce n'est pas mon ami", cracha Kadire. "Je suis Albanais. Il est Serbe. Je le tolère.

— Alors vous aviez un meilleur boulot ?"

Kadire s'esclaffa.

"Je n'ai pas eu d'éducation. J'étais suffisamment intelligent, mais mon père a perdu son travail – des musulmans le lui ont pris, bien sûr. Il a fallu que je travaille jeune.

— Combien de fois s'est-on battu pour prendre ce pont ? Combien de sang a été versé pour lui ? Sur lui ?

— Je ne suis pas historien." Kadire se pencha en avant et pointa du doigt un détail de la photographie.

"Je suis né dans cette maison-là – celle-ci, sous le pont, à droite. Celle avec la mousse qui pousse sur le toit. Vous la voyez ?"

Tingley s'approcha.

"Je la vois."

Kadire laissa tomber la photographie sur la table.

"Ma mère a été violée sur ce rocher. À côté du pont. Écartelée sur la pierre. Deux hommes la tenaient pendant qu'un troisième la violait. Chacun leur tour. Quand ils en ont eu fini avec elle, ils l'ont égorgée et ils l'ont jetée dans la rivière.

— Je suis désolé", dit Tingley avec sincérité. "C'était pendant la guerre civile ?

— Avant. Longtemps avant.

— Ils étaient musulmans ?"

Kadire ne répondit pas.

"Je suis désolé.

— Les hommes qui ont fait cela l'ont été encore plus. Je les observais depuis cette petite fenêtre là-haut – celle avec les barreaux. Je les ai vus, parfaitement. Et je les ai suivis. J'étais discret.

— Ils étaient bosniaques ?

— J'ai appris la patience. Je les ai tous tués quelques années plus tard. Je les ai fait souffrir. Leurs familles aussi. Violées. Brûlées à petit feu."

Tingley baissa les yeux.

"La vengeance dans les Balkans.

— La vengeance… C'est un pont magnifique, n'est-ce pas ?

— Drago, si vous ne me dites rien, vous allez devoir parler à Hathaway. Il n'est pas très compréhensif. Où est Radislav et où est Charlie Laker ?

— Je suis un soldat. Un sniper.

— Où sont-ils, Drago ? Il faut que nous arrêtions cette folie."

Kadire cracha sur le tapis oriental d'Hathaway et ferma les yeux. Hathaway posa la main sur l'épaule de Tingley.

"C'est à mon tour maintenant."

Les hommes se pressaient dans la chambre de Reilly. Quatre, cinq, six. Reilly ouvrit les yeux et leva sa main posée sur les couvertures.

"Vous n'êtes pas un peu nombreux ?" dit-il d'une voix rauque. "Pas étonnant que votre pays se fasse toujours chier dessus si vous avez besoin d'être six pour vous occuper d'un vieillard.

— C'est sur toi qu'on va chier", rétorqua l'homme le plus proche de lui en avançant vers le lit. "Et pire que ça. Et tu peux remercier monsieur John Hathaway.

— Il va se faire vos potes, vous savez", ricana Reilly. "Si ce n'est pas déjà fait.

— Et nous, on va s'amuser avec toi.

— Ah, vous autres Serbes. Vous savez, je suis un grand lecteur. Je l'ai toujours été. J'ai lu beaucoup d'œuvres de votre plus grand écrivain. Ivo Andrić. Je suppose que vous n'avez jamais entendu parler de lui ?"

Les Serbes restèrent silencieux.

"Vous êtes vraiment des moins-que-rien. Lisez-le, peut-être cela vous donnera-t-il une raison valable d'être fiers de votre pays." Reilly glissa sa main sous les couvertures. "Approchez, je vais vous citer quelques-uns de ses mots.

— Nous nous approchons, mon vieux", dit le premier homme en arrachant les couvertures de Reilly.

Ils virent tout d'abord son corps desséché et nu, et les tubes qui couraient partout. Puis, ils virent la pièce de métal arrondie dans sa main droite. La goupille de la grenade de la Seconde Guerre mondiale qu'il tenait dans la gauche.

Tingley regarda Kadire, étendu sur les bâches en plastique étalées sur le sol du garage, et se dit qu'il avait l'air pathétique. Une oreille arrachée, le nez écrasé sur le côté du visage, pissant le sang.

"Ce n'est pas ainsi que l'on obtient des informations", dit-il.

"On verra bien", répondit Hathaway.

Son portable sonna.

"Oui. Patrice." Ses épaules s'affaissèrent. "Vous l'aviez prévenu ? Et Barbara ? Merci Patrice. J'arrive."

Hathaway rangea son téléphone dans sa poche. Il se tourna vers Tingley.

"Sean Reilly est mort, mais il en a emporté six d'entre eux avec lui. Je pars pour la France." Il fit un geste en direction de Kadire. "Faites-le à votre manière – mais faites-le."

Miladin Radislav tuait les flics. Il pouvait tuer n'importe quoi ou n'importe qui tant qu'il était d'humeur. Il observa la policière qui faisait son jogging sur le front de mer. Ça le démangeait.

Gilchrist se sentait à la fois accablée et dépassée par les événements. Tant de morts ; tant de violence. Elle s'était donnée à fond à la salle de gym et appréciait le spectacle de la mer, le calme après la furie de la tempête qui s'était abattue sur la ville quelques jours auparavant.

Elle descendit sur la promenade inférieure, à côté de la plage, et prit la direction du West Pier. Elle aimait courir, synchroniser son souffle et ses jambes. Elle avait parfois l'impression qu'elle aurait pu courir indéfiniment. Elle avait posé sa candidature pour le marathon de Londres, mais n'avait pas encore eu de nouvelles.

Tout en approchant, elle observa les restes enchevêtrés du West Pier. Un groupe d'adolescentes étaient rassemblées au bord de l'eau. Elle les regarda. Elle entendait leurs cris. Elles étaient en train de jeter des cailloux dans la mer.

Après avoir parcouru quelques centaines de mètres, elle réalisa qu'elles les jetaient sur quelque chose.

Quand elle comprit que certaines d'entre elles filmaient la scène avec leur téléphone portable, le rythme de sa course se brisa. Elle devina ce qu'elles faisaient. Trébuchant et haletante, elle traversa la plage pour les rejoindre.

"Eh !" cria-t-elle. Elle avait le souffle court et sa voix se brisa. Elle avançait avec difficulté au milieu des galets. Elle les interpella à nouveau.

Ce n'est que lorsqu'elle fut à moins d'une cinquantaine de mètres des filles que ces dernières se retournèrent en entendant Gilchrist pousser ce qui n'était plus que des petits cris aigus. C'est à ce moment-là qu'elle se rendit compte qu'elle venait de se fourrer dans un mauvais pas. Elle ne savait pas exactement ce qu'elles fabriquaient, mais elle avait face à elle une dizaine d'adolescentes surexcitées qui maintenant s'intéressaient à elle. Chacune avec un caillou à la main.

Gilchrist était grande et forte, mais elle connaissait le comportement des animaux en meute. Elle ralentit pour reprendre son souffle et retrouver le rythme de sa marche. Les filles, survoltées, grognaient comme des chiens enragés. Gilchrist songea à un universitaire de la fac du Sussex avec qui elle avait eu une brève relation. Il se serait délecté de cette preuve irréfutable que les filles pubères sont à ce point submergées par leurs hormones qu'elles en deviennent des animaux sauvages.

Pour Gilchrist, il s'agissait simplement de filles insupportables, même si, tout en avançant vers elles, elle ne pouvait s'empêcher de penser à ces films où, soudain, une meute de vampires se jette sur la victime pour la mettre en charpie.

Elle n'était plus qu'à une vingtaine de mètres quand elle vit la forme recroquevillée qui gisait sur la plage de galets en contrebas.

"Police", annonça-t-elle. "Qu'est-ce que vous faites ?"

Les filles la dévisagèrent, l'air féroce.

"Police, c'est ça", dit une blonde au visage couvert de piercings. "Dégage, sale pute, ou on t'arrache les nichons."

Sarah marcha posément dans leur direction tout en reprenant son souffle. Les filles surveillaient son approche, en alerte. Le corps étendu sur la plage ne bougeait pas.

Elles devaient avoir quatorze ou quinze ans. Certaines semblaient plus jeunes. L'une d'elles brandit son portable et photographia Gilchrist.

“Qui est-ce là-bas, allongé sur la plage ? Cette personne a besoin d’aide.

— T’es vraiment flic ?” lui lança une métis avec des dreadlocks rouges, le menton en avant.

Gilchrist se demanda si elles avaient des couteaux. Son entraînement lui commandait de battre en retraite et d’appeler des renforts, mais elle ne voulait pas laisser la forme qui se trouvait sur la plage à la merci de ces fauves. Elle prit une décision.

“Circulez de là, maintenant”, dit-elle en essayant d’empêcher sa voix de trembler.

“Comment ? Tu ne nous arrêtes pas ?” ricana Miss piercings. “Pourquoi tu t’es arrêtée ? T’as peur d’y laisser tes nichons ?

— Contentez-vous de dégager. Toutes.

— Nan”, dit la fille aux cheveux rouges. “Rejoins-nous et on t’aidera à mener tes recherches.”

Les autres filles se mirent à rire. Gilchrist n’avait jamais entendu un son aussi terrifiant.

“Dégagez ou vous allez avoir de gros ennuis.

— C’est pas déjà le cas ?” répondit Miss piercings. “On lui a déjà bien niqué sa gueule tu sais.”

Gilchrist prit une profonde inspiration. Merde, merde, merde. Elle n’avait pas de portable, ni son badge. Est-ce qu’elle y allait au bluff ? Elle devait aider cette fille qui ne donnait pas signe de vie. Pour cela, il lui fallait un téléphone. Les plus proches étaient face à elle, en train de la photographier.

Elle glissa la main dans la poche de son pantalon de survêtement. Elle agrippa le morceau de plastique rectangulaire qui s’y trouvait. Son petit secret.

Elle avança lentement en direction de la fille aux piercings. Elle s’attendait à se faire lapider à chaque instant. À cette distance, elle n’était cependant pas sûre qu’elles viseraient juste.

“Tu fais la putain d’erreur de ta vie, salope”, dit la fille.

“Et toi tu les as déjà toutes faites”, répliqua Gilchrist avant de s’arrêter à une cinquantaine de centimètres d’elle. Elle la dominait d’une tête. Les autres filles commencèrent à l’encercler.

La fille aux cheveux rouges regarda par-dessus l’épaule de Gilchrist. Une voix d’homme s’éleva derrière elle. Marquée par un accent.

“Bande de traînées – nous avons un cadeau pour vous, à moins que vous ne foutiez le camp.”

Elle entendit des pas derrière elle. Il n’était pas seul.

Les adolescentes semblèrent réfléchir un instant avant de détaler de la plage.

Gilchrist fit demi-tour. Quatre hommes approchaient en ordre dispersé. Celui au teint de cendre, légèrement en avant des autres, affichait un sourire sans chaleur.

“Merci”, dit-elle.

“De rien, policière Gilchrist”, répondit-il.

Gilchrist fit un pas en arrière et ses pieds s’enfoncèrent dans les galets. Quelque chose clochait. Elle risqua un regard en direction de la fille inconsciente derrière elle. Il y avait du sang partout. Son visage était tuméfié. L’eau se rapprochait d’elle en tourbillonnant au fur et à mesure de l’avancée de la marée. Gilchrist observa le gang de filles qui crapahutaient au milieu des galets. Les hommes n’étaient qu’à quelques mètres.

À une époque, Gilchrist avait du Mace* sur elle. Importé illégalement des États-Unis. Elle était maintenant équipée de quelque chose de plus efficace que le Taser dont elle disposait quand elle était en service.

Le Taser pouvait être utile. On pouvait l’employer à une distance de cinq mètres. Ses deux dards reliés à des câbles envoyaient une décharge de 50 000 volts et neutralisaient le système neuromusculaire de l’agresseur. L’effet durait une quinzaine de minutes.

* Gaz d’autodéfense.

Cependant, il ne pouvait servir qu'une fois et son usage était réglementé. Elle n'avait plus l'autorisation de l'utiliser depuis que son port d'armes lui avait été retiré.

Son arme secrète n'avait pas de câbles. Le Nova XR5000 à impulsion électrique était équipée d'une pile au cadmium rechargeable de neuf volts – les mêmes que celles qui équipaient les transistors. Ses deux électrodes envoyaient une décharge de 47 000 volts. Il ne provoquait pas de brûlures ni d'hématomes et n'endommageait pas les tissus. La personne était neutralisée en trois secondes.

Quatre hommes. Elle n'était pas sûre que son arme puisse se recharger suffisamment vite pour neutraliser les quatre. Elle la sortit de sa poche et la braqua sur l'homme au teint de cendre à l'air sournois. Au moins, elle l'aurait lui.

Tingley appela Watts.

"J'ai franchi la limite moi aussi.

— Je ne savais pas que tu avais une limite."

Tingley ne releva pas.

"Désolé, ça m'a échappé", dit Watts.

"Je sais où ils sont", annonça Tingley.

"Et Charlie Laker ?

— On s'occupera de lui ensuite.

— Je t'accompagne."

Par la fenêtre de l'appartement, Tingley contempla Ravenscourt Park en contrebas. Depuis la Seconde Guerre mondiale c'était un quartier en majorité polonais. C'était là où se planquaient les gangsters serbes.

Kadire avait parlé.

"Je suis déjà sur place."

Quand Tingley avait dit que le gang des Balkans ne pouvait être stoppé, il le pensait vraiment. Mais peut-être pouvait-on les empêcher de s'installer à Brighton.

Une voiture remonta la rue et s'arrêta. Un grand type sortit côté passager et inspecta la rue. Les portières arrière s'ouvrirent et deux autres hommes au physique sec et nerveux s'extirpèrent du véhicule. L'un deux balaya la rue du regard. L'autre s'approcha de la porte de l'immeuble et disparut. La voiture repartit.

Tingley s'éloigna de la fenêtre et alla se placer à côté de la porte. Il entendit le bruit de l'ascenseur qui arrivait à l'étage puis plus rien jusqu'à ce que l'on introduise une clé dans la serrure. Il soupesa le Sig Sauer qu'Hathaway lui avait donné.

Les deux gardes du corps entrèrent en premier. Ils s'assurèrent que la pièce était vide. Ils n'avaient pas de raison de croire qu'ils risquaient d'y trouver quelqu'un. Tingley avait pris soin de replacer les deux témoins collés sur la porte.

Ils ne regardèrent pas derrière la porte. Quand l'homme qu'ils escortaient fut à moitié entré, Tingley lui envoya le battant en pleine figure. Il abattit deux gardes du corps, le premier dans le dos et l'arrière du crâne, le second dans la poitrine et dans la tempe. Deux tirs doubles parfaits.

Grâce au silencieux dont était équipée son arme, les balles n'émirent qu'un petit chuintement. Tingley rouvrit la porte et envoya un coup de pied dans la tête de l'homme qui tentait de se relever. Il lui attrapa les pieds, le traîna jusque dans la pièce, le mit à plat ventre et se laissa tomber sur son dos tout en refermant la porte de la main gauche. Il se saisit de la tête du type et la ramena en arrière.

“Je veux des noms. Sans quoi je te brise le dos et le nez par la même occasion”, le menaça-t-il en faisant peser tout son poids sur ses genoux. “Et je te renvoie dans le taudis d'où tu es sorti.

— Va te faire foutre”, répondit l'homme, les dents serrées.

Tingley tira un peu plus sa tête en arrière.

“Bon, si tu veux jouer à ça.”

25

“Vous avez bien fait, Sarah.”

Sheena Hewitt laissa tomber sa main sur l’épaule de Gilchrist et l’y laissa un instant. Gilchrist fixait le sol entre ses baskets. Elle avait envie de vomir.

“Comment va la fille ?” demanda-t-elle entre deux spasmes.

“La fille ? Oh, elle s’en sortira.”

Gilchrist était en débriefing dans l’une des salles d’interrogatoire du rez-de-chaussée du commissariat. Il y avait du café chaud sur la table placée au centre de la pièce, mais même dans son état, elle savait qu’il était préférable de ne pas en boire. Il y avait autant de blagues qui circulaient sur le café du commissariat que sur les maladies honteuses.

Cela la fit sourire. Ou plutôt essayer de sourire. Elle se revoyait sur la plage et se demandait encore comment elle avait fait pour rater l’homme qu’elle savait être Radislav avec son pistolet à impulsion.

Il s’était déplacé avec une telle rapidité, frappant le côté de son bras tout en lui fonçant dessus. Quand elle était tombée, c’était l’homme à sa droite qui avait récolté la décharge.

Elle avait tenté de ramper pour s’éloigner de Radislav, lui tordant le bras pour lui fait lâcher sa gorge. Elle tenait encore le pistolet électrique et les deux autres s’arrêtèrent net, observant leur camarade se tortiller et s’agiter sur la plage de galets.

Elle avait tourné la tête vers l'homme au teint de cendre qui tentait avec difficulté de se remettre sur pied. Chacune de ses tentatives pour se relever en s'aidant de son bras gauche échouait car sa main s'enfonçait dans les galets.

Elle se maintenait à distance, le bras tendu, le pistolet électrique à la main, menaçant les deux hommes encore debout. Du coin de l'œil, elle aperçut des policiers en uniforme qui progressaient lentement dans leur direction. Radislav les vit également. Avec une grimace presque théâtrale, il s'enfuit sur la plage en direction du West Pier, suivi par ses deux complices encore valides.

Quand les policiers furent sur place, Gilchrist tenait à peine sur ses jambes. Elle avait remis le pistolet à impulsion dans sa poche. Radislav et ses deux hommes de main étaient déjà trop loin pour qu'on les prenne en chasse. Elle s'assit brutalement.

Charlie Laker avait dû suivre Hathaway jusqu'en France, ou bien peut-être était-il déjà sur place. C'est ce que supposa Watts. Il retrouva Tingley sur Old Steine et ils se mirent en route pour Newhaven.

"Je ne sais pas très bien pourquoi nous faisons cela", dit-il. "Jusqu'où sommes-nous prêts à aller pour venir en aide à un gangster ?

— Tout est relatif, n'est-ce pas ?" répondit Tingley pendant qu'ils faisaient la queue au milieu des autres voitures pour embarquer sur le ferry.

"Tu es prêt à tuer ?" lui demanda Watts. "As-tu descendu Kadire ?

— J'ai appelé la police pour qu'ils s'occupent de lui.

— Et pour la suite ?

— On verra bien ce qui se passera."

Ils voyagèrent de nuit. La seule fois où l'un et l'autre avaient fait la traversée pour Dieppe, c'était sur un aéroglisseur qui bondissait de vague en vague et avait parcouru la distance en deux heures. Le ferry, lui, venait de Sicile.

L'équipage et les stewards étaient italiens. Ils parlaient très peu anglais ou français. Le trajet devait durer quatre heures mais ils n'arrivèrent qu'au bout de six car le capitaine, habitué aux eaux plus calmes de la Méditerranée, jugea que la mer était trop forte pour rejoindre le port sans l'aide de remorqueurs.

Il fallut une heure aux remorqueurs pour atteindre le ferry et une autre heure pour tirer le bateau en marche arrière jusqu'à son quai.

Tingley et Watts ne se rendirent compte de rien. Ils avaient acheté une bouteille de cognac en duty-free quand le bateau avait quitté Newhaven et l'avaient dégusté, installés sur les couchettes étroites de leur petite cabine, jusqu'aux alentours de minuit. La conversation avait été succincte.

Tous deux avaient somnolé, tout habillés, bercés par la mer. Ils se réveillèrent à quatre heures du matin et grimpèrent sur le pont, s'attendant à assister à l'arrivée du ferry dans le port. Ils restèrent à la proue à côté d'une grande fenêtre, à regarder les lumières de Dieppe pendant que les remorqueurs manœuvraient.

Ils descendirent ensuite au niveau des véhicules. De tous côtés, d'immenses camions les faisaient ressembler à des nains. Après avoir débarqué, ils allèrent en ville pour trouver des cafés et des croissants.

Le ciel terne projetait une lumière grise sur les rues trempées. Ils se garèrent devant un café populaire, éclairé au néon, de l'autre côté du port. Une fois attablés, ils contemplèrent la promenade déserte à travers les fenêtres zébrées de pluie.

“Tu connais Jean-Pierre Melville ?” demanda Tingley.

Watts le regarda, l'air absent.

“Un réalisateur français influencé par les films de gangsters yankees. Il en a fait un qui commence par un braquage de banque sur un front de mer semblable à celui-ci – sous la pluie.

— Je ne suis pas vraiment cinéphile."

Le café, servi dans des bols, était bon. Les croissants en revanche sortaient tout droit du congélateur. Tingley versa une dose de cognac dans son café. Watts secoua la tête.

Au bout de vingt minutes, Tingley consulta sa montre. "Il est temps d'y aller."

La route de Varengeville serpentait le long de la côte en une succession de montées et de descentes. Ils croisèrent les vestiges de deux batteries de canons datant de la Seconde Guerre mondiale. Tingley roulait lentement, s'assurant de temps à autre dans le rétroviseur qu'ils n'étaient pas suivis.

Sur le ferry, ils avaient passé en revue les autres passagers. Des hommes à l'aspect rude pour la plupart. Pauvres, ouvriers, routiers et employés à bas salaire. Aucun d'eux ne ressemblait particulièrement à un gangster des Balkans, mais de toute façon, comment auraient-ils pu le savoir ? Miladin Radislav, lui, était resté dans sa cabine pendant toute la durée du voyage.

Ils traversèrent un village qui semblait posé sur la mer. Des gens en anoraks à capuche ou en imperméables promenaient leurs chiens sur la plage de galets. Le reflux des vagues emportait les pierres vers la mer.

La route remonta puis décrivit une courbe et s'éloigna de la mer. Varengeville se résumait à une rue principale bordée de quelques boutiques. La boulangerie était ouverte.

Tingley surveilla la route en attendant Watts qui revint avec une espèce de quiche et deux cafés dans des gobelets.

"On passe le village et on tourne à droite sur un chemin goudronné jusqu'à l'église. Là, il y a un grand parking."

Tingley désigna le café et la quiche.
"Je les mangerai quand on sera là-bas."
Le chemin goudronné était étroit et passait entre des maisons cossues protégées par de hauts murs. L'église était perchée sur un promontoire qui dominait la mer. Tingley se gara au bout du parking, dans un coin. Ils mangèrent et burent leur café en silence.
"Tu sais, je crois que je vais essayer de remonter la piste", dit Tingley.
— Pourquoi ?
— À cause de ce raz-de-marée d'ordures qui nous submerge. C'est mon devoir d'essayer de l'arrêter.
— Ton devoir ?"
Tingley haussa les épaules.
"De toute façon, qu'est-ce que j'ai d'autre à faire ?"
Watts tourna la tête en direction l'église.
"Vivre ?" suggéra-t-il. "Tu sais que je ne peux pas me passer de toi."
Tingley tendit la main et lui serra le bras.
"Et toi, tu as ta famille à reconquérir", dit-il. Il ouvrit sa portière. "Allons repérer les alentours."
Au-delà de l'église, il y avait un cap que rejoignait un chemin qui descendait vers une petite crique de galets avant de remonter en pente raide. La pluie gênait leur progression. Quand ils atteignirent le sommet, ils aperçurent l'arrière de la maison de John Hathaway.

Charlie Laker était assis dans l'église Saint-Valéry, érigée au XIIIe siècle, et contemplait le vitrail abstrait et bariolé offert par Georges Braque en 1954. Il avait vu, plus tôt, dans le cimetière, la tombe de l'artiste, surmontée d'une mosaïque représentant une colombe blanche.
"L'arbre de Jessé", dit Patrice Magnon en suivant le regard de Charlie.
"Qui l'eut cru", répondit Charlie. Il posa sa main dans le dos de Patrice. "Merci de vous joindre à nous."

Patrice esquissa un sourire et jeta un coup d'œil en direction de l'homme au teint gris assis dans un coin, visiblement sur ses gardes.

"Avais-je le choix ?"

Après une brève discussion, Watts et Tingley optèrent pour la porte de devant. Watts trouvait qu'il était désormais trop vieux pour s'amuser à escalader les murs. Ils sonnèrent au portail et traversèrent une cour pavée. Dave les attendait, posté dans l'embrasure de la porte. L'air embaumait le chèvrefeuille. Des clématites descendaient en cascade sur la façade.

Dave affichait un sourire mal assuré et tenait un revolver dans sa main droite.

"Qu'est-ce que tu fous là, Tingles ?

— Des choses à régler avec Radislav.

— Et vous ?" demanda-t-il à Watts.

"Je choisis mon camp."

Dave plissa le front.

"C'est… inattendu."

Tingley se planta devant Dave.

"Tu as l'intention de nous laisser entrer ?"

"Encore des putains de flics", s'exclama Hathaway quand Dave les fit entrer dans le salon, immense et sinistre. Il était assis dans un fauteuil au dos arrondi, un pistolet posé sur la table à côté de lui. "Je viens juste de me débarrasser des flics* français.

— Ex-flic", dit Watts. "Ils vont vous protéger ?

— Ça m'étonnerait. Ils ne sont au courant de rien. Les voisins ont entendu une explosion. Je les ai menés en bateau. Savez-vous ce qui s'est passé ?

— Je ne suis pas devin", répondit Watts.

* En français dans le texte.

“Vous ne seriez pas du genre impertinent ?” Le visage d’une femme apparut derrière le dossier d’un autre fauteuil. Hathaway fit un geste dans sa direction.

“Je vous présente Barbara. D’une loyauté sans bornes. Le premier amour de ma vie. Elle est comme cela, Barbara. Elle était proche de Sean Reilly. Alors, évidemment, elle est en deuil. Barbara, voici l’ex-chef de la police Bob Watts et monsieur Tingley.

— Reilly est mort ?” dit Tingley. Il se faisait un plaisir de rencontrer le vieux soldat.

“Ils sont arrivés par le jardin. J’ai une douzaine d’hommes ici, mais ces salopards ont déboulé par les portes-fenêtres de la chambre de Sean. Fort heureusement, il avait une surprise pour eux.”

Hathaway baissa les yeux.

“Sean s’est occupé d’eux. Enfin, de la plupart d’entre eux. Une fois qu’ils se sont ressaisis, mes hommes ont liquidé les autres.

— Et Radislav ?”

Hathaway fit non de la tête.

“Charlie Laker est dans le coin ?” demanda Watts.

“Je ne sais pas. J’imagine que oui puisque toutes les enflures se sont donné rendez-vous ici. Tant pis pour ma retraite secrète. Et vous, les boy-scouts, qu’est-ce que vous foutez là ? Vous vous attendrissez sur mon sort ou quoi ?

— Ça doit être ça”, répondit Watts. “Où est Cuthbert ?”

Hathaway jeta un coup d’œil en direction de Dave, debout à côté de la porte.

“Je pensais que vous seriez au courant. Il avait largement dépassé sa date limite. Mais ce n’était pas la peine que les poulets protègent sa famille. Je l’ai fait marcher. Je ne leur aurais jamais fait de mal. Je suis diabolique, mais je ne suis pas un monstre.

— Différence subtile”, dit Watts.

“La vie n’est faite que de différences subtiles”, ajouta Hathaway.

Barbara se leva.
“Je vais fumer une clope.”
En passant devant Watts, elle dit :
“J’ai rencontré votre père une fois.
— J’entends souvent cette phrase.
— Il m’a fait du plat.
— Celle-là aussi.”
Elle sortit de la pièce. Hathaway jaugeait Watts du regard.
“Ah ! Votre père. J’ai dans cette maison quelque chose qui pourrait vous intéresser.
— Je suis sûr qu’il y en a plusieurs.
— Il s’agit des dossiers de police des meurtres à la malle de Brighton.
— Ils ont été détruits.”
Hathaway secoua la tête.
“Non. Pour je ne sais quelle raison, Philip Simpson voulait désespérément qu’ils disparaissent mais mon père les a récupérés et les a confiés à Sean.
— Pour quelle raison devrais-je être intéressé ?
— Votre histoire familiale ?”
Watts lança un rapide coup d’œil vers Tingley.
“Ce qui m’intrigue vraiment c’est ce que vous avez voulu dire en qualifiant la naissance de William Simpson d’Immaculée Conception.”
Hathaway se leva.
“Est-ce bien le moment ?”
Il vit la tête que faisait Watts.
“De toute façon, nous n’avons rien d’autre à faire en attendant que les barbares soient à notre porte.” Un sourire ironique apparut sur ses lèvres. “Je voulais juste dire que sa jeune et jolie épouse s’était confiée à ma mère. Elle et son époux ne faisaient jamais l’amour. En fait, ils faisaient même chambre à part. Ma mère nous avait rapporté ces confidences, à moi et à ma sœur.”
Il y eut de l’agitation dans le couloir qui menait au salon.

Dave se retourna, l'air bizarre. Un groupe d'hommes entra dans la pièce avec à leur tête un type au visage balafré.

"Monsieur H.", annonça Dave. "Charles Laker souhaiterait vous parler."

"Qu'est-il arrivé à l'homme sur la plage ?" demanda Sheena Hewitt à Gilchrist. "Les policiers en uniforme ont déclaré qu'il semblait avoir reçu une décharge de Taser."

Gilchrist soutint son regard.

"Je ne sais pas. La situation était très confuse. Peut-être s'est-il interposé involontairement. Que dit-il ?

— Rien.

— Et Kadire ?

— Libéré sous caution.

— Quoi ?"

Hewitt leva les mains en signe d'impuissance.

"Ne m'en parlez pas. Hathaway a disparu, ainsi que Tingley. Nous n'avons donc qu'une déclaration, non confirmée, comme quoi il aurait essayé d'abattre Hathaway. Un avocat habile, du fric, et le voilà dehors.

— Où est-il ?

— Disparu.

— Et Radislav ?

— Lui non plus, nous ne savons pas où il se trouve. Et ça ne s'arrête pas là. Sauriez-vous où est Bob Watts ?"

Gilchrist fit non de la tête.

"Ça fait trois *strikes*", dit Hewitt.

"Je suis éliminée ?"

Watts gisait sur le sol, mis K.O. par un coup de crosse à l'arrière du crâne. Tingley était ligoté à un fauteuil. Dave, debout, lui faisait face.

"Désolé, Tingles.

— Tu as changé de cheval ?

— Non, à vrai dire. Je travaille pour monsieur Laker depuis le début.

— Et toute cette sérénade sur le fait de franchir la ligne ?

— Cuthbert était le complice de Laker, alors je me suis dit qu'il ne souhaiterait pas voir sa famille éliminée. Il a fallu que je trouve une raison de te téléphoner.

— Pourquoi fais-tu cela ?

— Pourquoi ?" Dave semblait trouver cela amusant. "Je suis un soldat de fortune. Un mercenaire. Je vais là où est l'argent."

Barbara fit feu en entrant dans la pièce. Le recul du canon scié la jeta presque à terre mais elle parvint à conserver son équilibre. La déflagration déchira l'air. Dave s'effondra contre la cheminée et resta ainsi, immobile et désarticulé, les bras écartés. Le Serbe à côté de la fenêtre se tortillait sur le sol. Du sang coulait en abondance de sa hanche droite et teintait progressivement son pantalon et sa chemise.

Tingley essaya de se lever, emportant le fauteuil avec lui. Barbara le regarda avant de tourner la tête vers Watts, affalé sur le sol.

"Où est mon John ?" dit-elle.

"Ils l'ont emmené", répondit Tingley en pivotant sur le côté. "Pourriez-vous m'aider, je n'arrive pas à me libérer.

— En quoi allez-vous m'être utile ? Un maigrichon comme vous.

— Je suis meilleur que je n'en ai l'air.

— Alors pourquoi êtes-vous ligoté à un fauteuil ?

— Erreur de jugement. Mais je n'en ferai pas d'autre."

Barbara sortit un couteau de la poche de sa veste. Tingley rit.

"Vous êtes venue équipée."

Elle attaqua la corde.

"Vous n'avez pas idée."

Elle le libéra et désigna Watts.

"Je m'occupe de lui", dit Tingley. Il s'attarda sur l'homme à la hanche en charpie. "Et lui ?"

Barbara se dirigeait déjà vers la sortie.

“Qu’il crève.”

Tingley ramassa Watts. Bien que son ami fasse une dizaine de kilos de plus que lui, il le hissa sur son dos et le sortit de la pièce.

“Votre physique est trompeur, en effet”, constata Barbara pendant qu’ils remontaient le couloir.

Ils s’installèrent dans la voiture de Tingley après avoir allongé Watts sur la banquette arrière.

“Et maintenant ?

— On trouve Hathaway.”

Cela dura jusqu’au crépuscule. Ils roulèrent jusqu’à Dieppe, errèrent dans la gare maritime, sillonnèrent la campagne. Ils le trouvèrent au sommet de la falaise, derrière l’église. Sa silhouette se découpait sur le soleil couchant, comme une ombre chinoise sur un fond orange. Il était suspendu à un cadre rudimentaire. Nu. Empalé.

Barbara laissa échapper une plainte semblable à celle d’un animal blessé et tomba à genoux. Watts, qui avait repris conscience dans la voiture quelques heures auparavant, ne put s’empêcher de vomir. Il se tourna vers Tingley.

“Il est encore vivant”, chuchota-t-il.

Tingley et Watts s’approchèrent.

“John ?” dit Watts en levant les yeux vers Hathaway.

“On devrait l’achever”, dit Tingley. “Qu’il ne souffre plus.

— Comment ?

— Barbara a un couteau.”

Les yeux d’Hathaway étaient révulsés. Il essaya d’articuler.

“Où… ?”, hoqueta-t-il. Le sang qui coulait de sa bouche l’empêchait de parler. Une toux terrible le secoua. Il leva la tête et balbutia :

“Aval…”

“Seigneur”, dit Tingley. “Où est la dame du lac quand on a besoin d’elle ?”

26

“Ça va ?” dit Tingley.

Watts regardait par la vitre de sa portière les enfants qu’ils croisaient dans les rues. Ils longèrent le centre King Alfred et Tingley s’efforça de ne pas dépasser les cinquante kilomètres heure jusqu’à ce que le radar soit hors de vue. Sur leur gauche, défilaient des cabines de plage aux couleurs vives et, sur leur droite, des immeubles d’appartements. Ils passèrent devant celui où logeait Philippa Franks. L’une des policières du massacre de Milldean. Watts jeta un coup d’œil vers son balcon au cas où elle se serait trouvée là. Il était certain qu’elle avait encore beaucoup de choses à dire au sujet du massacre. Mais ce n’était pas le moment.

“Qu’est-ce que c’est que cette voiture écolo de merde ?” grommela Watts. “J’irais plus vite en marchant.

— Je considère cela comme un « non »”, dit Tingley. “Et pour ton information, c’est la circulation, pas ma voiture écolo de merde, qui ralentit notre allure.

— Quel merdier. Charlie Laker, Radislav, Kadire – tous envolés.

— Tu penses que Laker est responsable de la mort de Laurence Kingston ?

— Hathaway disait juste. Il n’avait quasiment pas d’alcool dans le sang. En revanche, ses poumons en étaient pleins.”

Ils restèrent silencieux quelques instants.

“Sarah a eu de la chance de s’en sortir.

— Je sais”, dit Watts.

“Peut-être que ces types des Balkans étaient là bien plus tôt que nous ne l’imaginions.

— C’est-à-dire ?

— Il se pourrait qu’ils aient été impliqués dans les assassinats de tes hommes. Ceux qui ont participé au truc de Milldean.”

Watts hurla de rire puis se mit à tousser. Tingley hocha la tête.

“Désolé, Jimmy.

— Écoutez le lion*, chantait Van Morrison.

— Nous n’avons toujours pas les maillons de la chaîne.

— Quelle chaîne ?

— Il faut connecter, Jimmy, simplement connecter.

— Ouais, la prose et la passion**. Je connais la citation, Bob. J’ai lu un livre ou deux. Mais cela n’a rien à voir avec notre problème.

— Tu as lu Forster ? Je l’ignorais.

— J’ai juste dit que je connaissais la citation, pas que j’avais lu ce livre-là.” Tingley sourit. “Ceci dit, une paire de chars de combat dans le jardin de devant à Howards End, cela aurait pu éveiller mon intérêt.”

Watts sourit malgré lui.

“Ce que je veux dire, c’est que, d’une certaine manière, tout est connecté. Il y a un fil qui lie le meurtre à la malle – râle si tu veux, mais écoute – ce qui s’est passé dans les années 1960, le massacre de Milldean, et partant de là, ces Serbes.

— Et quel est ce fil, Ô Maître Tisserand ?”

Watts se cala dans son fauteuil et leva les mains en signe d’impuissance.

* *Listen to the Lion*, chanson de Van Morrison, 1972.

** Cet échange fait référence à l’œuvre d’Edward Morgan Forster et plus particulièrement à l’ouvrage *Howards End.*

“J’aimerais le savoir.
— Mais ce n’est rien de tout cela qui te chagrine à cet instant, n’est-ce pas ?”
Watts fit non de la tête.
“Va voir ton père.”

“Je ne savais pas que tu t’intéressais à la généalogie, papa”, dit Watts en s’asseyant face à son père dans la cafétéria des Archives nationales.
“Je vérifie juste deux ou trois choses”, répondit celui-ci en faisant un vague geste de la main. “C’est un lieu incroyable. La quantité de trucs qu’ils ont sous la main. Même si j’avais cinquante ans de moins et que je vienne ici chaque jour de ma vie, je ne ferais qu’en effleurer la surface.
— Dis-moi, papa, tu as toujours tenu des journaux ?
— Qui a dit que j’en avais tenu un ?”
Watts soupira.
“S’il te plaît, papa, ne joue pas la vierge effarouchée, ça ne te va pas. Tu es du genre à appeler un chat un chat. Tu m’as dit que ton journal ne s’arrêtait pas à ce que nous avions retrouvé. Est-ce que tu vas me laisser voir le reste ?
— Que sais-tu à propos de l’attaque du train postal ?” lui demanda son père.
Watts l’observa attentivement.
“Deux, peut-être trois d’entre eux, ne furent jamais arrêtés”, poursuivit-il. “Jamais arrêtés, jamais identifiés.
— Aucun des autres ne les a balancés ?”
Donald Watts secoua la tête.
“Que ce soit dans leurs mémoires ou les pitreries de Ronnie Biggs, aucun d’entre eux n’a vraiment raconté comment tout cela s’était déroulé, ni qui avait fait quoi. Et la police du Buckinghamshire n’avait aucun indice.”
Watts but une gorgée de café sans quitter son père des yeux.
“Qui sont ces gens qui n’ont jamais été arrêtés ?

— Tu sais que cette affaire avait un lien très fort avec Brighton ? La moitié de la bande avait déjà participé à des braquages de trains sur la ligne Londres-Brighton. Ils ont commencé petit, mais ensuite, ils ont trouvé un moyen d'arrêter les trains en trafiquant les signaux. Ils ont employé la même méthode pour l'attaque du train postal.

— Ceux qui n'ont pas été inquiétés, ils étaient de Brighton ?

— Il y avait un conducteur de train dont les nerfs ont lâché pendant l'attaque. Certains membres de la bande voulaient l'éliminer pour l'empêcher de parler, mais au bout du compte, ils l'ont acheté pour qu'il se taise.

— Et les deux autres ?"

Donald Watts se pencha en avant. Il s'humecta les lèvres.

"Je suis sûr pour l'un d'eux. Pour l'autre, c'est une supposition.

— Je préfère les certitudes."

Son père sourit. Il avait les dents jaunes. Il avait l'air très âgé et dégageait un parfum rance.

"Je me rappelle être allé à une pendaison de crémaillère avec mon ami Philip Simpson. Une fête animée. Très animée. Notre hôte avait vécu dans une certaine misère au sein de ce que l'on appellerait aujourd'hui un quartier défavorisé. Et voici que soudain, il vivait dans un coin huppé de la ville, avec un grand jardin et tout un tas de gens influents qui le courtisaient.

— Et tu en as conclu quoi ?

— Que les fortunes familiales peuvent changer du jour au lendemain.

— C'était un peu voyant, non ?

— Oh, il avait attendu. Cela se passait deux ou trois ans après.

— Quel était le nom de ce gentleman ?"

Le père de Watts se frotta la joue.

"Je pense que tu le connais.

— Dennis Hathaway ?"

Donald Watts pencha la tête et contempla ses mains parsemées de taches brunes.

Watts réfléchit quelques instants.

“Et l’autre ? La supposition.”

Son père haussa les épaules.

“Mon ami Philip Simpson n’a jamais été quelqu’un de net.

— Le chef de la police de Brighton faisait partie des braqueurs de l’attaque du train postal ?” Watts recula sur son siège et se mit à rire. “Je n’y crois pas.”

Donald Watts souleva sa tasse et la reposa sans avoir bu.

“Je ne te dis pas qu’il était sur la voie avec un manche de pioche à la main. Je dis simplement qu’il était impliqué.

— De quelle manière ?

— Écoute. Philip Simpson chapeautait toutes les activités criminelles de Brighton. Tu te souviens des séjours que nous avons passés dans sa maison en Espagne ? Tu ne t’es jamais demandé comment quelqu’un avec son salaire avait pu se payer un putain de château ?

— OK. Tu penses qu’il était impliqué dans le braquage. Qu’il a touché une part du fric. Et que personne ne l’a balancé.

— Exactement.

— Quel a été son rôle ?

— Protéger Dennis Hathaway.

— C’est tout ? Et ceux qui ont été arrêtés ? Dans leur cas, il n’a pas été très efficace, non ?

— Des évasions ont été organisées pour deux d’entre eux. Trois autres ont été en cavale pendant des années. Qui a financé tout cela à ton avis ?

— Et les dossiers qu’il a essayé de faire détruire ? Contiennent-ils l’identité du meurtre à la malle ?

— Ne soit pas stupide. Ça n’a rien à voir avec ça. C’était à cause de ses accords avec le docteur M.

— Le docteur M. ?

— Massiah. L'avorteur de la haute société. C'est Philip qui a envoyé ce policier de Hove, complètement stupide, pour l'interroger. Il savait qu'il saloperait tout. Il ne pouvait rien laisser sortir à ce sujet.

— Parce qu'il le protégeait ?

— Plus que ça."

Watts laissa son regard vagabonder dans le café.

"Papa, il faut que je te demande.

— Vraiment ?

— Oui.

— Alors vas-y."

Donald Watts reposa son café.

"Ce n'est pas simple", dit Watts. Son père se contentait de le fixer du regard. "Tu as eu une carrière de coureur de jupons. Tu t'es conduit comme un salaud avec ma mère. Nous le savions tous. Elle n'a jamais rien laissé paraître. Elle n'en a jamais rien dit pendant notre enfance. Mais je suis sûr que cela fait partie de ce qui l'a tuée."

Donald Watts ne quittait pas son fils des yeux.

"As-tu eu une aventure avec la femme de Philip Simpson ?"

Son père se redressa.

"Une chouette fille.

— Quelqu'un m'a dit que lorsqu'elle a eu William Simpson, il était le fruit de l'Immaculée Conception. Est-ce que je suis parent avec William Simpson ?

— Je ne te comprends pas, fiston.

— Simpson ressemble beaucoup à sa mère et je te ressemble, mais le fait que nous n'ayons pas un air de famille ne veut rien dire du tout."

L'air absent, son père observa un groupe qui entrait dans la cafétéria.

"Nous n'en avons jamais parlé.

— C'est tout ? Pourquoi es-tu aussi insensible ? Et ne me sors pas ce truc de Graham Greene à propos de l'éclat de glace dans le cœur.

— Pourquoi manques-tu à ce point de caractère ? Tu n'as donc aucun cran ?

— Ne sois pas méprisant, papa. Ça ne te réussit pas. J'ai prouvé que j'avais du cran.

— Mais tu n'as pas prouvé que tu n'es pas un idiot. Un idiot qui ne voit pas ce qu'il a sous le nez et qui perd son temps avec des choses insignifiantes."

Watts étendit le bras et prit la main décharnée de son père dans la sienne.

"Papa, arrête de jouer au dur. Tu n'en as pas la force et ça te donne l'air grandiloquent.

— Grandiloquent. Chouette mot. C'est toi qui devrais être écrivain, pas moi. Philip a considéré que l'enfant était le sien. Sa mère ne lui a jamais avoué que ce n'était pas le cas. Williams n'avait pas de raisons d'éprouver des doutes. Pourquoi veux-tu remuer cette histoire ?"

Watts balaya la pièce du regard. Des gens commençaient à s'installer aux tables autour d'eux. Pourquoi, en vérité ? Il jeta un coup d'œil aux mains de son père puis aux siennes. Il laissa échapper un petit rire amer.

"Parce que je crois qu'il n'y aurait qu'une seule chose pire que de ne pas pouvoir coincer William Simpson pour ce qu'il a fait. Cela serait de découvrir que, parce que mon père sautait la femme de son meilleur ami, William Simpson est mon demi-frère."

Jimmy Tingley traversa Kings Road à côté du Palace Pier et rejoignit Barbara le long de la balustrade qui surplombait la plage. En contrebas, on apercevait les tables d'un bar avec des chaises empilées dessus.

Il faisait encore nuit. Les eaux étaient calmes et la lune haute dans le ciel. Les lumières du Palace Pier avaient été éteintes, mais on en distinguait d'autres qui scintillaient sur l'horizon. Des chalutiers, des bateaux de passage.

Tingley contempla les lueurs. Il était fatigué. Fatigué

de tuer. Mais que pouvait-il faire d'autre dans ce monde peuplé d'êtres malfaisants ?

"J'avais peur de lui au départ", dit Barbara, le visage tourné vers la mer. "Et puis je suis tombée amoureuse de John. Ensuite, son père m'a éloignée…

— John ne s'est pas battu pour vous ?

— Non.

— Même quand votre cancer s'est déclaré ?"

Elle secoua la tête.

"Alors, pourquoi ?

— Être revenue vers lui ? Je n'avais nulle part où aller. Ma sœur était morte, mon mari était parti depuis longtemps, ma vie tournait au cauchemar. Il était ce qui me restait de mieux. Et il m'a prise avec lui."

Tingley pivota sur lui-même et essaya de voir au-delà des lumières. Il s'imagina, debout sur Ditchling Beacon, dominant la ville du regard. Se voyant, là, au bord de la mer. Il se retourna à nouveau vers le large.

"Je vais les pourchasser, vous savez.

— Pourquoi ?

— J'ai un début de piste qui mène aux Balkans. Je vais la suivre pendant les jours qui viennent. Tuer tous ceux que je pourrai retrouver. Et notamment Radislav et Kadire.

— Mais pourquoi ?

— C'est ce que je sais le mieux faire. Je ne connais rien d'autre.

— Ça n'arrêtera pas le mouvement. Vous le savez.

— Non, mais il y aura une pause. Jusqu'à la prochaine fois.

— La nature a horreur du vide", dit-elle. Elle tendit le bras et posa sa main sur celle de Tingley. "J'hérite, vous savez. Il m'a tout laissé. Si vous avez besoin d'argent.

— Quel était le secret d'Hathaway ?" demanda Tingley. "Qu'avait-il fait à Charlie Laker pour qu'il échafaude une telle vengeance, après toutes ces années ? Cela doit aller au-delà de cette histoire d'avortement.

— Cela remonte à loin", murmura Barbara juste avant de mourir. La balle pénétra l'arrière du crâne et ressortit par l'orbite gauche, emportant l'œil, des fragments d'os et de cerveau.

ÉPILOGUE

2 novembre 1959. Il faisait froid dans le petit espace à l'intérieur du feu de joie. Roy Laker rabattit la capuche de son duffle-coat et replia ses doigts à l'intérieur de ses mitaines. Il se dandina sur la caisse d'oranges qui faisait office de siège. Son frère, Charlie, et Kevin, le copain de son frère, étaient allés jusqu'au café pour se réchauffer, mais Roy avait voulu rester. Après tout, c'était son tour de garde.

Il scruta l'extérieur, entre les planches, les caisses de bois et les branches d'arbre entassées les unes sur les autres. Le repaire était exactement au centre de l'édifice et il avait dû se mettre à quatre pattes pour y accéder. Le feu de joie était grand mais il le serait encore plus pour la nuit de Guy Fawkes.

"Une petite pièce pour le gars*", murmura Roy en voyant une silhouette s'approcher du feu de joie. Son cœur fit un bond dans sa poitrine. Chaque bande cherchait à enflammer les feux de joie de ses rivales avant le 5 novembre. Roy avait du mal à voir ce qu'elle faisait, mais il suivit la silhouette du regard pendant qu'elle

* Le soir de la nuit de Guy Fawkes, les enfants promènent dans les rues une poupée représentant Guy Fawkes et demandent aux passants *a penny for the guy*. L'argent récolté contribue au paiement des feux d'artifices. Il y a aussi un jeu de mots entre *guy*, le type, et *Guy*, le prénom de Fawkes.

tournait autour de l'amas de bois. Il entendit des éclaboussures et reconnut l'odeur du pétrole.

Soudain, des flammes apparurent sur le côté du feu de joie. Roy entendit le craquement sec des branches qui commençaient à flamber. Il recula vivement en direction du tunnel par lequel il était arrivé. Ses pieds glissèrent sur les bouts de lino posés sur le sol boueux. Il se retourna avec difficulté. Les flammes se propageaient de tous les côtés. Il passa la tête dans le tunnel. Il était obstrué par une grosse caisse et une traverse de chemin de fer.

Saisi de panique, il s'arc-bouta contre la caisse. Il sentait maintenant la chaleur du brasier et la fumée commença à l'encercler. Il toussa. Il lui sembla entendre quelqu'un chanter. "Souvenez-vous, souvenez-vous du 5 novembre. La Conspiration des poudres..."

Il aperçut une paire d'yeux qui le regardait. Avec un bruit d'aspiration terrifiant, tout le feu de joie s'embrasa.

John Hathaway s'éloigna sans se retourner.

À suivre.

NOTE DE L'AUTEUR

Débarrassons-nous d'abord de la partie "je couvre mes arrières". Dans cette œuvre, le Palace Pier, le West Pier et leurs propriétaires respectifs sont purement imaginaires et n'ont aucun lien avec des jetées et des propriétaires existants ou ayant existé à Brighton. Il en est de même pour le rôle que je prête au milieu du crime dans les projets immobiliers du Brighton des années 1960.

Charles Ridge, le chef de la police limogé, a existé. Accusé de corruption, il fut acquitté. Il fit ensuite un procès aux autorités policières pour licenciement abusif qu'il gagna et ses droits à la retraite furent rétablis. Philip Simpson, son successeur dans ce livre, est un personnage de mon invention et n'a aucun lien avec quiconque ayant été chef de la police de Brighton ou, par la suite, du Sussex.

Le docteur Say Massiah fut à la fois un avorteur mondain et l'un des suspects de l'affaire du meurtre à la malle de Brighton.

Milan Radislav sort tout droit de mon imagination.

En revanche, le massacre de Višegrad pendant le conflit des Balkans est, hélas, bien réel. J'ai puisé les informations sur les gangsters des Balkans dans l'ouvrage de Misha Glenny, *McMafia : Au cœur de la criminalité internationale* (Denoël, 2009). Quant à la méthode pour empaler quelqu'un, elle provient de l'ouvrage d'Ivo Andrić, prix Nobel de littérature, *Le Pont sur la Drina* (1945).

Pour la description de la scène musicale des années 1960 du point de vue d'un groupe, je suis redevable à mon frère, Michael, dont la formation a joué en première partie de Little Richard, de Duane Eddy, des Who et de nombreux autres artistes. Je lui suis reconnaissant, ainsi qu'au chanteur Dave Parkinson et aux autres membres des Avalons, de m'avoir autorisé à emprunter leur nom (et à le traîner dans la boue).

Peter Guttridge, 2010.

Retrouvez *La trilogie de Brighton*
dans la collection Babel noir et au Rouergue noir

PROMENADE DU CRIME

À Brighton, capitale du crime au Royaume-Uni, une opération policière tourne au carnage. Robert Watts, chef de la police, assiste à une succession de meurtres et de suicides dans sa brigade. Sa vie professionnelle s'écroule lorsqu'il est poussé à démissionner. Qui cherche à le faire tomber ? Tout se complique lorsqu'une affaire non résolue de 1934 ressurgit...

À paraître
en octobre 2014
aux éditions du Rouergue

ABANDONNÉS DE DIEU

Pour venir à bout de l'énigme du crime des malles, irrésolu depuis 1934, Robert Watts, l'ancien chef de la police de Brighton tombé en disgrâce, devra remonter jusqu'aux horreurs de la Grande Guerre et traverser les foules fascistes du Royaume-Uni des années 1930 pour faire émerger la vérité. Dans ce roman hanté par les séquelles des conflits qui ont ravagé l'Europe tout au long du XX*e siècle, Peter Guttridge tourne autour d'une question lancinante : à quoi bon s'armer si le pire ennemi n'est autre que soi-même ?*

Découvrez les premières pages de l'opus final de
La trilogie de Brighton :
Abandonnés de Dieu
Bientôt disponible aux éditions du Rouergue

PROLOGUE

Juin, 1934

Quand elle revint à la maison, j'étais assis dans un coin de la pièce, vêtu de mon costume. *City of Dreadful Night* posé sur les cuisses. Mon père, un homme maussade, m'avait offert ce sombre poème victorien pour mon douzième anniversaire. Les becs de gaz étaient allumés et celui qui se trouvait derrière mon crâne projetait mon ombre, exagérément allongée, au travers de la pièce.

"Tu m'as fait peur", dit-elle avec un sourire crispé. "Je ne pensais pas te voir aujourd'hui."

J'avais les jambes croisées, la gauche posée sur la droite, et mon pantalon, légèrement relevé pour éviter les poches aux genoux, laissait apparaître, entre le revers et le haut de la chaussette, une bande de chair imberbe et grassouillette.

"Où es-tu allée ?", demandai-je.

"À Hove, chez ce docteur dont on a entendu parler. C'est prévu pour la semaine prochaine."

Je savais que mon tempérament l'effrayait. Elle évitait de me regarder en face, fixant la bande étroite de chair nue de ma jambe. Je me levai et avançai vers elle.

J'avais l'impression d'être dans une cathédrale, ou dans un de ces vastes bâtiments où le silence bourdonne. Un murmure étrange battait mes tympans. Je compris que ce grondement étouffé résonnait dans ma tête et non à l'extérieur de mon corps. Mon sang circulait par à-coups violents. Je posai un doigt sur l'intérieur de mon poignet pour vérifier mon pouls. Mon cœur battait rapidement, mais moins que je ne l'aurais cru.

Je regardai autour de moi. Tout était bien rangé, chaque chose à sa place. J'inspectai mon costume et découvris une tache sombre sur mon gilet. Je la frottai avec un mouchoir sorti de ma poche. Un petit nuage rose apparut sur le tissu blanc mais la tache ne broncha pas.

Il fallait que je calme le raffut dans mes oreilles. Je m'avançai vers la radio et la mis en marche. L'ampoule commença à rougeoyer. Le volume de la musique augmenta progressivement et je reconnus *In a Monastery Garden* de Ketèlbey.

Je ramassai le paquet de Rothmans posé sur la table à côté du canapé. Je fumai deux cigarettes en écoutant la musique et détaillai la pièce en évitant de la regarder. Elle était allongée sur le sol, face contre terre, une auréole de sang s'étalait lentement autour de son crâne.

J'aurais dû éprouver du remords. Je le savais. Mais mes émotions étaient mortes longtemps avant, dans les Flandres. Et le cadavre étalé sur le tapis n'était pas celui de la femme que j'avais désirée et aimée, à ma manière.

Dès le début de notre relation, j'en avais établi les règles. Ce n'était que pour le plaisir. Jamais je ne quitterais mon épouse. Bien sûr, il m'arrivait de dire des choses. Celles que les femmes aiment entendre. Mais elle savait – elle devait savoir – que ce n'étaient que des conversations sur l'oreiller, sans importance.

J'étais devenu fou d'elle. Au lit, elle ne refusait rien. Des trucs auxquels ma femme n'aurait même pas songé. Des choses sales. J'étais parfois choqué par certaines de ses envies – elle pouvait être grossière, employer des phrases que je n'avais jamais entendues auparavant – mais j'avais aimé ce que nous faisions, sans l'ombre d'un doute.

J'acceptais son désir d'être vus en public. Dans les meilleurs endroits, là où je n'avais jamais emmené ma femme. Une part de moi-même appréciait d'être vu avec elle – elle était aussi belle qu'une star de cinéma – tandis qu'une autre s'en inquiétait. Surtout parce qu'elle riait de manière grivoise. Elle était sans-gêne et vulgaire. En privé, je l'acceptais. En public, cela m'embarrassait.

Pour moi, la vie l'avait quittée des semaines avant que je ne la tue. "Je dois te dire quelque chose. Ça va te surprendre – comme ça m'a surpris", m'avait-elle annoncé.

Elle n'était pas au courant à mon sujet. Comment aurait-elle pu ? Aussi, quand elle me dit qu'elle était enceinte, elle perçut immédiatement le changement qui s'opéra en moi, mais elle se méprit sur la cause.

Elle sentit mon cœur se durcir, s'imagina que je m'inquiétais du scandale. Elle me promit qu'elle allait s'en débarrasser, mais je voyais bien qu'elle espérait le garder.

Ce n'était pas le scandale. Elle ne savait pas. Comment aurait-elle pu ? Un avortement n'y changerait rien.

Je me rendis dans la cuisine et décrochai son tablier derrière la porte. Je le passai, m'accroupis devant l'évier et ouvris le placard situé en dessous. J'en sortis la caisse à outils et m'emparai de la petite scie.

J'allai jusqu'à la fenêtre, un goût métallique dans la bouche. Tout ce que je lui avais demandé en retour, pour l'appartement, l'argent, les repas chics, était la fidélité.

L'enfant n'était pas de moi. C'était impossible. Depuis des années, je portais comme un fardeau mon incapacité à donner un enfant à ma femme. Non pas que je ne puisse pas accomplir l'acte. Mais cela ne donnait jamais rien.

Au dehors, la vie suivait son cours, imperturbable. Rien n'avait changé dans la rue. *In a Monastery Garden* touchait à sa fin. Cela me rappela les magnifiques fresques en ruines que j'avais visitées quelques mois plus tôt dans les églises des South Downs pendant que nous séjournions à Brighton.

Je m'éloignai de la fenêtre et me plaçai au-dessus d'elle, la scie à la main. La musique cessa et le silence s'installa. Pendant un instant.

On tambourina à la porte.

Je penchai la tête sur le côté. Une pause, puis de nouveau des coups. Une voix, étouffée par le bois massif. Je tendis l'oreille en réfléchissant. Je posai la scie. Bien que mes mains soient propres, je les essuyai sur le tablier et marchai jusqu'à la porte. Je soulevai le loquet, ouvris en grand et me mis de côté.

"Pardon pour le désordre."

BABEL NOIR

Extrait du catalogue

14. ALAIN WAGNEUR
Hécatombe-les-Bains

15. PETER MAY
Le Quatrième Sacrifice

16. MICHÈLE LESBRE
Une simple chute

17. MICHÈLE LESBRE
Que la nuit demeure

18. ANDREW MCGAHAN
Derniers verres

19. PETER MAY
Les Disparues de Shanghai

20. JEAN-FRANÇOIS VILAR
C'est toujours les autres qui meurent

21. FRÉDÉRIC H. FAJARDIE
Gentil, Faty !

22. A.D.G.
J'ai déjà donné…

23. FRANÇOIS MURATET
Stoppez les machines

24. LEIF DAVIDSEN
L'Épouse inconnue

25. ANDREA MARIA SCHENKEL
La Ferme du crime

26. PETER MAY
Cadavres chinois à Houston

27. LUIZ ALFREDO GARCIA-ROZA
Objets trouvés

28. MAURICE ATTIA
Paris blues

29. FRANCIS ZAMPONI
In nomine patris

30. JEAN-PAUL JODY
Stringer

31. ANNE SECRET
La Mort à Lubeck

32. SERGE QUADRUPPANI
Colchiques dans les prés

33. KJELL ERIKSSON
Le Cercueil de pierre

34. PETER MAY
Jeux mortels à Pékin

35. LUIZ ALFREDO GARCIA-ROZA
Bon anniversaire, Gabriel !

36. JULIA LATYNINA
La Chasse au renne de Sibérie

37. STIEG LARSSON
Millénium I – Les hommes qui n'aimaient pas les femmes

38. CARLOS SALEM
Aller simple

39. JÓN HALLUR STEFÁNSSON
Brouillages

40. KJELL ERIKSSON
La terre peut bien se fissurer

41. HERVÉ CLAUDE
Nickel chrome

42. ANDREW MCGAHAN
Australia Underground

43. FRANÇOIS WEERTS
Les Sirènes d'Alexandrie

44. PETER MAY
L'Éventreur de Pékin

45. LEIF DAVIDSEN
La Chanteuse russe

46. CORNELIA READ
Champs d'ombres

47. SIMON LEWIS
Trafic sordide

48. CARLOS SALEM
Nager sans se mouiller

49. KJELL ERIKSSON
La Princesse du Burundi

50. KEIGO HIGASHINO
La Maison où je suis mort autrefois

51. PETER MAY
L'Île des chasseurs d'oiseaux

52. STIEG LARSSON
Millénium II – La fille qui rêvait d'un bidon d'essence et d'une allumette

53. BEN PASTOR
Lumen

54. LUIZ ALFREDO GARCIA-ROZA
Une fenêtre à Copacabana

55. LALIE WALKER
Les Survivantes

56. LEIF DAVIDSEN
Un Russe candide

57. DAN WADDELL
Code 1879

58. PASCAL VATINEL
Parce que le sang n'oublie pas

59. SÉBASTIEN LAPAQUE
Les Barricades mystérieuses

60. LOTTE ET SØREN HAMMER
Morte la bête

61. CAMILLA LÄCKBERG
La Princesse des glaces

62. MORLEY TORGOV
Meurtre en *la* majeur

63. KYLIE FITZPATRICK
La Neuvième Pierre

64. LOUISE PENNY
Nature morte

65. SEICHÔ MATSUMOTO
Un endroit discret

66. NELE NEUHAUS
Flétrissure

67. JÓN HALLUR STEFÁNSSON
L'Incendiaire

68. JAN COSTIN WAGNER
Lune de glace

69. HERVÉ CLAUDE
Les ours s'embrassent pour mourir

70. KEIGO HIGASHINO
Le Dévouement du suspect X

71. CAMILLA LÄCKBERG
Cyanure

72. STIEG LARSSON
Millénium III – La reine dans le palais des courants d'air

73. VÍCTOR DEL ÁRBOL
La Tristesse du Samouraï

74. PETER MAY
L'Homme de Lewis

75. YISHAÏ SARID
Le Poète de Gaza

76. DAN WADDELL
Depuis le temps de vos pères

77. XAVIER-MARIE BONNOT
Le Pays oublié du temps

78. CARLOS SALEM
Je reste roi d'Espagne

79. JEAN-PAUL JODY
Parcours santé

80. CORNELIA READ
L'École des dingues

81. PETER GUTTRIDGE
Promenade du crime

82. OLIVIER BARDE-CABUÇON
Casanova et la femme sans visage

83. LEIF DAVIDSEN
À la recherche d'Hemingway

84. LARS KEPLER
L'Hypnotiseur

85. CAMILLA LÄCKBERG
Le Prédicateur

86. RYAN DAVID JAHN
De bons voisins

87. MONICA KRISTENSEN
Le Sixième Homme

88. CHRISTOPHE ESTRADA
Hilarion

89. COLIN NIEL
Les Hamacs de carton

90. LOUISE PENNY
Sous la glace

91. DMITRI STAKHOV
Le Retoucheur

92. CAMILLA LÄCKBERG
Le Tailleur de pierre

93. JULIA LATYNINA
Caucase Circus

94. KJELL ERIKSSON
Le Cri de l'engoulevent

95. JEAN-FRANÇOIS VILAR
Bastille Tango

96. JAN COSTIN WAGNER
Le Silence

97. KEIGO HIGASHINO
Un café maison

98. LOTTE ET SØREN HAMMER
Le Prix à payer

99. NELE NEUHAUS
Blanche-Neige doit mourir

100. CLARO
Les Souffrances du jeune ver de terre

101. PETER MAY
Le Braconnier du lac perdu

102. LARS KEPLER
Le Pacte

103. KYLIE FITZPATRICK
Une fibre meurtrière

104. WALTER MOSLEY
Le Vertige de la chute

105. OLIVIER BARDE-CABUÇON
Messe noire

106. DAVID BELL
Fleur de cimetière

107. SHAUGHNESSY BISHOP-STALL
Mille petites falaises

108. PERCIVAL EVERETT
Montée aux enfers

109. INDREK HARGLA
L'Énigme de Saint-Olav

110. LUIZ ALFREDO GARCIA-ROZA
L'Étrange Cas du Dr Nesse

111. CAMILLA LÄCKBERG
L'Oiseau de mauvais augure

112. LOUISE PENNY
Le Mois le plus cruel

113. RYAN DAVID JAHN
Emergency 911

114. TOVE ALSTERDAL
Femmes sur la plage

115. MONICA KRISTENSEN
Opération Fritham

OUVRAGE RÉALISÉ
PAR L'ATELIER GRAPHIQUE ACTES SUD
REPRODUIT ET ACHEVÉ D'IMPRIMER
EN DÉCEMBRE 2016
PAR NORMANDIE ROTO IMPRESSION S.A.S.
À LONRAI
POUR LE COMPTE DES ÉDITIONS
ACTES SUD
LE MÉJAN
PLACE NINA-BERBEROVA
13200 ARLES

DÉPÔT LÉGAL
1re ÉDITION : JUIN 2014
N° impr. : 1605482
(Imprimé en France)